P.C. Aigner

Das Märchen vom untoten Raben

Das Ungeheuer

Fantasyroman

Bibliografische Information der Deutschen Nationalbibliothek: Die Deutsche Nationalbibliothek verzeichnet diese Publikation in der Deutschen Nationalbibliografie; detaillierte bibliografische Daten sind im Internet über dnb.dnb.de abrufbar.

5. Auflage
Verlag: BoD · Books on Demand GmbH, In de Tarpen 42,
22848 Norderstedt, bod@bod.de
Druck: Libri Plureos GmbH, Friedensallee 273,
22763 Hamburg
Lektorat: Books on Demand
Umschlaggestaltung: Books on Demand

ISBN: 978-3-7597-6174-3

P. C. Aigner

Das Märchen vom untoten Raben

Das Ungeheuer

Über die Autorin:

Pilvi Catharina Aigner arbeitete unter anderem in Helsinki, wo sie auch die Inspiration zu dieser Geschichte fand. Ihre Leidenschaft für das Schreiben entdeckte sie bereits mit 13 Jahren. Doch gemäß dieser unglückseligen Glückszahl dauerte es weitere 13 Jahre, bis sie den Mut fand, ihr erstes Buch zu veröffentlichen.

Inhaltsverzeichnis

Der Rabe

„Damals, als der Weltenherrscher erkannte …“

Atemlos lauschte Camilla und zog die wärmende Wolldecke, die auf ihrem kleinen Holzbett lag, zur Brust. Ihr Herz klopfte rastlos in Erwartung des schon tausend Mal Gehörten. Abend für Abend kam die Mutter wieder in ihre dunkle Kammer, setzte sich an ihr Bett und seufzte. Sie war erschöpft. Hinter ihr lag ein langer Tag des Frisierens, Ankleidens, Ausbesserns der Kleidung der werten Königin und des Lauschens ihrer Sorgen und Ängste. Immerzu, als entspräche es einer unausgesprochenen Tradition zwischen Mutter und Tochter, bettete sie Camillas Kopf auf ihren Schoß und strich über ihr langes, goldblondes Haar. Mit dem Rücken lehnte sie sich gegen die kühle Steinmauer des Schlosses. Doch die Kälte spürte sie unter all den dicken Wolljacken kaum. Dann fing sie immer mit den gleichen Worten an und Camilla hing an ihren Lippen, während die Bilder in ihrem Kopf zu tanzen und sich zu überschlagen begannen. Heute war ein gewöhnlicher Abend. Nichts hätte auf eine Abweichung zur Normalität hingedeutet, nur vielleicht der schmale Wolkenstreif draußen, den Camilla beobachtete. Er wirkte wie ein grauschwarzer Seidenvorhang, der tief und schwer zur Erde herabhing und die Abendschatten auffraß. Und plötzlich schien er sich in Wellen eines düsteren, bodenlosen Meeres zu verwandeln, aus dem nichts anderes als ein scheußliches, furchteinflößendes Ungeheuer emporsteigen konnte. Camilla umklammerte die Decke ein wenig fester, während sie sich sicher war, ebenjenes in den Wolken erkennen zu können.

Da riss sie die Stimme ihrer Mutter wieder zurück in ihre Kammer, und ihr Blick blieb an dem flackernden Kerzenlicht hängen, das fröhlich über die Wände tanzte. Die Kerze stand auf einem kleinen Tischchen neben ihrem Bett.

„Hörst du mir denn zu?", fragte ihre Mutter Astrid schmunzelnd, aber mit einer gewissen Strenge im Unterton.

Eilig nickte Camilla.

„Weiter.", flüsterte sie und die Flammen züngelten und tanzten und gaben ihr ein Gefühl der Geborgenheit, das in ihrem Bauch prickelte, als hätte sie eine warme Tasse Tee getrunken.

„Also gut", fuhr Astrid fort. Bisweilen unterstrich sie die Passagen mit einer lauten Stimme, und Camilla wandte ihr aufgeregt den Kopf zu. Manchmal sprach sie leise, als müsse sie ein Geheimnis hüten: „Damals, als der Weltenherrscher erkannte, dass das Wasser zu tief war, der Himmel zu weit, schickte er seine Tochter vom Himmel hinab in die Wogen des Meeres und bat sie, die Welt mit Leben zu bevölkern. Sie kannte nicht viele Zaubersprüche und die, die sie kannte, betrafen den Wind, die Wellen und den Regen. Also blieb ihr nichts anderes, als einen Sturm heraufzubeschwören, der so kräftig war, dass aus den Untiefen der dunklen See ein Ungeheuer emporstieg. Seine Schuppen glänzten im Licht der Blitze, seine Fänge erzitterten. Als es die Tochter des Weltenherrschers als Verursacherin des Chaos erkannte, zürnte es, öffnete sein Maul immer weiter und weiter, bis sich der gesamte Ozean darin aufzustauen begann. Als es ihn wieder schloss, traf eine Welle die junge Frau, die sie bis an den Rand der Welt trieb und weit darüber hinaus. Sie flog haltlos in die Unweiten des Himmels, durchbrach die Wolken

und rief ihren Vater um Hilfe an. Aber der Weltenherrscher
schwieg und so trieb sie jahrelang, flog über den Ozean, flog
über die Welt, während das Ungeheuer immer weiter und
immer höhere Wellen schlug. Schließlich aber hatte der Vater
mit der Tochter Erbarmen und befahl dem Ungeheuer, sich zu
beruhigen. Danach schickte er seine Tochter zurück in das
Wasser, wo sie schwamm und tauchte und nichts und
niemanden sonst außer dem Ungeheuer traf.
Eines Tages schwamm sie an ihm vorbei und sagte: ‚Wir sind
die Einzigen, die diese Welt bevölkern. Lass uns Frieden
schließen.‘
Doch das Ungeheuer schüttelte den schuppigen Kopf: ‚Wir
werden niemals Freunde sein. Ich gehöre in das Wasser und
du hinauf in die Wolken. Geh wieder dorthin zurück!‘
Aber die Tochter hatte einen anderen Auftrag und sann noch
immer über einen Zauberspruch, der das Wasser weniger und
den Himmel kleiner werden ließe. Also blieb sie im Wasser
und der Zorn des Ungeheuers entfachte abermals. Dieses Mal
aber zerriss es die Tochter mit seinen scharfen Zähnen und ihr
Flehen verklang. Ihr lebloser Körper trieb durch das Wasser,
nahm es auf, wurde weit und groß, wurde zu Land.
Zur gleichen Zeit erhob sich der Weltenherrscher, um den Tod
seiner Tochter zu rächen: ‚Ungeheuer, du wagst es, das
wertvolle Leben zu nehmen!‘
In seinem Zorn ließ er tausende Blitze auf das Ungeheuer
herniederregnen und die Schuppen barsten, die Zähne
zersplitterten, wurden in den Himmel geworfen. Dort
verharrten sie, wurden zur Sonne, zu den Sternen, zum Mond.
Die Sonne verbrannte das Land. Die Tränen des
Weltenherrschers ließen es ergrünen und alsbald tummelten
sich Antilopen in der Wüste, Bären in den Wäldern, Adler in
den Lüften, Wale in den Meeren und Menschen pflügten das

Land und siedelten, und der Weltenherrscher erkannte, dass seine Tochter in ihnen allen lebte, denn ihr toter Körper war es, der sie zum Leben erweckt hatte – soll ich weitererzählen? Nein? Du schläfst ja schon! Dann erzähle ich dir morgen davon, wie der alte Weise über das Land zog und auf den Schmied traf, um das Geschenk der Hexe zu fertigen." Lautlos erhob sich die Mutter und strich Camilla sanft über den goldblonden Scheitel. „Träum von den ewigen Weiten des Himmels, Camilla.", flüsterte sie, als sie die Tür der kleinen, zugigen Kammer zuzog und Camilla allein mit all den Geschichten ließ, die über ihren Kopf schwappten wie das Meerwasser über das Ungeheuer. Sie konnte nicht wissen, dass Camilla die Augen gleich wieder aufschlug und sich aufsetzte, um den Blick aus dem Fenster über die Hausdächer der Stadt schweifen zu lassen. Sie stellte sich vor, dort oben in den grauen Wolken zu fliegen, wie es die Tochter des Weltenherrschers einst getan haben musste. Ein frenetischer Wind pfiff um das alte Schlossgemäuer, ließ die Baumwipfel im Park davor einen wilden Tanz aufführen. Oben in den Wolken musste er noch viel stärker sein! Er trug sie weit fort von dem Königsschloss, in dem sie geboren worden war, trug sie in eine Zeit, die so lange her war, dass sich nur noch Legenden darum rankten. Er trug sie zu dem alten Weisen und in die Schmiedewerkstatt des jungen Schmieds im Norden. Funken sprühten von der Esse, als der alte Weise die Werkstatt betrat. Der Schmied war kräftig, die Arme stark, ansonsten hätte er nie den gewaltigen Hammer heben und senken können, der ihn erschaffen ließ. Er schmiedete seit Wochen. Er schmiedete unaufhörlich Klingen und Lanzen und Speere. Er schmiedete sie für den Krieg. Als er den alten Weisen in seiner Tür erkannte, hielt er inne.

„Was machst du hier?", fragte er ihn.

Camilla hörte die Stimme ihrer Mutter, obwohl sie längst nicht mehr da war. Sie sprach tief und rau, wie ein Schmied es wohl tun musste.

„Die Hexe des Ostens hat mich geschickt, um nach deinen Waffen zu sehen", erwiderte der Weise.

„Bist du hier, um deine Zauberlieder zu singen? Kannst du dafür sorgen, dass jede von ihnen ihr Ziel nicht verfehlen wird und den Feind niederstreckt?", bat der Schmied.

Der alte Weise schüttelte seinen Kopf. „Das kann ich erst tun, wenn du mir eine Leier aus deinem besten Metall geschmiedet hast", erwiderte er.

Camilla fühlte sich, als stünde sie daneben und lausche. Sie vergaß für einen Augenblick, dass es nur eine alte Geschichte war. Irgendjemand hatte sie vor langer, langer Zeit erfunden.

Der Schmied tat wie ihm geheißen und alsbald besaß der alte Weise eine Leier aus purem Gold, und als er die Saiten anschlug, begann er zu singen. Die Waffen in der Schmiede bogen und reckten sich, während sie der Zauber von innen heraus erstrahlen ließ.

„Jetzt werden sie ihr Ziel nicht verfehlen. Ich habe die Regeln der Zeit gebogen", erklärte der Weise.

„Danke!", rief der Schmied und lief sogleich zu den Menschen und verteilte sie, während der alte Weise mit seiner Leier zu der Hexe des Ostens zurückkehrte.

„Was hast du getan, weiser Mann? Wir alle sind Kinder der Firmamenttochter und du lässt sie gegeneinander Krieg führen? War das mein Wunsch, als ich dich zum Schmied geschickt habe?", schalt sie ihn sogleich.

„Die Menschen werden eines Tages Krieg führen. Aber sie werden auch wieder Frieden schließen. Hier habe ich dir dein Geschenk gebracht." Er reichte ihr die goldene Leier und ließ sie damit zurück. Als der Krieg bereits ersichtlich war und das

Land im Grau zu versinken drohte, schob die Hexe des Ostens die weisen Worte des alten Mannes in eine Truhe und begann leise, ein Lied auf der Leier zu spielen. So sang sie die schnelle Antilope der Wüste, den starken Bären der Wälder, die weise Eule, den mutigen Adler der Lüfte, den glückbringenden Elefanten der Savanne, die reiche Fledermaus der Höhlen, den listigen Fuchs des Westens, den majestätischen Panther der Urwälder, den fruchtbaren Stier des Ostens, den klugen Raben, den flinken Wiesel, den fürsorglichen Wolf und den hilfsbereiten Wal aus den Tiefen des Meeres zu sich und gab ihnen den Auftrag, diesen Krieg zu verhindern. So sang sie zu den Königen der Welt, die das Leben behüten sollten und den Menschen den Weg des Friedens zeigen sollten. Die dreizehn Könige zogen los, um ihren Auftrag zu erfüllen, scharten die Mutigsten als ihre dreizehn Ritter um sich und die Antilope zog zurück in die Wüste, der Bär in die Wälder, die Eule in die Lüfte, der Adler in die des Nordens, der Elefant in die Savanne, die Fledermaus in die Höhlen, der Fuchs zu den Feldern, der Panther in den Urwald, der Stier auf die Wiesen, der Rabe in die Lüfte des Westens, der Wiesel in das Gras, der Wolf in die Berge und der Wal in das Meer. Indessen zog der alte Weise ein weiteres Mal aus, um den Schmied zu finden, und bat ihn, einen Schild zu fertigen.

„Wofür brauchst du ihn? Der Krieg findet doch nicht statt, alter Mann!", fragte ihn der Schmied, während er seinem Wunsch Folge leistete und einen Schild so groß und mächtig erschuf, dass er ein ganzes Haus vor dem Feuer der Esse beschützen konnte.

„Es wird ein neuer kommen. Die Menschen sind nicht die Einzigen, die Kriege führen, Schmied", erwiderte der Alte, nahm den fertigen Schild und belegte ihn mit einem Zauber, der die Erde erbeben und den Himmel erzittern ließ, ehe er zurück in seine einsame Hütte im Norden kehrte und darauf wartete, dass der Himmel herabfiel und die Erde Feuer spie.

Und noch während Camilla darauf wartete, dass ebendies geschah, glitt sie zurück in die Laken ihres kleinen Bettes und hinüber in einen friedlichen Schlaf. Das stürmische Pfeifen des Windes, das sich in die Zauberlieder des alten Weisen zu verwandeln schien, trug sie sanft hinüber und ließ die grauen Wolken, die hoch über dem Fenster ihrer kleinen Kammer zogen, in Vergessenheit geraten.

Den Raben, der auf ihrem Fenstersims eine Rast vor dem Sturm einlegte und der sich kurz darauf auf den Weg zu seinem Nest im südlichen Flügel des Schlosses machte, bemerkte sie nicht. Dort angekommen ließ er sich erschöpft in dem Stroh nieder, das er in mühseliger Kleinarbeit aus der Scheune eines Bauernhofes am Land herbeigetragen und mit Bändern aus den Haaren der Edeldamen in den Straßen unter sich geschmückt hatte. Es glich dadurch eher einem bunten Gemälde als einem Vogelnest. Es lag geschützt in einer Mulde zwischen den Dachbalken eines Turmes, direkt über einem kleinen Fenster, das den Blick weit über die Stadtgrenzen freigab. Im gleichen Moment, als sich der Rabe niederließ und der Sturm ihm noch die Federn zerzauste, blies die Gouvernante die letzte Kerze in dem Turmzimmer aus. Dann ließ sie den zweijährigen Prinzen, in der mit der im Kamin herabgebrannten Feuerglut, kühler werdenden Dunkelheit allein.

Der junge Prinz, der sich in seinem Bettchen wand und drehte, konnte nicht wissen, was ihn in dieser Nacht erwarten würde oder warum der Sturm draußen vor seinem Fenster immer eifriger an den Scheiben zu rütteln begann. Ganz so, als würde er warnend klopfen. Doch hätte er es gewusst, so hätte er es mit Sicherheit noch nicht verstanden. Er wusste noch nicht einmal, was es bedeutete, ein Prinz zu sein. Er kannte den Unterschied zwischen arm und reich noch nicht. Seine Tage waren vom eifrigen Untersuchen der unzähligen, riesenhaften Gänge und versteckten Winkel des Schlosses geprägt. Und von den Edelleuten, die ihn als zauberhaft und Hoffnungsträger bezeichneten und ihm Geschenke brachten, die in einer Ecke seines Zimmers stapelten und deren Bedeutung er nicht verstehen konnte. Viel spannender waren die Geschichten seiner Gouvernante von den Weiten der Gefilde, wo sie aufgewachsen war und die Mägde, Sekretäre, Gärtner und Köche, die durch die Gänge wuselten und immer alle so beschäftigt schienen. Er konnte nicht wissen, was sie tuschelten, wenn er mit seinen kleinen Füßchen an ihnen vorübertrabte, hatte keine Ahnung, dass er einmal ein Reich regieren würde, das so groß war, dass es sich von den Nordbergen bis hierher zum südlichen Meer erstreckte und so reich, dass die angrenzenden Länder vor Neid erblassten. Natürlich wusste er auch nicht, dass sein gesamtes Leben nach nur einem Plan verlaufen würde: nämlich dem seiner Eltern. Er würde in den Sprachen unterrichtet werden, lernen zu reiten und zu kämpfen. Er würde in die Gesellschaft der Ritter eingeführt werden, ebenso in die Kriegskunst und in die Wissenschaften. Er würde ein diplomatischer Mann werden, mit der Weisheit und Achtsamkeit zu regieren, und er würde eine Prinzessin heiraten, die kaum schöner und klüger sein könnte und für seine Nachfolge sorgen würde. Und danach würde er mit dem Heer in die Schlacht ziehen, um den dunklen König, der ihre bekannte Welt bedrohte, zu besiegen und ruhmreich zurückzukehren oder ehrenvoll zu sterben. Es gab keinen anderen Plan für ihn als diesen einen. Er würde dem Zweck seines Landes dienen, und sich der Bedeutsamkeit seines Lebens für das Volk bewusst sein. Aber all das wusste er noch nicht, und wenn seine Eltern es ihm sagten, dann verstand er es bloß als Spiel.

Allein das Schicksal ging oftmals unergründliche Wege. Und so tat es das auch in jener Nacht, als der Sturm ihn unruhig werden ließ. Ein Schatten legte sich über sein Bett, der im verglimmenden Licht des Kaminfeuers immer größer und größer und schließlich mit der Dunkelheit eins wurde. Sein eisiger Atem ließ seine Nackenhaare aufstehen und ihn unter seinen schützenden Decken zittern. Es war ein Atem so kalt, dass sich in der Luft Eiskristalle zu bilden begannen, und so durchdringend, dass die Wolldecken, die ihn schützen sollten, hart wurden. Es war der Atem und der Schatten des Todes, der ihn zu packen und aus seinem Bettchen zu heben schien, ihn erstarren und mit leeren Augen in die Dunkelheit hinter der Kapuze des Schattens blicken ließ, ohne zu verstehen, ohne zu wissen, was mit ihm geschah. Ohne zu erkennen, dass sich hinter dieser Dunkelheit kein körperloses Wesen befand, sondern eines aus Fleisch und Blut.

Und während der Schatten den Jungen aus dem Zimmer trug, erhob sich der Rabe draußen abermals, trotzte dem Sturm und flog zurück zu dem Fenstersims der Zofentochter Camilla. Er pickte eifrig mit seinem Schnabel gegen die Scheibe, als wolle er unsichtbares Ungeziefer verjagen. Aber stattdessen wand sich das Mädchen fluchend aus seinem friedlichen Schlaf und verscheuchte den lästigen Vogel, während vom Gang vor ihrer Kammer ein eisiger Luftstrom durch den Türschlitz wehte und sie fröstelnd ihre dicke Decke enger um sich schlingen ließ. Die Kerze auf dem Nachttisch war erloschen und die Dunkelheit verschlang ihre Geheimnisse, als lautlos an ihrem Zimmer der Schatten mit dem Prinzen vorüberzog und die kleine Camilla sich über den plötzlichen Wintereinbruch wunderte. Das Mädchen war für ihre zehn Jahre ein ausgesprochen kluges, dem wohl in der Welt der Edelleute – hätte sie eine Ausbildung genießen dürfen – eine glorreiche Zukunft bevorgestanden hätte. Aber sie war nur die Tochter einer armen Zofe. Selbst bloß ein Küchenmädchen, das half, die täglichen Speisen der Königsfamilie zuzubereiten. Sich über den plötzlichen Temperaturumschwung wundernd – es war immerhin Sommer, dachte sie irritiert –, kletterte sie aus ihrem Bett, zog leise die quietschende Kammertür auf und ließ den Blick den Gang auf und abschweifen. Gerade noch so erkannte sie im Dämmerlicht, wie die Spitze des Umhangs der Schattengestalt um eine Ecke wehte und spürte, wie die Kälte mit ihr verschwand. Mit einem Schlag hellwach, tastete sie blind nach ihren Schühchen in dem Winkel neben der Tür, schlüpfte hinein und lief mit flinken Füßchen, getrieben von der Neugier eines Kindes, der seltsamen Erscheinung hinterher. Die Stimme, die wie die ihrer Mutter klang und sich tief in ihr regte und zur Vorsicht mahnte, missachtete sie geflissentlich. „Bleib im Bett! Schlaf weiter!", sagte sie. „Eisige Kälte hat in einem Sommersturm in den Schlossgängen nichts verloren." Aber die Stimme wurde immer leiser und verklang schließlich ganz, als sie von einer anderen – überlauten – Stimme übertönt wurde: „Etwas stimmt nicht! Du musst herausfinden, was es ist!"

Draußen im Sturm, an jedem Fenster des Gangs, saß der gleiche Rabe mit zerzausten Federn und beobachtete das Mädchen, während es dem Schatten immer näher und näherkam und als sie ihn schließlich erreichte, saß der Rabe auch vor jenem Fenster.

Ein Kammerdiener löschte die allerletzte Kerze in einem warmen Zimmer unweit des königlichen Schlafgemachs. Dort

16

schliefen die Königin und der König friedlich und ahnungslos. Sie wussten nicht, in welcher Gefahr sich ihr Sohn befand. Zur gleichen Zeit löste sich, in einem schmalen Gang, in einem anderen Flügel des Schlosses der Schatten so unerwartet und plötzlich und wider allen Regeln der Vernunft abermals auf, wie er erschienen war. In den Armen hielt er den Prinzen und riss ihn und ein unschuldiges, neugieriges Mädchen mit in einen dunklen Tornado aus schwarzem Nichts.

Der einzige Zeuge dieser seltsamen Gegebenheit war der Rabe, der sich zufrieden die Federn zurechtzupfte, nur um dann wieder zurück in sein Nest zu flattern. Dort angekommen, steckte er gemächlich und erschöpft den Schnabel unter den rechten Flügel, als wäre nichts Verwunderliches, sondern gar etwas ganz Alltägliches geschehen. Dann begann er seine Nachtruhe, aus der er Stunden später abrupt geweckt werden sollte.

Der nächste Morgen war ein Morgen, wie es ihn nur nach einem Sturm geben konnte. Fröhliches Vogelgezwitscher befürwortete die ersten Strahlen einer feurigen Sonne. Sie ließ die Wiesen vor der Stadt in einem frischen Grün erstrahlen. Die Blumen reckten ihr gierig ihre Köpfe entgegen. Die Bienen kosteten den Tau vom Nektar der Blüten. Die Rinder schlenderten aus ihren Ställen. Und die Bäuerinnen und Bauern, die Naturbegeisterten, die Häusler liefen gut gelaunt über einen herrlichen Sommertag aus ihren Heimen. Auch die Stadt mit ihren verwinkelten, dichten Gassen wurde vom Gold und einem wolkenlosen, tiefblauen Himmel in den Tag begrüßt. Die herrschende, beinahe unheimliche Stille war das letzte Zeugnis der Geschehnisse der vorangegangenen Nacht. Sie wurde jäh durchbrochen, als irgendwo an einer Ecke ein Geiger seine Noten auspackte und eine Ballade anstimmte, die die jungen Mädchen und Burschen erröten, die Marktfrauen erfreuen, die staubbedeckten Straßenkinder tanzen ließ. Und das alles zum Ärgernis der eiligen Edelleute, die für gewöhnlich vermieden, sich mit dem Gesindel allzu lange abzugeben. Daher war es auch nicht weiter verwunderlich, dass niemand dem Klagen der Zofe Astrid über das spurlose Verschwinden ihrer Tochter Gehör schenkte, als das leere Zimmer des Prinzen entdeckt wurde. Die Gouvernante – eine, groß gewachsene Frau, deren Haare bereits frühmorgens gekämmt zu Berge standen –, betrat als Erste das kühle Turmzimmer, das sich unter dem Rabennest befand. Ihr entsetzter Schrei war es, der dem Raben die Federn emporstehen und ihn missmutig aus seinem erholsamen Schlaf schrecken ließ. Falls sich Raben fragen konnten, so fragte er sich in diesem Moment wohl, warum in aller Welt alle etwas gegen ihn zu haben schienen. Denn die Gouvernante riss energisch das Fenster unter seinen Krallen auf, erblickte ihn und schleuderte ein Wortgeschwader auf ihn los, sodass ihm keine andere Wahl blieb, als eilig sein Nest zu verlassen. Als wäre all das seine Schuld!

Die Gouvernante eilte sogleich panisch aus dem Gemach des Prinzen und stolperte kurz darauf in das königliche Esszimmer, in dem eine verwunderte Königin ihren Kopf von ihrem ausladenden Frühstück hob und fragte: „Wo bleibt mein Sohn? Hat er schlecht geschlafen?"

Die Gouvernante haderte einen Moment, suchte nach den richtigen Worten, fand sie aber nicht und stammelte letztendlich hilflos: „Eure Majestät, ihre Hoheit Prinz Henrick – er war nicht in seinem Schlafgemach. Ich – ich weiß nicht wo …" Aber sie brauchte nicht auszusprechen, da war die Mutter bereits aufgesprungen und brüllte: „Lasst nach den Wachen und dem König schicken! Sofort!" Leiser und wesentlich verzweifelter fügte sie hinzu: „Wir müssen ihn finden! Warum läuft dieses Kind nur immer wieder weg?"

Woraufhin die Gouvernante in ihrer misslichen Lage erwiderte: „Er ist ein kleiner Junge. Er ist neugierig. Weit kann er doch nicht sein ..."

Sie konnte nicht wissen, wie unrecht sie hatte, begann es aber bald schon zu ahnen.

Tagein, tagaus suchten die Wachen, die Mägde, die Edelleute nach dem Jungen. Sie suchten in der Küche. Sie suchten im Kerker, suchten ihn selbst auf dem Dach des Schlosses, durchsuchten sämtliche Häuser der Stadt, sämtliche Zimmer der umliegenden Dörfer. Aber eine Spur fanden sie nicht.

Hätten sie nur den Raben fragen, oder auch nur ahnen können, was diese Abweichung von der Normalität für einen gewaltigen – nein, sogar riesenhaften – Unterschied machen würde!

An einem weit, weit entfernten Ort im Süden indessen, erhob sich ein kahlhäuptiger Magier mit dem Namen Facundo Caysio von seinem Stuhl und reichte dem kleinen Mädchen vor sich ein Buch. Er trug eine blau-goldenen Robe. Sie befanden sich in einer prächtigen Stadt, die voller Lebensfreude, herrlich heller Hallen und Musik war. Die Menschen dort trugen Kleidung, die für jeden Nordländer ungewöhnlich erscheinen musste. Der Stadt saßen ein wärmendes Meer und eine hitzeverbrannte Wüste im Nacken.

Das Buch war so schwer, dass die kleinen Ärmchen des Mädchens es kaum halten konnten und es sie zu Boden zu ziehen drohte.

„Was steht darin?", fragte sie neugierig. Ihre langen, seidenschwarzen Haare fielen ihr in die Augen und ließen sie rasch blinzeln.

„Das ist ein Geschenk", sprach der Magier. Im gleichen Moment trat ein stattlicher Mann in die Tür des Studierzimmers, an dessen Wänden Bücher um Bücher stapelten, und sagte: „Canan Gul, wir reiten nach Hause! Alle sind bereit. Verabschiede dich noch von den jungen Herren der Alna-siva!"

Das Mädchen blickte den Magier an, der auf das Buch deutete: „Eines Tages kannst du es lesen, und dann wirst du verstehen, warum du sein musst, was du sein musst. Nur einer aus der Blutlinie des Dunklen kann ihn, Badshah, besiegen. Es ist einem alten Zauber zu verschulden."

„Und wenn es jemand anders versucht?", fragte Canan Gul in kindlicher Naivität.

Facundo Caysio schüttelte den Kopf: „Wer nicht seines Blutes ist, stirbt und seine Seele nährt die Magie des Dunklen, macht ihn stärker und stärker. Nur dein Vater oder du – nur ihr könnt ihn besiegen, wenn die Zeit reif ist. Ihr seid die Letzten seines Blutes."

Canan Gul stand sprachlos da, während ihr Vater energisch eintrat und sie von dem Magier wegzerrte. „Es wird nicht die Aufgabe meiner Tochter sein, Facundo!", sprach er, der Herr der Wüstenstadt Alna, bestimmt.

Als sie fort waren, seufzte Facundo und trat ans Fenster. Er blickte ihnen schwermütig hinterher und flüsterte: „Sie wird es sein. Ihr Blut ist reiner als Eures, König der Alna-hara. Sie muss es sein."

Schwer und verheißungsvoll blieben seine Worte in der Luft hängen, als wären es nicht nur Worte, sondern etwas Greifbares, etwas Reales.

Aber selbst der kluge, uralte Magier kannte nicht alle Wahrheiten und war oft blind für die kleinen, unbedeutend erscheinenden Dinge der Welt.

Das ausweglose Labyrinth

Der Junge war ganz still. Er rührte sich nicht. Seine Augen waren weit aufgerissen, starrten in eine Ferne, die so unerreichbar war, wie er selbst es zu sein schien. Camilla hatte keine Ahnung, wie ein Toter aussah oder dreinblickte. Aber genau so stellte sie es sich vor. Und bei der eisigen Kälte, die zuerst durch ihre Schuhe drang, dann langsam und unaufhaltsam in ihre Glieder, ehe sie unter ihr Nachthemdchen zu kriechen begann, konnte es gar nicht anders sein. Sie wusste wohl, wer der Kleine war. Was sie aber nicht wusste, war, wer dieser Mann im schwarzen Umhang war, der alles um sich herum in Eis zu verwandeln schien. Die Luft, die sie ausatmete, bildete unaufhörlich Wölkchen, denn ihr Atem ging rasch und unregelmäßig. Noch nie in ihrem Leben – nicht einmal im kältesten Winter – war ihr so kalt gewesen! Als sie bemerkte, dass der Schatten verharrte und sich langsam umzuwenden begann, setzte ihr Herz einige Schläge lang aus und sie hielt den Atem an. Sie fühlte sich, wie sich eine Steinsäule wohl fühlen musste: unbeweglich und starr. Die Wände des Schlossgangs schienen näherzukommen, sie erdrücken zu wollen, während der Schatten seinen Arm ausstreckte, um sie …

Es war dieser Moment, als Camilla begriff, dass die Wände um sie herum aus nichts anderem als Schwärze zu bestehen schienen. Dass kein Licht, das heller als eine Kerze leuchtete, den Ort je gesehen zu haben schien, an dem sie sich befand. Und erst da riss sie hastig den Kopf umher. Das hier war ein Gang, ja. Aber sie war doch noch vor einem Augenblick im Schloss gewesen! Aber diesen Gang hatte sie dort noch nie gesehen! Und vor allem war es nicht der gleiche, in dem sie

22

sich befunden hatte, als sie erkannt hatte, dass der Schatten den Prinzen in seinen Armen trug. Die kleine Camilla konnte nicht wissen, welch dunkler Magie sie Zeuge geworden war, aber in ihrem Inneren schrie es, dass sie wieder in ihr warmes, sicheres Bettchen in der Schlosskammer zurückkehren wollte. Sie hatte fürchterliche Angst. Sie konnte keinen klaren Gedanken fassen.

Als der Schatten auf sie zu schwebte, als würde er auf Eis gleiten, wich sie rasch vor ihm zurück. Doch sie stolperte gegen eine harte Mauer. Verzweifelt suchte sie nach einem Ausweg aus der Sackgasse. Aber für ein Zurück war es bereits zu spät und der Schatten erkannte das ebenso wie sie. So beugte er sich bedrohlich über sie. Sein kalter Atem lähmte sie und sie blickte ihn panisch aus weit aufgerissenen, eichenbraunen Augen an.

„Wer bist du?", fragte er. Seine Stimme hallte von den Wänden wider, war rau und kühl wie der Winterwind. Camilla konnte nur ihren Kopf schütteln. Sie fühlte, wie ihre Haare aufgeregt auf und ab wippten, während sie die Schreckgestalt mit aufgerissenem Mund anstarrte und ihre Kehle immer trockener wurde. Der Schatten drängte sie immer dichter an die Wand, bis sein eisiger Umhang sie beinahe vollständig verdeckte und einschloss und Camilla am ganzen Leib zitternd dastand. Sie spürte, wie das Blut in ihren Adern zu gefrieren begann.

„Wer bist du?", wiederholte er drohend seine Frage.

„Ca-Camilla", stammelte sie, brachte es kaum aus ihrer gefrorenen Kehle.

„Woher kommst du?"

„Sch-Schloss … ich, i…" Aber gerade als ihre Stimme verebbte, donnerte eine andere über sie hinweg. Eine Stimme so laut und alt und mächtig, dass ihr sämtliche Haare zu Berge standen.

„Hast du ihn?"

Der Schatten schien ihr einen grimmigen Blick zuzuwerfen, ehe er mit wehendem Umhang herumwirbelte. Sie konnte ihn unter der weiten Kapuze aber nur erahnen.

„Ja, Vater. Ich habe ihn!"

Camilla reckte verängstigt ihren kleinen Hals, um den Sprechenden ausfindig zu machen, aber der Schatten stand in ihrem Blickfeld. So hörte sie zuerst nur seine Stimme und begann leise wimmernd zu hoffen, ihn nie sehen zu müssen. Denn diese Stimme machte ihr mehr Angst als alles, das je durch ihre fürchterlichsten Albträume gegeistert war.

„Sehr schön!", lobte die Stimme. Ein leises Lachen folgte, das jede Freude zu nehmen schien – auch wenn es an diesem freudlosen Ort nie eine gegeben zu haben schien. Hätte sie nur mehr davon sehen können! Vielleicht gab es irgendwo ein Schlupfloch, durch das sie fliehen konnte! Aber es war so dunkel, so düster, dass es so schwer wie ein Stein auf ihrer Seele lastete.

„Sehr schön, mein Sohn! Du weißt, was du jetzt zu tun hast?"

„Ja, Vater!"

„Dann tu es!"

Und noch während sich Camilla fragte, was der Schatten tun sollte, wandte sich der wieder zu ihr um und trat einen Schritt zur Seite, wobei er den Blick auf *den Vater* freigab und Camillas Füßchen am liebsten losgelaufen wären – doch wohin? Ihr einziger Ausweg wurde von den beiden Gestalten versperrt, vor denen sie fliehen wollte.

„Wer ist das?", donnerte die Stimme. Eine schreckliche, verzerrte Maske verdeckte das Gesicht des Vaters. Sie japste auf. Solche Masken trugen die Männer, wenn der Winter endete und sie die Geister der kühlen Nächte verjagen wollten, um dem Frühling den Weg zu ebnen. Camilla hasste diesen Tag und versteckte sich immer hinter dem Rockzipfel der Mutter. Wie Dämonen sahen die Männer dann aus. Wie ein Dämon sah dieser Mann aus: Der Mund war schief und verzerrt, die Augenaussparungen waren schlitzförmig. Blutrote Farbe, als hätten Krallen darüber gekratzt, verliefen über die linke bleiche Wange, die Zähne waren unnatürlich spitz. Camilla wusste, dass diese Masken aus Holz geschnitzt wurden, aber jene, die ihr Gegenüber trug, war nicht aus Holz, da war sie sich ganz sicher. Sie war aus Knochen. Die Rüstung, die er trug, klirrte und rasselte bei jedem Schritt, den er näher auf Camilla zukam. Das schlimmste aber war die Leere, die hinter den Augenhöhlen zu hausen schien. Denn dort wo seine Augen hätten sein müssen, war nur schwarzes Nichts!

„Sie ist mir gefolgt, Vater!"

„Sie ist dir gefolgt?" Dem Vater entfuhr ein wahnsinniges, schrilles Lachen. „Sie ist dir gefolgt?" Und seine langen, dürren Finger hoben Camillas Gesicht an. Ihr stockte der Atem. Er drehte es nach rechts, nach links, ehe seine Finger über ihr Kinn glitten und er sich dem, den er Sohn nannte, abermals zuwandte. „Du Nichtsnutz! Wie konntest du sie nicht bemerken?"

„Es tut mir leid, Vater! Ich ..."

„Töte sie! Eine Magd brauchen wir nicht!" Und mit diesen Worten verschwand er so abrupt wie der Sohn zuvor aus dem Schlossgang, löste sich einfach in Luft auf und hörte das „Vater!" des Sohnes nicht mehr. Er ließ eine vor Angst zitternde Camilla mit dem Schatten allein, der immer noch den erschlafften Prinzen in seinen Armen hielt. Wie in Zeitlupe wandte er sich Camilla zu und stand mit einem

Schlag wieder keine Handbreit von ihr entfernt – so plötzlich, dass jedes Zwinkern länger dauerte. Grob legte er den Jungen, den Sandsack, in seinen Armen zu Boden und zückte aus den unendlichen Weiten seines Umhangs ein Messer. Es war zwar nicht groß oder lang, aber es war spitz und es war so scharf, dass es nur seiner Geschicklichkeit zuzuschreiben war, dass er den Stoff seines Mantels nicht damit zerschnitt.

„Nein! Nein! Nein …", plapperte Camilla drauflos, unfähig an etwas Geistreicheres zu denken, und versuchte, sich aus ihrer misslichen Lage zu befreien. Ein ängstliches Zucken huschte über ihr Gesicht, das dem Schatten ein kaltes, scharfes Lachen entlockte, während sie zwischen seinen Armen durchschlüpfte und dem ersten Messerstich geradeso entkam.

„Na, na, na! Wir wollen uns doch nicht etwa wehren?", sagte der Schatten und stand wieder vor ihr. „Ich würde das lassen!", mahnte er und ließ die Klinge genüsslich über seine behandschuhten Finger gleiten. Sie hinterließ einen sauberen Schnitt im Leder, ging durch wie durch Butter. „Je widerspenstiger du bist, desto grausamer wirst du sterben!" Schwarze Augen wie Käfer blitzten kurz unter der Kapuze hervor und seine Stimme klang, als würde er zu seinen Worten hämisch grinsen. Aber Camilla hatte anderes zu tun, als sich darum zu kümmern. Ihr Blick hastete zu dem Prinzen, der starr am kalten Steinboden lag und der sich wie durch ein Wunder zu rühren begann. Sie hatte ihn doch wirklich für tot gehalten! Ihr fiel ein Stein vom Herzen. Wie in aller Welt sollten sie das hier lebend überstehen? Dem Schatten musste aus den Augenwinkeln die gleiche Bewegung aufgefallen sein, denn er wandte seinen Kopf dem Jungen zu, der sich inzwischen zögerlich aufrichtete und blinzelnd seine Umgebung wahrzunehmen begann. Er öffnete den Mund. Gleich würde er zu kreischen beginnen! Camilla wollte ihm zurufen, dass er sich nicht rühren sollte, aber es kam nur ein seltsames Gluckern aus ihrer Kehle.

„Sieh einer an, da ist jemand wach!", murmelte der Schatten. Camilla konnte nur ahnen, was er vorhaben würde, aber sie wartete nicht ab, es zu erleben. Stattdessen hechtete sie nach vorne, packte den Prinzen unter den Armen, hievte ihn hoch und rannte. Dass der Gang, in dem sie sich befanden, in einem Kerkergewölbe endete und sich in einem lange eingenommenen Schloss im Westen befand, dass ihr niemals eine Flucht gelungen wäre, wusste sie nicht. Der Schatten allerdings schon. So ließ er ihr, weil er Freude an dem Spiel gefunden hatte, einen Vorsprung und wartete, bis sie sich einige Meter von ihm entfernt hatte, ehe er binnen eines Wimpernschlags wieder direkt in ihrem Weg stand und sie gegen ihn rasselte. Der Prinz begann schrill und panisch zu kreischen. Ein Kreischen, das in den Ohren wehtat, und da es in dem Gang kein Echo gab, dumpf und unnatürlich klang.

„Mach, dass er aufhört!", stöhnte der Schatten genervt. Camilla starrte ihn an, während sie ihren Vorteil zu erkennen begann.

„Hör auf zu schreien!", plapperte sie auf den Prinzen ein und pikte ihn gleichzeitig und so unauffällig wie möglich in sein Bein, was das Kreischen noch um eine Oktave höher werden ließ. Der Schatten wand sich kurz, ehe er einen Entschluss zu fassen schien.

„Gib ihn mir!", befahl er und war im Begriff, Camilla den Prinzen zu entreißen. Der klammerte sich aber einerseits an ihr fest, andererseits war Camilla nicht im Geringsten gewillt, loszulassen, und so umklammerte *sie* ihn stur.

„SOHN, was ist das für ein Lärm?", donnerte plötzlich wieder die Stimme des Vaters durch das Gewölbe. Der Prinz verstummte und selbst der Schatten erstarrte. Sein Gesicht war so nah an Camillas, dass sie den eisigen Todesatem selbst einatmete, und sie blickte ihn aus weit aufgerissenen, verängstigten Augen an. Dann hob der Schatten seine Hand, allerdings nicht die mit dem Messer und im nächsten Moment waren der Gang, der Schatten und die Stimme des Vaters verschwunden. Camilla stand in kompletter Dunkelheit, den verstummten Prinzen in ihren Armen haltend. Es roch modrig. Es war kühl und feucht, aber es war nicht die tödliche Kälte, die der Schatten ausgestrahlt hatte. Sie hatte keine Kenntnis davon, dass sie woanders waren. Nicht im Schloss, nicht in diesem unheimlichen Gang. Wo waren sie? Eine so durchdringende und erstickende Finsternis hatte sie noch nie erlebt! Während sie minutenlang stocksteif dastand, ohne es zu wagen, auch nur einen Mucks von sich zu geben oder richtig zu atmen, wandte sich an einem anderen Ort der Welt der Schatten dem Vater zu.

„Hast du es getan, Sohn? Hast du ihn ins Labyrinth geschickt?", fragte er.

„Ja, das habe ich, Vater!", erwiderte der Schatten.

„Und das Mädchen?"

„Ist tot."

„Gut gemacht! Es braucht noch ein wenig Zeit. Früchte müssen auch erst reifen, bevor sie gut zu ernten sind. In ein paar Jahren wird es endlich so weit sein! Der dunkle Herr ist mit Sicherheit zufrieden! Er wird dich belohnen." Und mit diesen rätselhaften Worten verschwand der Vater wieder aus dem endlosen Gang. Dem Schatten dämmerte, dass er das Mädchen hätte töten und sie nicht in der Hast mit dem Prinzen in das Labyrinth schicken sollen. Der Vater würde die Lüge früher oder später aufdecken. Er würde ihn wieder einen Nichtsnutz schelten und die großen Aufträge würde er dann vergessen können. Leise fluchend zupfte er seinen Umhang zurecht, steckte das Messer zurück in eine Innentasche und murmelte: „Ich muss dich wohl wiederfinden!" Dann verschwand auch er aus dem Gang und die drückende Stille und einkehrende Dunkelheit ließen die Geschehnisse der vergangenen Minuten langsam in Vergessenheit geraten.

Indessen streckte Camilla eine Hand aus. In der anderen begann der Prinz zu zappeln.

„Eure Majestät, haltet bitte still!", hauchte sie und erwartete beinahe, eine Antwort zu bekommen. Ihre Hand streifte eine feuchte Mauer. Langsam tastete sie sich voran. Sie vermied es, sich vorzustellen, dass sie gleich keine Steinmauer mehr ergreifen könnte, sondern etwas anderes – etwas aus Fleisch oder haariges Ungeziefer. Aber wie es nun einmal so ist, wenn man an etwas auf keinen Fall denken will, denkt man trotzdem daran. Und so geisterten Bilder von Spinnennestern und Händen, die sie packten, durch ihren Kopf und ließen sie ein wenig schneller dahinstolpern, bis sie wirklich keine Mauer mehr berührte, sondern ins Leere griff und ihr ein überraschter Aufschrei entglitt, der ein ungewollt lautes Echo hatte.

„Verflucht, was …?", murrte sie – Mutter Astrid hätte sie gescholten: „Fluchen gehört sich nicht für eine junge Dame!" – und fing ihren Sturz gerade noch so ab.

Verflucht, was …? Das Echo hallte durch die unsichtbaren Räume. Nur klang die Stimme wie der Kontrabass in einem Orchester. Camilla sah sich irrsinnigerweise um. Es kam ihr vor, als hätte jemand ihre Worte nachgesprochen.

„Hallo?", fragte sie vorsichtig in die drückende Stille.

Hallo?, kam fragend zurück.

Der Prinz zappelte. Langsam drohte er zu schwer zu werden. Sie lauschte noch einen Moment, aber da war keine Stimme mehr. Dann schlich sie weiter. Jeder Schritt hatte ein trippelndes Echo. Sie war sich sicher, dass ihre Hand gleich *etwas* berühren würde. Aber da war nur kalter, feuchter Stein unter ihren Fingerspitzen. Zumindest so lange, bis sie jäh den Halt verlor und kopfüber eine Treppe hinunterstürzte. Laut, krachend und am Ende lauthals fluchend, obwohl sie doch eigentlich jeglichen Lärm hatte vermeiden wollen! Zu allem Überdruss glitt ihr auch noch der Prinz aus den Armen, als wäre er ein schleimiger Egel. Sogleich setzte ein ohrenbetäubendes Kreischen ein, was ihr die Suche nach ihm erleichtern hätte sollen. Sie missachtete den Schmerz, der von ihrem Knie ausging, berührte es, erkannte, dass es blutete, und kletterte dennoch auf allen vieren die Treppe hinauf in Richtung des Gekreisches. Nur, dass es jäh verstummte.

„Eure Hoheit!" Vielleicht war es nicht das Klügste, an einem fremden Ort mit unbekannten Zuhörern kundzutun, dass ein Prinz anwesend war. „Henrick", stammelte sie stattdessen in die Dunkelheit. „Wo seid … Wo bist du?"

Ein eisiger Wind raste an ihr vorbei, der mit raschen, trippelnden Schritten einherging. Da war jemand! Daran hatte Camilla keine Zweifel mehr. Und auch, wenn sie es nicht sehen konnte, wurde ihr klar, dass dieser jemand sich den Prinzen geholt hatte. Das lag vor allem daran, dass sich das Geschrei rasch zu entfernen schien.

„Bleib stehen!", brüllte sie. Jetzt war die Lautstärke auch schon egal. „Hey bring ihn zurück!" Sie musste sich an einer der Stufen aufstützen, um sich aufzurichten, ehe sie dem Wirbelwind hinterherhumpelte oder es zumindest versuchte, denn die Dunkelheit war und blieb undurchdringlich. „Hey!"

Bei der nächsten Abzweigung dämmerte ihr langsam, dass ihre Verfolgung keinen Zweck hatte, aber sie weigerte sich, aufzugeben. Immerhin war der Prinz der einzige Grund, warum sie überhaupt hier war. Wo auch immer das war!

Während sie weiter so dahinstolperte, versuchte sie, sich immer verzweifelter einzureden: „Das ist nur ein böser Traum! Das ist nur ein böser Traum!" Gleich würde die Tür ihrer Kammer quietschend aufschwingen. Ihre Mutter würde sich über sie beugen, sie mit einem Kuss auf die Wange und einem fröhlichen: „Aufstehen, es ist Morgen!" aufwecken. Die ersten Sonnenstrahlen würden ihr Gesicht streifen. Draußen ein windstiller Tag. Ein Tag nach dem Sturm, der mit dem Lied eines Straßenmusikanten beginnen würde. Stattdessen stolperte sie über ihre eigenen Füße und landete unsanft auf dem ohnehin schon verletzten Knie. Sie wimmerte. Ihre Gedanken begannen, sich um die absurde Frage zu drehen: Wer oder was war der Verursacher dieser eigenartigen, trippelnden Schritte? Hatte sie der Schatten hierher verfolgt? Was für ein Spiel spielte er mit ihnen? Und wo war *hier*? Wo war überhaupt rechts und links? Konnte jemand bitte eine Kerze entzünden?

„Verflixte Dunkelheit!", stöhnte sie und tastete sich weiter voran, dem verklingenden Gekreische des Prinzen hinterher, während sie die schattenhaften Trugbilder verdrängte.

Der Hüter des Labyrinths

Es war schon viel zu spät, um aus diesem Albtraum aufzuwachen. Als Camilla das erkannte, hockte sie am Boden – im Rücken eine kalte, feuchte Steinmauer – und presste ihre Hand gegen ihr blutendes Knie. Sie unterdrückte ein Schluchzen. Gerade so gelang es ihr, sich daran zu erinnern, dass sie tapfer sein musste. Immerhin ging es hier um die Entführung des Prinzen! Mit Sicherheit würde man ihn suchen und die kühnsten und stärksten Männer ausschicken, um ihn ausfindig zu machen. Also war ihr Entkommen von diesem unwirtlichen Ort nur eine Frage der Zeit. Eine Weile konnte sie sich das zumindest halbwegs erfolgreich einreden, bis ihr wieder der Schatten und sein unterbrochenes Vorhaben, sie umbringen zu wollen, einfiel. In der vorherrschenden Dunkelheit hätte sie seine Anwesenheit höchstens aufgrund der Kälte, die er ausstrahlte, bemerkt. Aber kalt war es sowieso. Bei der bloßen Erinnerung an ihn schauderte ihr.

So saß sie lange da, und grübelte darüber nach, wie sie aus ihrer misslichen Lage entkommen sollte. Schließlich fielen ihr vor Erschöpfung die Augen zu, und in ihrem Kopf begannen sich aufgeregt Bilder zu bewegen. Worte hallten in ihren Ohren wider, als stünde ihre geliebte Mama neben ihr und würde erzählen, und so tauchten die Bilder der alten Geschichte wieder auf und lenkten sie für eine Weile ab:

„In dieser friedlichen Zeit trug es sich zu, dass die Hexe einsam auf der Heide vor ihrem Haus auf der prächtigen Leier zupfte. Schon seit Langem war sie der Langeweile Überdruss und beschloss, den Wind zu sich zu rufen. Als dieser in seinem Wolkenkleid vom Himmel herabfegte und sich vor ihr aufbaute, fragte er: ‚Kind der Firmamenttochter, du hast mich gerufen! Was willst du?‘

‚Trage mich an einen fernen Ort. Ich möchte die Welt kennenlernen. Ich möchte nicht mehr allein sein!‘, erwiderte sie darauf.

Der Wind nickte und hob sie sogleich mit sich in die Lüfte. Sanft trug er sie auf seinen Schwingen, über endlose Birkenwälder, über hohe Gebirgsketten, über die tiefe See, in ein Land, das vom Sand beherrscht wurde. Verspielt vollführte der Wind einen fröhlichen Tanz mit der Wüste, ehe sie eine Stadt überflogen. Dort drang Musik an die Ohren der Nordhexe.

‚Das ist eine mächtige Musik. Lass mich sehen, woher sie kommt!‘, bat sie den Wind, und er brachte sie zu einem Turm am Eingang der Stadt. In dessen höchsten Zimmer entdeckte sie ein Instrument mit zahlreichen Pfeifen. Ein schöner, junger Mann war es, der die Tasten betätigte.

‚Die Prinzessin kommt!‘, rief er und spielte sein prächtigstes Lied. Die Nordhexe nahm auf dem Fenstersims Platz und lauschte, während eine Karawane aus der Wüste mit einer prächtig gekleideten Frau auf dem größten Kamel die Stadttore erreichte. Bald schon lernte die Nordhexe von der Liebe des Mannes zu der Prinzessin. Doch es missfiel ihr, denn sie selbst hatte Gefallen an dem Musikanten gefunden, dessen Töne so wunderbar zu denen ihrer goldenen Leier passten. Sich an die Magie erinnernd, beschloss sie, den Musikanten zu verzaubern. Als seine Augen nur noch ihr gehörten, gebar sie neun Söhne und eine Tochter. Doch so mächtig der Zauber gewesen war, begann er mit der Zeit zu schwinden, und der Mann ließ die Nordhexe allein zurück, um zu seiner Prinzessin zu kehren. Doch ihr Glück währte nicht lange. Als die Nordhexe ihn fand, sagte sie: ‚Du gehörst

mir!' Und zur Strafe kettete sie ihn an sein Instrument im Turm, wo er verdammt war zu spielen, wann immer die Prinzessin in die Stadt kam und ging. Doch nur von der Ferne aus konnte er sie bewundern. Der Musikant fand in seinem Leben keine Liebe mehr und versank in tiefer Traurigkeit. Indessen bat die Nordhexe den Wind, sie zurück nach Hause zu tragen, wo sie ihre Kinder großzog. Der Älteste wurde ein solidarischer Mann. Wo auch immer seine Hilfe vonnöten war, eilte er hinzu. So half er einem Bauern, der sein Vieh gegen Wölfe verteidigen musste, und er half einem Waisenkind, indem er es großzog. Der Zweite war ein fleißiger Mann, pflügte die Felder selbst, säte und erntete im Herbst. Der Dritte war ein demütiger Mann. Er nahm sich selbst nicht so wichtig wie seinen Nachbarn. Der Vierte war ein großzügiger Mann, der gelernt hatte, die Fehler anderer zu vergeben. Der Fünfte stand in der Gunst der Welt. Was er anpackte, wurde zu Gold. Der Sechste war für seine Ehrlichkeit bekannt. Keine Lüge kam je über seine Lippen. Der Siebte war achtsam. Er sah, was anderen verborgen blieb, und half, wo er konnte. Der Achte war ein gelassener Mann. Er nahm die Dinge, wie sie kamen. Der Neunte war ein ausgesprochen neugieriger Mann. Vor allem an der Tierwelt hatte er großes Interesse. So kam es, dass sein bester Freund ein Rabe wurde, dessen Klugheit ihn faszinierte.
Die Tochter allerdings wurde im ganzen Land als die Schönste angepriesen."
Immerzu stellte sich Camilla vor, sie wäre eines Tages wie diese wunderschöne Frau. Immer hatte sie es der Mutter erzählt und sie hatte ihr lächelnd übers Haar gestrichen und gemeint: „Nicht Schönheit, sondern Klugheit ist das, was du begehren solltest, meine Kleine!" Camilla verzog missmutig die Lippen. Lieber wollte sie schön als klug sein, doch dass

ihre Chancen diesbezüglich schlecht standen, wusste sie selbst. Die Mutter war drahtig und klein, der Vater hager und schmächtig. Wie sollte sie dann jemals hochgewachsen und erhaben werden?

„Ihre langen Haare bestanden aus purer Seide. Ihre Augen waren die Smaragde der Berge, und ihre Stimme war von solcher Reinheit, dass selbst die Gebirgsbäche verstummten, wenn sie sang. Dieser Gesang drang bis hoch in den Norden zu der einsamen Hütte des alten Weisen und bis weit in den Süden des Nordlands zum Amboss des jungen Schmieds und erfüllte die Birkenwälder dazwischen. Als der Schmied die Stimme vernahm, ließ er verzaubert den Hammer sinken. Dreizehn Tage und Nächte ließ ihm die Stimme keine Ruhe. Schließlich packte er sein Hab und Gut, spannte die Hunde vor den Schlitten und machte sich auf die Suche. Der alte Weise begab sich zur gleichen Zeit auf den Weg und glitt durch den Schnee hinunter in den Süden. Auf halbem Weg traf er auf den Schmied und fragte: ‚Wohin so eilig?‘

‚Es gibt ein Mädchen, das ich ehelichen will. Mein Weg führt mich zu ihr. Was willst du alter Mann?‘, erwiderte der Schmied selbstbewusst.

Der alte Weise erkannte rasch, dass ihr Ziel das Gleiche war, und als sie schließlich die Hütte der Nordhexe erreichten, hatten sie sich auf ein faires Spiel geeinigt. Jedoch lauschte der Wald, der schon so lange der Freund der Tochter war, ihren Worten und sang leise ein Lied, das der Feder des alten Weisen entstammte: ‚Leben und Tod, Frieden und Krieg, der Einklang des Gleichgewichts erwache!‘ Und in einer tiefen Höhle regte sich ein Raubtier. Wild und ungestüm war es. Als es jedoch die Stimme der Tochter vernahm, lauschte es andächtig. Wissend, dass seine Zeit noch nicht gekommen war.

Als der alte Weise und der Schmied die Tochter sahen, verschlug es ihnen die Sprache. Sie war schöner und wertvoller als jeder Diamant. Leise sagte der alte Weise: ‚Du magst jung und kräftig sein, doch ich bin klug und kann ihr die Welt bieten!'

Der Tochter allerdings machte das Werben der Männer Freude, so sprach sie: ‚Wer von euch mir innerhalb eines Jahres das prächtigste Haus bauen, die größte Dienerschaft bieten, und die schönsten Kleider schenken kann, den werde ich zum Mann nehmen.'

Die erste Aufgabe war für den Schmied keine Schwierigkeit, die zweite ließ sich lösen, und die dritte war einfach, denn Gold besaß er genug. Jedoch als sie nach einem Jahr harter Arbeit wieder aufeinandertrafen, erkannte er, dass der alte Weise seine Zauberkräfte geschickt zu seinem Vorteil genutzt hatte. Sein Haus war größer und prächtiger, die Dienerschaft ging in die Hundert, und die Kleider waren mit Gold bestickt.

Entsetzt über den Verlust der Gunst der Angebeteten kehrte der Schmied in seine Werkstatt zurück und schmiedete ein Messer. Dann rief er einen Waldgeist zu sich, der für seine Düsternis bekannt war, und ließ das Messer verzaubern.

‚Alter Mann, du wirst mich nicht bemerken, wenn ich dich im Schlaf ersteche! Dieses Messer wird sein Ziel nicht verfehlen!', flüsterte er und machte sich sogleich auf den Weg in den Norden.

Dort schlich er sich in das prächtige Haus, in das Schlafzimmer der frisch Angetrauten, betrachtete seine Liebe lange, ehe er sich dem alten Weisen zuwandte und das Messer in ihn rammte, sodass der alte Mann schmerzerfüllt die Augen aufriss und seinen Tod anblickte. Leise sang er: ‚So wie dein Tod, Mutter, zu Leben wurde, wird meiner sinnlos sein!' Zur gleichen Zeit jedoch setzte sich ein Rabe an das Fenster des

Schlafgemachs und rief den neunten Bruder zu sich, der seiner Mutter von der Beobachtung berichtete. Als die Nordhexe zu ihrem Schwiegersohn kam, lag dieser blutend in seinem Bett. Ihre Tochter aber war verschwunden. Sie zupfte die Leier, gab der Zeit einen neuen Lauf und legte die Hände auf die Wunde des alten Mannes und heilte ihn.

‚Was ist geschehen? Wohin hat der Schmied meine Tochter gebracht?‘, fragte sie.

Der alte Weise war wutentbrannt. Sogleich spannte er seine Hunde vor den Schlitten und machte sich auf den Weg zur Schmiede im Süden. Dort traf er auf den jungen Schmied und seine frisch Angetraute, die glücklich in die Augen des jungen Mannes blickte. Da erkannte der alte Weise, dass all der Reichtum nichts am Wunsch des Herzens änderte. Jedoch, anstelle von der jungen Schönheit abzulassen und ihr neu gefundenes Glück zu akzeptieren, belegte er das Haus des jungen Ehepaars mit einem dunklen Zauber. Die Tiere des Schmieds starben, die Ernte wurde karg, der Hunger nahm überhand, und eines Nachts kam ein Rächer aus dem Wald, der den Schmied töten sollte.

‚Nimm ein Leben, und gehe!‘, war der Befehl des alten Weisen. Doch sah er nicht, dass dieses Raubtier schon lange seine Beute beobachtet, dass der Wald selbst ihn erweckt hatte, um Gerechtigkeit walten zu lassen. So geschah es, dass sich die Schönheit im Angesicht des Todes schützend vor ihren Mann warf, und er nahm *ihr* das Leben und ließ zur Strafe einen verzweifelten Schmied zurück. Wenig später rief der alte Weise diesen gerechten Dämon zu sich, und dieser berichtete ihm von dem Geschehenen, woraufhin der alte Mann in tiefer Trauer versank. Zur Strafe schnitt er sich die Zunge aus dem Mund, damit er nie wieder einen Befehl an einen anderen erteilen konnte. Das Raubtier aber ging in die

Minen der Berge, schlug einen prächtigen Diamanten aus dem Stein und kehrte damit zu dem alten Weisen zurück. Er nahm ihm die Zauberkräfte, die er dazu missbraucht hatte, den Schmied und seine Frau zu verfluchen, sperrte sie in den Diamanten. Dann ging er zur Nordhexe, nahm ihr die Zauberkräfte, die sie dazu missbraucht hatte, die Liebe eines Mannes zu gewinnen, sperrte sie in den Diamanten. Zudem nahm er ihr die Fähigkeit des Musizierens, sodass ihre Leier in ihren Armen verstummte und sie die Zeit nicht zurückdrehen konnte, um ihre Tochter zu retten. Und schließlich ging er zu dem Schmied zurück und befahl: ,Kein Messer, kein Schwert, keine Waffe sollst du je wieder schmieden, die mit einem Zauber belegt werden kann!' Und machte aus dem jungen Mann einen ganz gewöhnlichen Schmied. Kein Waldgeist konnte nun mehr eine seiner Klingen verzaubern, um jemanden zu töten. Dann ging er zu dem Grab der Tochter, befahl der Erde zu weichen, und nahm die Schönheit mit sich in seine Höhle, wo er sie verbrannte, und ihre Seele entfloh in den Wald, wo sie wenig später auf einen Raben traf, der ihr versprach, sie in die Welt der Toten zu geleiten, wenn seine Zeit gekommen war. Zu dem Diamanten sprach er: ,Jeder Dieb wird in Flammen aufgehen! Nur jener, der dich unwissentlich nimmt, wird leben.' Den Diamanten verwahrte er als seinen größten Schatz an einem sicheren Ort.
Rasend über den Raub der Schwester schworen die neun Brüder Rache. Das Raubtier aber fanden sie nicht, und je mehr der Hass sie übermannte, desto düsterer wurden ihre Seelen, und sie brachten Schmerz und Angst in die Häuser der Welt. So begann der Krieg im Kleinen, vor dem das Zauberschild den alten Weisen im Norden hatte schützen sollen, und er sollte mit seinen Worten recht behalten."

Nun übermannte Camilla der Schlaf und aus den Worten der Mutter wurden endgültig Trugbilder, die sie in ihre Träume geleiteten und sie kurz vergessen ließen, in welch misslicher Lage sie sich befand und wie sehr ihr Knie schmerzte.

„Die dreizehn Könige und ihre Ritter trafen sich alsbald in der großen Halle, die sie als ihren Versammlungsort auserkoren hatten, und berieten sich, wie sie dem Hass Einhalt gebieten konnten. Der Krieg war leise und unauffällig gekommen, hatte in den Herzen der Menschen begonnen, mit missfallenden Worten Brüdern und Schwestern gegenüber, mit leisem Raunen hinter dem Rücken der anderen. Nach tagelangen Beratungen erhob schließlich der listige Fuchs des Westens seine Stimme: ‚Schwestern und Brüder, wenn wir all unsere Kräfte vereinen würden, könnten wir diesen Krieg doch schlagen!‘

‚Was meinst du damit?‘, erwiderte der glücksbringende Elefant der Savanne.

‚Die Antilope ist schnell, der Bär ist stark, die Eule weise, der Adler mutig, du Elefant, bringst Glück, die Fledermaus ist reich, ich, der Fuchs bin listig, der Panther ist majestätisch, der Stier fruchtbar, der Rabe klug, der Wiesel flink, der Wolf fürsorglich und der Wal hilfsbereit. Überlisten wir sie. Sagen wir ihnen, sie sollen in einer Arena statt auf dem Schlachtfeld kämpfen, und in dieser Zeit muss Frieden herrschen. Gewinner ist der schnellere, der stärkere, der weisere, der mutigere …‘

Da unterbrach den Fuchs der Rabe: ‚Ich weiß, wer uns helfen kann, etwas Derartiges zustande zu bringen. Fragen wir den alten Weisen aus dem Norden um Rat.‘

‚Ich werde zu ihm fliegen!‘, schlug der mutige Adler vor und erhob sich sogleich in die Lüfte. Zehn Tage und elf Nächte flog er, ehe er die Hütten hoch oben im Norden erreichte und dem alten Weisen von dem Plan erzählte und ihn bat: ‚Baut uns eine solche Arena!'

Dreizehn Jahre vergingen, ehe die Arena erbaut war. Jedoch gelang die List, und der Krieg wurde gefangen. Der Jubel in der Halle der dreizehn Könige war groß. Nur einer stahl sich heimlich davon.

Dieser eine war ein großer Held, ein Ritter der schnellen Antilope. Er hatte dem Jubel gelauscht und schüttelte den Kopf. ‚Wenn es keinen Krieg mehr gibt und kein Leid, wer soll dann noch ein Held sein?', fragte er die Sanddünen vor der Halle der alten Könige. Sie erwiderten ihm nichts. Nur der Wind selbst fuhr ihm durch die Haare und flüsterte ihm ferne Stimmen zu: ‚Ohne das Licht, keine Schatten.'

Dieser eine war ein großer Held. Im Krieg hatte er eine Prinzessin vor den dunklen Absichten des Feindes gerettet, die ihm später zehn Kinder gebar. Er hatte auch eine ganze Schar von Kindern aus einem brennenden Haus geholt. Die Völker hatten ihn gepriesen, und sie hatten ihn zu ihrem König gemacht. Die schnelle Antilope hatte seinen Mut und seine Stärke mit der höchsten Auszeichnung belohnt: Er konnte sie rufen, wenn er in größter Not war, und sie würde ihm helfen.

Nun aber sprach er zum Wind: ‚Eine alte Hexe hat diese Tiere zu den Königen der Welt gemacht. Ich aber wurde von einem ganzen Volk als ihr König gewählt.'

Die Windstimmen sangen ein altes Lied, das vom frühen Tod der schönen Nordtochter handelte, von schneebedeckten Wipfeln, der Leier, die den Takt der Zeit vorgab, von dem weltschützenden Schild und davon, dass am Ende das Raubtier die Magie besäße.

In dem großen Helden begann ein Plan zu reifen, und er bat den Wind, ihn in den Norden zu tragen. Der Wind erwiderte:

‚Ich trage dich als Wolke, und als Wolke sollst du Regen und Schnee bringen, so wie es einst die Firmamenttochter tat.‘

Ob dieses mächtigen Vergleichs fühlte sich der Held geschmeichelt, und als er im Norden in die Höhle des Raubtiers trat und dieses ihn fragte, wer er denn sein, sprach er: ‚Ich bin von den Wolken. Man flüsterte mir zu, dass es ohne Licht keinen Schatten gäbe, und das bedeutet, dass es ohne Schatten kein Licht gibt. Daher, gerechter Dämon, bitte ich dich den Krieg zu befreien.‘

Das Raubtier, der gerechte Dämon, baute sich vor dem Helden auf. Groß und furchteinflößend fletschte es die Zähne: ‚Es gibt keinen Schatten ohne Licht, das ist wahr. Aber den Krieg werde ich nicht aus der Arena befreien!‘

Der Held ließ sich davon allerdings nicht überzeugen. Als das Raubtier am tiefsten schlief, schlich er sich in sein Heim. Er sagte zum Wind: ‚Ich bin nicht umsonst ein Held. Doch niemand sieht das größere Ganze.‘ Und er stahl dem Raubtier den Kristall, in dem es die Magie des alten Weisen und die der Hexe gefangen hielt, und das Schmiedefeuer des jungen Schmieds. Und noch in derselben Nacht bat er den Wind: ‚Trage mich zu der Hütte des Alten.‘ Und der Wind schnaubte und blies, bis der Held dort angelangt war. Das Feuer im Kamin brannte noch und der alte Stumme las in einem Buch. So wartete der Held geduldig am Fenster, bis der Alte eingeschlummert war, dann stahl er das allesschützende Schild von der Wand der Hütte, und wies den Wind an, ihn zu der Nordhexe zu bringen. Diese aber war nicht zu Hause. Sie war am Fluss und trauerte dem Leben ihrer Tochter hinterher, flehte die Waldgeister an, sie zu ihr zurückzubringen, und weinte über den Verlust ihrer rechtschaffenen Söhne. So hatte der Held es leicht und stahl die goldene Leier, deren Töne die Zeit im Zaum halten konnten.

So begab er sich vor die Tore der Arena und bat um Einlass. Kaum betrat er die Gänge, ließ er die Magie frei, und die goldene Leier leuchtete, ihre Saiten wurden von nichts als einer Brise gezupft und klangen hell und wunderbar durch die Gänge. Sie leiteten ihn zu seinem Ziel, während das Schild erglühte und ihn vor den Gefahren der Düsternis und der Stille behüteten. Es dauerte nicht lange und er fand den Krieg – ein Wesen, das war wie ein groß gewachsener Mann, der von Narben übersät war, und doch war es nur ein Wesen – und sprach zu ihm: ‚Ich leite dir den Weg in die Freiheit. Und du wirst mein Diener.‘

Der Krieg war kein Mann, der Kompromisse einging. Er nahm ihm die Leier, mit der er die Zeit beherrschen konnte, und eine Saite riss, dann eine zweite und eine dritte. Alle segelten sie zu Boden und wurden zu Zeitfäden: Eine konnte alles in ihrer nächsten Umgebung anhalten, eine einen Blick in die Zukunft erhaschen und die dritte das Alter rasch gewähren lassen. Auch den Kristall entriss er dem Helden und warf ihn vor Wut fort in eine dunkle Ecke. Nur noch das schwache Schmiedefeuer des Schmiedes loderte in seinem Inneren. Doch seine Lage war äußerst verzweifelt, und so schloss er den Pakt mit dem Helden. Gemeinsam verließen sie die Arena und wanderten in die Ferne, wo der Held zu ihm sprach: ‚Wir müssen die alten Könige von ihren Thronen stoßen, damit du wieder walten kannst. Sie sind zu mächtig.‘ Und als ebendas geschehen war, erbauten sich der Krieg und der Ritter eine Burg, wie man sagt, aus den Knochen der Feinde.“

Von diesen schrecklichen Bildern aus dem seichten Schlaf gerissen, schreckte Camilla hoch und erkannte, dass es gar nicht der Albtraum gewesen war, der sie geweckt hatte. Es war die Dunkelheit, die mit einem Schlag ein bisschen heller geworden war, und das warme Licht, das sich auszubreiten begann. Ihr Herz klopfte aufgeregt. Langsam schälten sich die Steine eines Gangs aus der Finsternis, gefolgt von einer um eine Ecke biegenden Gestalt, in deren Hand lose eine Laterne baumelte. Kurz vor Camilla hielt sie inne und hob die Laterne ein Stückchen höher, um sie in Augenschein nehmen zu können. Es dauerte einen Moment, ehe sich ihre Augen an die neuen Umgebungsbedingungen gewöhnt hatten und sie in der Gestalt einen groß gewachsenen, grobschlächtigen Mann mit schütterem, dunklem Haar und blitzblauen Augen erkannte. Seine Arme waren so kräftig, dass er sie wohl mit einer Hand hätte hochheben können, wenn er es denn gewollt hätte. Am auffälligsten aber war seine flache, breite Sattelnase, deren Knorpel im flackernden Kerzenlicht einen langen Schatten auf seine Wangen warf und ihn beinahe grotesk erscheinen ließ.

Sie drehte hastig den Kopf nach rechts und links. Wohin sollte sie am besten laufen, um ihm zu entkommen?

„Und, du machst hier was?", murrte er mit einer Stimme, die viel tiefer war, als Camilla erwartet hatte, aber nicht so tief, dass sie furchteinflößend geklungen hätte.

„Sir?", stammelte sie zuerst, „Ich ... seine Hoh ... er ..." Ihr Finger zitterte, als sie zuerst in die eine, dann in die andere Richtung deutete, ohne sich recht entschließen zu können, wo die richtige gewesen wäre. „Mein Freund ...", korrigierte sie rasch, „... wurde entführt. Ich ..."

„Den findest du nicht wieder, Kleine! Jetzt geh mir aus dem Weg! Ich muss hier durch!", unterbrach sie der Fremde und stapfte mit einem großen Schritt über ihre kleinen Beine hinweg, ehe er leise vor sich hinmurmelnd mit dem rettenden Licht davonstakte. „Freund ... Hoh ... sowas! Die Gestalten hier werden auch immer eigentümlicher!" Am Ende des Gangs wandte er sich um und blickte Camilla mürrisch an.

„Willst du da den ganzen Tag hocken bleiben und dir selbst leidtun, oder kommst du?"

„W … Was?"

„Ob du kommst?"

„Äh …"

„Brauchst du eine Sondereinladung?"

Wenig später stolperte Camilla, unsicher, ob es vernünftig war, einem Wildfremden zu folgen, hinter dem Hünen mit seiner Laterne her. Sie wischte sich mit dem Ärmel ihres Nachthemds über das verweinte Gesicht, während sie sich über die unzähligen zugemauerten Türen wunderte, die von den Gängen des Labyrinths abzweigten.

„Wo führen die alle hin, Sir?", fragte sie.

Der Hüne zuckte mit den Achseln: „Wen kümmert's?"

„Ähm …"

Es dauerte zwei weitere Weggabelungen, ehe Camilla den Mut fand, eine zweite Frage zu stellen: „Was meinten Sie damit, dass ich meinen Freund nicht mehr finden werde?"

Dieses Mal machte er sich immerhin die Mühe und warf ihr einen übel gelaunten Blick über die Schulter zu, aber eine Antwort blieb er ihr schuldig, denn hinter der nächsten Abzweigung hockte mittig ein Mann. Dass er nicht hockte, sondern aufrecht dastand, erkannte Camilla erst auf den zweiten Blick. Im Übrigen war er eine ganz eigenartige Erscheinung. Er hatte einen braun-schwarzen Bart, der so lang war, dass er ihn zu einem voluminösen Fischgrätenzopf geflochten hatte, der ihm bis zur Hüfte reichte. Auch sein Haupthaar hatte er mittels eines Sammelsuriums verschiedener Flechttechniken gebändigt. Über der Lippe

44

thronte zu allem Überdruss noch ein ausgiebiger Oberlippenbart. Von seinem Gesicht sah man nicht mehr als die rosigen Wangen und die schwarzen Käferaugen. Zwischen all den Haaren glänzten grüne Steine auf Höhe seines Kinns. Camilla benötigte einen Augenblick, um zu erkennen, dass es sich doch wirklich um Ohrringe handeln musste! Die grün-blaue Weste und die erdbraune Hose gingen bei all der Haarpracht beinahe unter.

„Was starrst du so?", keifte der Mann, der dem Hünen nicht einmal bis zur Hüfte reichte, der sogar kleiner war als Camilla! Camilla ertappte sich dabei, wie sie ihn mit offenem Mund anstarrte und beeilte sich, ihn zu schließen, aber da hatte der Fremde auch schon weitergeredet, ohne ihr weiter Aufmerksamkeit zu schenken: „Ich hab den nördlichen Teil kartografiert. Hat sich schon wieder verändert. Ich hätte schwören können, dass die alte Frau Korhonen gestern noch in einem der Nordwest Gänge gehockt hat. Heute war es eindeutig Nordost ..." Etwas flatterte auf die Schulter des Haarigen, verfing sich beinahe in einem der Zöpfe und spie keuchend Feuer, das der Haarige so beiläufig löschte, als würde er das ständig tun. Da klappte Camilla schließlich doch wieder der Mund auf und sie starrte das fledermausähnliche Wesen an.

„Was ist?", unterbrach sich der Haarige selbst und sah sie an.

„Was ... was ist das?", stammelte Camilla und deutete auf das geflügelte Etwas, das eher einem Reptil ähnelte als einer Fledermaus und sich jetzt genüsslich unter einem der schuppigen Flügel putzte. Es hielt kurz inne und warf ihr einen aufmerksamen Blick zu, ganz so, als hätte es ihre Frage genau verstanden, ehe es gemächlich mit seiner Körperreinigung fortfuhr.

„Ein Drache, was sonst?", erwiderte der Haarige.

„Ein was?", japste Camilla.

„Ist sie schwer von Begriff? Wer ist das überhaupt, Edvard? Wir können hier nicht noch mehr Leute gebrauchen!", wandte sich der Haarige an den Hünen, der mit den Schultern zuckte.

„Keine Ahnung. Hab sie einige Gänge weiter aufgegabelt. Er hat ihren Freund mitgenommen."

„Wer ist *er*?", rief Camilla.

„Findest du nicht, dass sie ziemlich frisch aussieht?" Der Haarige legte den Kopf schief, der Hüne wandte sich zu ihr um und musterte sie eingehend.

„Damit könntest du recht haben", erwiderte er.

„Sie riecht recht gut, findest du nicht? Und ihr Nachthemd ist sauber!" Der Haarige war inzwischen unangenehm nahe an Camilla herangetreten, sodass seine Nasenspitze beinahe ihr Kinn berührte und sie einen eigenartigen Zwiebelgeruch in der Nase hatte, der, wie sie bemerkte, besser wurde, sobald er den Mund schloss.

„Das ist interessant!", fuhr der Haarige fort und Camilla entfuhr ein leises Husten. „Wenn sie wirklich neu ist, dann tut sich da oben etwas! Wann war es, dass Skipp Skaug aufgetaucht ist?"

„Muss inzwischen zehn Jahre her sein", grübelte der Hüne, „Nein, wenn ich so darüber nachdenke, müssten es zwanzig sein." Im gleichen Zug holte er aus einer seiner Jackentaschen ein kleines Büchlein hervor, schlug es auf, blätterte und blätterte, ehe er abrupt innehielt und irgendetwas zu zählen begann. Camilla stellte sich auf Zehenspitzen und erkannte, dass es sich um Striche handelte. Es waren nicht sonderlich viele, aber auch nicht gerade wenige, wenn man berücksichtigte, dass es sich um die vorletzte Seite des Buchs handelte. „Ja, vor zweiundzwanzig Jahren ist Skipp Skaug aufgetaucht", bestätigte der Hüne, als er fertig mit dem Zählen war.

Die gesamte Konversation der beiden lief ab, als wäre Camilla gar nicht anwesend. Nur der Drache starrte ihr direkt in die Augen, als wolle er ihr eine stumme Frage stellen, ehe er von der Schulter des Haarigen flatterte und sich seine Krallen sanft in ihre Schulter bohrten. Reflexartig versuchte sie, ihn von dort zu verscheuchen, aber er blieb stur sitzen. Plötzlich hallte eine tiefe, alte Stimme in ihrem Kopf wider – *nur* in ihrem Kopf, denn weder der Hüne noch der Haarige schienen sie zu hören. Sie fuhren unbeeindruckt mit ihren Ausführungen fort.

Die beiden sind harmlos. Der Haarige heißt Bror Brar, der andere Edvard der Große. Camilla war viel zu irritiert von der Stimme in ihrem Kopf, ansonsten wäre ihr ein Glucksen entkommen.

Ich bin Aegir, Hüter der Lüfte. Vor mir solltest du dich fürchten!

Sie riss den Kopf dem kleinen, feuerspeienden Wesen zu, zu dem diese seltsame Kopfstimme zu gehören schien, und blickte in freundliche, amüsierte Augen.

Nein, fuhr die tiefe Stimme fort, *ich tu dir auch nichts, keine Angst! Bist du wirklich erst heute im Labyrinth angekommen?*

Sie öffnete den Mund, schloss ihn wieder, unsicher, wie sie ihm antworten sollte. Doch anscheinend hatte sie den Satz, den sie aussprechen wollte, bereits gedacht, denn der Drache Aegir, neigte den Kopf und seine Stimme geisterte weiter durch ihre Gedanken: *Was das Labyrinth ist? Du befindest dich mittendrin. Wir versuchen schon seit einigen hundert Jahren, hier herauszukommen – ja, seit einigen hundert Jahren! Wie das möglich ist, hm? Hier drinnen spielt Zeit eine andere Rolle als dort draußen. Ich bin seit genau fünfhundertdreiunddreißig Jahren und elf Tagen ein frisch geschlüpfter Drache.*

„Was?", kreischte Camilla vor Schreck und zog so die Aufmerksamkeit des Hünen und des Haarigen doch wieder auf sich.

„Was?" Bror Brar, der Haarige, beäugte sie mit zusammengekniffenen Augen, ehe sich sein Gesichtsausdruck jäh veränderte und er sie anstarrte – ganz so, als würde er sie erst jetzt richtig wahrnehmen. „Warte, du kannst den Drachen doch nicht etwa verstehen? Was hat er gerade zu dir gesagt?"

„Ähm … äh …", stotterte sie unbeholfen. „Sie heißen Bror Bra …" Weiter kam sie nicht, da warf der Haarige die Arme theatralisch in die Luft und ging davon, nur um gleich wieder zurückzukommen.

„Du kannst ihn hören?", fauchte er. Er baute sich wieder direkt vor ihr auf und sie schluckte, um wegen des Zwiebelgeruchs nicht wieder husten zu müssen, und fragte sich, warum er sich so dramatisch verhielt.

„J-ja? Sie nicht?"

„Das ist doch nicht zu glauben, Edvard! Die kann ihn hören!"

Edvard der Große, erklärte schließlich die Verwunderung des Haarigen: „Nur Bror kann Aegir hören. Es ist durchaus interessant, dass du ihn auch hörst."

Das war der Moment, in dem Camilla offensichtlich interessant genug für die beiden wurde und sie nicht weiter über ihren Kopf dahinquasselten.

„Wie heißt du, Kleine? Und woher kommst du?", fragte Edvard der Große.

„Kommst du wirklich von *draußen*?", Bror Brar betonte das letzte Wort ganz bewusst.

Camilla nickte hastig, ehe sie ihnen stammelnd von den Geschehnissen der letzten Nacht berichtete, wobei der Prinz in ihrer Erzählung zu ihrem kleinen Freund wurde. Nur Aegir, der immer noch auf ihrer Schulter hockte, beobachtete sie schief und Camilla ließ das Gefühl nicht los, dass er genau wusste, dass sie log. Aber seine tiefe Stimme geisterte nicht mehr durch ihren Kopf. Er schwieg. „Also wer ist er? Der, der ihn entführt hat?", endete sie ihre Ausführungen schließlich und blinzelte ihre Zuhörer auffordernd an.

Der Haarige und der Hüne wechselten einen kurzen, vielsagenden Blick, ehe der Hüne erklärte: „Der Hüter des Labyrinths. Ein Nisse namens Morten."

„Was ist ein Nisse?"

„Oh, die Kleine hat noch viel zu lernen!", stöhnte Bror Brar. „Ein Nisse, ein Tonttu – ganz egal, wie du ihn nennst –, vermutlich kennst du ihn als Wicht. Und nein! Ich bin kein nichtsnutziger Wicht! Komm ja nicht auf den Gedanken, ich könnte so etwas sein! Ich bin ein Zwerg!"

„Morten bewacht das Labyrinth. Er ist sozusagen seine Seele. Es ist sein Zuhause und das schon seit vielen, vielen Jahrhunderten. Es war schon sein Zuhause, lange bevor Badshah es zu seinem Gefängnis gemacht hat", sagte Edvard der Große.

„Sie kennt die Geschichte von Dyrion und Morten sicher", wandte Bror Brar ein.

Camilla schüttelte hastig den Kopf, und da war wieder die alte, tiefe Stimme des Drachen in ihrem Kopf und nicht nur das, sondern auch schwarz-weiße Bilder, als läge vor ihr aufgeschlagen ein Buch mit alten Skizzen. Die erste zeigte einen Mann mittleren Alters mit voller Haarpracht und Vollbart, der fast keinen Hals zu haben schien, aber groß gewachsen war und eine Art Toga trug. In seinen Händen hielt er einen Bauplan. Er war in eine innige Diskussion mit einem zweiten Mann vertieft, der eindeutig ein König zu sein schien. Zumindest trug er eine Krone aus vergoldeten Blättern am Haupt. *Als die Länder vor großen Konflikten standen, beschloss einer der Könige, seinen besten Architekten mit dem Bau eines unterirdischen Labyrinths zu beauftragen. Es sollte die finale Disziplin eines völkervereinenden Wettkampfes sein. In der Austragungszeit dieses Wettkampfes musste Frieden herrschen, durfte niemand die Hand gegen den anderen erheben. Dyrion, seinerzeit ein großer Architekt, wurde mit diesem Auftrag betraut und erschuf ...* Camilla stutzte, erinnerten sie die Worte doch irgendwie an jene Geschichte ihrer Mutter. Nur, dass der König in dieser Variante ein Mensch zu sein schien und kein Tierkönig. Das unsichtbare Buch wurde umgeblättert und auf der nächsten Seite war eine Skizze des Labyrinths zu sehen. Es bestand aus mehreren Ebenen und reichte tief in die Erde.

... sein Meisterwerk: Ein Labyrinth, dessen Gänge sich stetig veränderten und dessen Aus- und Eingang so schwer auffindbar war, dass es nur den allerbesten Athleten gelingen würde, es in der vorgeschriebenen Zeit selbst zu verlassen. Als es schließlich fertig erbaut und der erste Wettkampf ausgerufen worden war und die ersten Athleten die Herausforderung annahmen, fand niemand von ihnen einen Weg hinaus. Einige verzweifelten so sehr, dass sie ...

Eine neue Skizze erschien vor ihrem inneren Auge. Ein sportlicher junger Mann, der die Hände an die Wangen gelegt hatte und mit weit aufgerissenen Augen brüllte. Diese Geschichte muss nach der Gefangennahme des Krieges spielen, dachte sie verwundert, und dieser Dyrion muss der alte Weise sein. Aber das ist doch nur eine alte Legende, eine Art, wie sich die Leute die Regeln der Welt erklären oder wie der dunkle König zum dunklen König wurde.

... verrückt zu werden drohten. Dyrion erkannte, dass seine Disziplin zu gut, zu kniffelig war und betrat das Labyrinth selbst. Er kannte den Ausweg, doch er vergaß, dass sich die Gänge stetig veränderten, und verirrte sich schließlich selbst. Da die Zeit an diesem zeitlosen Ort keine Rolle spielte, saß er drei Jahre lang fest,

ehe ihm ein kleines Wesen ganz unerwartet erschien. Sein Auftraggeber, der König, hatte nach einer Lösung für das Problem gesucht und einen Priester beauftragt, den Schutzgeist des Labyrinths zu rufen. Dieser Schutzgeist war und ist bis heute Morten, der Tonttu. Morten allerdings ist ein widerspenstiges, eigensinniges Wesen. Er wies den verzweifelten Athleten ihren Weg hinaus, doch Dyrion war verärgert über sein geniales Versagen und so war er nicht sonderlich freundlich zu Morten. Manche behaupten, dass Dyrion noch immer in dem Labyrinth herumgeistert. Doch bisher hat ihn niemand von uns getroffen. Du scheinst Morten irgendwie verärgert zu haben, Camilla. Also hat er dir deinen Freund gestohlen. Hast du irgendetwas getan, das ihm vielleicht nicht gefallen hat? Er ist ein ziemlich nachtragendes Wesen, musst du wissen. Es folgte eine kurze Pause, die Bilder verschwanden, ehe Aegir hinzufügte: *Und der Schattenkönig hat das Labyrinth wieder ausfindig gemacht und seither dient es keinem friedlichen Zweck mehr, sondern ist eines seiner bestbesuchten Gefängnisse. Die meisten hier drin sind nicht mehr die, die sie früher einmal waren. Sie verkriechen sich und ihre Seelen werden düsterer und düsterer.*

„Der Schattenkönig?", stammelte sie.

„Was?", fragte Edvard der Große, woraufhin Bror Brar erklärte: „Aegir hat ihr die Legende erzählt", woraufhin Edvard der Große nickte und „Ah!" sagte.

„Wer ist das? Wer ist der Schattenkönig?"

„Hat sie ihn nicht gerade selbst erwähnt?", fragte Bror Brar Edvard den Großen.

„Ich denke schon!"

„Was …?"

Der Schatten, der deinen Freund entführt hat, erläuterte Aegir freundlicherweise. *Ich denke zwar nicht, dass es sich bei ihm um den Schattenkönig gehandelt hat, aber mit Sicherheit um einen seiner Lakaien.*

„Da war auch noch ein zweiter. Er hat ihn Vater genannt. Vielleicht war er der Schattenkönig", sagte Camilla, während sie die Erinnerung an den Schatten frösteln ließ.

Ich weiß nicht, murmelte Aegirs Stimme in ihrem Kopf, der wohl auch in ihren Erinnerungen stöbern konnte. *Wenn das wirklich der Schattenkönig gewesen wäre, dann wärst weder du noch dein Freund noch am Leben.*

Er wollte mich ja auch umbringen, dachte sie, woraufhin Aegir seinen schuppigen Hals reckte, eine kleine Flamme spie und einen düsteren Blick mit Bror Brar wechselte. Verheißungsvoll holte dieser Luft und sagte: „Mich würde eher interessieren, warum dein kleiner Freund von diesem Schatten entführt wurde?"

Das tut wohl nichts zur Sache, entführt ist entführt, erwiderte Aegir und bestätigte so Camillas Verdacht, dass er wirklich ihre Gedanken lesen konnte.

„Oh! Dann sollten wir ihn schleunigst wiederfinden!", meinte Bror Brar sarkastisch und strich sich über seine Bartzöpfe.

„Wartet!" Camillas Blicke schossen vom einen zum anderen, unsicher, ob sie beunruhigt sein sollte, verärgert oder einfach nur irritiert oder … „Wartet, ich dachte, ihn wieder zurückzubekommen von diesem Morten, wäre unmöglich?" Sie beschloss, den sarkastischen Unterton des Haarigen zu ignorieren.

Während all dem nahm Edvard der Große gelassen am Boden Platz und blätterte weiter in seinem Büchlein. Ihm war zwar die Hälfte des Gespräches entgangen, dennoch meinte er schließlich: „Es ist nicht unmöglich. Es ist nur etwas kompliziert. Wenn du lange genug wartest, triffst du ihn sicher wieder!"

„Lange genug?"

„Ein paar Jahrzehnte."

„Ein paar was?!"

„Zehn Jahre, zwanzig Jahre, hier unten ist das egal, wir altern nicht."

„Und … und was esst ihr, was trinkt ihr? Wie könnt ihr überleben?"

„Hat er das nicht gerade gesagt? Wir altern hier unten nicht. Zeit spielt eine andere Rolle. Wir müssen nichts essen oder trinken. Was wirklich eine Qual ist! Was würde ich für ein gutes Bier und einen Lammbraten geben! Oh, wann habe ich das zuletzt gegessen! Meine Mutter hat die allerbesten gemacht. Oh, und Honigkuchen!", schweifte Bror Brar in seine Träumereien ab, während Camilla langsam dämmerte, dass sie wirklich ein Problem epischen Ausmaßes hatte.

„Heißt das, ich werde nicht älter, aber die Leute draußen schon?"

„Jetzt hat sie's begriffen!", meinte Bror Brar zu Edvard, dem Großen, der sein Büchlein zurück in seine Jackentasche steckte.

„Ich frage mich wirklich, warum die Schatten deinen Freund so gezielt entführt haben. Was für einen Nutzen haben sie davon?", meinte er nachdenklich, ehe Bror Brar abermals einwarf: „Würd mich auch interessieren. Sie ist nur eine Magd. Was kann das schon für ein besonderer Freund sein?"

„Küchenmädchen!"

„Ist doch dasselbe!"

„Nein, ist es nicht!"

Ein abschätziger Blick und Bror Brar wandte sich wieder Edvard dem Großen zu: „Da oben tut sich anscheinend wirklich was! Ist nur die Frage, ob das gut oder schlecht ist."

„Also ich tippe auf schlecht, falls es wen interessiert!“, brummte Camilla, der das Wortgefecht schön langsam zu mühsam wurde. „Also, wie kann ich ihn wiederfinden?"

„Du allein? Ein kleines Mädchen will sich mit einem Wicht anlegen? Ist das zu glauben?“, Bror Brar bog sich plötzlich vor Lachen und als auch Edvard der Große amüsiert zu grinsen begann, spürte Camilla, wie ihr die Zornesröte ins Gesicht stieg. Beleidigt wandte sie sich um und stapfte davon.

Ich glaube, ihr solltet etwas netter zu ihr sein, hörte sie Aegir einwerfen, der von ihrer Schulter flatterte. Dann umschloss sie wieder die Dunkelheit und die Stimmen verebbten jäh hinter ihr. Als sie sich umwandte, sah sie nichts. Sie tastete um sich. Dort, wo gerade noch ein Durchgang gewesen war, war eine solide Wand. Sie war grauenhaft feucht. Sie ertastete Vorsprünge. Eine jener zugemauerten Türen? Von dem Hünen, dem Zwergen und dem Drachen fehlte jede Spur, als wären sie lediglich ihren verzweifelten Träumen entsprungen.

Zugemauerte Türen

Der Schatten bewegte sich lautlos, so wie Schatten es für gewöhnlich taten, wenngleich er es im Gegensatz zu echten Schatten meist vorzog, aus Materie zu bestehen. Meist. Nur wenn er mithilfe von Magie einen Ort verließ und an einem anderen prompt auftauchte, dann war er wirklich ein Schatten aus grauem Nichts. In der Tat eine ausgesprochen nützliche Fähigkeit. Ausgesprochen nützlich war auch die Tatsache, dass die Menschen ihren Glauben an die Kraft der Magie verloren hatten. Wäre er ein anderer gewesen, hätte es ihn wohl amüsiert, dass sie ihre Kerzen mit Hölzern anzündeten, ihre Wasserkannen mühevoll vom Brunnen in die Stuben schleppten, ihre Wunden mithilfe von Medizin heilten, und Magie bei alldem keinen Platz mehr hatte. Doch zumeist fühlt er nichts und betrachtete alles mit Gleichgültigkeit. Diese Eigenschaft war zu seinem Beinamen geworden und teilnahmslos akzeptierte er sie.

Der Schatten machte sich in diesem Augenblick wohl kaum große Gedanken über die Zauberei. Viel mehr galt seine Aufmerksamkeit der zierlichen Gestalt in ihrem bodenlangen Nachtkleid, die nichts ahnend seiner Anwesenheit durch den Gang vor ihm stolperte, verzweifelt auf der Suche nach dem unschuldigen, kleinen Prinzen. Er hielt kurz inne, beobachtete, wie sie vor Kälte fröstelnd ihre Arme um ihren Oberkörper schlang, unwissend, dass er und nicht der kalte Boden für den plötzlichen Wintereinzug verantwortlich war. Als er sich wieder in Bewegung setzte, raschelte der Stoff seines Umhangs, seine Schritte aber blieben lautlos. Ihm ging in diesem Augenblick in der Tat so einiges durch den Kopf, angefangen damit, dass der Vater in ihm nichts als eine

Enttäuschung sehen würde, wenn ihm dieser Auftrag nicht gelingen würde. Indessen beobachtete er die Gestalt in ihrem Nachtkleid, lauschte dem leise geführten Gespräch, das sie mit dem groß gewachsenen Mann mit hohen Wangenknochen und blonden Haaren führte. Er sog genüsslich den Hauch von Angst ein, der ihre Stimme beben ließ. Doch das zu erwartende, herrlich beflügelnde Gefühl setzte nicht ein. Es fehlte ihm nicht, weil er es nicht kannte. Sogleich wurde er ungeduldig, denn der Mann schien nicht von ihr weichen zu wollen, aber der Schatten wusste, dass er nicht mehr viel Zeit an diesem Ort verbringen konnte. Denn eines war genauso schlimm wie den Vater zu enttäuschen – ihn warten zu lassen. Also löste er sich leise aus der Dunkelheit, mit der er verschmolzen war.

Camilla war so kalt, dass selbst ihre Zähne zu klappern begannen, was einen eigenartigen Widerhall in dem dunklen Gang hatte. Orientierungslos stolperte sie dahin, allerdings wagte sie es dieses Mal nicht, ihre Hände auszustrecken und sich voranzutasten. Allein der Gedanke, wieder diese feuchten, glitschigen Wände anfassen zu müssen und womöglich wieder eine böse Überraschung zu erleben, hinterließ ein mulmiges Gefühl in ihrem Magen.
Lärm.
Je länger sie darüber nachdachte, desto logischer erschien es ihr: Lärm musste die Lösung sein!
Um den Wicht zu verärgern, dachte sie, und knirschte ungehalten mit den Zähnen. Sie hatte gekreischt, der Prinz hatte gebrüllt und daraufhin war der Wicht da gewesen.
„Na ja, nicht ganz. Das Echo meiner Stimme muss seine gewesen sein, aber das war da, bevor ich geschrien habe",

murmelte Camilla. Eigentlich sprach sie es nur deswegen laut aus, damit es glaubwürdiger wurde. Ein Wicht hatte den Prinzen gestohlen! Ein Wicht! Wichte gehörten in Märchen nicht in die Realität!

Und Zwerge und Drachen und Hünen und Labyrinthe, aus denen es keinen Ausweg gab! Und Schatten und … dunkle Könige?

Aber den dunklen König gab es wirklich, das wusste selbst sie. Denn immerhin hatte dieser einen Großteil der Nachbarländer bereits eingenommen und unzählige Männer, auch ihr eigener Vater, hatten in den Krieg gegen ihn ziehen müssen. Sie erinnerte sich viel zu lebhaft an den Tag, als ihr Vater eines Abends anstelle ihrer Mama vorsichtig durch die Tür ihrer Kammer gelugt hatte. Heller Mondschein hatte sie in ein silbriges Licht gebettet und das Flackern der Kerze umarmt, als wolle es mit dem Feuer eins werden. Die Dielen hatten geknarrt, als er mit schweren Schritten und gebückter Haltung an ihr Bett getreten war. Sie hatte sofort gewusst, dass etwas nicht stimmte. Seine Miene war so düster gewesen wie ein Gewittersturm im Herbst und in einem Augenwinkel hatte eine Träne geglänzt, wo er doch immer gesagt hatte: „Männer müssen stark sein, Männer weinen nicht!" Sie hatte die Knie angezogen, als er sich schwermütig auf die Bettkante gesetzt und sie mit diesem eingehenden Blick betrachtet hatte, als wäre es seine letzte Möglichkeit, ihr ein Geheimnis anzuvertrauen. Sie hatte sich fürchterlich beklemmt gefühlt und hatte es nicht gewagt, auch nur einen Mucks von sich zu geben. Sie war der Meinung gewesen, dass er es ihr ansonsten nicht erzählen würde. Es war kein Geheimnis gewesen, und am nächsten Morgen hatte er ihr einen Kuss auf die Stirn gedrückt, sie hatte sich wimmernd an die Hand ihrer Mama geklammert und er war fortgeritten. Und nicht wiedergekommen. Die meisten Soldaten waren nicht zurückgekommen. Die Stimme ihrer Mutter kam ihr wieder in den Sinn, wie sie leise jeden Morgen flüsterte, während sie ihr fürsorglich übers Haar strich und sie weckte: „Heute kommt er zu uns zurück! Da bin ich mir ganz sicher! Heute ist es so weit!" Dann zog sie abends ihr hübschestes Kleid an, und nachdem sie Camilla eine Gute-Nacht-Geschichte erzählt hatte, setzte sie sich in ihrer Kammer auf die Bettkante, sah aus dem Fenster, das den Blick auf die Straße freigab, die sich zum Schloss hinaufschlängelte und wartete.

Ein Rascheln riss Camilla abrupt aus ihren düsteren Gedanken und ließ sie innehalten und lauschen. Es war kein Rascheln, eher ein Schaben, aber es verklang rasch wieder. Sie grübelte kurz. Sollte sie sich darüber wundern. Nein, dachte sie entschlossener, als sie sich fühlte. Gewundert hatte sie sich in den letzten Stunden schon genug, und marschierte weiter – was sich als Fehler erwies.

„Au! Verdammt! Verfluchte Wand! Verfluchte …" Sie trat wütend mit dem Fuß gegen die Mauer, die beschlossen hatte, sich direkt vor ihr selbst zu errichten, und wimmerte kurz darauf über den stechenden Schmerz, den der Wutanfall auslöste.

Hatte Bror Brar nicht behauptet, er würde das Labyrinth kartografieren? Wie in aller Welt kann man etwas kartografieren, das sich ständig verändert, dachte sie grimmig.

„Määädchen!", hallte es plötzlich von den Wänden wider und ließ sie zur Salzsäule erstarren. Oh, sie war sich sicher, dass es nicht gut war, an diesem Ort Stimmen wie diese zu vernehmen!

„Määäädchen!", piepste die gleiche Stimme abermals und sie nahm instinktiv die Beine in die Hand, doch ihre Fluchtmöglichkeiten waren durch die Wand drastisch minimiert worden. So sah sie sich gezwungen, umzukehren, und schien der Stimme entgegenzulaufen! Aber woher sie wirklich kam, konnte sie nicht ausmachen, denn der Widerhall ließ nur Vermutungen zu. Das ist gar nicht gut, schoss es ihr durch den Kopf, während sie sich wie ein vom Wolf gejagtes Kaninchen fühlte.

„Määädchen, wo bist du?"

Wurde es immer kälter?

Sie stolperte über den rutschigen, unebenen Boden, die Arme ausgestreckt, immer wieder donnerte sie gegen eine der Seitenwände. Wieso verschoben sie sich nicht jetzt? Am besten genau zwischen sie und die unheimliche Stimme!

Und dann lag sie plötzlich ausgestreckt und händeringend am Boden.

„Määädchen!", hauchte ihr die Piepse-Stimme ins Ohr. „Was machst du da? Läufst weg von mir, hm? Warum läufst weg von mir, hm? Ich tu dir doch gar nichts, hm?" Etwas klapperte. Etwas knackte. Etwas Kaltes drückte gegen ihre Schläfe. Etwas Knochiges hatte ihre Knöchel umschlossen und begann sie prüfend abzutasten. Etwas, dessen Atem nach Verwesung roch, beugte sich dicht über sie: „Zu dürr! Viel zu dürr! Aber besser als nichts! Ich trag dich einfach tiefer hinunter, da ist es kälter. Da hältst du länger. Mhm, das werd ich tun! Mhm."

„Loslassen!", keuchte Camilla. Verzweifelt versuchte sie, etwas zu fassen zu bekommen.

„Na, na, na! Wehr dich doch nicht so! Versprech's dir – ich tu dir nicht weh, bin doch kein Unmensch! Wird ganz schnell gehen! Schau …" Inzwischen hockte die stinkende Knochenfrau auf ihr. Sie konnte sie zwar nicht sehen, aber es konnte sich nur um eine sehr, sehr dürre Frau handeln.

„Zappel nicht so! Wenn du dich so wehrst, dann verschneide

ich mich und dann tut's dir doch weh! Komm schon, ruhig! Ganz …" Hatte sie eben gesagt: verschneide ich mich?! Camillas Kehle schnürte sich zu und sie schlug angsterfüllt um sich.

Es war mit einem Schlag taghell und Camilla kreischte panisch, als keine zehn Zentimeter von ihrem Gesicht entfernt eine knöchrige Fratze mit schiefen, schwarzen Zähnen, einer Hakennase und kaum vorhandenem Haupthaar auftauchte. Es handelte sich um eine alte, sehr magere Gestalt mit einem langen Mantel, und bei dem kalten Gegenstand, der gegen Camillas Schläfe drückte, handelte es sich um ein Messer!

„Lass sie in Frieden, Kuz!", befahl irgendwo hinter ihr eine tiefe Männerstimme. „Na los, runter von dem Kind!" War das der Hüne, der da sprach? Oder etwa Bror? Aber nein, erkannte Camilla und es beruhigte sie keineswegs, sie kannte die Stimme nicht!

„Nein! Nein! Nein! Du willst sie doch nur selbst haben! Aber ich hab sie gefunden, also ist sie mein Essen! Leckeres, frisches Fleisch!"

„Essen?", japste Camilla.

„Essen. Ja klar, was hast du denn gedacht?" In der Tat blinzelte sie die Knochenfrau Kuz verdattert an.

„Kuz, runter von ihr!", bestimmte die Männerstimme.

„Nein!" Die Knochenfrau verschränkte stur die Arme vor der Brust. „Ich hab sie zuerst gesehen!"

Wenigstens ruhte das Messer jetzt nicht mehr an ihrer Schläfe!

„Ach, zum Kuckuck noch mal!" Eine schlaksige, große Gestalt mit blonden Haaren tauchte in Camillas Blickfeld auf und bugsierte die Knochenfrau mit einer geübten Handbewegung von ihr fort. Der Mann hievte Camilla hoch. Kurz sah sie außer seiner blauen Weste überhaupt nichts mehr, ehe er sie schützend hinter sich schob, während die Knochenfrau damit fortfuhr, sie halb gierig, halb beleidigt zu beäugen. Alles ging so schnell! Lauf weg, befahl ihr Überlebensinstinkt, aber ihre Beine wollten irgendwie nicht so recht gehorchen. Sie stolperte einen unbeholfenen Schritt zurück, fiel beinahe und blieb wieder stehen. Ich muss verrückt sein, dachte sie entsetzt. Aber der Anblick, den die beiden boten, hatte etwas seltsam und beunruhigend Hypnotisierendes an sich.

„Na los, Kuz, verschwinde!"

„Das büßt du mir Skipp Skaug! Schuldest mir eine Mahlzeit!" Und mit diesen Worten stapfte sie davon. Kaum außer Sichtweite, staunte Camilla nicht schlecht, als besagter Skipp Skaug den Deckel seines flackernden, lichtspendenden Siegelrings zuschnappen ließ und so jäh es Tag geworden war, die Dunkelheit zurückkehrte.

„Komm Kleine, wir sollten hier weg.", hörte Camilla ihn murmeln.

Folge keinen Fremden, dachte sie, aber offenbar war ihr Körper dümmer als ihre Gedanken.

„Skipp Skaug?", fragte sie kurz darauf kleinlaut und dachte darüber nach, wie seltsam es doch war, wenn man sich jemanden vorstellte – ganz unbewusst versteht sich – und jene Person dann direkt vor einem stand und so gar nicht der eigenen Fantasie entsprach. Sie hatte sich Skipp Skaug nicht so – adrett, war wohl das richtige Wort – vorgestellt. Eher so obskur wie alle, die sie bisher in diesem Labyrinth getroffen hatte.

„Das hört sich an, als hättest du von mir gehört?", brummte Besagter als Antwort.

„Nein. Also … ja. Ein Zwerg namens Bror Brar hat Euch erwähnt", stammelte Camilla, während sie hinter ihm her stapfte. Blöde Füße taten, was sie wollten, gehorchten einfach nicht! Hoffentlich hörte niemand ihr Herzrasen. Es pochte so laut in ihren Ohren, dass sie den Eindruck gewann, es würde gleich ebendort hinausspringen. Dann hätte sie wohl noch ein weiteres Problem.

„Bror? Du kennst Bror?"

Camilla nickte hastig, was in der Finsternis natürlich unterging.

„Hm, na ja, wer kennt Bror Brar nicht?", sinnierte Skipp Skaug. „Wie wär's übrigens mit einem Dankeschön für die Rettung? Du solltest besser auf dich Acht geben! Nicht jeder in diesem Labyrinth ist freundlich. Die meisten sind sogar ziemlich verrückt. Haben schon vor langer Zeit den Verstand verloren. Kuz war mal eine recht elegante Frau. Hat sich eigentlich nur von Gemüse ernährt. Jetzt hat sie einen etwas ausgefalleneren Geschmack."

„Menschenfleisch?"

„Menschenfleisch, Zwergenfleisch, sogar einen Troll hat sie mal erwischt, aber ich glaube, der hat selbst ihr nicht geschmeckt." Camilla unterdrückte mühsam ein Würgen, als sie sich die knochige Frau vorstellte, wie sie über ihren Körper gebeugt dahockte und ihren Bauch aufschnitt, die Gedärme freilegte, ehe sie genüsslich etwas von dem ausgenommenen Fleisch über einem kleinen Feuer inmitten des Gangs briet, wobei fleißig Fett hinuntertropfte, und die Flammen zischen ließ. Camilla schüttelte heftig den Kopf, der ihr offenbar auch nicht mehr zu gehorchen schien, denn das Bild blieb und blieb, bis sie kräftig gegen ihren Scheitel schlug. Das tat ausreichend weh, um es vorerst zu verdrängen.

Kaum zu glauben, dass eine so dürre Frau einen Troll erlegen konnte, grübelte sie stattdessen.

„Ich dachte, man müsste hier unten nichts essen, um zu überleben?", fragte sie hastig, obwohl ihr das Thema Essen inzwischen reichlich vergangen war.

„Muss man auch nicht! Aber manche wollen eben nicht auf den Genuss verzichten. Wobei ich mich immer frage, wie rohes Menschenfleisch irgendjemandem schmecken kann!" Und da war das grauenhafte Bild auch schon wieder! Aufhören, dachte sie bestimmt. Zum Glück lenkte sie Skipp Skaug ab, als er seinen Satz beendete: „So, hier sind wir!" Ein Klacken und es war wieder taghell. Zu Camillas Verwunderung standen sie vor einer der zugemauerten Türen. Der gutaussehende Skipp Skaug musste Camillas irritierten Blick gespürt haben, denn er fügte hinzu: „Das ist die Tür, durch die ich ins Labyrinth gekommen bin. Meine Tür also. Mein Schlafplatz also."

„Die Türen …"

„Überall dort, wo jemand reingekommen ist, ist eine zugemauerte Tür." Demzufolge mussten sehr, sehr viele im Labyrinth sein, grübelte sie. Er wedelte mit der Hand, als wäre diese Antwort das Logischste auf der Welt, wodurch das Licht, das aus dem Inneren dieses wundersamen goldenen Siegelrings kam, einen hastigen Tanz aufführte.

„Wo ist deine?", fragte er. Er drehte den Ring einmal um den Finger, ehe er den blauen Edelstein, der die Vorderklappe zierte, wieder an seinen eigentlichen Platz zurückklappte und das Licht jäh wieder erlosch.

„Oh! Ich … ich kann mich nicht erinnern."

„Mhm, so geht es den meisten. Mir nicht. Ich hab diesen Ort nie wirklich verlassen. Ich bin auf meinem Schiff eingeschlafen und neben dieser Tür aufgewacht. Ich muss durch diese Tür hier hereingekommen sein, also muss ich doch durch diese Tür auch wieder hinauskommen! Aber diese verdammte Tür ist zugemauert und ich …"

„Herr Skaug?", unterbrach ihn Camilla zögerlich. „Könnten Sie das Licht wieder anmachen?"

„Nein!" Er schien keine Widerrede zu dulden und so verharrten sie in völliger Dunkelheit, das gängigste Hintergrundgeräusch war das Schaben der sich stetig verändernden Mauern – einmal war es ganz nah, dann wieder weit entfernt.

Und Camilla stellte sich unwillkürlich vor, wie sich irgendwo in den Wirren dieser Gänge Morten, der Tonttu, über den kleinen, kreischenden Prinzen beugte und …

Ja, was tat ein Wicht mit einem Kind?

„Ich muss wieder los!", stammelte sie hastig, aber ehe sie auch nur einen Schritt geschafft hatte, hatte sie Skipp Skaug am Kragen ihres Nachthemds gepackt und zischte: „Du glaubst doch nicht allen Ernstes, dass ich dich einfach so weiterspazieren lasse?" Camilla sackte das Herz in die Hose. Hätten ihre Beine doch bloß auf ihren Kopf gehört!

Andernorts entdeckte der Mann den Schatten und seine Miene gefror. Jedes einzelne Fältchen, das Zeugnis seines lustigen Lebens war, wirkte plötzlich wie in Stein gemeißelt.

„W-w-was ist das?", keuchte er erschrocken. Er stand so, dass er ihn recht deutlich sehen konnte. Die Gestalt im Nachthemd hingegen hatte ihm den Rücken zugewandt, doch ihr Blick folgte dem ausgestreckten Finger des Mannes und erstarrte. Der Schatten wusste, dass sie ahnte, wer er war. Er lachte lautlos in sich hinein, das Grinsen tief unter der Kapuze verborgen. Er tat es, weil andere es getan hätten, doch fühlte er nichts dabei. Eine schnelle Handbewegung reichte aus und der Mann stürzte ohnmächtig zu Boden. Er hatte sie binnen eines Augenblicks erreicht. Seine ausgestreckte rechte Hand umschloss ihre Taille wie zu einem stummen letzten Tanz. Ihr rotes, leichtes Spitzenkleidchen, ihre offenen, goldenen Haare, ihre fein geschwungenen Lippen, ihre stolze Haltung, all das würde nicht mehr sein. Seine linke Hand ruhte bald auf ihrer linken Brust, direkt über dem Herzen und ihr Körper begann vor Kälte haltlos zu zittern, bis der Schmerz einsetzte, bis ihr starkes Herz stehen blieb. In ihrem Blick lag nichts außer Zorn. Zorn darüber, dass er ihren Sohn gestohlen hatte. Menschen waren eigenartige Wesen, dachte er bei sich. Die Tatsache, dass er sie tötete, schien sie weniger zu kümmern als die Sorge um ihr Kind. Als ihr zierlicher Körper leblos zu Boden sank, beobachtete er aus den Augenwinkeln, wie ein Rabe von einem nahegelegenen Fenstersims flatterte. Er sah ihm eine Weile nach, betrachtete die tote Königin, sog den Moment teilnahmslos in sich auf, ehe er sich auf den Weg zum Studierzimmer des Königs machte. Natürlich nicht zu Fuß – er wollte doch nicht von jemandem entdeckt werden! Und in dem Schloss tummelten sich in dieser Nacht viel zu viele!

Während der Schatten dem König höchstselbst einen tödlichen Besuch abstattete, bettete der Rabe seinen Kopf auf seine Flügelfedern, zupfte einige Strohhalme in seinem Nest zurecht und ließ den Blick über die hell erleuchtete Stadt wandern. Dort rannten Wachen, dort Bauern mit ihren Laternen, dort ein paar Straßenkinder, alle eifrig suchend. Dazwischen schwankten die üblichen Verdächtigen nach einer feuchten Alkoholnacht. Wenn Raben seufzen konnten, dann tat er es augenblicklich. Wenn Raben mutmaßen konnten, dann mutmaßte er, dass am nächsten Morgen eine schwarze Sonne über dem Königreich aufgehen würde. Und wenn Raben denken konnten, dann sinnierte er wohl darüber nach, was aus dem Prinzen und dem Küchenmädchen geworden war. Und wenn Raben denn wissen konnten, so hätte es ihn wohl interessiert, dass sich wenige Stunden später in einem fernen Land am Rand einer Wüste namens Alna-hara, Facundo der Magier über einen Brief eines alten Freundes aus nördlichen Gefilden beugte und erschrocken aufstöhnte, ehe er eiligst von seinem Stuhl aufsprang und zur Tür stürmte. Hinter ihm flatterten einige Zettel hilflos raschelnd vom Tisch, aber das bemerkte er nicht mehr. Da hatte er schon den halben Tempel durchquert.

Nur Augenblicke später würde er vor dem Herrn der Alnasiva, seinem Blutsverwandten stehen und ihm keuchend berichten: „Die Könige im Norden wurden hinterrücks ermordet! Ihr Sohn ist verschollen. Das kann nur eines bedeuten: Der Dunkle gewinnt an Macht. Es ist ihm irgendwie gelungen, die Schutzzauber zu durchbrechen, die wir um das Schloss gelegt haben! Ich muss das Mädchen ausbilden, egal wie stur ihr Vater ist! Es ist zu riskant, sich darauf zu verlassen, dass es *ihm* gelingt, den Dunklen zu besiegen! Sie muss es sein! Gebt mir die Erlaubnis, nach Alna zu reisen und sie dort zu unterweisen, Herr!"

*M*it einem Socken geknebelt, mit einem Gürtel gefesselt und im Rücken die kalte, feuchte Mauer – so saß Camilla im Stockdunkeln, während sich eine eigenartige Geräuschkulisse um sie herum ausbreitete. Das Schaben der Wände über den Steinboden, das mit einem stetigen Ruckeln einherging, hörte sich an, als würden einige Dienstboten im Schloss eifrig den Flügel aus dem Musikzimmer in den Ballsaal rücken, damit dem Pianisten beim abendlichen Konzert für die Königsfamilie an nichts fehlte. Das Schaben vermischte sich immer wieder mit qualvollen Schreien, die aus der Tiefe der Unterwelt zu kommen schienen und die Skipp Skaug mit den

Worten untermauerte: „Niemals sollte man tiefer hinuntergehen! Hörst du? Niemals! Dort unten passieren fürchterliche Dinge!" Aber was für fürchterliche Dinge in einem tieferen Geschoss des Labyrinths geschahen, erklärte er ihr nicht. Aber sie konnte sich ohnehin nicht vorstellen, dass es etwas geben sollte, das beängstigender wäre, als von einem Wildfremden zuerst gerettet, dann gefesselt und letztendlich gezwungen zu werden, seinem unaufhörlichen Rededurst zu lauschen. Und dann war da noch das stetige Kratzen und regelmäßige, Zahnschmerzen auslösende Quietschen direkt neben ihrem linken Ohr, das sich anhörte, als hätte ein Steinmetz sein Werkzeug vergessen und würde versuchen, sein Kunstwerk allein mit einer Feile zu erschaffen. Aber es war nur Skipp Skaug, der vermutlich tatsächlich mit etwas Feilenähnlichem seine zugemauerte Tür abzutragen versuchte – was natürlich ein Ding der Unmöglichkeit war! Aber laut ihm hatte er alle Zeit der Welt, was ja auch, wie Camilla vermutete, nicht ganz der Unwahrheit entsprach.
Zu dieser Grundmelodie stahl sich noch ein weiteres Geräusch, das Camilla nicht einordnen konnte. Es hörte sich an, als würde etwas umherkriechen und dieses seltsame Kriechgeräusch wollte sich einfach nicht von ihnen entfernen. Zu allem Überdruss fühlte sie sich auch noch beobachtet. Skipp Skaug schien es nicht zu bemerken.
„Weißt du, ich habe diese ewige Dunkelheit wirklich satt! Wundert mich nicht, dass die meisten schon lange nicht mehr alle Tassen im Schrank haben! Vermutlich geht's mir auch in hundert Jahren so!" Er quasselte ununterbrochen! „Aber jetzt hörst *du* mir wenigstens zu. Ich schwöre dir, wenn ich diese Wand geöffnet habe und wieder draußen bin, dann hol ich mir als Erstes einen richtig guten Branntwein – nein, nein, zuerst nehm ich ein ausgiebiges, heißes Bad, dann hol ich mir

den Branntwein. Ach, und einen Braten – ja, einen Braten muss ich unbedingt essen! Und dann such ich mir eine Frau, das muss auch sein! Eine richtig schöne, mit guten … Aber du bist ja noch ein Kind, das sollte ich dir wohl nicht erzählen …"
Das Kriechgeräusch verstummte jäh und Camilla kreischte auf, als sie eine Hand fest am Fußgelenk packte und sie mühelos aus ihrer Sitz- in eine Liegeposition verfrachtete. Nur wurde ihr Kreischen durch die getragene, stinkende und säuerlich schmeckende Socke in ihrem Mund gedämpft. Sie zappelte panisch, was nichts an der Tatsache zu ändern schien, dass sie über den Boden gezerrt wurde.
Skipp Skaug indessen, brabbelte unaufhörlich weiter. Seine Stimme war bereits gefährlich weit weg, als er jäh innehielt und seufzte: „Kuz, lass sie los! Sie gehört dir nicht! Das ist meine!"
Und genau so begann ein aberwitziger Streit zwischen der Knochenfrau und Skipp Skaug, während dem sich Camilla zunehmend unsicherer wurde, ob sie lieber verspeist werden würde oder die nächsten paar Jahrzehnte in kompletter Finsternis mit unaufhörlichem Gequatsche leben wollte. Da ihr beides als keine sonderlich gute Lösung erschien, wog sie ihre Fluchtchancen ab, kam aber rasch zu der Erkenntnis, dass sie kaum welche hatte. Rechts von ihr befand sich Kuz, die fleißig auf Skipp Skaug einschimpfte und ihn mit düsteren Flüchen von Kröten und Raben und schwarzen Katzen zu belegen versuchte. Links war Skipp Skaug höchstselbst, der Kuz seine Leidensgeschichte vortrug, wobei er darauf bestand, keinen einzigen Tag mehr allein an seiner Tür verbringen zu wollen. Da sehnte sie sich beinahe wieder den Zwergen mit seinem eigentümlichen Haustier und den schweigenden Hünen herbei.

Dann geschah etwas ausgesprochen Seltsames, das in diesem Labyrinth aber keineswegs seltsam war. Ein Schaben und Skipp Skaug und Kuz verstummten, während die Wand in Camillas Rücken jäh verschwand und sie rückwärts, hilflos wie eine Puppe, zu Boden kippte und vor lauter Schreck beinahe die Socke verschluckte. Keuchend würgte sie sie wieder hervor, ohne dass es ihr allerdings gelang, sie auszuspucken. So lag sie plötzlich in kompletter Stille da und starrte eine unsichtbare Decke an, wobei sie sich wie ein Fisch am Trockenen vorzukommen begann. Egal wie sehr sie sich drehte und wendete, der Gürtel um ihre Handgelenke wollte sich nicht lockern, ebenso wenig jener, der ihre Füße aneinanderfesselte. Erst beim sechsten Anlauf gelang es ihr, sich vom Rücken auf den Bauch zu drehen und willkürlich in eine Richtung zu robben. Sie wollte sich gar nicht erst ausmalen, welche Gefahr sie womöglich als Nächstes erwartete. Sogleich, als hätte jemand ihre Gedanken wahrgenommen, tauchte in der Ferne des Gangs ein tanzendes Licht auf, das lange Schatten warf. Sie hielt abrupt inne. Wenn sie einfach ganz still daliegen würde, würde man sie bemerken? Natürlich, dachte sie verärgert.

Es war nicht wie das konstante Licht einer Laterne, sondern flackerte in regelmäßigen Abständen auf, nur um dann wieder zu erlöschen. Ganz so, als würde jemand ein Streichholz anzünden, das sogleich wieder von einem Windhauch ausgeblasen wurde.

Camilla fürchtete, dass es vielleicht doch besser gewesen wäre, sich für die andere Richtung zu entscheiden. Doch das Flackern raste bereits pfeifend auf sie zu. So schnell wie nur etwas Fliegendes es konnte.

Drei Aufgaben

„Knebelt und fesselt sie einfach!"

Ich hab dir doch gesagt, wir sollten etwas netter zu ihr sein!

„Ach, aber ich hab doch recht gehabt: Wenn sie selbst Skipp Skaug nicht entkommen kann, wie soll sie's dann mit einem gerissenen Wesen wie Morten auf sich nehmen?"

Deswegen: Wir sollten netter zu ihr sein! Sie ist doch noch ein Kind! Ein Kind, dessen Leben sich vor 24 Stunden völlig verändert hat! Sie muss sich fürchterlich fühlen!

„Denkst du?"

Du hast wirklich die Gefühlsspannweite eines Steins!

„Wie wäre es, wenn du ein wenig netter zu mir wärst, hm? Ich kann dich auch einfach hier irgendwo zurücklassen …"

… und du irrst dann im Dunkeln herum?

„Edvard hat eine Laterne …"

… die ich regelmäßig anzünden muss!

„Ähm, ich will euch ja nicht unterbrechen, aber …"

„*Was?*" schnaubten Bror Brar und Aegir, der Hüter der Lüfte, gleichzeitig und mit voller Inbrunst, was Camilla ihre Theorie über den Tonttu überdenken ließ – wenn er bei diesem Lärm nicht auftauchte, dann konnte da etwas nicht stimmen.

Sie hustete, so gut es ging, den grauenhaften Geschmack der Socke aus, während sie sich aufrappelte. Da erst fiel ihr auf, wie steif ihre Glieder von dem kalten Boden geworden waren. Der Knebel war jedenfalls weg, genauso die Fesseln. Das tanzende Licht war Aegirs Feuer gewesen.

„D-Danke!", stammelte sie und strich ihr knallgelbes Nachtkleid glatt. „Wirklich, vielen Dank, dass ihr mir geholfen habt, aber …" Aegir und Bror Brar wechselten einen vielsagenden Blick, noch ehe sie den Satz beendet hatte. Sie

70

stutzte kurz, haderte, aber redete dann weiter, weil sie sich dachte, dass es keinen Zweck hatte, sich über irgendetwas hier drinnen zu ärgern: „… ich muss meinen Freund unbedingt finden. Was macht ein Tonttu mit Kindern? Er ist doch erst zwei Jahre alt! Er kann sich doch gar nicht wehren! Ich glaube, alles, was er kann, ist schreien. Und …“

„Sie wird wohl nicht aufgeben, hm? Was sollen wir da tun, Aegir? Sie zu ihrer eigenen Sicherheit fesseln und knebeln?“ Bror Brar entkam ein neckisches Grinsen.

„Nein!“, kreischte Camilla entrüstet. „Ich gehe jetzt!“ Und tatsächlich wandte sie sich wieder einmal um, tat aber keinen Schritt. Ersteres verwunderte sie selbst, zweiteres war …

„Vernünftiges Mädchen!“, murmelte Bror Brar, während sich Aegir auf ihrer Schulter niederließ und mit den Krallen ihre Haare beinahe fürsorglich fortzupfte und ganz so, als handele es sich dabei um loses Stroh und nicht um etwas, das noch am Kopf hing. Ihm war wohl nicht bewusst, dass es schmerzhaft pikte, erkannte sie. Sie verzog die Lippen. Er hörte auf und blickte sie entschuldigend aus übergroßen Augen an, in denen sie sich selbst spiegelte. Selbst das absurd grellgelbe Nachthemd, das sie so blass wirken ließ. Ihre Mama hatte keinen anderen Stoff gehabt, nur diesen, um ihr das luftige Kleidchen für den Sommer zu nähen.

„Wir sollten vermutlich mal ein Gespräch mit Edvard führen!“, brummte Bror Brar. „Ich weiß nicht, wie es dir geht, Aegir, aber ich finde das ständige Kartografieren schön langsam etwas langweilig!“

Da muss ich dir wohl recht geben, erwiderte Aegir und ein Flammenstrahl erhellte die Dunkelheit vor ihnen. *Gehen wir zu Edvard zurück!*

„Ein Tonttu möchte seine Ruhe haben. Er ist die gute Fee eines Ortes, zumindest solange man ihn nicht verärgert. Aber wenn man ihn rufen will, dann muss man eine Bezahlung haben. Etwas, das ihm Freude bereitet." Edvard der Große lehnte in sich zusammengesunken gegen eine Wand, die langen Beine versperrten den Gang und er wirkte so niedergeschlagen, dass Camilla ihn am liebsten getröstet hätte. Auch wenn sie nicht wusste, was ihn so sehr mitnahm. Vielleicht das offensichtliche, hier unten weit verbreitete Phänomen der taumelnden Sinne? Neben ihm flackerte das Laternenlicht und auf seinem Schoß lag offen sein Büchlein mit all den wirren Strichen. Nur dieses Mal hatte er die allererste Seite aufgeschlagen, lose lag darin die Zeichnung einer jungen Frau mit langen Wimpern und selbstbewusstem Blick. Ihre Haare fielen ihr elegant auf die Schultern, ihre Gesichtszüge waren weich, aber die einer Nordländerin, die harte Winter kannte. Sie trug ein leichtes Kleid unter einem langen Umhang. Camilla konnte sich nur wundern über die Zeichnung, ließ sie die Frau doch so lebendig wirken, als würde sie nur darauf warten, aus den Seiten zu springen. *Seine Frau,* flüsterte Aegirs Stimme in ihrem Kopf. *Sie ist schon lange tot.* Sie wandte ihm rasch den Kopf zu. Er verstand es richtigerweise als Frage. *Ich weiß nicht, was passiert ist, aber sie starb schon bevor er in dieses Labyrinth kam.*

„In all den Jahren bin ich dem Tonttu nicht begegnet. Die wenigsten sind ihm begegnet. Aber es gibt Gemunkel: Er soll in einer Kammer tief unten im Labyrinth leben. Eine Kammer, die weder einen Ein- noch einen Ausgang hat. Nur er kann sie betreten und verlassen. Dort ruhen seine Schätze. Er behütet sie wie ein Drache …"

He!, protestierte Aegir sogleich, doch Edvard der Große konnte es natürlich nicht hören. *Tut so, als wären wir geizig!,* brummte der Drache eingeschnappt. *Könnte doch auch die Zwerge als Vergleich hernehmen!* Woraufhin Bror Brar verärgert die Brauen zusammenzog und Aegir von Camillas Schulter zerrte, wobei sich seine Krallen schmerzhaft in ihr Fleisch bohrten und ihr ein leises „Au" entfahren ließen.

„Das hast du nicht gesagt!", fauchte der Zwerg, und Aegir entzündete seinen Bart, woraufhin Bror Brar es eilig hatte, ihn zu löschen. Edvard der Große ignorierte die Zankerei seiner beiden Gefährten geflissentlich und fuhr fort: „Ich vermute, dass er auch deinen kleinen Freund dort hinuntergebracht hat."

„Dann muss ich dorthin!", warf Camilla bestimmt ein und verschränkte die Arme vor der Brust.

„Niemand, der noch bei Verstand ist, geht in die untersten Etagen des Labyrinths!", erwiderte Edvard.

Was er damit meint, erklärte Aegir, der sich inzwischen wieder von Bror Brar losgerissen hatte, *ist, dass es dort unten von Verrückten nur so wimmelt. Je mehr man den Verstand verliert, desto tiefer wandert man. Das scheint eine ungeschriebene Regel des Labyrinths zu sein. Genauso wie die Tatsache, wenn es einem gelingt, das Labyrinth zu verlassen, dann sind alle anderen auch frei. Nur ist es bisher leider keinem gelungen.*

„Oh!", murmelte Camilla nachdenklich. „Aber als er mir Henrick gestohlen hat, da waren wir auch eine Etage über dieser. Also er verlässt seine Kammer hin und wieder, oder?"

„Keiner von uns hat ihn je getroffen", wiederholte Edvard leise und hob den Blick von dem Bildnis seiner Frau, um Camilla finster und verheißungsvoll in die Augen zu sehen. „Keiner!"

„Und die Karten, die ihr vom Labyrinth anfertigt. Sind da die unteren Stockwerke eingezeichnet?"

„Keiner, der bei Verstand ist, geht da runter!", wiederholte nun Bror Brar.

„Also verstehe ich das richtig? Ihr habt die letzten paar Jahrhunderte immer nur dieses Stockwerk kartografiert? Wie wollt ihr dann den Ausgang finden?"

„Es gibt keinen Ausgang!"

„Aber es gibt doch anscheinend diese Türen, durch die jeder mal gekommen ist und …"

„Oh, sie hat eindeutig Skipp Skaug getroffen!", murmelte Bror und fuhr sich mit der Hand über den angekokelten Bart.

„Ich finde seine Theorie recht einleuchtend!", brummte Camilla. Sie gewann langsam den Eindruck, dass ihre Gesprächspartner entweder jegliche Hoffnung auf eine Flucht verloren hatten oder dass sie gar nicht vorhatten, jemals wieder in die echte Welt hinauszutreten. Skipp Skaug versuchte es zumindest, wenngleich er wohl kaum eine Chance gegen die massive Wand hatte!

„Vielleicht. Wer weiß?", sagte Edvard und erhob sich. „Jedenfalls, wenn du an deinen kleinen Freund rankommen willst, würde ich an deiner Stelle versuchen, den Tonttu irgendwie zu rufen. Du brauchst nur eine interessante Bezahlung für ihn."

„Eine interessante Bezahlung?"

„Gold, ein seltenes Unikat, etwas in der Art."

„So etwas wie einen leuchtenden, goldenen Siegelring?", riet Camilla und befürchtete, dass die Antwort darauf Ja lautete, was sie leider auch tat.

Beinahe gefiel ihr die Option, den Tonttu zu verärgern, besser, als zu Skipp Skaug zurückzukehren, um ihm seinen Siegelring zu stehlen. Da war sie ihm durch pures Glück entkommen und jetzt sollte sie ihn suchen? Noch dazu befanden sich ein

Zwerg und ein Drache in ihrem Schlepptau. Edvard der Große hatte es vorgezogen, über alte Zeiten zu sinnieren und weiterhin das Bild seiner toten Frau zu betrachten. Sie konnte es ihm nicht verübeln. Er tat ihr leid. Es war fürchterlich, jemanden zu verlieren, den man liebte. Sie dachte an ihren Vater, stellte sich vor, wie er im Feuerregen eines Gefechts Schutz suchte, auf seine Gegner einstach, wie er selbst zu Boden sank, und verdrängte diese Vorstellung ganz rasch in die hinterste Ecke ihres Gehirns. Ebenso grauenhaft musste es allerdings sein, jahrhundertelang – und das musste sie sich kurz auf der Zunge zergehen lassen – jahrhundertelang, jemandem nachzutrauern.

Er ist im Krieg?, fragte leise die tiefe, alte Stimme des Drachen in ihrem Kopf, und sie hätte am liebsten störrisch wie ein kleines Kind – ein wirkliches Kleinkind, keine Zehnjährige – zu zappeln angefangen, weil sie doch glatt vergessen hatte, dass dieses Wesen Einsicht in ihre Gedanken hatte.

Tut mir leid! Du musst nicht antworten, erwiderte Aegir sogleich und flatterte galant an ihr vorüber. Immer wieder Feuer speiend, schälten sich die Umrisse der Steinwände aus der Dunkelheit.

„Wieso hat eigentlich noch keiner versucht, den Tonttu zu rufen? Was ist mit dieser alten Geschichte, dass er die Athleten aus dem Labyrinth geführt hat? Er kennt anscheinend den Weg hinaus, wieso hat ihn keiner danach gefragt?" Es leuchtete Camilla ganz und gar nicht ein, wieso das noch niemand getan hatte.

Das haben schon einige versucht, aber sie sind gescheitert.

„Woran?"

„Tonttus sind eigensinnige Wesen", erwiderte Bror Brar düster. „Ich bezweifle auch, dass du deinen Freund je wiedersehen wirst. Er wird ihn nicht einfach so hergeben!"

Ich hätte da noch einen ganz anderen Einwand, meldete sich Aegir wieder. Er wartete einige Meter vor ihnen an einer Weggabelung auf sie.

„Der da wäre?", brummte Bror Brar.

Wir könnten Skipp Skaug doch einfach fragen, ob er uns den Ring leiht, schlug der Drache vor. Die nächste Flamme züngelte aus seinem Maul. Camilla kniff die Augen zusammen, weil ihr zum ersten Mal auffiel, dass sie keine Ahnung hatte, welche Farbe die Schuppen des Drachen hatten. Sie hatte sie bisher für Schwarz gehalten, doch nun, bei näherem Betrachten wirkten sie in dem Feuerrot der Flammen eher blau – ein sehr dunkles Blau. Sie haderte, aber das eigentliche Wort für die Farbe wollte ihr nicht einfallen. *Lapislazuli*, kommentierte Aegir ganz nebenbei und Camilla fühlte sich abermals ertappt.

„Glaubst du wirklich, er gibt ihn uns einfach so, hm?", erwiderte Bror grummelig.

„Leihen wollen wir ihn ja nicht, oder?", warf Camilla zögerlich ein. „Wenn wir den Tonttu damit bezahlen wollen, bekommt er ihn ja nicht mehr zurück."

Das müssen wir ihm ja nicht sagen, meinte Aegir.

„Sieh an. Ein Drache will doch glatt jemanden austricksen!", gluckste Bror zu Camillas Überraschung recht amüsiert. „Na da bin ich aber gespannt!"

Nur wenige Abzweigungen später erloschen Aegirs Flammen und leise flüsterte seine Stimme in ihren Köpfen: *Wir sind da!*

Und tatsächlich nahm Camilla das Quietschen und Schaben der Feile über den Stein wahr, und sie fragte sich unwillkürlich, wie viele Millimeter Skipp Skaug wohl seit ihrer letzten Begegnung von der zugemauerten Tür abgetragen hatte. Kaum recht viel. Zu dem Geräusch kam ein stetiges Summen, das sich als Gemurmel entpuppte. Skipp

Skaug plapperte unaufhörlich – vermutlich ohne einen einzigen Zuhörer. Abgesehen von ihnen natürlich.

Und wie stehlen wir ihn jetzt?, dröhnte Aegirs Stimme fragend in ihren Köpfen. Bror Brar schien ihm auf demselben Weg zu antworten, doch Camilla konnte die Antwort nur erraten. Jedenfalls antwortete Aegir: *Nein, ich hätte auch noch nie gesehen, dass er ihn mal abnimmt.*

Der Monolog führte sich wie folgt fort: *Ja, wir könnten warten, bis er eingeschlafen ist. Oder einer von uns lenkt ihn ab. Camilla, hast du schon mal etwas gestohlen? Hast du geschickte Finger?*

Camilla schüttelte hastig den Kopf, was keiner sehen konnte, und unterstützte es rasch mit einem gedachten *Nein*. Mit derlei Sachen hatte sie keine Erfahrung.

Ja …

Pause.

Mhm …

Pause.

Jetzt begann es Camilla schön langsam wahnsinnig zu machen. Was redeten sie bloß?

Gut, Camilla, dann musst du als Köder herhalten!

Beinahe hätte Camilla laut zu protestieren angefangen, schluckte den Schreck aber gerade noch rechtzeitig hinunter, ehe sie eilig den Kopf schüttelte und dachte: *Nein, nein! Wie soll ich ihn denn ablenken?*

Aber sie hatte kaum eine Wahl. Das Herz rutschte ihr so rasch in die Hose, wie sie den ersten Schritt in Richtung Skipp Skaug tat. Dann kam der zweite, der dritte, beim vierten verstummte das Feilen. Sie sah den schlaksigen, jungen Mann mit den adretten Gesichtszügen vor ihrem inneren Auge, stellte sich vor, wie er wachsam in die Dunkelheit lauschte. Sie tat zögerlich einen weiteren Schritt, der ein dumpfes Echo hinterließ.

„Kuz? Die Kleine ist weg!", rief Skipp Skaug in die Dunkelheit.

„N-nein", piepste Camilla so leise, dass es einem Hauchen gleichkam.

„Wer ist da?"

Camilla räusperte sich ängstlich, und bildete sich ein den brennenden Blick des Zwergs und des Drachen in ihrem Rücken zu spüren. Sie warteten hinter der nächsten Ecke auf ihren Einsatz. Missmutig streckte sie die Brust raus und meinte lauter: „Nein, ich bin noch da!"

Jäh wurde es Tag. Sie blinzelte geblendet und hob schützend die Hand vor die Augen. Skipp Skaug stand so plötzlich vor ihr – sein Gesicht keine zehn Zentimeter von ihrem entfernt, dass sie sich fragte, ob er die gleichen eigentümlichen Fähigkeiten wie der Schatten hatte.

„Du bist zu mir zurückgekommen?" Große, ungläubige Augen starrten sie an. „Kleine, du hast mich vermisst?", fragte er gerührt.

Camilla fühlte sich so gar nicht wohl in ihrer Haut. Sie nickte viel zu hastig, während sie die Hand anstarrte, die ihrer Wange gefährlich nahekam. Die Hand mit dem Ring!

„Oh danke! Du kannst dir gar nicht vorstellen, wie sehr ich mich freue!" Plötzlich umarmte er sie so stürmisch, dass sie Mühe hatte, Luft zu bekommen, und innerlich brüllte: *Helft mir!*

Zur Antwort kam: *Ach komm, lass dem armen Jungen doch die Freude! Du kannst dir gar nicht vorstellen, wie schlimm die Einsamkeit ist!*

Dann soll er sich doch euch anschließen, dann ist er nicht mehr allein!

78

Er will eben bei seiner Tür bleiben, erwiderte Aegir.

Dann zieht doch dorthin um! Jeder Gang sieht doch ohnehin gleich aus!

„Na komm, gehen wir zurück nach Hause! Ich verspreche dir, Kuz bekommt dich nie wieder in die Finger! Hörst du? Meine Unachtsamkeit tut mir fürchterlich leid! Hörst du?"

Dann war es wieder dunkel, weil er die Ringklappe geschlossen hatte, und Camilla holte ganz tief Luft. So tief, dass sie das Gefühl hatte, ihre Lunge müsse gleich bersten. Dann griff sie nach seiner Hand – der Ringhand, versteht sich – und umklammerte die Finger. Die vertraute Berührung ließ Skipp Skaug kurz innehalten, ehe er gerührt murmelte: „Oh Kleine, ich passe auf dich auf, wie ein großer Bruder es tun würde! Versprochen!"

Gut, zugegeben – langsam hatte Camilla wirklich Mitleid mit ihm. Er meinte es nicht böse, aber dann erinnerte sie sich daran, dass er sie gefesselt und geknebelt hatte – vor nicht allzu langer Zeit, und sie hatte nun wirklich keine Lust mehr auf den Geschmack von getragenen Socken im Mund!

Also tat sie, was sie tun musste, und stahl ihm den Ring. Sie kam sich ziemlich dreist dabei vor. Aber was soll's, dachte sie sich. Sie zog ihm den Ring einfach vom Finger und rannte los. Natürlich waren ihre Beine kurz und seine lang, und ihr gelang die Missetat auch nur deswegen, weil er nicht damit gerechnet hatte. Sie musste bis zu dieser Ecke kommen. Dann waren da Bror und Aegir. Aegir leuchtete ihr den Weg, Bror rempelte Skipp Skaug von der Seite kommend um, sodass er fluchend und schimpfend gegen die Wand donnerte.

Und Camilla rannte und rannte und rannte, bis ihre Lunge wirklich zu bersten drohte, aber selbst da hatte sie zu große Angst, innezuhalten, und stolperte immer weiter weg von dem Gerangel, in dem sich Bror und Skipp Skaug befanden, und immer weiter weg von Aegir. Beinahe hätte sie darauf gewettet, dass sich gleich wieder eine der Wände verschieben und sie von ihren neu gewonnenen Freunden und Feinden abschneiden würde. Aber nichts dergleichen geschah. Stattdessen endete ihre Flucht jäh, als sie im Dämmerlicht mit voller Wucht gegen jemanden prallte und der Ring klirrend zu Boden rasselte, wobei sich die Klappe öffnete und den Gang ausleuchtete.

Wo bist du?, dröhnte Aegirs Stimme fragend in ihrem Kopf, doch Camilla konnte nur unfähig einer Reaktion das Wesen, das sich vor ihr befand, anstarren. Schwarze Augen musterten sie finster. Ein weißer Rauschebart verbarg einen moosgrünen Mantel. Am Haupt trug es eine ebenso grüne, spitz zulaufende Mütze. Die Füße steckten in klappernden Holzschuhen. Auf den ersten Blick sah es Bror Brar gar nicht so unähnlich, nur dass es noch kleiner war als er und die Gesichtszüge nicht so hart und kantig waren, sondern weich. Es passte nicht in diese Umgebung. Und schon gar nicht passte dieser düstere Blick zu ihm! Es sah aus wie etwas, das einen Wald bewohnen würde und kein dunkles, unwirtliches Labyrinth tief unter der Erde. Langsam wanderte sein Blick von Camilla zu dem Ring. Es reckte seine langen Finger danach, hob ihn auf und drehte ihn prüfend hin und her, begutachtete ihn eingehend, dann sah es wieder Camilla an. Dieses Wesen war vielleicht klein, aber selbst Camilla spürte, welche Macht von ihm ausging. Es schien alles um sich in seine Gewalt zu nehmen. Nein, das stimmte so nicht, korrigierte sie sich selbst: alles um es herum *befand* sich in seiner Gewalt. Die Mauern, die Ecken, die Gabelungen, die Türen.

Sie musste auch nicht fragen, wer es war. Es gab keinen Zweifel daran.

80

Hinter ihr keuchte Bror um die Ecke, Aegir durchschnitt die Luft – sie durchbrachen die Stille, die von dem Wesen ausgegangen war. Sie sahen es und erstarrten. Camilla brauchte sich nicht umzudrehen, um das zu wissen, denn es war jäh wieder ruhig.

„Ist das …?" Bror schien nach Luft zu schnappen.

Ist das?, kam als Echo.

Das ist Morten, der Tonttu, bestätigte Aegir das, was ihnen allen bereits bewusst war.

Seine Worte hatten kein Echo.

Camilla konnte nicht anders, sie musste Morten einfach prüfend angaffen. Doch dieser bewegte seinen Mund keinen Millimeter. Wer sprach dann?

Morten, der Tonttu, umschloss mit der linken Hand den Ring, sodass das Licht gedämpft wurde und seine Wangenknochen und der Bart lange Schatten warfen und ihn unheimlich wirken ließen – wie ein Ungeheuer ihrer tiefsten Albträume. Dann hob er die rechte Hand und zwischen den sich nähernden Schritten, die Skipp Skaug gehörten, und ihnen ruckelte eine Wand.

Dann setzten ein Trippeln und Trampeln ein, und Morten war fort – mitsamt dem Ring.

„Nein!", brüllte Camilla entrüstet. „Wo ist der Junge, den Sie mir gestohlen haben? Wo ist Henrick? Bringen Sie ihn mir wieder! Nein, verflixt!" Sie trat wütend und heftig mit dem Fuß gegen die Wand, die sich neben ihr befand und fluchte schmerzerfüllt. „Du verfluchter Wicht! Bring mir Henrick wieder! Ansonsten verdienst du den Ring nicht!"

„Camilla, ich glaube, du solltest …", begann Bror mahnend, aber den Satz zu beenden gelang ihm nicht.

Man sollte niemals, wirklich niemals einen Tonttu verärgern! Diese Lektion lernte Camilla, als sie plötzlich einem ausgewachsenen Wolf mit gefletschten Zähnen und vor Wut zu Berge gerichteten Rückenhaaren in die Augen blickte, den warmen, feuchten, nach verdautem Fleisch riechenden Atem im Gesicht. „Oh!", quiekte sie, dann setzte ihr Gegenüber auch schon zum Sprung an und begrub sie unter sich, wobei sie aus den Augenwinkeln wahrnahm, wie Bror Brar doch wirklich feige die Beine in die Hand nahm und sein Fluchtversuch jäh in der Sackgasse endete, in der sie sich befanden. Zu ihrem Glück war Aegir etwas mutiger. Er rettete ihr das Leben, indem er dem Wolf die Rückenhaare verkokelte und ihn so davon abhielt, ihr den Arm abzubeißen. Winselnd robbte Camilla von dem Raubtier fort, das von dem kleinen Drachen umkreist wurde und ihn jagte.

„Oh … t-t-tut mir … tut mir leid, Herr Morten! Tut … tut mir wirklich leid!", wimmerte sie. „Ich wollte Sie nicht verfluchen! Das war nicht ernst gemeint!"

Und der Wolf war weg.

Bror japste auf. Aegir starrte den leeren Fleck Boden mit offenem, flammenzüngelndem Maul an.

Oh, … t-t-tut mir … tut mir leid, Herr Morten! Tut … tut mir wirklich leid! Ich wollte Sie nicht verfluchen!, warfen die Wände als höhnendes Echo zurück.

Drei Leute, drei Aufgaben bringen das Kind zurück:

Zum einen:

Laut wie eine Orgel muss zum Verstummen gebracht werden.

Zum Zweiten:

Ein Schatz weder aus Gold noch aus Platin muss erbracht werden.

Und zuletzt:

Wenn die Waage in der Balance ist, zählt man zu den Reichen,
ist sie's nicht, zu den Ärmsten der Welt.

Diese rätselhaften Worte donnerten von den Wänden auf sie nieder, als würde sich direkt über ihnen ein Sommergewitter befinden. Nur das plötzliche Aufleuchten unzähliger Blitze und ein tiefschwarzer, mit schweren Seidenwolken verhangener Himmel schienen der Stimmung noch zu fehlen. Als sie verstummt waren, trat die Ruhe nach dem Sturm ein, in der keiner ein Wort zu sagen wagte. Zu sehr lauschten sie, ob Morten, der Tonttu, weitersprechen würde.

Doch Morten, der Tonttu, war endgültig fort, und ein namenloses Entsetzen machte sich in ihnen breit.

Der angekettete Schahin

Es rumpelte und ratterte wie in einer Kiste voller Mäuse, aber es war nur die Wand, die beschloss, wieder einen Durchgang zu bilden. Genau dort, wo die Mauer ihnen sicheren Abstand vor Skipp Skaugs Gezeter gewährt hatte, das sogleich die Stille übertönte. Camilla warf einen hastigen Blick über die Schulter, sah ihn in Aegirs Flammen um die Ecke hetzen, wo er zornesrot im Gesicht kurz verharrte, sie anvisierte und dann zu einem Sprint ansetzte, der mit Sicherheit nicht gut für sie enden würde. Sie wechselte einen Blick mit Bror, der kaum länger als einige Millisekunden dauerte und hörte ihn in einer kehligen Sprache, die ihr völlig unbekannt war, leise fluchen. Und noch während die Worte des Tonttus in den tiefsten Windungen ihres Gehirns einen Nachhall fanden, nahm sie die Beine abermals in die Hand. Der Zwerg folgte ihr, auch wenn er mit seinen kurzen Mühe hatte, schneller zu sein als der athletische Skipp Skaug. Und auch Aegir folgte ihnen. Seine Flammen erloschen und machten der Dunkelheit Platz, was die Verfolgungsjagd für ihren Verfolger – der sie, *die Diebe*, immerhin zurecht verfolgte – erheblich erschwerte, aber leider auch für sie nicht einfacher machte.

„Gebt mir den Ring zurück! Gebt ihn mir sofort zurück!", brüllte er hitzig.

Unzählige Windungen des Labyrinths weiter, als Camilla keuchend gegen eine der Wände in eine weitere Sackgasse taumelte und ihr Herz wild tanzte, verstummten seine Schritte schließlich. Eine weitere Wand hatte die Gnade gefunden und sich zwischen sie geschoben.

„Oh, herrje! Das war knapp!" Sie schnappte nach Luft.

„Was meinst du? Skipp Skaug oder den Wolf?“ Schweißgebadet kam Bror neben ihr in dem kleinen Raum, der sich um sie gebildet hatte, zum Stehen.

„Beide.“

„Also ich fand den Wolf eindeutig gefährlicher!“ Er hustete und musste sich an der Mauer festhalten, um nicht das Gleichgewicht zu verlieren. Seine Zöpfe vibrierten aufgeregt. Seine Wangen wurden purpurrot.

Das haben wir mitbekommen, brummte Aegirs Stimme in ihren Köpfen.

„Ich mag Tiere eben nicht!“, meinte der Zwerg eingeschnappt.

Du bist weggelaufen!, konterte Aegir. *Hättest das Mädchen einfach allein gelassen! Hättest einfach zugelassen, dass dieses Tier sie zerfleischt!*

Camilla bekam zu wenig Luft, um über den Begriff Mädchen zu protestieren.

„Ach, sie wäre schon klargekommen!“

Ein lang gezogenes *Neeeein* kam zur Antwort und Aegir krallte sich in Brors Schulter und nahm Platz. Der Zwerg verzog keine Miene, seine Schultern mussten aus Stein bestehen. Oder die Weste war so dick, dass er tatsächlich nichts fühlte. Wie immer verkokelte die nächste züngelnde Flamme Brors Bart –ganz mit Absicht, wie Camilla den Eindruck hatte. Dem weiteren Verlauf des Gezankes folgte sie nicht mehr, zu sehr war sie damit beschäftigt, sich den genauen Wortlaut des Rätsels in Erinnerung zu rufen:

„Laut wie eine Trompete? Oder war es eine Trommel? Nein, eine Orgel! Ja, genau: Laut wie eine Orgel muss zum Verstummen gebracht werden. Was meint er damit?“ Sie war noch nie sonderlich begabt darin gewesen, Rätsel zu lösen. So sank sie verzweifelt an der kühlen Wand hinunter zu Boden und blieb im Schneidersitz dort hocken. Sie bettete ihre Hände in den Schoß und krallte die Finger in den gelben Stoff des Nachthemdchens.

„… wo in aller Welt findet man in einem Bergwerk einen Wolf, hm? Ist doch verständlich, dass ich an diese Viecher nicht gewöhnt bin und sie meide!"

Ich dachte, dass Zwerge für ihren Kampfgeist bekannt wären und nicht dafür wegzulaufen!

„Zwerge sind für ihre Schmiede- und Steinbearbeitungskunst bekannt, von großen Kriegsherren hat doch nie einer was gesagt!"

Und was ist mit all den alten Heldengeschichten, die ihr …

„Ähm …", unterbrach sie Camilla zögerlich und schluckte. „Könnt ihr euch später streiten? Wir sollten diese Rätsel lösen. Wer weiß, wie es Henrick geht! Biiiitte!"

„Und wer hat behauptet, dass wir dir dabei helfen?" Bror stemmte tatsächlich die Hände in die Hüften und sah für einen Augenblick aus wie ein quengelnder, kleiner Junge, der seine Süßigkeiten nicht bekommen hatte. Camilla riss erschrocken die Augen auf.

Dein Ernst?, fauchte Aegir und dieses Mal setzte er einen ganzen Zopf seines Haupthaars in Brand. Bror hüpfte und fluchte. Er schlug mit den Händen die Flammen aus und katapultierte den Drachen grob von seiner Schulter.

Natürlich helfen wir dir! Aegir nahm auf Camillas Schulter Platz und warf Bror einen finsteren Blick zu. Er bedeutete, dass er keinen Widerspruch duldete.

Also lasst uns nachdenken: Laut wie eine Orgel muss verstummen …

„Ich bezweifle, dass es hier unten Orgeln gibt", grummelte Bror in seinen rauchenden Bart.

„Was war das Zweite? Ein Schatz weder aus Gold noch aus Platin? Ein Diamant vielleicht? Müssen wir einen Diamanten

86

suchen und ihm bringen?", grübelte Camilla. „Was war das dritte?"

Ich glaube, wir sollten alles der Reihe nach machen. Zuerst das mit der Orgel. Eine Orgel …

„Ist verdammt laut", unterbrach Camilla. „Das lauteste Instrument, das es gibt."

„Es ist ein Rätsel, verdammt noch mal! Das ist sicher nur eine Metapher für irgendwas!", kommentierte Bror ungehalten.

Camilla zog beleidigt die Beine an die Brust und starrte stur schweigend auf den Boden. Sollten *sie* doch das blöde Rätsel lösen!

Was nervt den Tonttu am meisten?, fragte Aegir und hob wieder ab. Flatternd zog er einige Runden über ihren Köpfen.

„Lärm?", mutmaßte Camilla. Wenigstens eine Antwort kannte sie!

Lärm!, bestätigte der Drache triumphierend.

„Irgendetwas oder irgendwer in diesem Labyrinth ist sehr laut, und er will, dass wir es oder ihn zum Schweigen bringen?", meinte der Zwerg.

Das klingt einleuchtend, oder, Camilla?

Aber Camilla starrte einfach nur die Wände an – alle vier. Rechts eine, links eine, hinter ihnen, vor ihnen, oben die Decke, unten der Boden.

„Wie sollen wir diesen Jemand finden, wenn wir hier eingesperrt sind?", kommentierte sie leise das Problem, das den beiden anderen bisher scheinbar entgangen war.

„Dieser verfluchte Tonttu! Ich mag diese eigenartigen Wesen nicht!", fauchte Bror.

Fluch lieber nicht, sonst kommt womöglich wieder dein Wolf, sagte Aegir.

„Lass mich fluchen, solang ich will, der traut sich nicht, mir einen Wolf an die Kehle zu hetzen!"

Hör auf, ihn zu provozieren! Wenn er wieder auf irgendwelche Streiche kommt, hängen wir alle mit dir da drinnen! Und im Übrigen weiß er jetzt, dass du vor Wölfen davonläufst. Also, er würde dir mit Sicherheit wieder einen aufhetzen!

„Ich mag diese Viecher halt nicht!"

Das Hin und Her drohte schier kein Ende zu nehmen. Camilla steckte sich die Finger in die Ohren. Zumindest Brors Stimme wurde dadurch gedämpft. Aegir war da weitaus schwieriger auszublenden. Konzentriert biss sie sich auf die Unterlippe und dachte nach.

Viele Meter über ihnen, weit von den dreien und ihrem Gefängnis entfernt, brach in dem großen, mächtigen Reich, das dem dunklen König bisher wacker getrotzt hatte, ein neuer Tag an. Der Rabe breitete seine Flügel aus, reckte und streckte die steifen Glieder, ehe er sich auf die Suche nach seinem mausreichen Frühstück machte. Elegant segelte er über die roten Häuserzinnen, an hell erleuchteten Fenstern vorbei, beobachtete eine Mutter, die in der Stube ihren neugeborenen, quengelnden Sohn in den Armen wiegte, während sie einhändig, aber geübt das Frühstück für ihren Mann zubereitete. Dann sah er einen buckeligen Bäcker, der das *Geschlossen* Schild an seiner Tür umdrehte und dem ersten eiligen Kunden ebenjene aufhielt. Er flog an dem hageren Straßenmusikanten vorbei, der mit flinken Fingern seiner müden Geige schiefe Töne entlockte, und durchschnitt die für einen Sommermorgen viel zu kühle Luft in einer nach Tabakrauch und Moder miefenden Gasse. Hoch über allem auf dem Fenstersims eines alten Herrschaftsgebäudes fing er flink eine Fliege aus der Luft. Ein kleiner, zappelnder Imbiss für zwischendurch. Unten auf der Straße schälten sich

Schatten aus den Ecken. Schatten, wie jener, der Stunden zuvor das Herz der Königin und des Königs zum Stillstand gebracht hatte. Furchteinflößende Schatten aus Materie. Sie kamen aus dem Nichts. Einer nach dem anderen. Insgesamt waren es acht. Der Neunte fehlte. Doch dem Raben, wenn er denn zählen konnte, fiel das nicht auf. Wie auf ein stummes Kommando zogen sie aus, um ein namenloses Grauen zu verbreiten und wandelten durch die Straßen der Stadt. Sie waren düstere Gestalten mit von Leichenmasken verdeckten Antlitzen. Überall dort, wo man sie erblickte, setzte ein angsterfülltes Kreischen ein und jeder, der sie rechtzeitig sah, flüchtete kopflos. Die Lichter in den Häusern erloschen so rasch wieder, wie sie zuvor entzündet worden waren. Die Dunkelheit schien das fröhliche Flackern der Kerzen und Öllampen eifrig aufzufressen. Die ersten Sonnenstrahlen warfen lange, krumme Schatten. Keine Schatten, die sich bewegten. Einfach nur Schatten aus schwarzem Nichts.

Der Rabe reckte den Kopf über den Sims, ehe er sich abermals in die Tiefe stürzte, nur um, gekonnt bevor er auf dem Boden aufkam, den Wind des Sturzflugs zu nutzen und höher als zuvor zu segeln. Der Sonne, dem Himmel, den Wolken entgegen. Die acht Schatten ließ er tief unter sich walten. Was hatte es ihn schon groß zu kümmern, was sie taten? Er war nur ein Rabe. Er wandte den Kopf zurück, betrachtete das Schloss, sehnte sich nach seinem Nest und einigen weiteren Momenten genüsslicher Ruhe. Aber nichts war mehr so, wie es gewesen war. Der Rabe wusste das. Also segelte er mit dem Wind, und ließ das betriebsame Treiben und die rauchverhangenen Schornsteine der Stadt hinter sich. Er segelte über die grünen, fruchtbaren, blühenden Wiesen, und beobachtete einige Bauern, wie sie emsig das Gras für ihr Vieh sensten. Schon bald würden die acht auch zu ihnen kommen, dachte er wohl, wenn Raben denn denken konnten. Er überflog einen schaurigen Friedhof im Schatten von Felsen, ging tiefer, betrachtete die schiefen Steine, die tiefe Risse durchzogen, und die unleserlichen Namen, die offenkundiges Zeugnis der waltenden Naturlaunen über Jahrhunderte hinweg waren. Lästig krächzende Krähen hockten auf den tiefen Ästen einer jungen Birke und beobachteten ihn aus wachsamen, dunklen Augen. Tief in ihm regte sich etwas wie eine Erinnerung, die jedoch nicht aus diesem Leben stammen konnte, keimte wie ein Fünkchen Licht, stahl sich in sein Bewusstsein. Er sah den, der sich Badshah der Dunkle nannte, vor den Steinen stehen, die Knochen wider allen Naturgesetzen emporheben, sie zusammensetzen und das Fleisch wieder wachsen zu lassen. Der Rabe schauderte ob dieser gottlosen Erinnerung und doch kam es ihm so vor, als würde er die Totengestalten mit ihren abstrus geöffneten Mündern und ihren starr blickenden Augen kennen. So rasch sie wiedererweckt worden waren, waren sie in der Luft verpufft. So wie das Mädchen in ihrem gelben Nachtkleid an der Seite des Prinzen. So wie der Zwerg in dem Stollen neben seinem König. So wie der junge Drache über den reifen Apfelbäumen im Schatten seiner Mutter, über dem Kopf eines fernen Helden. Zufällige Begleiter der hohen Herren nur, aber ebenso verpufft wie die Totengestalten. Was mit diesen geschehen war, fragte er sich wohl. Eines der Totengesichter erschien ihm besonders vertraut. Doch weshalb? Und was hatten der Drache, der Zwerg und das Mädchen damit zu tun? Er haderte, grübelte, überlegte, aber allem Anschein nach entsann er sich kaum, erinnerte sich an einen tiefen Wunsch und an eine große Enttäuschung. Enttäuschung, weil dieses allerbekannteste Gesicht ihn im Zorn fortgeschickt hatte. Natürlich! Er hob die Flügel. Es war ihm wieder eingefallen!

Diesem Gesicht hatte er Freunde, an jenen Ort, wo auch immer es sich befand, schicken wollen. Dazu hatte er den Drachen, den Zwerg und das Mädchen auserkoren.

Heute zierten bunte Blumensträuße die schiefen Grabsteine mit ihren rostigen Figuren und zeugten davon, dass immerzu Menschen herkamen, um diesen legendären Gestalten ihre Ehre zu erweisen. Wenn sie nur geahnt hätten, dass es leere Gräber waren.

Und während der Rabe fortflog, zog der neunte Schatten an einem Ort weit entfernt von der Stadt, aber auch weit entfernt von dem Labyrinth, geruhsam sein Schwert aus der Scheide. Er befand sich an vorderster Front mitten auf einem Schlachtfeld, aber das machte ihn keinesfalls nervös oder erregte ihn. Hinter ihm die Armee des dunklen Königs, vor ihm der Vater, der die Befehlsgewalt über das gewaltige Heer innehatte. Es war so weit. Er hatte den Vater zufriedengestellt. Jetzt durfte er kämpfen. Seine acht Brüder indessen erledigten eine ebenso wichtige Aufgabe. Er hatte ihnen durch die Ermordung des Königspaares den Weg geebnet. Nun nahmen sie die Stadt ein und er durfte dem Vater helfen. Die Hauptstadt dieses Reichs und sie – auf diesem Schlachtfeld würden sogleich die Grenzen einnehmen und dann war es nur noch eine Frage einer kurzen Zeit, bis dem dunklen König auch das mächtigste Königreich mit dem größten Herrschaftsgebiet unterliegen würde!

Der Vater wandte sich mit wehendem Umhang um, betrachtete sein Heer lange und geflissentlich, betrachtete seinen neunten Sohn sorgenvoll, der seinen Blick fest entschlossen erwiderte.

Das Schlachtfeld war nichts weiter als eine grüne, vom Regen des Vortages matschige Wiese. Auf der anderen Seite, noch im Wald mit krummen Bäumen versteckt, zitterten die Soldaten des toten Königs, die von dessen Ableben noch keine Kenntnis hatten und deren Kampfgeist noch lebte und kein Fantasiegespinst war. Leise drang die Rede ihres Generals an die Ohren des Schattens, untermauerte die Melodie der Waffen, die hinter ihm aneinandergeschlagen wurden und so einen düsteren Rhythmus vorgaben. Dieses Lied war mächtig und furchteinflößend und verscheuchte jedes Tierchen in der Wiese, und auch die Vögel im Wald ließ es schweigen. Die Natur floh, aber die Gegner blieben tapfer.

Als es dem Vater schließlich gut erschien, hob er seine massige Axt mit dem schweren, schwarzen Eisenkopf, brüllte und die Rüstungen klirrten, Schritt für Schritt, als sich das Heer in Bewegung setzte. Der Umhang des Schattens wehte gelassen hinter ihm her. Dann war er verschwunden und tauchte keine Sekunde später direkt vor dem General der Gegner auf, dessen Ross vor Furcht scheute. Er ließ sein Herz, mit all der Gleichgültigkeit, die ihm zu eigen war, zu Eis erstarren, und der Mann mit kahl rasiertem Gesicht rutschte leblos zu Boden. Den Soldaten um ihn herum klappten fassungslos und schaudernd die Münder hinunter. Einige, die sich im Aufbruch zum Angriff befunden hatten, machten abrupt wieder kehrt, als sie ihn sahen. Doch am Ende lagen sie trotzdem mit erstarrten Herzen am Boden. Und der Schatten führte seinen tödlichen Tanz auf.

Die Soldaten waren lästige Widersacher, aber die Schlacht war in dem Moment geschlagen, als ein Bote eine fürchterliche Botschaft zu ihnen brachte.

Die Botschaft vom Tod ihres Königs erzürnte sie nur noch mehr und ließ sie achtlos werden.

Achtlosigkeit war im Kampf um das Leben keine weise Entscheidung. Das Heer des dunklen Königs fand sich bald schon auf einem Leichenfeld wieder, auf dem der Schatten über die abgetrennten Gliedmaßen, die Köpfe, die Hände, die durchstochenen Panzer, die blutendenden Brüste stieg und an der Seite des Vaters seinen Platz einnahm. Lachend stieß dieser einen der Toten, der sich als noch lebendig entpuppte, ließ ihn durch Magie aufstehen, ließ ihn wie eine Puppe in einem Puppentheater tanzen. Der Helm des Mannes rollte klirrend zu Boden. Mit seinem Blick flehte die Puppe den Schatten um Hilfe an, flehte um den Tod. Mit jeder Pirouette schwankte sein Kopf ein wenig mehr. Seine Beine und Arme wirkten unkoordiniert. Der Vater war kein geübter Puppenspieler. Der Brustpanzer des Soldaten klapperte wie das Zaumzeug eines Pferdes. Seine Haare waren goldblond, ebenso sein Bart. „Weißt du, wer das ist?" Der Vater lachte höhnisch. „Ich habe es in seiner Erinnerung gesehen! Weißt du, wer das ist, Sohn?"

„Nein, Vater!"

„Was für ein ausgesprochen amüsanter Zufall!" Eine weitere Pirouette und das Genick des Soldaten gab ein beunruhigendes Knack-Geräusch von sich, woraufhin er schmerzerfüllt das Gesicht verzog. Doch kein Laut kam über seine Lippen.

„Erzähl ihm, mein Sohn, wie du seine kleine, unschuldige Tochter vor wenigen Stunden getötet hast! Na los! Erzähl ihm davon!" Sein Lachen schallte über das Leichenfeld, die Soldaten des dunklen Königs stimmten mit ein und mit ihnen der Schatten, obgleich er, das Antlitz versteckt unter der Kapuze gleichgültig das Gesicht verzog. Solange der Vater unwissend blieb, würde sich seine Zukunft rosig gestalten. Welch namenlos entsetzliche Zukunft der menschlichen

Marionette in ihrer verzweifelten, unnatürlichen Stellung drohte, mochte sie wohl kaum erahnen. Die Gnade des Todes würde ihr verwehrt bleiben, sie würde danach lechzen und betteln. Doch ohne je Gehör zu finden, eingekerkert in einem tiefen Keller, angekettet an eine feuchte Wand, bis sie bereit wäre, bis sie ausreichende Fertigkeiten besitzen würde, und die richtige Überzeugung, um dem Dunklen in seine Schlachten zu folgen. Eine große Anzahl an unwichtigen Kriegern und der Dunkle konnte seine gewaltigen Armeen seelenlos in die Schlachten schicken. Diese Soldaten waren Schlachtfeldfutter, die die Zeit überbrücken sollten, bis mächtiger Krieger ihren Platz einnehmen würden. Krieger wie die neun Schatten.

Indessen sah Camilla keinen anderen Ausweg, als ihre beiden neu gewonnenen Gefährten, anzubrüllen, um sie endlich zum Schweigen zu bringen. Immerhin musste sie sich endlich einmal konzentrieren, um diese Rätsel lösen zu können!

„Er hasst Lärm! Also seid doch endlich einmal leise!"

Der Zwerg und der Drache verstummten abrupt, aber nur deswegen, weil sie Camillas Wutausbruch völlig unerwartet getroffen hatte. Sie sahen sie dermaßen überrascht an, dass Camilla den Eindruck gewann, dass keiner von ihnen erwartet hätte, dass sie so laut schreien konnte.

Und wie sich herausstellte, war Stille wahrlich die Lösung.

Denn kaum hielten die beiden die Luft an, setzte sich eine der Wände ratternd in Bewegung und gab den Blick auf eine in ein tiefer gelegenes Geschoss führende Treppe frei. Ein grauenhaftes, schrilles, viel zu hohes Geräusch ließ Camilla jäh wieder Brors und Aegirs Gezanke herbeiwünschen.

„Was ist das?", japste Bror entsetzt auf, während Camilla ihre Finger wieder in die Ohren bohrte.

„Was auch immer es ist, es klingt grauenhaft!", meinte sie gequält.

„Da kann man den Unhold ja glatt verstehen, dass er seine Ruhe haben will!", kommentierte Bror.

Camilla rappelte sich zögerlich auf und machte den ersten Schritt auf die Treppe zu, wurde aber jäh von Bror zurückgezerrt.

„Hast du sie nicht mehr alle!", brüllte der Zwerg.

„Was denn? Wir müssen doch da runter! Das ist doch die erste Aufgabe – dieses Geräusch auszumachen. Oder hab ich da was falsch verstanden?"

„Du kannst ja meinetwegen da runtergehen, *ich* mach das sicher nicht!"

„Gut, dann bleibst du eben hier! Aegir?"

Der Drache wand sich gequält in der Luft und wand sich und wand sich, ehe er schließlich doch noch antwortete: *Muss das denn sein?*

„Oh Mann!", stöhnte Camilla „Gut, ich gehe allein!"

Sie musste den Prinzen finden! Das musste sie einfach! Und was konnte schon so Schreckliches dieses Geräusch auslösen? Es klang eher mechanisch als lebendig.

Es klang wie eine sehr falsch gestimmte, überdimensionale Pfeife. Jeder Ton wirkte krumm und schief, so als würde man ein am Kopf stehendes Spiegelbild betrachten.

Die ersten Stufen war es noch hell, dann begannen Aegirs Flammen ihre Wirkung zu verlieren, weil sie bereits zu weit weg waren und Camilla ahnte, dass das Problem mit der Dunkelheit nicht gut für sie enden würde. Sie marschierte trotzdem stur weiter. Die Stufen waren glitschig, feucht und sie schlitterte eher darüber als elegant hinunterzulaufen.

Dankenswerterweise entschlossen sich die Flammen, ihr doch zu folgen, und auch Brors Murren kam wieder näher, auch wenn sie es nur erahnen konnte, denn es ging beinahe vollständig in dem schiefen Pfeifen unter.

Eine gute Seite hatte das Geräusch – seinen Standort auszumachen gestaltete sich als ausgesprochen leicht. Vier Weggabelungen, sechszehn Ecken weiter und der schmale Gang mündete in einem Raum, in dem der Lärm so laut war, dass es einem durch Mark und Bein ging. Sie sah aus den Augenwinkeln, dass Bror die Lippen griesgrämig bewegte. Schlussendlich stand auch er ohrenzuhaltend da. Die Ursache des Lärms lag in völliger Finsternis. Der Raum war viel höher als erwartet und Aegirs Flammen hatten nicht annähernd genug Leuchtkraft, um ihn vollständig auszuleuchten. Aber mit ihrem Eintreten endete das fürchterliche, Gänsehaut auslösende Geräusch jäh. Es endete so abrupt, dass die Stille, die danach einkehrte, einem auf der Seele lastete und einen zu erdrücken schien. Camilla hatte nicht bemerkt, dass sie den Atem angehalten hatte. Jedenfalls atmete sie nun erleichtert auf, aber bis sie es wagte, ihre Finger aus den Ohren zu nehmen, dauerte es noch einen Moment und selbst da hatte sie den Eindruck, taub geworden zu sein. Es war wahrhaftig kein Wunder, dass der Stille liebende Tonttu diesen Lärm verabscheute.

Vor ihnen schälten sich die Umrisse einer Gestalt aus dem mysteriösen Dunkel. Es war ein hagerer Mann, dessen Haut absurderweise braun gebrannt war und dessen Glatze im Sonnenlicht sicher geschimmert hätte, so glatt war sie. Eine markante Hakennase thronte mitten in seinem Gesicht, direkt unter smaragdgrünen Augen. Er trug einen kurzen Stoppelbart. Sein rechtes Ohr wurde von einem goldenen Ohrring geziert. Seinem linken Ohr fehlte das untere

Ohrläppchen, was ihn gefährlich wirken ließ. Aber Camilla überraschte vor allem sein Aufzug: Er trug doch wahrhaft ein Kleid! Das wollene Kleid hatte einen mit goldenen Ornamenten bestickten Kragen, ansonsten war es schneeweiß. Darunter an seinen Füßen trug er braune Ledersandalen. Ihm muss ja fürchterlich kalt sein, schoss es ihr durch den Kopf, ehe sie sich daran erinnerte, dass sie selbst auch nur ihr Nachthemd anhatte und sie nicht annähernd so sehr fror, wie es eigentlich hätte sein müssen. Aber sie war sich sicher, dass das an Aegirs wärmenden Flammen lag. Denn ihre Füße fühlten sich wie Eiszapfen an.

Er trägt darunter auch eine Hose. Das ist ein Kaftan, erklärte Aegir überrascht.

Ein Kaftan?, fragte sie ihn stumm.

Das Kleid. Er muss aus dem Süden stammen. Dort trägt man solch eine Kleidung.

Oh!, erwiderte sie erstaunt. *Er sieht verärgert aus.*

Bror trat indessen einen weiteren Schritt auf den Mann zu, der begonnen hatte, in einer fremden Sprache auf sie einzuschimpfen. Wild gestikulierend stand er da. Er wirkte ausgesprochen wütend, aber er kam nicht näher auf sie zu, was Camilla ein bisschen beruhigte. Sie fragte sich allerdings, was dieser Mann mit dem grauenhaften Lärm zu schaffen haben mochte.

Eine gute Armlänge von ihm entfernt verharrte Bror – gerade so, dass der Mann ihn nur dann zu fassen bekommen hätte, hätte er einen Schritt nach vorne getan. Doch das tat er nicht und Camilla begriff, dass er es nicht konnte. Sie entdeckte es jetzt erst. Um sein rechtes Fußgelenk lag eng eine eiserne Kette. Er musste an etwas gekettet sein. An etwas Großes, etwas Stabiles, etwas …

Aegir hatte seinen Platz auf ihrer Schulter verlassen und segelte über den Kopf des Mannes. Seine Flammen wurden von etwas Silbernen reflektiert. Sie blinzelte. Aus der Dunkelheit schälte sich ein langes Rohr, daneben ein zweites und ein drittes, ein viertes, ein fünftes. Die Drachenflammen entlockten der Dunkelheit ihr grauenhaft gestimmtes Geheimnis und ließen Camilla erstaunt den Mund nach unten klappen.

„Ach du ... Ist das ...?", japste Bror, und starrte auf das Monstrum hinter dem Mann – das ihn mit einem Schlag ziemlich klein erschienen ließ. „Will mich dieser Tonttu verar...! Das ... Ist das ...? Hat er nicht gesagt: Laut wie ...?" Beinahe ein wenig hilflos wirkend wandte er sich zu Camilla um, als wüsste sie Rat!

Offenbar wollte er uns in die Irre führen, kommentierte Aegir und ließ sich auf einer der so zahlreichen Pfeifen nieder, dass Camilla aufgehört hatte, mitzuzählen – hoch über ihren Köpfen.

„Das ist eine Orgel." Irgendjemand von ihnen musste es ja laut aussprechen, also tat sie es. „Das ist eine echte Orgel! Hier unten. Wie kommt eine Orgel hierher?", piepste sie. Nach einer kurzen, fassungslosen Pause, in der die drei das Instrument verblüfft anstarrten, fügte sie hinzu: „Ist der Mann an die Orgel gekettet? Wieso?"

Die Eisenkette funkelte, als Aegir ihr folgte. Sie endete in der Orgel.

Was zum Henker!, entfuhr es dem Drachen, während er nach ihrem Ende suchte. Doch wie sich herausstellte: *Das Ding ist mit der Orgel verbaut!*

„Wer macht so etwas?", flüsterte Camilla entgeistert und lief zu Aegir, um sich selbst davon zu überzeugen. Nur am Rande bemerkte sie, dass der Mann, der sich am anderen Ende der

Kette befand, mit seinem Gezeter aufgehört hatte und sie stumm beäugte.

Vier Tastenreihen bildeten den Spieltisch, unzählige Pedale befanden sich darunter, auf den Seiten waren die Register. Sie alle, sobald sie betätigt wurden, sorgten dafür, dass aus den riesigen, silbrig glänzenden, unterschiedlich großen Pfeifen Töne hervorschossen. Aber die Kette verschwand irgendwo im Inneren der Holzverkleidung.

Woher weißt du das alles?, fragte Aegir Camilla, die wieder einmal vergessen hatte, dass der Drache Einsicht in ihre Gedanken hatte.

„Es gab eine Orgel zu Hause im Schloss. Der Organist hat mir einmal erklärt, wie sie funktioniert. Aber sie klang nicht so falsch wie die hier. Ihr Klang war …“, sie hielt kurz inne, nach dem richtigen Wort suchend, „… majestätisch.“ Sie hob den Kopf und betrachtete Aegir nachdenklich. „Wie in aller Welt sollen wir dafür sorgen, dass sich der Mann nicht mehr auf die Bank hier setzt und weiterspielt?“, fragte sie.

„Wir könnten die Pfeifen verstopfen!“, drang Brors Stimme von der anderen Seite der Pfeifen zu ihnen.

Wie willst du das anstellen? Das sind doch viel zu viele!, erwiderte Aegir.

„Wir könnten den Mann einfach bitten, dass er nicht mehr spielt!“, schlug Camilla vor.

Jäh setzte wieder das Gezeter des Organisten ein, und er umrundete sein Instrument und baute sich drohend vor Camilla auf, die jetzt am Boden hockend nach dem Ende seiner Kette suchte.

Wie genau …?, Aegir musste eine Pause einlegen. Die Worte des Mannes wirbelten auf sie herab wie ein Tornado. *Wie genau willst du ihn darum bitten? Er versteht uns anscheinend nicht. Und wir ihn nicht!*

Gutes Argument, da musste Camilla dem Drachen zustimmen. Indessen hatte der Mann in dem Kaftan erkannt, dass seine Worte keinen Anklang fanden, und stürzte sich auf Camilla, die gerade noch rechtzeitig davonrobben konnte. Es begann eine etwas unfaire Katz-und-Maus-Jagd. Unfair dahingehend, dass der Mann in seiner Jagd sehr eingeschränkt war und Camilla zu Bror floh, der immer noch am gleichen Platz stand – gerade etwas mehr als eine Armlänge von dem äußersten Radius der Fessel des Mannes entfernt.

„Wir machen es wie Skipp Skaug", meinte der Zwerg, die Arme vor der Brust verschränkt und kniff dabei die Augen zusammen.

„Hm?", stammelte Camilla.

„Fesseln und knebeln", konkretisierte Bror.

Camilla runzelte die Stirn. „Ich glaub nicht, dass das eine langfristige Lösung ist."

„Hat irgendwer was von langfristig gesagt?" Er wandte sich ihr zu. „Das Rätsel lautete doch: Laut wie eine Orgel muss zum Verstummen gebracht werden. Also ich finde in dem Satz nirgends eine Zeitangabe, du etwa?"

„N-nein. Aber …"

„Na dann! So machen wir es!"

„Warte, ich glaube nicht, dass der Tonttu das so gemeint hat. Er wollte, denke ich, dass wir die Orgel …"

„Und, wie willst du die Orgel zum Verstummen bringen, hm? Wenn sie keiner bespielt, ist sie stumm."

Wie um seine Worte zu unterstreichen, donnerte ein dumpfes Scharren durch den Raum. Aegir hatte es sich offensichtlich auf einer der Tasten gemütlich gemacht. Zu hören war lediglich, wie Aegirs Krallen darauf entlangrutschten, kein Ton entlockte es den Orgelpfeifen. Der Mann wirbelte entrüstet herum und stürmte sogleich wieder auf die andere

100

Seite des Instruments, von wo er Aegir wie eine lästige Fliege verscheuchte. Er landete eilig wieder auf Camillas Schulter.

„Aegir?"

Camilla?

„Kannst du die Kette schmelzen? Kannst du ihn befreien?"

„Na, ich würde eher vorschlagen, dass du das Holzgehäuse in Brand setzt, dann wird das mit dem Bespielen etwas schwieriger", schlug Bror eine etwas unkonventionellere Methode vor. „Was nutzt es, ihn zu befreien? Da kann er doch erst recht weiterspielen! Entweder fesseln und knebeln oder verbrennen!"

Camilla wandte dem Drachen ihren Kopf zu und suchte seinen Blick. *Es muss doch einen Grund haben, warum er an die Orgel gefesselt ist. Vielleicht will er es gar nicht. Vielleicht spielt er nur, weil er sonst nichts anderes zu tun hat,* dachte sie. Aegir legte nachdenklich den Kopf zur Seite, ehe er sich abermals erhob und unter Brors Protest und von dem Mann gejagt die Eisenkette zu entflammen begann.

„Nein, nein, nein, Sir! Tun Sie ihm nichts! Er will Ihnen doch bloß helfen!" Camilla hechtete nach vorne und stellte sich zwischen den Kaftanmann und ihren kleinen Freund. „Er will Ihnen helfen!" Da sie keine Ahnung hatte, wie sie sich verständlich machen konnte, tat sie es dem Mann gleich und begann, wild zu gestikulieren. Was ihr allerdings nicht wirklich half, denn einen Moment später japste sie erschrocken auf, als der Mann sie zu Boden riss und sein Gesicht so nahe war, dass sie den warmen Luftstrom in den Augen spüren konnte, der aus seinem Mund kam, während er auf sie einredete. Er packte ihre Kehle und schien ganz nebenbei, immer fester zuzudrücken, was sie nach Luft schnappen ließ. Es war ein grauenhaftes Gefühl. Sie begann, wild zu zappeln.

„Runter von ihr!", brüllte dann plötzlich Brors Stimme irgendwo neben ihrem rechten Ohr. Dann sackte der Mann über ihr zusammen – wegen des Gewichts, dass jäh seinen Rücken belastete und das sich als Bror Brar herausstellte, der ihn von hinten packte. Wenigstens hörte so der Würgegriff auf und Camilla gelang es irgendwie unter dem Mann hervorzurobben.

„Ich. Hab. Doch. Gesagt. Fesseln und knebeln!", presste Bror zwischen den Zähnen hervor, während Camilla ihm zu Hilfe eilte, die Arme des Mannes packte und zu Boden drückte. Er war zwar nicht allzu schwer, aber trotzdem ziemlich kräftig, was die Angelegenheit etwas heikler machte als erwartet.

„Wie lange brauchst du noch?", rief Bror Aegir zu, während Camilla und er wieder in einem Wirrwarr aus Beinen und Armen und Köpfen verschwanden, als der Mann wieder die Oberhand zu gewinnen drohte.

Das dauert schon eine Weile, erwiderte der Drache. Camilla sah aus den Augenwinkeln, dass das Eisen noch kaum Schaden genommen hatte.

Dieses Mal war Camilla über dem Mann, das Bein auf seine Brust gedrückt, direkt vor seinem Gesicht. „Wir helfen Ihnen!", flehte sie und hoffte inständig, dass er es endlich verstand. Die smaragdgrünen Augen funkelten sie finster an. Es musste ein wahrlich eigenartiges Bild abgeben: Ein kleines Mädchen, das versuchte, einen erwachsenen Mann niederzuringen. Zudem ein Zwerg, der ihr dabei half. Sie wagte es, ihn mit der rechten Hand loszulassen und legte den Zeigefinger auf ihre Lippen, bedeutete ihm, dass er doch endlich mit dem Gezeter aufhören sollte. Sie verstanden es doch ohnehin nicht! Bror hing an seinen Beinen. Der Mann legte den Kopf schief, nutzte seine Chance und schob sie mit der freien Hand unsanft von sich. Sie jaulte schmerzerfüllt auf, als sie mit der linken Hand zuerst auf dem harten Steinboden aufprallte.

Er schimpfte weiter auf sie ein, aber er griff sie nicht mehr an, stattdessen beobachtete er Aegirs Flammenspektakel mit düsterem Blick und blieb stehen.

Es dauerte wirklich eine Ewigkeit, bis sich die Kettenglieder voneinander zu lösen begannen und Aegir hatte am Ende kaum noch Puste. Als die Kette auseinanderfiel, taumelte er ein paar Schrittchen zurück, ehe er am Boden zusammensackte, die Flügelchen ausgestreckt und Rauch keuchend.

Zwingt mich nie wieder, das zu machen!, wimmerte seine Stimme in ihren Köpfen.

Beinahe erwartete Camilla einen zynischen Kommentar von Bror, doch zur Abwechslung kam keiner. Stattdessen wankte der Zwerg zu seinem kleinen Gefährten und hob ihn mit seinen riesig wirkenden Händen auf. Aegir hatte locker darin Platz. „Das wird schon wieder!", brummte der Zwerg.

Im Dunkeln hinter ihnen setzte ein sich entfernendes Rasseln ein. Keiner von ihnen konnte es sehen, aber sie wussten, dass der Mann die Flucht ergriff. Es war der Rest der Eisenkette, der das Rasseln auslöste. Und als er den Raum mit der Orgel verlassen hatte, da setzte ein inzwischen vertraut gewordenes Schaben ein und eine Wand versperrte den Eingang.

Indessen fing der Docht einer kleinen Kerze, die Bror aus seiner Hosentasche gefischt zu haben schien, mit einigen schwachen Drachenflammen Feuer und spendete mäßiges Licht. Aber es reichte dafür aus, dass Camilla und der Zwerg einen Blick wechseln konnten. Einen stummen, fragenden Blick.

„Findet ihr nicht, dass das zu leicht gewesen ist?", kommentierte Bror. „Ich meine, Morten kann die Wände verschieben, aber keinen Gefangenen befreien? Oder keine Orgel zerstören?"

In der Tat war das ausgesprochen eigenartig.

Das Raubtier und der Troll

„Ein Schatz weder aus Gold noch aus Platin muss erbracht werden? War das das Zweite?", fragte Bror.

Das Erste mussten wir doch auch wörtlich nehmen, also wird es hier auch nicht anders sein, erwiderte Aegir. Er bettete erschöpft den Kopf auf dessen rechten Zeigefinger.

„Camilla, was sagst du?"

Camilla hockte gegen die Wand gelehnt neben der Orgel.

„Zuerst müssen wir wieder aus diesem Raum rauskommen", murrte sie leise.

„Verdammter Tont…"

Nicht, Bror!, unterbrach ihn Aegir rasch.

„Ja, ich weiß – bloß keinen Wolf mehr!"

„Vielleicht hast du recht, Camilla. Vielleicht meint er einen Diamanten. Ein Diamant ist immerhin wertvoller als Gold oder Platin", sagte Bror und wanderte gedankenverloren vor ihr auf und ab. Das Kerzenlicht führte einen flackernden Tanz auf.

„… erbracht werden. Das klingt irgendwie falsch in dem Satz, findet ihr nicht?", fuhr er fort, „Nicht bringen, nicht finden – erbracht. Wie kann man einen Schatz erbringen, hm?"

Camilla rappelte sich schweigend auf. Sie fror, sie war müde, sie wollte nach Hause in ihr Bett. Sie wollte in die Küche zu der Köchin, wollte das Gemüse klein hacken, wollte von ihrer Mutter geweckt werden. Sie wollte nach Hause, weg aus diesem Labyrinth. Sie wollte, dass alles wieder normal war. Sie wollte schlicht und einfach aus dem Albtraum aufwachen.

Mutlos ließ sie sich auf die Holzbank hinter dem Spielfeld der Orgel fallen, einfach weil das Holz wärmer war als der Steinboden.

„Was machst du da?", hörte sie Bror entgeistert aufschreien.
„Fang ja nicht an, zu spielen!"

Warum hätte sie das tun sollen? Camilla schüttelte den Kopf,
was Bror natürlich nicht sehen konnte. Sie wollte allein sein.
Sie wollte nicht, dass einer der beiden sah – aber unaufhaltsam
wie ein Sommerregenguss bahnten sich auch schon die Tränen
ihren Weg und sie hatte Mühe, nicht laut zu schluchzen.
Stumm flossen sie über ihre Wangen und hinterließen kühle,
nasse Pfade. Sie schmeckten salzig.

„Also ...", fuhr Bror indessen fort.

Leise hörte sie das Schlagen von Aegirs Flügeln, das ihr etwas
unkoordiniert vorkam. Rasch wischte sie sich über die Augen,
damit er nichts davon mitbekam. Aber natürlich hatte der
Drache es mitbekommen, war er doch zu einem Dauergast
ihrer Gedanken geworden. Er ließ sich auf ihrem Schoß
nieder, noch zu schwach, um sich stolz auf ihrer Schulter
aufzurichten. Zur Abwechslung kommentierte er nicht,
sondern rollte sich einfach auf ihren Oberschenkeln
zusammen und spendete so zumindest ein bisschen Wärme
und Trost.

„Hört mir überhaupt einer von euch zu?" Bror tauchte neben
den Orgelregistern auf. Nur seine rechte Gesichtshälfte wurde
von der fast heruntergebrannten Kerze beleuchtet.

„Was ist los, hm?", fragte er. „Kind, hast du etwa geweint?",
stammelte er dann überrascht.

Natürlich hat sie das!, meinte Aegir leise. *Ihre heile Welt ist erst
vor Kurzem zusammengebrochen. Sie muss sich erst daran
gewöhnen!*

Der Zwerg neigte den Kopf, seine Augen funkelten plötzlich
warm im Flackern.

„Ach herrje, Kleine! Ich versprech dir, das wird besser
werden!" Einen Moment später legte er seine klobige linke

106

Hand auf ihre Schulter, um seinen Worten Nachdruck zu verleihen und wie auf Kommando entfuhr ihr doch noch ein lautes Schluchzen. Er stieß sie ruppig an und zwang sie zu rutschen, ehe er neben ihr Platz nahm. Sie saß ganz eingefallen da.

„Na, na, na, Kleine! Du heulst ja ganze Gebirgsbäche!", brummte Bror und reichte ihr etwas, das wie ein Stofftaschentuch aussah, allerdings vor lauter Schmutz, der sich in den letzten Jahrhunderten darauf angesammelt hatte, eher steif als weich wirkte. Sie nahm es zögerlich und vor allem der netten Geste wegen entgegen. In ihrem Kopf setzte jäh ein eigenartiges Geräusch ein. Es war ein Lachen. Sie starrte verdutzt auf den Drachen auf ihrem Schoß, als sie begriff, dass es von ihm kam!

Tut ... tut mir leid!, kicherte er doch tatsächlich! *Du hättest dein Gesicht sehen müssen, als ...* Er wedelte mit dem linken Flügel, deutete auf das Taschentuch.

„Was ist hier so lustig?", brummte Bror und riss ihr das Taschentuch wieder aus der Hand. „Sag's doch einfach, wenn du's nicht haben willst!"

„Ich ... nein, nein, das war sehr nett von dir!", stammelte Camilla leicht verzweifelt. Der Zwerg wirkte eingeschnappt. Das wollte sie nicht. Er verschränkte die Hände vor der Brust und grummelte etwas in seinen Bart. Es hatte etwas liebenswürdig Amüsantes an sich.

Camilla indessen vergaß vor lauter Lachen und Beleidigtsein das Schluchzen und die Tränen. Vielleicht war es nur dem Zufall zuzuschreiben, dass sie ihre Füße energisch zu Boden donnern ließ und feststellte, dass das einen seltsam dumpfen Nachhall hatte. Vermutlich war es auch nur einem Zufall zuzuschreiben, dass Brors mickrige Kerze im gleichen Moment beschloss, ihm die Finger zu verbrennen, und er sie mit einem erschrockenen Jaulen zu Boden fallen ließ. Und allem Anschein nach bereitete ihnen das ein etwas unangenehmes Problem, denn die Kerze setzte den Holzverbau der Orgel in Brand und das helle Leuchten enthüllte unter der Bank ... Sie riss ungläubig die Augen auf.

Himmel, Bror, pass doch auf!, stöhnte Aegir.

„Das war doch keine Absicht!"

Jetzt brennt das Ding wirklich!

„Ich hab doch von Anfang an gesagt, dass wir sie so zerstören sollten!"

Und wie willst du in einem geschlossenen Raum einen Brand überleben?

„Seht doch!"

„*Was?*", brüllten beide im Einklang und wandten sich widerwillig Camilla zu.

„Da unter der Bank – das ist doch eine Falltür, oder?"

Ein Moment des Schweigens, in dem die Flammen dem Spielbrett näherkamen und ihre Füße unangenehm zu wärmen begannen.

„Sie hat recht!", meinte Bror erstaunt.

„Hilf mir!", sagte Camilla und gemeinsam mit Bror schob sie die Bank von der hölzernen Falltür. Ein eiserner Griff ließ sie nach oben aufgehen. Mühsam hievte sie und biss die Zähne zusammen. Sie war so schwer! Bror schob sie beiseite, stemmte die Beine fest in den Boden und packte den Griff. Niemals hätte er es sich ansehen lassen, dass auch er Mühe hatte, sie zu öffnen. Aber es gelang ihm zähnefletschend und schwitzend. Was darunter lag, verschluckte die Dunkelheit.

„Hast du schon mal eine Falltür hier gesehen?", fragte der Zwerg verdattert den Drachen.

Hast du schon mal eine Orgel hier unten gesehen?, konterte Aegir mit einer Frage.

108

„Hast ja recht! Also seh ich das richtig, wir gehen da runter?",
fügte der Zwerg hinzu und starrte widerwillig in die Tiefe.

Camilla zögerte keinen Augenblick. Sie schwang die Beine
über den Rand, ihre Füße stießen auf etwas, das sich als Leiter
herausstellte, dann kletterte sie hinunter.

Pass auf! Du weißt nicht, was da unten ist!, drängte Aegirs
Stimme, aber sie hörte ihm nicht so wirklich zu. Doch sogleich
schloss er sich ihr flatternd an, seinem Beschützerinstinkt
folgend. Nach einem leisen Murren schloss sich auch Bror an.

Unten angekommen, erstreckte sich zu ihrer Rechten und
ihrer Linken ein Gang, der den obigen aufs Haar glich. Aegirs
Flammen waren noch schwach, aber so viel verrieten sie. Über
ihnen setzte ein beinahe beruhigendes Prasseln ein, als die
Flammen größer wurden und auch das Holz der Falltür
verschlangen. Die Hitze folgte ihnen und vermischte sich mit
der Kühle des Steingangs.

„Und was jetzt?", murmelte Bror, den Blick nach oben
gerichtet. Auf diesem Weg würden sie nicht mehr
zurückkönnen.

„Wir suchen den Schatz!", raunte Camilla.

„Und, was ist das für ein Schatz, hm?", flüsterte der Zwerg. Es
war so still geworden, dass sie es nicht wagten, die Stimmen
zu erheben.

Camilla zuckte ratlos mit den Schultern.

„Habt ihr nicht auch das Gefühl, dass uns der Tonttu führt?",
fragte sie dann leise, worauf sie zwei Paar Augen erstaunt
ansahen.

„Was meinst du?", fragte Bror.

„Wieso verschieben sich die Wände immer genau in dem
Moment, wenn es am nützlichsten oder am unpraktischsten
ist? Skipp Skaug. Die Treppe. Der Kaftanmann und die
Orgel", meinte sie, „und jetzt die Falltür. War sie vorhin schon

da, als wir noch überlegt haben, wie wir die Orgel zum Schweigen bringen?"

Darauf wusste keiner eine Antwort.

„Warum sollte er uns führen? Das würde ja bedeuten, dass er uns helfen will, oder? Warum sollte er das tun?", meinte Bror und schüttelte den Kopf, „Das ergäbe doch gar keinen Sinn. Da könnte er uns deinen kleinen Freund ja gleich einfach wiedergeben!"

Camilla zuckte ratlos die Schultern. „Ich weiß es nicht!"

Für einige kurze Momente, für den Weg den Gang entlang, begannen sie an das Gute in dem Geist des Labyrinths zu glauben, nur um dann bitter und äußerst unvorhergesehen enttäuscht zu werden.

Als Erstes wurde Aegir, der vor ihnen flatterte, aus der Luft gerissen. So plötzlich, dass er keine Zeit hatte zu reagieren. Als Zweites hörte Camilla Bror neben sich aufjaulen und abrupt verstummen – das trug sich keine Sekunde später zu. Camillas Beine entschlossen sich ganz richtig: Sie begannen sich schneller zu bewegen und zwangen sie umzudrehen. Ihr Fluchtversuch währte so kurz wie das Verschwinden des Drachen. Der Boden unter ihren Füßen gab nach und sie stürzte mit lautem Karacho und gefolgt von den Steinen, die den Boden gebildet hatten, hinunter in die Tiefe. Es war ein langer Sturz, ein Sturz jener Art, den man eigentlich nicht überleben konnte und er raubte ihr das Bewusstsein. Deswegen nahm sie auch den Aufprall nicht wahr, der schließlich doch erfolgte und jegliche Luft aus ihrer Lunge presste. Eigentlich hätten alle ihre Knochen brechen müssen. Doch das geschah nicht. Camilla nahm es allerdings nicht wahr, weder den Schmerz noch die Tatsache, dass sich sogleich jemand über die drei Neuankömmlinge beugte. Dieser Jemand klatschte freudig in die Hände und vollführte

einen kurzen Tanz, den er mit den Worten unterstrich: „Drei
so prächtige Exemplare! Drei so prächtige Stücke! Heute ist
mein Glückstag!"

„Was für ein exotisches Exemplar! Kannst du das glauben,
Reeny? Diese Schuppen! Und wie sie glänzen! Wie viel die
wert sind? Wann hast du zuletzt einen Drachen gesehen, hm,
Reeny? Noch dazu einen so jungen!", piepste ganz aufgeregt
eine Stimme und fand einen unnatürlichen Widerhall in
Camillas brummendem Kopf. Beinahe hätte sie aufgestöhnt,
doch ein sie retten-wollender Urinstinkt hielt sie davon ab,
auch nur einen Mucks zu machen.

„Eeny, lass die Finger von ihm! *Ich* hab ihn gefunden! Das sind
also meine Schuppen!"

„Ach, komm! Du könntest doch ein wenig teilen!"

„Kannst gern den Haarigen haben!"

„Was mach ich mit dem Haarigen? Das Wertvollste an dem
sind doch nur seine Ohrringe!"

„Es ist ein Zwerg. Ist mit Sicherheit geschickt mit den Händen!
Lässt sich sicher gut als Diener verkaufen!"

„Die Schuppen von dem Drachen bringen mehr Geld. Das ist
nicht fair, wieso bekommst *du* immer die wertvollen Sachen?"

„Ich krieg den Drachen, du den Zwerg und das Kind."

„Und, was mach ich mit dem Zwerg und der Kleinen, hm?
Was, Reeny? Nur weil du die Ältere bist, bekommst immer du
die guten Sachen!"

„Die Kleine ist ganz hübsch. Sie kannst du sicher auch gut
verkaufen! Sieh dir ihre Wangenknochen an, die Gesichtsform,
die goldenen Haare. Sie ist kein schlechter Fang!" Camilla
musste sich bemühen, eine Steingrimasse zu bewahren.
Einerseits wegen der Schmerzen, die ihren gesamten Körper
betrafen, andererseits wegen der Hand, die grob ihr Gesicht

hin und her schob, ihre Backen knetete und sie prüfend abtastete. „Etwas mehr Fleisch könnte sie haben! Aber das Problem kannst du sicher lösen, Eeny! Die bringt dir einen guten Preis ein!“

„Du meinst wie der alte Mann, der da immer noch hängt? Den hat auch keiner haben wollen!“

Der stinkende Atem verschwand aus Camillas Gesicht und sie fragte sich, warum in aller Welt irgendjemand in einem Labyrinth auf die Idee kam, irgendetwas zu verkaufen. Dann wanderten ihre Gedanken zu Bror und Aegir, die sich offenbar in ihrer Nähe zu befinden schienen. Zögerlich wagte sie es, ein Auge einen Spalt breit zu öffnen.

Reeny und Eeny waren klein, hatten krause, schwarze Haare, zerfledderte Jacken und geflickte Kleider an. Reenys war schwarz, Eenys war rot. Dadurch ließen sie sich unterscheiden. Ansonsten sahen die beiden Frauen aus wie Spiegelbilder voneinander. Beide hatten eine krumme Nase, beide hatten braune Augen, beide wirkten aufgebracht.

„Das versteh ich bis heute nicht! Ist der Erschaffer dieses unglaublichen Bauwerks und keiner will ihn kaufen!“

„Ich hab dir doch gesagt, dass wir den Preis zu hoch angesetzt haben!“

„Der ist ja auch so viel wert, Eeny!“

„Offensichtlich nicht!“

„Na egal, den Drachen haben wir schnell verkauft! Dann kommt wieder einmal etwas herein!“

„Du meinst wenigstens etwas, das hier nicht einfach nur gelagert wird!“

„Ach, jetzt hör doch auf! Die paar, die hier lagern!“

„Na, das Geschäft ist schon mal besser gelaufen!“

„Die Kunden wollen eben etwas Einzigartiges!“

„Und du glaubst, das wären ein Drache, ein Zwerg und ein Mädchen?"

„An wen ich an deiner Stelle das Mädchen verkaufen würde, weißt du ja!"

Wer auch immer das war, erfuhr Camilla nicht mehr, denn Reeny drehte sich so abrupt wieder zu ihr um, dass sie vor lauter Schreck vergaß, die Augen rechtzeitig zu schließen.

„Sieh an, die Kleine ist ja wach! Wie fühlst du dich, hm? Wir wollen ja, dass es unserer Ware gut geht! Willst du etwas zu trinken? Eine frisch gebratene Ratte? Nur zufriedene Ware ist gute Ware!"

Camilla hatte längst bemerkt, dass sie aufrecht an etwas gefesselt war, und als sie sich wand und versuchte, die Fesseln abzustreifen, gelang ihr das natürlich nicht.

„Kleine, keine Angst!", dieses Mal trat Eeny – der sie nun zu gehören schien – an sie heran, „Wir tun dir nichts!"

Dann wanderte ihr Blick hinter die beiden Frauen und es verschlug ihr die Sprache. Immerhin befand sie sich in einem gut ausgeleuchteten, von Laternen gesäumten, großen Raum, der von unzähligen Säulen getragen wurde und an jeder dieser Säulen hing festgezurrt ein Wesen. Den alten Mann, den die beiden Schwestern – und das waren sie ganz eindeutig – kürzlich erwähnt hatten, entdeckte sie auch. Er hatte weiße Haare, einen weißen Vollbart, fast keinen Hals und trug eine uralt wirkende, blau-schwarze Uniform. Sein Blick war griesgrämig auf sie gerichtet. Was hatten sie gesagt? Der Erbauer dieses …? Was hatte Aegir erzählt? Dyrion, der Erbauer des Labyrinths? Nur dank ihm befand sich Morten hier unten? Weil er selbst den Ausweg nicht mehr gefunden hatte?

Was in aller Welt ging hier vor sich?

Sie drehte den Kopf zur Seite, nur um neben sich Brors schlaffen Körper zu entdecken, dessen linker Arm unnatürlich abgewinkelt zu sein schien. Nur eine Säule weiter lag Aegir mit den Flügeln und Beinchen dagegen gekettet.

„Na, Kleine? Einen Schluck?" Eeny holte eine schmuddelig wirkende Holzflasche aus ihrem roten Gürtel, der ein gewaltiges Loch im Stoff ihres Kleides zusammenhielt, und hielt sie ihr unter die Nase. Sie grinste und zeigte dabei einige ihrer geraden Zähne. Man wollte es nicht glauben, aber die beiden Frauen wären unter anderen Umständen vermutlich sogar recht hübsch gewesen.

Camilla schüttelte hastig den Kopf, während sie innerlich Aegir anbrüllte: *Wach auf! Aegir, wach auf! Was ist das hier? Wo sind wir? Wer sind die?*

Sie sah aus den Augenwinkeln, wie der Kopf des Drachen kurz zuckte, aber eine Reaktion bekam sie nicht. Er blieb ohnmächtig.

„Reeny, ich glaub, die Kleine hat Angst!" Eeny legte den Kopf zur Seite und musterte sie aufmerksam.

„Dann bring sie dazu, keine zu haben! Eine ängstliche Ware lässt sich nicht gut verkaufen!", kommentierte ihre Schwester Reeny, die hinter einer der Säulen verschwand. Camilla starrte indessen an Eeny vorbei, den alten Mann an, dessen Blick unverwandt auf ihr ruhte. Er machte ihr ebenso viel Angst wie die Tatsache, dass sie sich gefesselt in der Obhut zweier verrückter Zwillingsschwestern befand und das in einer Halle, die einem lebendigen Markt glich!

Und dabei hatte das Labyrinth bisher doch so einsam gewirkt! Je tiefer man hinunterkommt, desto verrückter werden die Leute! Das hatte Skipp Skaug doch so behauptet, oder?

Warum war Kuz nicht hier unten? Sie hätte perfekt in die Rolle der dritten verrückten Schwester gepasst.

Viel beunruhigender fand Camilla allerdings die Tatsache, dass es Käufer geben musste. Wer waren diese Käufer?

„Wo ... wo bin ich?", wisperte sie. Man konnte es ja mit Fragen versuchen, dachte sie sich. Eine große Auswahl anderer Optionen schien sie nicht zu haben.

„He, Reeny! Die Kleine redet!"

Reeny tauchte zu Camillas Unbehagen gleich wieder auf.

„Was redet sie?" Sie stemmte die Hände in die Hüften.

„Fragt, wo sie ist!"

„Amüsant. Vielleicht verkauft sie sich doch ganz gut! Kleine, du bist in der Arena des Dunklen. Im untersten Stockwerk. Hier ist ziemlich viel Betrieb, weißt du? Gleich machen wir die Tore auf und dann kommen die ersten Interessenten des Tages! Ach, apropos! Es ist ja schon so weit!", erinnerte sich Reeny und stürmte sogleich in jene Richtung davon, in die sie bei den Worten „gleich machen wir die Tore auf" gedeutet hatte.

Camilla starrte ihr entsetzt hinterher.

„Ach, das wird spannend!", murmelte indessen Eeny entzückt und kämmte ihr mit den Fingern durch die Haare, was Camilla erschaudern ließ. „Damit du hübsch aussiehst! Ein besseres Kleidchen hättest du dir auch aussuchen können. Gelb steht dir gar nicht. Das lässt dich so blass wirken!", kommentierte sie, ehe sie Reenys gebrüllten Worten: „Eeny, komm, heute sind ganz viele da!" aufgeregt schnatternd folgte.

Irgendwie begann sich Camilla zu dem zähnefletschenden Wolf des Tonttus zurückzusehnen. Aber nur irgendwie.

Der Mann starrte sie immer noch an. Er schien nicht einmal zu zwinkern! Sie wandte rasch den Blick Bror zu, der sich endlich zu regen begann.

„Was ist passiert?", stöhnte er, ehe er seinen verbogenen, eindeutig gebrochenen Arm beäugte, als würde er nicht zu seinem Körper gehören. Der Schmerz schien erst einzusetzen, als er begriff, was er sah. Er wimmerte. „Verdammt, was ist passiert?" Doch auch der gebrochene Arm war gefesselt, was das Ganze noch viel schmerzhafter machen musste. „Camilla! Was …?" Dann entdeckte er Aegir. „Himmel, wer hat das meinem Drachen angetan?", brüllte er, während Camilla verzweifelt versuchte, ihm mit einem Kopfschütteln zu signalisieren, dass er schweigen sollte. „Psst, Bror! Sei leise!"

„Wer wagt es, so mit meinem Drachen umzuspringen!" Seine Stimme wurde nur noch lauter und zorniger. Da es abgesehen von dem Geschnatter der Schwestern ansonsten ausgesprochen und für die Anzahl an gefesselten Leuten außergewöhnlich ruhig war, hallte sein Gefluche nur noch pompöser von den Wänden.

Nur um das klarzustellen: Ich bin nicht dein Drache!, meldete sich Aegir endlich wieder zu Wort und blinzelte mühsam.

Der Blick des alten Mannes wanderte von Camilla zu Bror, dann zu Aegir, dann wieder zu Camilla.

Camilla, sag ihm, dass ich nicht sein Drache bin!

Camilla begann zu begreifen, dass der alte Mann ihnen wortlos etwas mitzuteilen versuchte.

Und dann setzte auch schon ein Trampeln unzähliger Schritte ein, die unaufhaltsam näherkamen und von den Preisungen der Schwestern Eeny und Reeny angeführt wurden.

„Nur unsere besten Kunden bekommen die frischesten Waren!", meinte Eeny. Nein, vermutlich war es Reeny. Camilla konnte ihre Stimmen beim besten Willen kaum unterscheiden.

„Sehen Sie, gerade vor wenigen Minuten ist ein frisch geschlüpfter Drache zu unserem Sortiment gestoßen! Diese

116

Schuppen, ich sag es Ihnen, so etwas Feines haben Sie schon lange nicht mehr gesehen!", schwärmte eine der Schwestern. Ihre Stimme war bereits beunruhigend nahe, doch Camilla konnte nur vage eine ganze Traube an – waren es Menschen? – zwischen den Säulen ausmachen. Einige von den Gestalten schienen ausgesprochen eigenartige Gangarten zu besitzen. Krochen sie? Trippelten sie? Hinkten sie? Sie entschloss sich, besser nicht darüber nachzugrübeln, wer beziehungsweise was da auf sie zukam.

Der alte Mann räusperte sich leise und starrte sie weiter unverwandt an. Camilla starrte zurück in tiefbraune Augen, die sich demonstrativ schlossen, nur um sogleich wieder prüfend aufzugehen. Camilla sah ihn irritiert an. Wieder schloss er die Augen, drückte die Lider ganz fest aufeinander, dann ging wieder prüfend das rechte Auge einen Spalt weit auf.

„Was ist hier los, Camilla?", raunte Bror, dem endlich auch das Gequatsche der Schwester aufgefallen war.

Camilla indessen begriff, was der Mann ihnen zu vermitteln versuchte.

„Stellt euch schlafend!", wisperte sie ihren beiden Freunden zu. Sie erntete einen völlig fassungslosen Blick von Bror.

„Sir, glauben Sie mir, diesen Drachen wollen Sie haben!" Sie waren nur noch eine Säulenreihe entfernt!

„Augen zu!", befahl Camilla scharf. Der Unterton sah ihr so gar nicht ähnlich. Vermutlich war das der einzige Grund, warum Bror kommentarlos gehorchte. Aegir rollte sich zusammen, wie es ein schlafender Drache nun einmal tat, und Camilla wechselte einen letzten Blick mit dem alten Mann, ehe sie sich herzrasend schlafend stellte.

Kaum einen Augenblick später spürte sie die Wärme, die von den zahlreichen Körpern ausging. Aber es war so gar keine wohlige Wärme. Sie musste sich zusammenreißen, um nicht vor Furcht am ganzen Körper zu zittern.

„Sehen Sie sich das an, Sir! Ein Prachtexemplar, nicht?"

Mit wem auch immer Reeny – inzwischen war sich Camilla sicher, dass es diese Schwester war – sprach, musste respekteinflößender sein als alle anderen Anwesenden, denn die sprach sie nicht extra an.

Etwas zupfte und zerrte an ihrem Kleid und eine Stimme quiekte aufgeregt. Nur die Sprache konnte sie nicht verstehen.

„Wie viel?", donnerte jäh eine tiefe Stimme. Tief und furchteinflößend.

Reeny schien kurz zu überlegen, bevor sie meinte: „Fünftausend."

„Nein", erwiderte der Interessent. Er musste sich abgewandt haben, denn Reeny beeilte sich hinzuzufügen: „Aber für Sie, Sir, sind es natürlich nur viertausend!"

Das Gezupfe und Gezerre am Saum ihres Nachtkleids begann überhandzunehmen. Camilla musste sich beherrschen, nicht mit dem Fuß wie ein Pferd auszutreten. Was im Übrigen gar nicht möglich gewesen wäre, da ja auch ihre Füße gefesselt waren.

„Wenn Ihr natürlich an etwas weniger Exotischem interessiert seid", meldete sich plötzlich Eenys Stimme direkt neben Camilla zu Wort, „dann hätte ich hier noch ein junges, hübsches Mädchen und einen Zwerg anzubieten. Beide für den Preis von einem, versteht sich! Weil Sie ja unser bester Kunde sind!"

Ganz unerwartet setzte ein lautes Husten ein. Es kam aus Richtung der Säule des alten Mannes. Vermutlich hatte er darauf gebaut, dass, wenn sie sich schlafen stellen würden, ihre Chancen besser standen, keine Beachtung von den Kaufinteressenten geschenkt zu bekommen.

„Ja, ja, oder wollen Sie den Erbauer dieses Prachtbauwerks! Heute, weil Sie es sind, würde ich mit dem Preis auf zehntausend hinuntergehen!"

Je länger Camilla verängstigt dem Gefeilsche lauschte, desto mehr gewann sie den Eindruck, dass Eeny und Reeny selbst ein kleines bisschen Furcht vor dem Kaufinteressenten hatten, dem sie ihre *beste* und *frischeste* Ware anboten.

Das Raubtier!, raunte plötzlich Aegirs Stimme in Camillas Kopf und sie hörte Bror aufkeuchen, was leider die Aufmerksamkeit der Truppe wieder in ihre Richtung lenkte.

Das Raubtier, dachte sie und wurde jäh an etwas erinnert. An etwas, das so gar nicht möglich war und einfach nur der alten Gute-Nacht-Geschichte ihrer Mutter entsprang. Das Raubtier, der gerechte Dämon aus den Tiefen der Nordwälder. Es musste sich um einen Zufall handeln.

Als das ist er selbst bei uns oben bekannt. Seinen echten Namen kenne ich nicht.

„Tausend für den Drachen!", meinte das Raubtier.

„Tau... Nur tausend, Sir?", quiekte Reeny enttäuscht.

„Fünfhundert?", erwiderte das Raubtier, woraufhin es Reeny eilig hatte zu sagen: „Nein, nein tausend sind gut! Wollen Sie noch eine zweite Ware gratis obendrauf? Den Zwerg vielleicht?"

„Nur den Drachen."

Aegir?

Lass die Augen zu, Camilla! Mit dem Raubtier ist nicht zu spaßen! Ich komme schon klar!, erwiderte der Drache.

Kurz darauf hörten sie, wie Aegirs Fesseln von Reeny durchschnitten wurden, und spürten, wie das Raubtier an ihnen vorüberschritt, und sich Aegirs Stimme immer weiter entfernte.

Aegir, wo bringt er dich hin?

Ich finde euch wieder! Versprochen! Macht euch keine Sorgen um mich! Ich kann mich wehren!

Und leise, wie ein Echo verhallte seine Stimme schließlich ganz in ihren Köpfen. Auch die Stimmen der restlichen Kaufinteressenten waren einige Säulengänge in die Ferne gerückt, mit ihnen auch Eeny und Reeny und die Nachthemd-Zupfer.

Camilla wagte es, die Augen zu öffnen, starrte allerdings in schwarze Augen, was ihr Herz vor Schreck stehen bleiben ließ. Schwarze, große Augen, die sie aufmerksam musterten. Nicht alle Kaufinteressenten waren gegangen! Mit einem tiefen Brummen legte das Wesen vor ihr den Kopf schief. Den Kopf, der steingrau und verbeult war. Etwas, das eine Nase sein musste, aber wie ein Geröllbrocken aussah, zierte seine Gesichtsmitte. Der Oberkörper war ebenso grau und verbeult, nur um die Lenden hing lose ein Tuch. Der Steinmann beäugte sie weiter, ehe er vorsichtig, beinahe schüchtern die übergroße Hand ausstreckte und in ihren Arm kniff. Camilla quiekte eher erschrocken über den unerwarteten Anblick als vor Schmerz. Das Wesen schien es allerdings anders zu verstehen, denn sogleich zog es die Hand zurück und die Augenbrauen, die wie Tannenzweige wirkten, schossen entsetzt hoch. Wieder brummte es tief. Es klang entschuldigend.

„Was ist das?", fiepte sie so leise wie möglich. Das Wesen zog nun die Augenbrauen zusammen und verschränkte beleidigt wirkend die Arme vor der kräftigen Brust.

„Oh, ich mag die nicht!", kam von Bror zur Antwort.

„Wen, meinst du damit?"

„Trolle!"

„Das ist ein Troll?"

„Kind, wo hast du bisher gelebt? Auf dem Mond? Kennt keine Zwerge, keine Drachen und keine Trolle?"

120

Hinter ihnen setzte ein verrückt klingendes Gekicher ein. Camilla riss den Kopf herum, nur um eine Frau einige Reihen hinter ihnen zu entdecken, die an eine der Säulen gefesselt war und haltlos zu lachen begonnen hatte. Allerdings befand sich nichts und niemand in ihrer unmittelbaren Nähe, der das Kichern hätte auslösen können.

„Die spinnen hier unten wirklich!", stellte Bror leise fest, ehe er wütend an seinen Fesseln zu zerren begann. „Niemand nimmt mir meinen Drachen weg!"

Der Troll war immer noch da und betrachtete sie immer noch unverwandt. Es wurde Camilla langsam unangenehm.

„Ich glaube, du hast einen Verehrer!", brummte Bror und verzog schmerzerfüllt das Gesicht, als er bei dem Versuch scheiterte, sich selbst zu befreien.

Schließlich zupfte er an ihrem Nachthemdärmel. Nicht grob, das hatte er zumindest nicht beabsichtigt, aber seine Finger waren kräftig, deswegen zog er das Kleidchen ein ganzes Stückchen über ihre Schulter. Entsetzt über das Missgeschick beeilte er sich, es wieder zurecht zu zupfen, was er mit einigen tiefen, missmutigen Brummern untermalte. Dann stapfte er davon, und folgte der Gruppe an Kaufinteressenten. Camilla hörte, wie Bror neben ihr nach Luft schnappte, und murmelte: „Na, endlich ist der weg!" Und im gleichen Moment schien ihn eine Erkenntnis zu ereilen: „Oh! Oh! Oh, verflucht!"

„Was ist los?", fragte Camilla und zerrte ihrerseits an ihren Fesseln, aber ebenso vergeblich.

„Die werden ihn umbringen! Die werden Aegir umbringen! Die wollen ja seine Schuppen!", murmelte der Zwerg entsetzt und mit weit aufgerissenen Augen.

Die Frau hinter ihnen kicherte. Eine andere schien unaufhörlich und mit einer absurden Begeisterung Blumen zu pflücken und die Blütenblätter zu zählen. Ein Mann gab ständig irgendwelchen unsichtbaren Soldaten Befehle. Und einer – und dieser war besonders auffallend – brüllte panisch in äußerst unregelmäßigen Abständen. Das führte dazu, dass Camilla zwar wirklich irgendwann vor Erschöpfung und nach zahlreichen Befreiungsversuchen unter den Blicken des alten Mannes einnickte, nur um dann von den Schreien des anderen wieder in die Realität zurückgerissen zu werden. Sie alle waren dazu verdammt, die Düsterkeit in ihrem Inneren durch ihre schattenhafte Einbildung zu nähren. Neben ihr jammerte Bror. Schlaf und Wachen wechselten sich stetig ab. Alle Geräusche rückten in den Hintergrund. Der Mann kreischte. Sie schreckte hoch. Alles wurde wieder zu einem konstanten Summen, das man ignorieren konnte. Schon vor Stunden hatten die Kaufinteressenten die Halle verlassen und mit ihnen waren Eeny und Reeny verschwunden – vermutlich auf der Suche nach neuer Ware, wie sie es nannten. Der Mann kreischte wieder. Camilla schreckte hoch. Sie nickte wieder ein.

Das nächste Mal weckte sie allerdings kein Schrei. Ein schwerfälliges Schlurfen näherte sich und hielt direkt vor ihr an. Jemand machte sich an ihren Fesseln zu schaffen und zerrte sie von der Säule!

Sie riss die Augen auf. Sie lag am kalten Boden. Über sie beugte sich der Troll und brummte etwas, die Tannenzweig-Augenbrauen nachdenklich zusammengekniffen. Dann packte er sie und warf sie über seine Schulter, als wäre sie nicht schwerer als ein Leinensack voller Moos.

„Bror!", kreischte sie panisch. „Bror!"

Der Troll warf sie von der einen auf die andere Schulter. Jetzt war ihr Gesicht bei seinem – nicht mehr ihr Hinterteil. Die schwarzen Augen starrten sie warnend an, dann legte er den freien Zeigefinger auf seinen Mund und deutete ihr an, leise zu sein.

„Bror!" Aber der Zwerg schlief friedlich weiter. *Wie kannst du mich nicht hören?*, dachte sie verwundert. Die Antwort lag auf der Hand. Er schlief nicht, er war ohnmächtig. Es musste an seinem Arm liegen. Unerträgliche Schmerzen mussten ihn plagen, begriff sie und erkannte, dass sie verloren war. Der Troll schüttelte zornig brummend seinen großen Kopf, balancierte sie, riss ihren rechten Hemdsärmel ab und stopfte ihn mit zwei seiner riesigen Finger in ihren Mund. Dann drehte er sich um und ging. Bror verschwand aus Camillas Blickfeld.

Das Zuhause des Trolls befand sich ziemlich weit weg von der Säulenhalle. Camilla konnte sich den Weg nicht merken, denn der Troll schlurfte durch die Dunkelheit, die nur hin und wieder durch die Lampen und Kerzen, die andere Wesen mit sich trugen, durchbrochen wurde. In diesem Geschoss des Labyrinths herrschte etwas, das man beinahe als Hochbetrieb bezeichnen konnte. So viele Gestalten hatte Camilla oben in Skipp Skaugs Geschoss nicht getroffen. Und allesamt schienen sie ihren eigenen Tick zu haben. Keiner schien sich zu wundern, dass ein Troll an ihm vorbeischlenderte, der ein zappelndes und geknebeltes Mädchen geschultert hatte. Camilla fragte sich indessen, ob der Troll wohl für sie bezahlt hatte oder ob sie Diebesgut war. Nicht, dass das gerade die wichtigste Frage war, die sie sich hätte stellen sollen, aber ganz irrelevant erschien sie ihr nicht. Wenn sie Diebesgut war, dann würde Eeny oder Reeny sie vermutlich wieder zurückverlangen. Nicht, dass das erstrebenswert war, aber jetzt war sie doch wahrhaftig nicht nur von Aegir, sondern auch von Bror getrennt!

An jeder neuen Ecke brüllte sie innerlich Aegirs Namen, erhielt aber nie eine Antwort. Das gefiel ihr gar nicht! Hoffentlich hatte Bror nicht recht! Hoffentlich wollte das Raubtier ihn nicht töten! Wenn doch – sie wollte gar nicht darüber nachdenken. Stattdessen zappelte sie umso kräftiger, was den Troll nicht auf die geringste Weise zu stören schien.

Seltsam war, dass es hier unten gar keine zugemauerten Türen zu geben schien. Sie wunderte sich darüber. Bedeutete das, dass in dieses Geschoss niemand von außerhalb direkt geschickt wurde, sondern man erst selbst hinunterwandern musste?

Der Troll hatte sein Lager in einer muffeligen Ecke errichtet. Da sie nichts sehen konnte, konnte sie nur hoffen, dass er sich auf Zweige setzte. Denn als er sich fallen ließ, brach etwas unter ihm und sie stieß mit dem Kopf gegen die Steinmauer und wimmerte. Sogleich zog der Troll sie von seiner Schulter und streichelte ihr entschuldigend über den Kopf. Dann ging doch noch ein Licht an. Es war eine kleine Kerze, ähnlich jener, die Bror gehabt und die die Orgel in Brand gesetzt hatte. Das Lodern warf lange Schatten. Die großen, dunklen Augen sahen sie an. Dann setzte der Troll sie behutsam vor sich ab, wobei er penibel darauf achtete, dass sie auch gemütlich auf dem knackenden *Was-auch-immer* saß. Ihr Herz raste in ihrer kleinen Brust. Sie warf einen raschen Blick nach unten. Braun. Es war also wirklich altes Holz. Sie atmete leise auf. Keine Knochen. Nur Holz. Wo auch immer es herkommen mochte.

Ihr Blick schoss sogleich wieder nach oben. Der Troll musterte sie eingehend, streckte die Hand aus, zupfte den abgerissenen Ärmel zurecht, hob ihre gefesselten Arme, prüfte das Seil um ihre Fußgelenke, legte den Finger – er hatte nur vier an jeder Hand, stellte sie erstaunt fest – auf die grauen Lippen und nahm vorsichtig den Knebel aus ihrem Mund.

Langsam bekam sie das Gefühl, dass der Troll sie nicht umbringen wollte. Aber die Fesseln nahm er ihr trotzdem nicht ab.

Sie saßen tatsächlich eine ganze Weile so da, einander unverwandt anstarrend. Er war ganz besonnen und ruhig, sie schlotterte und zitterte. Schließlich hob der Troll seine Hand und zupfte auf seiner Glatze herum. Er suchte etwas. Als er sie wieder zurückzog, hatte er drei Äste in der Hand und begann mit einer Feinfühligkeit, die Camilla dem tollpatschigen Riesen nicht zugetraut hätte, eine Astgestalt daraus zu basteln, wobei er die Hölzer, die scheinbar seine Haare waren, mit Fäden aus Camillas abgerissenem Nachthemdärmel zusammenband. Dann reichte er ihr mit einem schüchternen, schiefen Lächeln die Puppe. Aber sie konnte sie nicht entgegennehmen. Er bemerkte seinen Denkfehler und schien fieberhaft zu überlegen, wie er dieses Problem lösen konnte. Aber anstatt ihre Handfesseln zu lösen, legte er die Astgestalt schließlich vor ihr zu Boden.

„Bitte, bitte lass mich frei!", versuchte sie es leise und mit zitternder Stimme. „Der Tonttu hat meinen Freund, weißt du? Er ist noch sehr jung. Meine Freunde und ich waren auf der Suche nach ihm."

Der Troll legte aufmerksam den Kopf zur Seite. Camilla plapperte verzweifelt weiter: „Und er hat uns drei Aufgaben gestellt. Wenn wir alle gelöst haben, dann gibt er uns meinen kleinen Freund zurück, weißt du?"

Der Troll spielte nun mit seiner rechten Tannenzweig-Augenbraue.

„Die erste haben wir schon geschafft, wir waren gerade bei der zweiten, als wir …"

Sie japste überrascht auf. Der Troll steckte ihr die Finger in den Mund. Eigentlich war es nur der Zeigefinger, und er war so hart, dass sie sich fast einen Zahn ausbiss. Der Troll lauschte in die Dunkelheit. Camilla tat es ihm gleich. Da war ein leises Tapsen. Es war ganz nah. Etwas schlich um sie herum. Die Kerzenflammen flackerten. Ein Schauder jagte Camilla über den Rücken. Sie sah nicht, was es war, aber der Troll hatte das Problem auch schon mit einem kräftigen Hieb beseitigt. Dem Schlag folgte ein Wimmern, dann ein eigenartig tiefes Geräusch und dann tapste das Etwas davon, und der Troll zog den Finger aus Camillas Mund. Mit schiefem Kopf starrte er sie schweigend an, bis sie immer noch mit rasendem Herzen weitersprach. Oder es zumindest wollte. Denn in diesem Moment kreischte etwas in ihrem Kopf und übertönte jeden ihrer eigenen Gedanken. Es war ein Kreischen, so schmerzerfüllt und plötzlich, dass Camilla fast das Herz stehen blieb. Es war Aegir.

Sie wusste nicht, woher sie das wusste, denn sie hatte ihn noch nie schreien gehört. Aber nur Aegir konnte es sein, so tief in ihrem Kopf, wenn sie es selbst nicht war, und der Troll schien es nicht zu vernehmen.

„Oh bitte, bitte! Herr Troll, lassen Sie mich gehen! Bitte, bitte! Lassen Sie mich gehen! Mein Freund, der Drache, ist in Gefahr! Das Raubtier …", flehte sie. Der Troll zuckte bei dem Namen ein bisschen zusammen. Aber er schüttelte gleichzeitig stur den Kopf. Dann brummte er etwas, das fast so klang wie: „Du – mein!" Aber es war so tief, dass es auch nur das Aneinanderreiben zweier Steine hätte sein können.

Und Aegir kreischte immer noch in ihrem Kopf.

Der Troll rappelte sich auf, schob sie mit Leichtigkeit neben sich, wo sie dazu verdammt war, mit angezogenen Beinen hocken zu bleiben, während er sorgfältig die Äste unter ihnen zusammenzuschieben begann. Diese Prozedur schien irgendeiner Logik zu folgen, hinter die Camilla nicht kam.

Aegirs Kreischen erreichte eine neue Oktave, so schrill und hoch, dass sie erschauderte. Es hörte sich an, wie das Ferkel das letzten Winter zum zweiten Geburtstagsfest des Prinzen geschlachtet worden war.

„Bitte, bitte, Herr Troll!", flehte sie leise, aber es war mehr an sie selbst gerichtet als an ihn, der im Übrigen äußerst beschäftigt schien. Nun nicht mehr damit, die Äste zu ordnen, sondern damit, irgendetwas zu verjagen, das in der Dunkelheit zu lauern schien. Vielleicht das gleiche Etwas wie zuvor, vielleicht ein anderes Etwas.

So verstrichen zuerst nur wenige Augenblicke, dann Minuten, und dann brach Aegirs Geschrei abrupt ab. Das war viel schlimmer als alles zuvor. Camilla zerrte vergeblich an ihren Fesseln. *Aegir?*, dachte sie. Immer wieder. Aber es kam keine Antwort. Und dafür konnte es nur eine Erklärung geben. Und die war fürchterlich!

Der Troll hatte sich inzwischen aufgerichtet und brummte etwas in die Schatten, die die Flämmchen warfen. Dieses Mal war da kein Tapsen oder Trampeln. Was auch immer er sah und hörte, blieb für Camilla unsichtbar. Ganz einfach deswegen, weil es nicht da war. Es dauerte wirklich lange, bis sie das begriff. Der Troll war nicht umsonst im untersten Geschoss des Labyrinths. Er fühlte sich verfolgt, obwohl da kein Verfolger war. Zumindest nicht in diesem Moment.

Und das war ihre Chance. Bis sie das begriff, dauerte es auch noch eine ganze Weile.

„Herr Troll? Herr Troll? Wenn Sie mich losbinden, kann ich Ihnen helfen. Dann kann ich *es* verjagen!"

Der Troll wandte sich um, funkelte sie misstrauisch und ungläubig an. Er schien sich zu fragen, wie sie – ein kleines Mädchen – den unbekannten, vermutlich *furchteinflößenden* Gegner in die Flucht schlagen wollte.

„Herr Troll, bitte! Es wird mich sicher auch angreifen. Sie werden es vielleicht nicht aufhalten können, und wenn ich mich dann nicht wehren kann, dann kann ich Ihnen keine Gesellschaft mehr leisten."

Er versetzte dem unsichtbaren, nichtexistierenden Etwas einen kräftigen Hieb, ohne die Augen von ihr zu lassen. Sie konnte beobachten, wie einige Steine ratternd seine Gehirnwindungen entlangrollten.

Letztendlich kam er zu dem Entschluss, dass sie recht hatte, und er löste in der Tat ihre Hand- und Fußfesseln. Sein Blick dabei war finster, zugleich schimmerte in den Tiefen seiner Augen eine verzweifelte, herzzerreißende Traurigkeit. Die Abgeschnittenheit von seiner Heimat, die ewige Dunkelheit, die nicht vergehen wollenden Jahre, all das und noch viel mehr, das sich Camilla nicht erträumen konnte, hatten ihre Male auch in seiner Seele hinterlassen.

Beinahe hatte sie ein schlechtes Gewissen, als sie, kaum befreit von den Fesseln, flink an ihm vorüberschlüpfte und davonlief, wobei ihr seine donnernden Schritte und sein missfälliges Brummen um jede Biegung folgten und immer dann wieder auftauchten, wenn sie dachte, sie hätte ihn abgehängt.

Das Labyrinth war wahrhaft ein unwirtlicher Ort. Es war vor allem diese bedrückende Einsamkeit, trotz der Betriebsamkeit, die Stille, trotz all des Lärms, die Dunkelheit, trotz all der flackernden Kerzen, die es zu solch einem grauenhaften

Gefängnis für die Ewigkeit machte. Und zu alledem kamen all die Gestalten, die sich im Lauf der Zeit nicht gerade zu ihrem Besten verändert hatten. Im Grunde verdankte es Camilla nur dem Troll, der ihr dicht auf den Fersen war, dass all die anderen, die ihnen begegneten, nicht zum Problem wurden, sondern eilig den Weg frei machten, sobald das Kind und der Troll auftauchten.

Sie rannte und rannte. Auch wenn ihr Kopf das Ziel nicht zu kennen schien, ihre Beine schienen ganz genau zu wissen, wohin sie wollten, und Camilla hatte kaum Zeit, sich großartig darüber Gedanken zu machen. Es war dieser Tatsache zu verdanken, dass sie abrupt vor einer Weggabelung stehen blieb. So abrupt, dass sie nur einen Schritt zur Seite machen brauchte und der Troll mit vollem Karacho gegen die Wand, die die Wege gabelte, krachte. Er torkelte orientierungslos in den linken Gang. In diesem Moment setzte Aegirs Kreischen wieder ein. Es hallte aber nicht in ihrem Kopf wider, sondern durch den rechten Gang.

Er war ganz nah! Sie warf einen raschen Blick zurück. Der Troll schien etwas angeschlagen zu sein. Hinter der nächsten Windung brannte Licht. Sie schlich heran und lugte behutsam um die Ecke, nur um sogleich den Kopf zurückzuziehen.

Sie hatte sich das Raubtier nicht so vorgestellt. Nicht im Geringsten!

Dort, hinter der nächsten Ecke, beugte sich eine große, dürre Gestalt über den kleinen Drachenkörper, hielt den einen Flügel lässig in der Luft und riss am zweiten gemächlich Schuppe für Schuppe aus, was Aegirs Kreischen erklärte. Es musste ihm höllische Schmerzen bereiteten. Das Raubtier verzog genüsslich die recht menschlich wirkenden Lippen zu einem breiten Grinsen. Oberkörper und Beine waren nackt, bis auf ein Tuch, das den Lendenbereich verdeckte, und einen

Panzer, der aus etwas Knochenähnlichem zu bestehen schien. Dass es sich dabei um ein fein verarbeitetes Elchgeweih handelte, sollte Camilla später lernen. Um seine Taille hing außerdem eine Ledertasche, die prall gefüllt mit Münzen zu sein schien. Das Einzige, das nicht menschlich an der Gestalt wirkte, waren seine Augen, denn sie besaßen keine Pupillen. Sie waren schwarzes Nichts.

Das Raubtier vernahm Schritte von einer Meile Entfernung. Das Raubtier witterte die Beute lange bevor sich diese der Gefahr bewusst war. Und es vernahm auch Camillas Anwesenheit, lange bevor sie sich dessen bewusst war.

Hau ab, wimmerte Aegirs Stimme in ihrem Kopf. Dann kreischte er wieder schmerzerfüllt auf, als das Raubtier die nächste Schuppe aus seinem Flügel zerrte.

Camilla, verschwinde! Lauf! Er weiß, dass du da bist!

Nur hatte der Troll seine Orientierung wiedergewonnen und stalkte sauer auf Camilla zu. Sie erkannte zu spät, dass sie in der Falle saß.

„Wen haben wir denn da? Du riechst nach frischem Fleisch! Du riechst nach etwas, das Spaß machen wird zu quälen!" Das Raubtier besaß eine Reibeisenstimme. Ein eisiger Schauer lief ihr über den Rücken.

„Oh, und du bringst mir einen wandelnden Stein mit? Ach, die sind ja nicht lustig! Denen tut nichts weh, wenn man sie quält! Der kann wieder verschwinden! Aber du, Kleine, du – na, na, wo willst du denn hin? Du bleibst da!" Und er packte sie am Kragen ihres Nachthemds und zerrte sie zu Aegir, der sich vor Schmerzen am Boden krümmte. Sie krabbelte zu ihrem kleinen Freund, packte ihn und hielt ihn fest. Sie suchte verzweifelt nach einem Ausweg aus dem Schlamassel. Doch das Raubtier hatte sich vor ihr aufgebaut, der Troll tauchte dahinter auf. Als der Troll erkannte, mit wem er es hier zu tun

130

hatte, riss er erschrocken die Augen auf und nahm panisch Reißaus. Oh, wie gern wäre sie *ihm* jetzt hinterhergelaufen!

„Tut mir leid! Tut mir so leid, Aegir! Das ist alles meine Schuld!", murmelte sie und strich dem halb ohnmächtigen Drachen immerzu über den Kopf.

„Dein Freund, hm?", fragte das Raubtier.

Nicht – den – Kopf – heben!, warnte Aegir schwächlich. *Niemals – in – die – Augen – sehen! Er fühlt sich sonst angegriffen.*

Aber für den Ratschlag war es bereits zu spät. Camilla starrte in die leeren Augenhöhlen. Das Raubtier beugte sich mit versteinerter Miene über sie, ehe es leise etwas Unverständliches murmelte. Was als Nächstes um die Ecke bog, ließ Camilla erschrocken aufschreien.

Es war ein Wolf. Aber es war nicht irgendein Wolf. Es war der Wolf, den Morten auf sie gehetzt hatte. Doch nun war er ein braver Schoßhund, jedem Befehl seines Herrn folgend. Und sein Herr war zu Camillas Bedauern das Raubtier, das die Hand hob. Der Wolf stürzte sich auf sie.

Aegir flatterte aus ihren Armen, wobei er sich kaum in der Luft halten konnte, so sehr schwankte er. Es war ein schwacher Versuch, sie zu schützen. Der Wolf biss in den noch unversehrten Flügel. Aegir heulte auf. Camilla stürzte nach vorne, um ihn aufzufangen, als er zu Boden torkelte. Das Raubtier indessen schalt den Wolf: „Nicht den guten Flügel! Die Schuppen bleiben doch nur frisch, wenn der Drache noch lebt, wenn man sie zieht! Schaff mir nur das Mädchen vom Hals!"

Dieser Kampf hätte wirklich böse für Camilla geendet, hätte der Troll nicht seinen Mut wiedergefunden. Denn er war es, der plötzlich wieder auftauchte und sich auf das Raubtier stürzte. Er brachte den Mann zu Fall, wobei dessen Elchpanzer ein dumpfes Geräusch hinterließ, während der

Inhalt des Geldbeutels zu Boden schepperte. Wie es der Zufall wollte, eierte etwas Glänzendes auf Camilla zu. Wenige Meter von ihr entfernt kam es zum Liegen. Der Wolf stürzte sich auf den Troll. Das Raubtier griff nach dem Diamanten, der ihm aus der Tasche gerutscht war. Aegir wimmerte. Und Camilla hockte starr, mit weit aufgerissenen Augen da, während sie begriff, dass es dieser riesige Diamant sein musste, den der Tonttu von ihnen verlangt hatte. Das war die Lösung des zweiten Rätsels, und es befand sich so knapp vor ihr und doch so weit weg!

Der Wolf hatte vom Troll abgelassen, fletschte die Zähne und packte den Drachen am verletzten, schuppenlosen Flügel, während Camilla einen kleinen Hechtsprung nach vorne machte und den Diamanten wahrhaftig zu greifen bekam!

Er war so groß, dass ihre Händchen ihn nicht verdecken konnten.

„Ich habe ihn!", brüllte sie. Morten antwortete nicht.

Das Raubtier lachte kühl. „Kleine, gib mir das wieder! Du weißt nicht, was das ist! Das gehört dir nicht!"

In diesem Moment keuchte jemand ganz anderer panisch auf, als er um die Ecke bog und das Schlamassel erblickte. Er schluckte, als er den Wolf sah. Er fluchte, als er den Troll entdeckte, und er brüllte rasend vor Wut, als er Aegir sah, ehe er sich in einem Anfall aus gedankenlosem Mut auf den Wolf stürzte. Jetzt stand es drei gegen drei. Wenn man den Troll als Verbündeten einrechnete, vier gegen zwei. Nur war einer der vier schwer verletzt, die andere ein kleines Mädchen und der dritte ein Zwerg mit einem gebrochenen Arm.

„Camilla, gib ihm den Diamanten! Wir wollen im Gegenzug den Drachen!", schrie Bror, während er erfolglos mit dem Wolf rang und einen Hieb abbekam, der eine blutige Spur in seinem Gesicht hinterließ. „Drachenschuppen sind nicht so viel wert wie dieser Diamant!"

Zu ihrer aller Überraschung richtete sich das Raubtier auf, betrachtete Camilla einen Moment lang, in dem sie sich fragte, warum dieser unheimliche Mann ihr den Diamanten nicht einfach entriss, ehe er nickte: „Gut, ihr bekommt den Drachen, wenn ich den Stein wiederbekomme!"

„Camilla, gib ihm den Diamanten!"

„Nein!"

„Camilla, hast du sie nicht mehr alle? Gib ihm den blöden Diamanten!"

„Nein! Das ist doch mit Sicherheit der Schatz, den Morten haben will!"

„Kleine, wenn du ihm nicht sofort den Diamanten gibst, bring ich dich eigenhändig um!" Bror hockte inzwischen auf dem Rücken des Wolfs und krallte sich in dessen Fell fest. Es war ein surrealer Anblick. Den Wolf hielt es nicht davon ab, seelenruhig an Aegir herumzukauen, der inzwischen keinen Mucks mehr von sich gab.

„Na los!", brüllte der Zwerg. Aber Camilla rührte sich nicht. Es ging hier immerhin darum, den Prinzen zurückzubekommen! Zitternd sah sie Aegir an. Der Drachenkörper hing schlaff aus dem Wolfsmaul. Blut strömte aus dem Flügel. Die Augen hatte er geschlossen, die Miene war schmerzverzerrt. Dann sah sie den Diamanten wieder an. Es war kein gewöhnlicher Diamant, fiel ihr auf. Nicht, dass sie jemals zuvor einen echten Diamanten gesehen hatte, doch sie war sich sicher, dass ein normaler Diamant nicht von innen heraus, wie die Glut eines hinuntergebrannten Feuers glimmen konnte.

„Camilla!" Der Wolf katapultierte den Zwerg nun in hohem Bogen von seinem Rücken. Bror landete zu Füßen des schwankenden, wütenden Trolls.

Camilla holte tief Luft, ehe sie murmelte: „Ja, ja, schon gut!" Und mit geschlossenen Augen, um nicht wieder dem Blick des Raubtiers zu queren, streckte sie widerwillig die Hände aus.

Das Raubtier hielt Wort. Wieder im Besitz des Diamanten ließ der Wolf von Aegir ab und Bror schnappte seinen kleinen Freund. Weit wäre er allerdings nicht gekommen, hätte es den Troll nicht gegeben, denn das Raubtier begann ihn sofort zu verfolgen. Doch der Troll, der immer noch darauf fixiert war, Camilla zu retten, deren Blick sehnsüchtig zu dem Geldbeutel wanderte, in dem sich der wertvolle Schatz befand, warf sich auf seinen größten Feind in diesem Labyrinth.

„Camilla!", brüllte Bror wütend aus dem Gang.

Camilla raffte sich auf, nutzte die kurze Gelegenheit, in dem das Raubtier und der Wolf von dem Troll abgelenkt waren, und schlüpfte hinaus zu ihren Freunden.

Dann begann ihre Flucht. Es sollte keine einfache werden. Allerdings mit unerwartetem Ausgang.

„Sag mal, willst du mich eigentlich ärgern, Kleine? Wir riskieren da unseren Allerwertesten, und was machst du? Würdest einfach einen von uns zurücklassen?" Die keuchende Standpauke dauerte schon einige Biegungen an. Bror hatte zwar kurze Beine, aber Camilla hatte trotzdem Mühe, mit ihm mitzuhalten. Der Wolf war ihnen auf den Fersen, was Bror aber nicht davon abhielt, sie für ihr Verhalten zu schelten. In einer Pause, in der der Zwerg Luft holen musste, beeilte sie sich zu fragen: „Wie bist du den Schwestern entkommen?"
„Indem ich mich von meinen Fesseln befreit habe!", brummte er. Genauso gut hätte er ihr nicht antworten können.
„Soll ich Aegir nehmen?", keuchte sie dann. Das schlechte Gewissen begann an ihr zu nagen und Bror hatte Mühe den Drachen mit seinem unverletzten Arm zu halten. Sein Freund drohte immer wieder, auf den steinharten, modrig-feuchten Boden zu rutschen.
„Ich gebe ihn dir ganz sicher nicht!", erwiderte er bestimmt.
„Wie weit ist dieser verdammte Wolf entfernt?"
„Am Ende des Gangs."
Sie bogen um eine Ecke.
„Bror, was war das für ein Diamant?"
„Du meinst, warum er geleuchtet hat?"
„Ja, und wieso hat er ihn mir nicht einfach weggenommen?"
„Dass er hier unten ist, darüber gab es schon lange Gerüchte. Wundert mich, dass es wirklich stimmt."
„Also, was ist das gewesen?"
Dieses Mal verdankten sie es keinem Troll, dass ihnen die Gestalten, denen sie begegneten, den Weg frei machten, sondern dem Wolf, der ihnen viel zu nahekam. Der Troll wäre

Camilla lieber gewesen. In der Tat, sie hatte ihre Meinung geändert!

„Eingefangenes Feuer. Komm schon, diese Geschichte musst du doch kennen!"

„Eingefangenes was?"

„Feuer, hörst du schlecht?"

„Wie kann man Feuer …?" Aber irgendwie fühlte sie sich schon wieder an die Gute-Nacht-Geschichte ihrer Mutter zurückerinnert. Das Raubtier, der gerechte Dämon, der in einem Kristall die Magie der Nordhexe und des Weisen und das verzauberte Schmiedefeuer des Schmieds einfing, um sie für ihren Hochmut zu bestrafen. Sie schüttelte den Gedanken rasch wieder ab.

Eine weitere Weggabelung und Bror hielt schlitternd an. Camilla taumelte gegen ihn. „Was ist …?", keuchte sie überrascht auf.

Sie standen in einer Sackgasse, stellte sie panisch fest. Wieder einmal.

Nur dass diese Sackgasse nur auf den ersten Blick eine war. Auf den zweiten erkannte Camilla ein Loch in der Wand, das stetig kleiner wurde. Hinter ihnen schlitterten die Krallen des Wolfs um die gleiche Ecke. Sie hörten sein tiefes, drohendes Knurren.

„Da rein!", befahl der Zwerg. Mehr Zeit hatten sie nicht. Hätten sie mehr gehabt, hätten sie wohl erkannt, dass es für die Wände in diesem Labyrinth zwar üblich war, sich zu verschieben, allerdings nicht sich zu verschließen.

So schlüpften sie nichts ahnend durch das immer kleiner werdende Loch, das sich praktischerweise hinter ihnen schloss, als der Wolf seine Schnauze hindurchsteckte. Der Rest des Wolfs befand sich auf der anderen Seite, und er konnte noch so viel nach ihnen schnappen. Er steckte fest, und sie befanden sich wieder einmal in völliger Dunkelheit.

Jedoch war dieser neue Gang, dieser fremde Teil des Labyrinths nicht hoch genug für einen ausgewachsenen Mann, um zu stehen. Für einen Zwerg und ein Mädchen ging es sich geradeso aus, dass sie nicht mit den Köpfen an die Decke stießen. Orientierungslos taumelte Camilla hinter Bror her.

„Wo sind wir hier?", wisperte sie.

„Shhh!", erwiderte der Zwerg.

Dumme Kreaturen!, fluchte etwas irgendwo vor ihnen.

Dann befanden sie sich so abrupt in einem größeren Raum, dass Camilla beinahe gestolpert wäre. Ihre Finger fanden keinen Halt mehr an den glitschigen Wänden. Sie hörte das leise tappende Echo ihrer Schritte, gefolgt von einem Klirren, als Brors Füße gegen etwas stießen. Sie hielten die Luft an, lauschten konzentriert in das Dunkel. In dem Moment, als Camilla erleichtert aufatmen wollte, war es plötzlich taghell. Geblendet riss sie die Hand vor die Augen. Nicht das Licht blendete sie, sondern das Funkeln und Glitzern der Reflexionen. Gold. Überall schimmerte es golden und silbern. Sie standen inmitten unsagbarer Schätze. Sie waren so zahlreich und stapelten bis dicht unter eine hohe Decke, dass es aussah, als bestünde der Raum aus Sanddünen. Es war ein absurd-seltsamer Anblick an einem so trostlosen und ungastlichen Ort wie dem Labyrinth, dass es ihnen den Atem verschlug.

„Wow!", entfuhr es Bror überrascht und Camilla klappte der Mund hinunter.

Sie wunderten sich so sehr über den Anblick, dass sie *ihn* gar nicht wahrnahmen. Er war ja auch viel zu klein im Vergleich zu seinen Schätzen!

Zumindest so lange nicht, bis seine Stimme donnernd von den Wänden zurückgeworfen wurde: *Diebe!*

In der Tat erkannte Camilla erst jetzt die Stimme des Tonttu. *Niemand darf hier sein!*

„Verflucht, das ist *seine* Schatzkammer! Oh, das ist gar nicht gut!", quiekte Bror.

Camilla kam nicht dazu, nach dem Grund zu fragen, warum das nicht gut sei, da sauste auch schon ein goldener Krug auf ihren Kopf zu, gefolgt von einem Schwert, das Bror beinahe durchlöchert hätte.

„Weg hier!", jaulte der Zwerg erschrocken auf, und hastig stolperten sie zurück in den niedrigen Gang.

Die Beine in die Hand nehmend, von der Stimme des Tonttu verfolgt, dachte Camilla verzweifelt darüber nach, ob die ewigen Verfolgungsjagden wohl auch einmal ein Ende haben würden.

Diese jedenfalls endete vor einer zugemauerten Tür, die es in diesem Stockwerk des Labyrinths eigentlich nicht geben sollte und die einen wesentlich geringeren Durchmesser als alle anderen hatte, die sie zuvor gesehen hatte. Aber darüber dachten weder Bror noch Camilla in diesem Augenblick nach, denn die Stimme des Tonttu war viel lauter und viel näher, als er sagte: *Niemand darf meine Gemächer betreten! Niemand darf Unordnung und Lärm hierherbringen! Dafür werdet ihr büßen!*

„Das ist das Ende!", keuchte Bror. „Jetzt ist es vorbei! Jetzt sitzen wir endgültig in der Falle!"

Das Licht war ihnen ebenso gefolgt wie die Tonttustimme. Camilla warf einen hastigen Blick über die Schulter. Morten passierte den Wolfsschnauze, die immer noch zielverfehlend in die Luft schnappte. Sie erkannte, dass es Skipp Skaugs Ring war, der das Licht spendete und nun den Daumen des Tonttus zierte. Für alle anderen Finger war er zu groß bemessen.

138

Dann raste ihr Blick zurück zu der Steintür und sie schüttelte verwirrt den Kopf.

„Aber Bror, da ist doch eine Klinke!" Warum hatte der Zwerg sie nicht gesehen, glitzerte sie doch so verlockend nach Freiheit.

Sie griff danach, drückte hinunter und die Tür schwang nach innen auf.

Nein, ganz sicher nicht!, brüllte der Tonttu. Weit war er nicht mehr weg. Warum ihn das Öffnen dieser Tür so sehr erregte, konnten sie nicht ahnen. Er schien über diese Tür keine Kontrolle zu haben, denn sie blieb offen stehen, obwohl er sie sicherlich mit seinen Hausgeistkräften schließen wollte. Zumindest ließ der Sturm an Flüchen, der auf sie herabregnete, darauf schließen.

„Los!", drängte Camilla, und sie stolperten in *was-auch-immer* dahinter lag. Es waren Treppenstufen, die nach oben führten. Die sehr weit nach oben führten und ihnen einiges an Kräften abverlangen würden. Aber das wussten sie erst wenig später. Das Licht reichte nicht weit genug, um zu sehen, wohin sie rannten.

„Gut, wenigstens kommen wir so wieder in unser Stockwerk!", meinte Bror, während er die Tür hinter ihnen zuschlug.

Sie ging aber kurz darauf wieder auf. Der Tonttu folgte ihnen hastig und wütend mit seinen kurzen Beinen und seinen trippelnden Schritten.

Bror und Camilla rannten so schnell sie konnten, nahmen mehrere Stufen auf einmal, schnappten nach Luft. Der Tonttu blieb ihnen auf den Fersen, und die Treppe schien kein Ende zu nehmen. Camilla war sich sicher, dass er sie gleich eingeholt haben würde. Sie konnte sein Keuchen so deutlich hören, als wäre er keine Armeslänge mehr entfernt.

Als Camilla schließlich als Erste vor einer Falltür stand, drückte sie mit aller Kraft dagegen. Doch die Steintür schwang zu ihrer Überraschung federleicht nach außen auf. Keiner von ihnen hatte Zeit, nachzudenken, wohin sie führte.

Camilla stürmte dicht gefolgt von Bror und dem ohnmächtigen Aegir hinaus. Sie stolperten hinaus in strahlendes Sonnenlicht, auf eine Blumenwiese, auf der die Bienen und Schmetterlinge nur so schwirrten und summten. Sie stolperten in eine Welt, die Camilla inzwischen so fremd und fern erschien, dass sie nicht verstehen konnte, was sie da eigentlich vor der Nase hatte. Was war das nur für ein eigenartig wirrer Albtraum, in dem sie sich befand? Oder war sie endlich aufgewacht? Sie blieb wie vom Blitz getroffen stehen. Unweit der Wiese erkannte sie einen Wald. Es roch herrlich nach Blumen! Das Gras war taufeucht, es kitzelte ihre nackten Füße. Was war das bloß für ein …

Aber so jäh diese Welt aufgetaucht war, verschwand sie auch wieder – wie eine Illusion oder ein Bild, das ihnen neckend vor die Nase gehalten wurde, nur um sie dann mit der Realität wieder zu enttäuschen. Sie verschwand in einem Feuerwerk aus bunten Lichtern, das strahlend hell in Camillas Kopf zu explodieren schien und ihr das Bewusstsein raubte.

Weit entfernt von jenem Ort, an dem Camilla, Bror und Aegir einem alten Zauber zum Opfer fielen und viele Stunden schlafen würden, schraubte sich der Rabe, elegant und gesättigt, höher in die Lüfte. Er kam der Sonne immer näher. Die Welt unter ihm wurde kleiner, bis die Häuser nur noch Spielfiguren waren und die Straßen und Flüsse nur noch Linien. Von dort oben aus betrachtet schien alles wie gewohnt zu sein. Von dort oben aus betrachtet, schien alles so fern und unwichtig. Selbst das Schlachtfeld, das er überflog, wirkte nur wie ein Teil einer unwichtigen Geschichte. Der Rabe segelte immer weiter, während ihm der Wind in das schwarze Federkleid blies. Ob er wohl sein Nest in der Heimat vermisste? Ob er wohl darüber nachsann, was die Brüder angerichtet hatten? Oder ob ihn nichts außer seinem noch unbekannten Ziel kümmerte?

Fernab von ihm, in seiner alten Heimat, wehte der Umhang des Schattens um eine Hausecke. Er verließ ein Herrschaftshaus. Er und seine Brüder hatten in kurzer Zeit viel geschafft. Wieder einmal. Während er durch die Straßen und Gassen der Stadt schlenderte, beobachtete er durch ein Fenster eine Mutter, deren Kind in der Wiege hungrig schrie. Sie aß indessen genüsslich das letzte Brot auf. Hier hatte sein erster Bruder mit dem Beinamen Egoismus sein Werk vollbracht. Auf dem Schild der Bäckerei, an der er vorübermarschierte, stand: „Geschlossen". Der pummelige Bäcker zog es vor, in der Backstube ein Nickerchen zu machen. Sein Bruder, die Faulheit, hatte für seinen Sinneswandel gesorgt. An einer Ecke stand ein Straßenmusikant. Nur wer ihn hochpries, dem spielte er auf, denn in seinen Augen gab es auf der ganzen weiten Welt keinen besseren Geiger als ihn. Hier hatte sein dritter Bruder, dessen Beiname Hochmut war, gewaltet. Durch die Scheibe einer Kneipe sah er, wie ein Mann mit einem Messer auf einen anderen einstach, dazwischen stand eine weinende Mutter. Die Rachsucht hatte den Mörder zu seiner Tat getrieben. In derselben Kneipe saß eine junge, elegant gekleidete Frau. Sie musste reich sein, ansonsten hätte sie sich all die wertvollen Dinge, die sie trug, nicht leisten können. Eine Bäuerin im gleichen Alter beäugte sie neidisch. Der fünfte Bruder hatte ebenfalls eine ausgezeichnete Arbeit geleistet. Ebenso wie der sechste. Er verharrte eine Weile vor der Fensterscheibe der Kneipe. An einem Tisch in der hintersten Ecke spielten fünf Männer Karten. Der Einsatz war Geld. Doch einer von ihnen gewann jedes Spiel. Seine Karten waren gezinkt. Ein listiger Betrüger. Dann setzte der Schatten gemächlich seinen Streifzug fort. Als Nächstes beobachtete er, wie ein Vater zornig auf sein wimmerndes Kind einschlug. Hier hatte der Jähzorn gewaltet. Einige Straßen weiter kam der Schatten an einer Schule vorbei, in der ein Schüler zu seinem Lehrer sprach: Er wäre es nicht gewesen, der die Tafel mit Beleidigungen bemalt hätte. Ein Lügner, der noch zu üben hatte. Am Ende seines Spaziergangs wandte er sich um und wanderte zurück zu dem Herrschaftshaus, das er zu Beginn verlassen hatte. Dort saß in einem der Straße zugewandten Zimmer ein Mann, dem eine Magd vom Tod seiner alten Mutter berichtete. Er hob nicht einmal den Kopf von seinen Büchern. Immer war er ein liebevoller Mensch gewesen, darauf bedacht, sich um alle zu kümmern. Doch der Besuch des neunten Schattens hatte ihn verändert. Gleichgültig nahm er die Nachricht auf und fuhr mit seiner Arbeit fort. Der Schatten wandte sich ab, und einen Moment später war er verschwunden, und die Straße wurde von den letzten warmen Sonnenstrahlen des vergehenden Tages erhellt, obgleich in den Zimmern der Stadt und in den Herzen ihrer Bewohner nun Kälte herrschte.

Es war ebendiese Abendsonne, die durch das Salonfenster eines kleinen Schlosses weit im Norden der Welt fiel, zu dem der Leser seine Aufmerksamkeit nun lenken muss. An einen Ort fernab von all dem Kummer und den Sorgen, die der Krieg mit sich brachte. An einen Ort, an dem sich wortwörtlich Fuchs und Hase Gute Nacht sagten oder in diesem Fall eher Elch und Bär. An diesem Ort, der hoch oben im Gebirge lag, lagen selbst im Sommer auf manchen Wiesen noch einzelne Schneehügel. Dort, zwischen den rauen Felsen, befand sich, eingekesselt in einem Hochtal eine Ansammlung von Häusern. Die meisten standen leer, denn das Leben dort war hart und mühsam. Die Vegetation war karg, und die Sommer waren vor allem für die wenigen Bauern eine Herausforderung. Das Wachstum auf den Feldern war kurz und die Ernte spärlich. Aber die Menschen, die in den roten Holz- und den grauen Steinhäusern mit ihren weißen Fensterläden und den hohen Zinnen lebten, hatten sich daran gewöhnt. Tatsächlich zählten sie sich selbst zu den zufriedensten Menschen auf der ganzen weiten Welt. Sie hatten nicht viel, aber sie lebten friedlich und beschaulich. Ihr Glück war die fehlende Möglichkeit des Vergleichens. Und wenn sie abenteuerlustig wurden, dann wanderten sie einige Meilen über den südwestlichen Bergkamm. Dort taten sich steile Klippen auf, die einen schmalen, stufenreichen Weg hinunter zur schäumenden See preisgaben. Der Blick hinaus auf das wilde, ungestüme Meer verleitete dazu von fernen Ländern und Völkern zu träumen. Der dunkle Kriegsherr schien sich nie um diese kleine Stadt gekümmert zu haben, war sie doch so unwichtig und so vergessen in ihrer Abgeschiedenheit. Das Land, das das Hochtal umgab, war kaum besiedelt und voll von unendlichen Weiten an Birkenwäldern und Hunderten von Seen, die Zeugnis einer gletscherreichen Vergangenheit waren.

Die Häuser standen dicht an dicht eingebettet im Schatten der Felsen, angeordnet in einem bunten Chaos und auf verschiedenen Ebenen, die durch zahllose Treppen miteinander verbunden waren. Am höchsten Punkt thronte ein kleines Schloss, dessen Wände aus weißem Marmor bestanden. Das Dach war karminrot, und die Fenster reflektierten das Licht der Abendsonne. Einem aufmerksamen Beobachter mochte nun die Frage in den Sinn kommen, woher dieser wertvolle Stein stammte, und vor allem wie er an einen so abgelegenen Ort gelangt war. Die Stadt war zwar von Bergen umgeben, in deren Höhlen man so manchen Schatz finden konnte, doch weißer Marmor gehörte nicht dazu. Er zeugte von einer reicheren Zeit, in der eifriger Handel mit südlichen Landen betrieben worden war. Denn von dort stammte der Marmor. Auch der verlassene Hafen, der sich unweit am Fuß der Klippen befand und den ein einziges, halb versunkenes Schiff zierte, war ein Überbleibsel jener Tage.

Nun aber zurück zu dem Salon, in dem gerade der einzige Diener des Hauses das Abendmahl servierte. Es bestand aus vorzüglich riechendem Rinderbraten mit Kartoffeln. Zuerst servierte er es der etwas hochnäsigen und verwöhnten Tochter des Hausherrn. Ihr Name war Maya. Ihre Eigenheiten musste man der Tochter nachsehen, denn sie war das einzige Kind des Ehepaars del Nube. Außerdem war sie der absolute Schatz der Großmutter Aada, die in ihrem Schaukelstuhl am Kamin saß und gemächlich hin- und herruckelte. Sie fand die Flammen faszinierender als das köstlich duftende Essen. Obgleich sie fast neunzig war, sah sie nicht aus wie eine alte Frau. Ihre weißen, schulterlangen Haare hatte sie sorgfältig zu einer aufwendigen Frisur hochgesteckt. Schwarze Perlenohrringe zierten ihre Ohrläppchen. Ihre Kleider waren eigens für sie vom Schneider, der in der unteren Stadt lebte, angefertigt. Auch verhielt sie sich sehr selten wie eine alte Frau. Penibel achtete sie darauf, jeden Tag gleich zu beginnen und keinen Tag unproduktiv vorüberstreichen zu lassen. Eifrig erklärte sie tagtäglich, dass das der Schlüssel zur

Gesundheit sei, und ein Gläschen Sahti jeden Abend fügte sie meist noch ein wenig leiser hinzu. Dann verschwand sie in der Regel in ihrem Studierzimmer, um sich ebenjenes zu gönnen. Ihre Enkeltochter Maya verwöhnte sie allerdings im Übermaß. Hinzu kam, dass Mayas Vater Filip, seiner Tochter jeden – einfach jeden – Wunsch von den Lippen ablas. Nur ihre Mutter Johanna, bremste ihren Mann gern, wenn er es übertrieb.

Doch ja, im Großen und Ganzen konnte sich Maya del Nube nicht im Geringsten über ihr Leben beschweren, war sie doch die reiche Erbin des Schlosses und des Städtchens, das den Namen Lysmoor trug. Die Sorgen ihrer Untertanen, sie könnte eines Tages eine durchaus selbstsüchtige Herrscherin werden, waren ihr natürlich nicht bekannt.

Sie selbst war von außerordentlicher Schönheit. Ihre Haare waren lang, seidig und von einem tiefen, warmen Braun. Ihre Augenbrauen hatten die perfekte Form, waren weder zu schmal noch zu breit. Ihre Nase war zart, ihre Wangenknochen hoch, ihr Mund sanft geschwungen. Sie war schlank und groß, und ihre blauen Augen funkelten, als befänden sich darin die Sterne des Abendhimmels.

Wie üblich fand sie jedoch auch an diesem Tag etwas, das ihr missfiel und beim Abendessen unbedingt Ansprache finden musste: „Vater, Viktor läuft nicht mehr schnell genug. Er ist zu alt. Ich brauche ein neues Pferd! Als ich heute hinaus zu den Feldern galoppiert bin, war das beim besten Willen kein Galopp, und am Ende war er so müde, dass ich den Rückweg zu Fuß machen musste!"

Filip del Nube kaute auf seinem Fleischstück, während er sich ein großzügiges Zweites von dem Braten schnitt. „Mhm, wir gehen gleich morgen zu Olwitts Stall und sehen, ob er ein jüngeres für dich hat!"

„Filip!", warf Mutter Johanna ein. Ehe sie weitersprechen konnte, unterbrach sie die Tochter: „Mutter! Ich brauche ein neues! Es könnte ja auch ein Unfall passieren, wenn Viktor …"

„Ein Unfall kann dir auch mit einem jüngeren Pferd passieren! Sei nicht so gierig!", schalt sie die Mutter, dann wandte sie sich zu Großmutter Aada: „Großmutter, komm doch bitte zu Tisch! Ich finde es fürchterlich unhöflich, wenn wir essen und du nur zusiehst!"

„Ich sehe doch nicht zu! Ich schaue in die Flammen!", erwiderte die alte Dame. „Ich habe heute Mittag ausreichend gegessen! Werde einmal so alt wie ich, dann reichen dir zwei Mahlzeiten am Tag vollkommen!"

„Und das Gläschen Sahti", murmelte Vater Filip in seinen Vollbart. Er war ein groß gewachsener Mann mit dunklen Augen und vollem, dunkelblondem Haupthaar, dem man ansah, dass er in dem rauen Bergklima sein ganzes Leben verbracht hatte. Doch wenn es darum ging, seiner Mutter zu widersprechen, sah er wieder aus wie ein kleiner Junge.

„Was sagst du da?", fauchte Großmutter Aada.

„Nichts, nichts!" Eilig schob er sich den nächsten Bissen in den Mund, um zu verhindern, dass ihm noch einmal etwas Ähnliches herausrutschte.

„Mutter, ich brauche dieses Pferd!", warf Maya ein. „Was denken denn die Untertanen von mir, wenn ich mit einem alten Gaul daherkomme?"

„Das war doch bisher auch kein Problem!", erwiderte Mutter Johanna. „Und jetzt iss, bevor es kalt wird! Großmutter, auch wenn du nichts essen willst, komm wenigstens zu Tisch und leiste uns Gesellschaft!"

„Aber hier am Feuer ist es so schön warm, und ich bin doch bei euch!"

„Es ist mitten im Sommer! Ich weiß nicht einmal, wer auf die glorreiche Idee gekommen ist, den Kamin zu befeuern!" Inzwischen sah man Mutter Johanna ihre Ungeduld an. Ihre Wangen waren hochrot. Der Diener war ein Mann um die Sechzig und hatte schütteres, graues Haar. Er trug einen schwarzen Dienstboten-Anzug, der ihn wie einen Pinguin aussehen ließ. Sein Name war Henrick. Jetzt trat er unwohl von einem auf das andere Bein.

„Ganz ruhig, Johanna!", murmelte Vater Filip. Ein vergeblicher Versuch das Gemüt seiner Frau zu beruhigen.

„Du kaufst unserer Tochter sicher keinen neuen Gaul, hörst du?"

„Johanna, iss doch! Es wird kalt!"

„Sag mir nicht, was ich zu tun …" Dann verstummte sie. Um genau zu sein: Alle in dem Raum verstummten. Warum? Es hatte ihnen die Sprache verschlagen. Maya del Nube hockte gar nicht damenhaft mit offenem Mund da, wobei einige unzerkaute Fleischreste zurück auf den Teller kullerten. Vater Filip vergaß das Stück Kartoffel, das er sich gerade in den Mund hatte schieben wollen. Die Gabel hing verloren vor ihm in der Luft. Selbst Großmutter Aada hörte mit dem Schaukeln auf und wandte den Blick von den Flammen.

Sie alle starrten auf den kleinen Jungen, der mitten auf dem edel gedeckten Tisch, keine fünf Zentimeter vom Wasserkrug entfernt, saß. Nur, dass er dort vor einem Augenblick noch nicht gesessen hatte. Nur, dass er sich vor einem Augenblick noch nie in diesem Raum bei diesen Menschen befunden hatte. Der Kleine war ebenso verdattert über die neue Gesellschaft wie die neue Gesellschaft über ihn. Aber kaum hatte er einen griesgrämigen Blick in die fremden Gesichter geworfen, begann er auch schon ohrenbetäubend zu kreischen und wild mit den Armen zu fuchteln. Vermutlich dachte sein kleines Gehirn etwas Ähnliches wie: Das sind viel zu viele Ortswechsel in letzter Zeit! Ich will heim in mein Turmzimmer, wo der schwarze Vogel sein Nest hat.

Was die del Nubes nicht wussten, war, dass sich der kleine Junge nur Sekunden zuvor noch in einer dunklen Kammer im tiefsten Stockwerk eines unterirdischen Labyrinths, in der Obhut eines Tonttus, befunden hatte. Und natürlich konnten sie auch nicht wissen, dass in den vielen verlassenen Häusern der Stadt, die dem Verfall preisgegeben worden waren, zum ersten Mal seit Ewigkeiten die Kerzen wieder entzündet und verblüffte Blicke auf die Straßen geworfen wurden. Ganz so, als hätten die Gebäude all die Jahre nur auf diese Neuankömmlinge gewartet. Für manch einen abendlichen Spaziergänger gingen die Sterne bereits in diesem Augenblick auf, denn ihnen bot sich ein herrliches, ungewohntes Bild von einem Haufen hell erleuchteter Fenster, und was noch kurz zuvor so einsam erschienen war, war nun zahlreich bevölkert. Selbst die Straßen waren plötzlich überfüllt mit fremden Gesichtern und fremden Sprachen. Es musste einem schattenhaften Hirngespinst zuzuschreiben sein. Denn das, was geschah, entsprach nicht dem Regelwerk der Logik, ja nicht einmal dem der kühnsten Fantasie!

Sie wussten ja nicht, dass ein Zwerg, ein Drache und ein kleines Mädchen, das ihnen wohl unbekannte Labyrinth verlassen hatten, und kannten dessen Regeln nicht: Verlässt es einer, sind alle anderen auch frei. Sie stammte aus jener Zeit, in der die verwirrenden Gänge zu sportlichen Zwecken verwendet worden waren. Und sobald es einen Gewinner gab, hatte es keinen Sinn mehr, dass die anderen auch weiter gefangen waren.

Es schien allerdings einem eigenartigen Zufall zuzuschreiben zu sein, dass sämtliche Insassen des Labyrinths innerhalb

148

eines Wimpernschlags ausgerechnet in der Nordstadt Lysmoor gelandet waren.

Eine Mauer und ein Schmied

„Kleine! Kleine! Wach auf! Aufwachen, Kleine! Camilla!",
störte Brors aufgeregte Stimme Camillas unruhigen Schlaf und
riss sie zurück in eine ausgesprochen verwirrende
Wirklichkeit. Alles war voller Surren und Summen und
Tropfen. Voll von einer Geräuschkulisse, die wohl mit einem
kleinen Orchester konkurrieren wollte. Das Surren entsprach
dem steten Spiel der Bässe, das Summen der
melodieführenden Geigen und das Tropfen war die Trommel,
die den Rhythmus eines hymnenartigen Refrains vorgab. Was
in aller Welt … Ihre Wahrnehmung war offenbar weitaus
wacher, als ihr Bewusstsein es war!

„Camilla! Mach die Augen auf! Das ist … Das ist …" Der
Zwerg suchte nach dem richtigen Wort. Dass er es
händeringend und vollkommen aufgelöst suchte, registrierte
sie selbstredend nicht. „Das ist nicht möglich!" Keineswegs
zufrieden mit seiner Wahl, korrigierte er: „Unglaublich! Das
ist unglaublich!"

Camilla blinzelte. Über ihr war es grau. Etwas glitzerte wie ein
fallender Kristall, zerplatzte wie eine Seifenblase auf ihrer
Nase, tat aber nicht so weh, wie ein Kristall es hätte tun sollen.
Wasser. Regen? Sie richtete sich stöhnend auf und ließ den
Blick erstaunt schweifen. Alles war so … fremd? Alles war
so … normal? Da war eine Hausmauer aus rot-gestrichenem
Holz. Da war ein Fenster mit Fensterläden, deren Farbe ein
etwas tieferes Rot hatten. Es war dem Regen zuschulden. Da
war das Gesicht einer Frau hinter dem Fenster, die sie mit
offenem Mund anstarrte. Sie riss die Augen ungläubig auf, als
würde sie einen Geist beobachten. Dabei wirkte sie, durch die
Spiegelung im Glas halb verborgen, selbst wie ein solcher. Da
150

waren Pfützen auf dem Pflasterboden, die im Dämmerlicht düster und unheilvoll schimmerten. Daneben befanden sich stinkende, braun-schwarze Pferdeäpfel, die wie vergammelte Brotfladen aussahen. Und vor allem war da – keine drei Zentimeter von ihrer Nasenspitze entfernt – Brors Nasenspitze und seine durchdringend grüne Iris, die sie mit intensivem Blick zu hypnotisieren schien. Camilla rieb sich desorientiert über die Augen.

„Camilla! Siehst du das?"

Was für eine Frage, hätte sie wohl denken müssen, doch im Oberstübchen blieb es beunruhigend still.

„Das ist nicht echt!", murmelte sie. Ihre Stimme klang fremd und rau. Ganz beiläufig begriff sie, warum sie so sehr fror. Das war dem Matsch und Dreck der Straße zuschulden, in dem sie hockte. Wo war die warme, freundlich grüßende Sonne geblieben? Jetzt plätscherten eifrig einige Regentropfen auf ihre Nasenspitze. Einige waren wohl etwas untertrieben. Es war ein Regenguss, ganz so, als würde der Hüter des Himmels das Wasser eimerweise auf sie hinunterschütten. Das stetige Plopp-Plopp der Tropfen vermischte sich mit einem Donnergrollen, das den Boden erbeben ließ und dem nur einen Moment später ein Blitz folgte, der den Abendhimmel taghell erleuchtete. Das war er also, erkannte sie, der Trommelrhythmus. Was war dann dieses Surren? So tief und stetig, als würden Massen von Wasser gegen Felsen donnern. Sie kam nicht dazu, weiter darüber nachzugrübeln. Da war wieder Bror, der sich nach ihrer Aufmerksamkeit verzehrte.

„Endlich bist du wach! Das hat ja ewig gedauert! Ich rede schon seit mindestens einer halben Stunde auf dich ein!" Brors Blick huschte zu der Frau hinter dem Fenster, die so reglos wie eine Statue dastand. „Und die da steht mindestens genauso lange da! Ein bisschen gruselig, findest du nicht? Wir müssen unbedingt Edvard finden! Aegir geht es gar nicht gut! Er weiß sicher, was zu tun ist!" Wunderte sich die Frau etwa über ihren Anblick? Camilla neigte abwesend den Kopf. Dass das ihr erster klar gefasster Gedanke war …

Camilla benötigte noch einen Moment, ehe sie sich gesammelt hatte. „Wäre es nicht besser, ihn zu einem Arzt zu bringen?", fragte sie.

„Ein Arzt? Ein Arzt für Drachen? Kennst du so einen? Außerdem habe ich keine Ahnung, wo wir hier sind!"

Das war die große Frage, die über allem schwebte. Camilla entdeckte Aegirs leblosen Körper. Der Zwerg hatte ihn auf seine fahle und geflickte Weste gebettet. Beide lagen im Schutz jenes Dachvorsprungs, unter dem auch Bror hockte. Der Zwerg schien versucht zu haben, sie auch darunter zu ziehen, denn ihre Beine waren halbwegs im Trockenen. Behutsam und besorgt streckte sie die Hand nach Aegir aus und strich über den kleinen Kopf, aber der Drache reagierte nicht. Sein linker Flügel war ganz rot, als hätte ein Maler Farbe darüber verschüttet. Überall war Blut. Die noch vorhandenen Schuppen glänzten im schwachen Licht von der dickflüssigen Feuchtigkeit.

„Ist er …?", fragte sie bekümmert und immer noch benebelt. Wenigstens schien Bror sich dem Denken emsiger anzunehmen als sie.

„Nein, tot ist er nicht. Er atmet, aber wir sollten uns wirklich beeilen!", plapperte er aufgeregt.

Was aber bedeutete *sich zu beeilen* schon, wenn man nicht wusste, wo man war oder wie man dorthin gelangt war? Und, wenn man das Ziel zwar kannte, aber nicht wusste, wo es sich befand und ob es sich überhaupt in der gleichen Stadt befand?

152

Wer sagt schon, dass Edvard hier ist, sinnierte Camilla wenig später, als sie auf wackeligen Beinen stand und Schritt für Schritt über den rau-rutschigen Pflasterboden stolperte. Doch Bror schulterte seinen bärigen Bartwuchs, damit er ihm beim Dahinhasten nicht in den Weg kommen konnte, und marschierte tollkühn und forsch drauflos.

So wanderten sie so ziellos durch den Regen, wie sie zuvor durch die unterirdischen Gänge des Labyrinths gestrichen waren. Dass sie sich in einer Stadt befanden, fand Camilla ausgesprochen eigenartig.

„Wie sind wir hierhergekommen?", fragte sie.

„Keine Ahnung! Aber eines steht fest: Das hier ist nicht das Labyrinth! Und über alles andere mache ich mir später Gedanken!"

„Aber woher wissen wir, dass Edvard auch hier ist? Er müsste doch noch im Labyrinth sein!", wandte sie verstört ein und drehte sich einmal um sich selbst, um die neue Umgebung besser im Blick zu haben. Graue trostlose Pflastersteine. Bunte Holzwände. Sich aneinander kuschelnde Häuser. Eng an eng, mit lichterfüllten Fenstern. Tiefhängende Wolken, die die Hausdächer verschlangen. Schmale Treppen. Breite Treppen. Bucklige Treppen. Gerade Treppen … so viele Treppen! So ein Wirrwarr!

„Du vergisst: Einer verlässt das Labyrinth, alle sind frei!"

„Haben wir das Labyrinth denn verlassen?"

„Wer sonst? Immerhin standen wir auf einer grünen Wiese, und das habe ich mir sicher nicht eingebildet!"

„Aber wieso hat keiner zuvor den Ausgang gefunden, wenn es doch so einfach war? Und wo ist die grüne Wiese jetzt?"

Die Pirouette, die sie vollbracht hatte, war zu Ende. Sie stolperte wieder neben Bror über die unebenen, seit

Jahrzehnten von den vielen Füßen, die über sie gewandert waren, abgeschliffenen Steine.

„Weil vorher keiner in die Gemächer des Tonttus gelangt ist."

„Wieso wir?"

„Ich vermute, das war einfach nur Pech für den Wicht. Recht glücklich hat er ja auch nicht gerade gewirkt, als wir die Treppe da hinauf sind!"

„Ja, ja! Stimmt", murmelte Camilla, aber so wirklich glauben konnte sie nicht, was passiert zu sein schien. „Und wir träumen das nicht einfach nur?", hakte sie nach. Wobei ihr die Frage gleich wieder überflüssig vorkam, denn wäre es ein Traum, was würde Bror wohl antworten?

„Himmel, Kleine! Das ist doch gerade egal! Hauptsache, wir finden Hilfe für Aegir! Deswegen bin ich dir übrigens immer noch böse! Hättest ihn beinahe geopfert! Und für was? Für diesen dummen Diamanten?"

Camilla war einfach noch nicht fähig, klar zu denken. Verwirrt meinte sie: „Was hast du damit gemeint? Mit der Geschichte über den Diamanten und das Feuer, das darin gefangen ist?" Ihr Magen knurrte. Sie blickte irritiert hinunter. War sie hungrig? Sie fühlte sich leer und taub. Sie wusste nicht, ob sie Hunger hatte. Es war wie ein Fremdwort. Doch da ratterte es in ihrem Kopf und lenkte sie ab, erinnerte sie an die alten Geschichten. Was würde Bror antworten?

Inzwischen waren sie an einer Treppe angelangt, die zu einer schmalen Gasse führte.

„Ich finde es unglaublich, dass du sie nicht kennst! Vor allem finde ich es unglaublich, dass du dich so gar nicht über dieses Licht in seinem Inneren wunderst, das keiner Kerze oder Öllampe entstammt!"

„Der Diamant hat mich an eine Glühbirne erinnert."

„Was ist eine Glühbirne?"

„Na ja, eine Art Glaskugel mit einer Wendel innen, die durch Elektrizität Licht spendet. Das hat vor nicht allzu langer Zeit ein Wissenschaftler erfunden. Die Königin hat so eine in ihrem Ballsaal zur Schau gestellt. Sie meint, das wäre die Zukunft, und dass man eine Stromversorgung für alle Haushalte machen sollte."

„Was bitte ist Elektrizität?"

„Du ... du kennst keine Elektrizität?"

„Also für mich hört sich dieser Quacksalber wie Magie an." Bror zuckte mit den Schultern, und verzog sogleich das Gesicht, weil es ihn an den gebrochenen Arm erinnerte. „Und diese Wissenschaftler sind vermutlich einfach Magier."

„Nein, nein. Das ist etwas ganz anderes, das ist ..."

„Kleine, es interessiert mich nicht!"

Am höchsten Punkt der Stadt entdeckte Camilla staunend die gewaltigen Mauern eines lückenlos weißen Schlosses. Es sah aus, als würde es aus Schnee bestehen.

Bror blieb jäh stehen und lauschte. Camilla prallte gegen ihn. Er fluchte, sie solle aufpassen, wo habe sie bloß ihre Glupschaugen? Sie konnte nur die Regentropfen hören und den Wildbach, der die schräg abfallende Straße vor ihnen ausschmückte und vermutlich normalerweise gar nicht dort war. Bror schien allerdings etwas anderes zu vernehmen. Zielsicher lenkte er seine Schritte nach rechts in eine andere Gasse. Camilla folgte ihm stirnrunzelnd. „Bror? Wo gehst du ..." Der Zwerg hob energisch, die Stirn konzentriert gerunzelt, die Hand, brachte sie dadurch zum Schweigen und marschierte plötzlich mit der Geschwindigkeit eines Wanderfalken drauflos. Tatsächlich erklang nach wenigen Metern ein gleichmäßiges Kling-Kling, als würde jemand auf Metall einhämmern.

„Hat er immer gesagt, dass er das als Erstes machen wird, wenn er wieder frei ist!", brummte Bror in seine Bartzöpfe. Camilla blickte ihm verblüfft hinterher. Der Zwerg deutete mit dem Kopf auf das schmale, hohe Haus am Ende der Gasse, das sich an einen Felsen schmiegte, als hätte der Architekt es mangels Platzes mühsam hineingezwängt. Dort gingen sie hin. Direkt vor ihnen befanden sich zwei Holztore, die sperrangelweit offenstanden. Dahinter erkannte Camilla eine Schmiedewerkstatt, und verdattert stellte sie fest, dass tatsächlich der Hüne Edvard mit seinen kräftigen Armen vor dem Amboss stand und auf glühendes Eisen einhämmerte. Dessen Form ließ schließen, dass es einmal ein fein geschwungenes Messer werden würde. Er sah aus, als gehöre er längst zum Inventar der Werkstatt, mit seinen rußig-schwarzen Händen, der Asche im verschwitzten Gesicht und der braun-ledernen, abgetragenen Latzhose. Als Teil dieses Tumults, sah er fremd aus!

„Sag mal, bist du schon seit Tagen da? Wann hast du das denn bitte gemacht?", stellte Bror die Frage, die Camilla durch den Kopf geisterte. Edvard der Große wandte sich gemächlich um. Er schien ihr Kommen gehört zu haben, was absolut unmöglich bei dem Lärm war. Vielleicht hatte er sie auch einfach aus den Augenwinkeln gesehen, entschied sich Camilla für die plausiblere Erklärung. Aber als er Aegir entdeckte, ließ er sofort rumpelnd den Hammer auf den Amboss fallen und stürmte mit waghalsig großen Schritten zu ihnen.

„Was ist passiert?", rief er mit seiner rauen Stimme, hob den kleinen Körper aus Brors gesundem Arm und begutachtete den Schaden, den das Raubtier angerichtet hatte.

„Der gute Tonttu hat uns Rätsel gestellt, und dann wurden wir plötzlich zum Verkauf angepriesen", erklärte Bror. Edvard zog fragend eine Augenbraue hoch, ohne den Blick von seinem Patienten abzuwenden, den er behutsam in das warme Innere der Schmiede trug und auf einen hölzernen Ablagetisch bettete.

„Die Schwestern", meinte Bror. Camilla wunderte sich, dass Edvard das Erklärung genug zu sein schien. Eeny und Reeny schienen keine Unbekannten zu sein.

„Kannst du ihm helfen?", fragte Bror besorgt und trat näher. Edvard benötigte lange, ehe er antwortete, und Camilla witterte nichts Gutes: „Ich kann es versuchen. Aber ..." Er hob den Blick, musterte den Zwerg einen Moment, und bemerkte dessen Leiden. „Du solltest deinen Arm schienen!"

„Zuerst Aegir!", bestimmte Bror. „Mit dem Arm kann mir Camilla später noch helfen!"

„Hm?", entfuhr es Camilla.

„Das kannst du schon, Kleine!" Der Zwerg winkte ab.

„Ich sehe, ob ich im Haus etwas finde, das ihm hilft!", meinte Edvard und durchschritt die Werkstatt, an deren hinterer Wand Camilla eine Tür entdeckte, die in das Haus führte.

„Als würde er schon immer da wohnen!", murmelte Bror in seine Bartzöpfe und schüttelte verblüfft den Kopf.

Als sie eine hektische halbe Stunde später eine warme Tasse Tee in der Hand hielt und im Schneidersitz vor dem frisch angeheizten Kamin in der schmalen Küche am Birkenboden saß, wunderte sich Camilla über so einiges. Zuallererst, dass Edvard der Hüne sich in diesem fremden Haus ziemlich gut auszukennen schien, und das, obwohl er erst Stunden zuvor hier aufgetaucht war. Er hatte Aegirs Flügel mithilfe von Alkohol desinfiziert und mit einer Wundheilsalbe verarztet und ihm dann Wasser eingeflößt, das der Drache mühsam im Halb-Schlaf geschluckt hatte. Nun lag Aegir vor ihr auf den warmen Steinen, die einen Übergang zwischen dem Kamin und dem Holzboden bildeten. Die Augen flitzten hinter den geschlossenen Lidern umher, als würde er im Traum einen Hasen oder eine Maus jagen und als wäre keiner von beiden gewillt, klein beizugeben. Behutsam strich sie über den gesunden Flügel.

Zum Zweiten, dass Zwerge robuste Kerlchen waren. Als sie Brors gebrochenen Arm mit einigen Hölzern geschient hatten, hatte dieser keine Miene verzogen, nur immer wieder ungeduldig gebrummt: „Na, macht schon!" Und: „Geht das nicht schneller?" Er hatte es tapfer ertragen. Allerdings hielt er nun keine Tasse Tee in Händen, sondern eine verstaubte Flasche, in der sich alter Rum befand. Camilla gewann zunehmend den Eindruck, dass er schmerzerfüllt das Gesicht verzerrte, sobald sie ihren Kopf wandte und er sich unbeobachtet fühlte. Der Alkohol hatte seine delirischen Fähigkeiten noch nicht aus der Tasche gezaubert. Die Flasche stammte aus einem wackeligen, windschiefen Holzregal, das sich über einem Ofen befand, der aussah, als würde sein Beheizen in einer Sturmwolke aus Rauch enden. Absolut alles in diesem Haus trug eine Staubschicht. Sie schien so dick zu sein, dass sich Camilla sicher war, einige Winterdecken daraus stricken zu können.

Zum Dritten: Der Tee und die Wundheilsalbe stammten von der Nachbarin. Edvard hatte sie darum gebeten.

Das Haus schien vier Stockwerke zu haben. Zusätzlich gab es, dort wo sich der Giebel befand, mit Sicherheit noch einen Dachboden. Camilla wollte sich gar nicht erst vorstellen, wie es dort aussehen musste: dunkel, modrig riechend, voller Spinnenweben und Staub, Kisten und Kästen von den Vorbesitzern und stinkenden, toten Fledermäusen. Alles untermalt durch das unheilvolle Windpfeifen, das durch das schmale Giebelfenster mit der im Zickzack zerbrochenen Scheibe sauste. Sie schüttelte unmerklich den Kopf. Ihre Mutter hatte recht, sie hatte viel zu viel Fantasie. Wahrscheinlich war der Dachboden leer und ungefährlich. Aber so wirklich herausfinden wollte sie es nicht. Gab es einen Keller, schoss es ihr durch den Kopf. Einen miefenden, feuchten, rabendunklen Keller voller – oh, nein, beschloss sie, es gab keinen Keller in diesem Haus. Tatsächlich sollte sie später feststellen, dass es einen gab, dass er dunkel und unwirtlich, aber ausgesprochen praktisch zur Langzeitlagerung der Lebensmittel war.

Die restlichen Räume des Schmiedehauses, die sie bisher zögerlich erkundet hatte, waren schmal und eng. Hinter der Werkstatttür gab es einen kleinen Flur, der sich an eine schmale, halsbrecherisch steile Treppe kuschelte, deren Bretter bei jedem Schritt ein Gewitter auszulösen schienen, so dumpf und laut war ihr knarrender Widerhall. Nach nur wenigen Stufen zweigte linker Hand eine Tür in die Küche ab, in der sie sich nun dicht an dicht gedrängt befanden. Ein türkis-blau bemalter Holztisch stand in der Ecke. Die Farbe blätterte ab und war ganz rissig. Daneben schmiegte sich eine durchhängende Pritsche an einen schmalen Specksteinkamin.

Jetzt nahm Edvard darauf Platz, die Matratze staubte eifrig. Er hustete trocken und fuhr sich mit der rußigen Hand über die Augen, was schwarze Schatten hinterließ. Zum ersten Mal dachte Camilla an den Luxus eines Bades, während ihr Magen heftig knurrte. Sie fühlte nur den Hunger immer noch nicht, sondern nur diese eigentümliche, gähnende Leere, als befände sich in ihrem Inneren ein gewaltiges schwarzes Loch, das jegliche Gefühle aufsaugte – nur um sogleich daran erinnert zu werden, dass … Wie hatte sie es nur einen Moment ernsthaft vergessen können? Sie sprang so jäh auf, dass sie

ihren heißen Tee über ihre Füße verschüttete und jaulend auf-
und ab hüpfte, wobei ihr zwei Paar Augen verdattert folgten.

„Ich muss Henrick finden!", kreischte sie. Bror zog lediglich
eine struppige Augenbraue in die Höhe.

„Setz dich wieder hin, Camilla!", riet er ihr. „Heute Nacht
findest du ihn nicht mehr!"

„Nein, nein! Ich muss …"

„Hinsetzen!", befahl der Zwerg.

„Bitte, ich muss ihn doch …"

Bror, versteh sie doch, drang eine leise Stimme in ihre
Gedanken. Der Zwerg und sie rissen gleichzeitig den Kopf
herum, sahen auf Aegir hinab, der schwach den gesunden
Flügel zu sich zog, auf den einige Tropfen des heißen Tees
gefallen waren. *Sie will doch nur das schützen, was ihr lieb und
teuer ist! Lass sie gehen!*

„Nein!" Stur hockte der Zwerg mit verschränkten Armen da.

„Warum nicht?", fragte Camilla.

Edvard der Große beobachtete die drei schweigend, die Arme
auf die Knie gebettet, vornübergebeugt dasitzend, mit
stählerner Miene.

„Nein!", wiederholte Bror.

Weil er Angst um dich hat, erklärte Aegir. Seine Lider flackerten
kurz, doch die Schmerzen waren zu groß, um mehr zustande
zu bringen.

„Das musstest du ihr jetzt sagen?", beschwerte sich Bror
lauthals. „Damit die Kleine noch denkt, ich würde sie mögen!"
Aegir antwortete nicht mehr. Er glitt wieder in den zittrigen,
aber heilenden Schlaf hinüber.

„Ich begleite dich!", schlug Edvard plötzlich mit
beunruhigend ausdrucksloser Stimme vor. „Bror, du bleibst
bei Aegir, und Camilla und ich gehen eine Runde spazieren!

Ich möchte wissen, ob wir dort sind, wo ich denke, dass wir sind."

„Und wo wäre das?"

Draußen war es noch ziemlich warm, fand Camilla. Im Haus war es viel kälter gewesen. „Das hier ist die nördlichste Stadt der Welt." Edvard sah sich um, blickte hoch zu den verschneiten Bergspitzen, die im Licht eines tief stehenden Mondes glänzten. „Die nördlichste Stadt, die mir zumindest bekannt ist! Wer weiß, was in der Zeit, die wir im Labyrinth verbracht haben, alles geschehen ist."

Camilla betrachtete immer noch verblüfft die Sonne, die nach dem Gewitter wieder aufgetaucht war. Jedoch war es laut der Turmuhr, die sie gerade passierten, beinahe Mitternacht.

„So hoch im Norden geht im Sommer die Sonne nur für wenige Stunden unter", erklärte Edvard beiläufig. „Deswegen weiß ich auch, dass wir sehr weit im Norden sein müssen. Die Tage hier sind wegen der Erdumdrehung länger, dafür sind sie im Winter umso kürzer. Wo denkst du, finden wir deinen kleinen Freund?"

„Ich weiß es nicht", murmelte Camilla. Sie kam nicht dazu, einen klaren Gedanken zu fassen. Der warme Tee schwappte in ihrem Magen. Sonst löste das immer ein Gefühl von Geborgenheit aus, doch jetzt fühlte sie nichts. Tote mussten sich so fühlen – oder eben nicht.

„Dann schlage ich vor, wir fangen in den Häusern an, in denen Licht brennt", meinte er aufmunternd. Sie blickte hoch in sein Gesicht. Die markante Nase erhoben, mit entschlossenem, fürsorglichem Blick blinzelte er sie kurz an, ehe er auf eines der roten Häuser deutete.

Es lebten einfache, verschlossene, aber freundliche Menschen in den hohen Holzhäusern. Warme Stuben verbargen sich hinter den Türen. Aus manchen Fenstern verfolgten sie staunende Kinderaugen. *Guten Abend! Die späte Störung täte ihm fürchterlich leid, aber wäre in ihrem Haushalt zufällig ein zweijähriger, dunkelhaariger Junge mit hellen Augen aufgetaucht? Oder: Oh, ich sehe, Sie wollten gerade schlafen gehen, wir sind gleich wieder weg, aber hätten Sie einen ...?* So fragten sie an unzähligen Haustüren. Zur Antwort kam jedes Mal ein entschuldigendes Kopfschütteln, begleitet von offenen Mündern und weit aufgerissenen Glupschaugen. Die Leute schienen zu wissen, dass sie fremd waren. Die Stadt war ja auch nicht groß. Jeder musste jeden kennen, mutmaßte Camilla. Keinem war das plötzliche Auftauchen zahlreicher neuer Bürger entgangen. Die wenigsten schliefen. Von irgendwo drang laute, fröhliche, glorifizierende Musik an ihre Ohren. „Ein Fest!", kommentierte Edvard das Gedudel. „Vielleicht sollten wir dort fragen."

Die Töne führten sie zu einem kleinen Platz. Treppen und Gassen zweigten davon ab. Beinahe direkt über ihnen thronte nun das Schloss. In der Mitte spuckte die Statue eines trotzigen Brunnenjungen Wasser. Stühle und Tische standen wild durcheinander und kunterbunt vor einer Kneipe, deren Doppeltür sperrangelweit offenstand. Eine Kellnerin flitzte flink eine Unzahl an leeren Gläsern balancierend in das dunkle Innere. Am Rand, unter einem weißen Fenster fiedelten zwei Geiger, begleitet von einem Flötisten.

„Entschuldigen Sie." Edvard beugte sich zu einer Truppe junger Männer, die lustig ihre Krüge schwangen und mit ihren tiefen Stimmen ein Lied grölten, das so gar nicht zu dem Spiel der Musikanten passen wollte. Einerseits lag es an den schiefen Tönen, andererseits ganz einfach daran, dass es sich um ein völlig anderes Lied handelte. „Haben Sie ...?" Weiter kam er nicht, da japste Camilla erschrocken auf. Ein skrupelloser, blonder Todesengel stürmte auf sie zu! Eilig nahm sie ihre Beine in die Hand. Sie spürte Edvards verdatterten Blick im Rücken.

„Bleib ja stehen!", zeterte eine tiefe Stimme, und ein aufgebrachter Skipp Skaug stürmte an dem Hünen vorüber. „Du kleine, undankbare Göre! Wo ist mein Ring? Weißt du, wie wertvoll der war? Kleine, bleib gefälligst stehen! Du kannst mir nicht entkommen!" Tatsächlich war sein feuchter Atem beinahe bei ihrem rechten Ohr.

Panisch schlug Camilla einen Haken hinter dem Brunnen, kam sich vor wie ein Hase, der vor dem Fuchs floh, stieß mit dem Fuß gegen einen der Tische, jaulte schmerzerfüllt auf und humpelte fluchend weiter. Skipp Skaug wetterte lauthals, als seine Hände ins Leere griffen und er nach vorne stolperte. Camilla witterte ihre Chance und keuchte in eine der Gassen. Hier war es wesentlich finsterer, die Strahlen der tiefen Sonne warfen lange Schatten. Sie stolperte über einen hervorstehenden Stein, ruderte verzweifelt mit den Armen, fand wie durch ein Wunder ihr Gleichgewicht wieder und rannte, ohne je einen Blick über die Schulter zu werfen. Haken schlug sie weiterhin.

Tatsächlich gelang es ihr, orientierungslos drei Treppen hinaufzuhetzen, fünf weitere Gassen entlangzuhechten, ehe sie zum Stehen kam, und nur ein glücklicher Zufall es wollte, dass sie nicht in einen tödlichen, tiefen Abgrund stürzte. Ihre großen Zehen ragten bereits gefährlich weit über die Kante. Tief unten schlugen Wellen gegen die Felsen. Aus einem schmalen Vorsprung ragte der Stamm eines verdorrten Baumes. Wo war denn das Meer so plötzlich hergekommen? Aber ehe sie den Gedanken weiterspinnen konnte, brüllte Skipp Skaugs Stimme: „Das hast du davon! Glaub ja nicht, dass du mir so einfach entkommst! Wo ist der Ring?" Er kam keuchend hinter ihr zu Stehen. Sie wirbelte herum. Japsend holte er Luft. Der jahrelange Aufenthalt im Labyrinth schien seiner Sportlichkeit nicht gutgetan zu haben.

Camilla ahnte, dass sie in ziemlichen Schwierigkeiten steckte. Vor allem aber in großer Erklärungsnot. Glücklicherweise stürmte im gleichen Moment Edvard um die Ecke und packte Skipp Skaug am Stehkragen seiner Jacke. Nasenspitze an Nasenspitze fauchte der Hüne: „Lass das Mädchen in Ruhe! Sie hat deinen Ring nicht!" Sein Blick schoss zu ihr, als wollte er fragen: Du hast von Skipp Skaugs Ring gesprochen? Du hast den Tonttu mit seinem Ring bezahlt?

Sie nickte so rasch, dass ihr beinahe noch schwindeliger wurde, als es der Anblick des Abgrunds ohnehin schon ausgelöst hatte. Sie spürte den Wind, der an ihrem gelben Nachthemdchen riss, und ruderte mit den Armen. Hilflos erkannte sie das namenlose Entsetzen in Edvards und Skipp Skaugs Blick, als sie hintenüberstürzte, als hätte eine unsichtbare Hand sie gepackt und aus dem eben gewonnenen Gleichgewicht gezerrt.

Der Hüne ließ den zappelnden Skipp Skaug los.

„Camilla!" hörte sie ihn durch den Sturmwind brüllen.

Dann packte sie eine Hand und zerrte sie am Armgelenk zurück auf festen Boden. Ihr Atem ging rasch und ihr Herz raste. Gerade noch war sie dem Tod geweiht gewesen, jetzt blickte sie in obsidianschwarze, besorgt-zornige Augen. Skipp Skaug war flink und schnell wie ein Wiesel.

„Ich will ihn immer noch!", verlangte er und überging seine müßige Heldentat. Camilla schluckte. „Lass mich raten, Bror und Aegir waren da auch dabei? Morten hat den Ring jetzt?", murrte er.

Sie nickte. Skipp Skaug fauchte zornig: „Du bringst mir diesen Ring wieder! Mir ist ganz egal, wie du das anstellst, aber den bringst du mir wieder!"

Zitternd nickte Camilla, auch wenn sie keine Ahnung hatte, wie sie das anstellen hätte sollen, doch in diesem Moment erschien es ihr klüger, das nicht zu erwähnen. Skipp Skaug wandte sich schließlich mit zusammengekniffenen Augen um, nickte Edvard zum Abschied zu, ehe er wütend an ihm vorübermarschierte – und es sich doch noch einmal anders überlegte.

„Edvard!"

„Skaug!", murrte der Hüne.

„Wir sind übrigens hier auch Gefangene!", brummte dieser. „Da ist eine unsichtbare Mauer um die Stadt. Kuz hat versucht, durch sie hindurchzuwandern, aber sie hat einen Schlag bekommen. Jetzt ist sie ohnmächtig, redet wenigstens nicht mehr vom Essen!" Er verschränkte die muskulösen Arme vor der Brust, runzelte die Stirn, wobei ihm einige Locken in die Augen fielen. „Deswegen war ich im Gasthaus. Habe die Einheimischen gefragt, ob sie etwas darüber wissen. Rate mal, was sie gesagt haben – sie haben die Stadt seit Generationen nicht verlassen. Hin und wieder verschlägt es jemanden hierher, nur leider kehren die dann nie mehr nach Hause zurück, weil sie hier gefangen sind."

„Das ist doch nicht möglich!", erwiderte der Hüne und zog nun seinerseits erstaunt die Augenbrauen in die Höhe.

„Willst du es schwarz auf weiß haben?", meinte Skipp Skaug.

Einige Minuten später stolperten sie steile, in die Klippen gehauene Stufen, die zum Meer führten, hinunter. Camilla war längst zu dem Schluss gekommen, dass sie keinen Beweis für eine unsichtbare Mauer haben wollte. Sie klammerte sich ängstlich an den Felsvorsprüngen fest, und kniff die Augen zusammen, um den Abgrund links neben sich auszublenden, der höhnisch nach ihr zu rufen schien. Doch es waren nur die Wellen, die gegen den Felsen donnerten. Skipp Skaug schob sie vor sich her. „Warum muss ich als Erste gehen?", jammerte sie verzweifelt.

„Weil du die Jüngste bist, und Kinder sollte man bei solch gefährlichen Unterfangen immer im Blick haben", knirschte er. Edvard bildete das Schlusslicht. Sie hätte sich gern zu ihm zurückfallen lassen. Doch dafür war der Weg viel zu schmal. Er war generell viel zu schmal!

„Warum konnte ich nicht oben bleiben?"

„Du wolltest doch mit!"

„Ich hatte keine Ahnung, dass das so-so-so ..." stotterte sie.

„Bleib stehen!", befahl Skipp Skaug und riss sie an der Schulter zurück. Vor ihr war eine weitere Stufe. Eine Sandbank war nur noch wenige Meter entfernt. Sie waren fast unten angekommen. Skipp Skaug warf einen Stein, der wie durch Zauberei mitten in der Luft gegen etwas prallte und ins Meer geschleudert wurde.

„Siehst du das, Edvard?", fragte er.

„Faszinierend!", murmelte Edvard. Camilla fand gar nichts davon faszinierend, sondern eindeutig beängstigend, und sie hatte keine Lust mehr, auf einem Seil über einem Abgrund zu balancieren – so fühlte sich der Marsch für sie an.

„Gut, dass wir das gesehen haben. Jetzt können wir wieder zurück!", bestimmte sie und drehte sich um. Skipp Skaug stand natürlich im Weg. Er betrachtete sie seufzend und schüttelte den Kopf. Wie viel er wohl älter war? Zehn Jahre. Er war noch ziemlich jung. Mal abgesehen davon, dass er laut Edvard zweiundzwanzig Jahre im Labyrinth verbracht hatte.

„Von einem Angsthasen wie dir krieg ich den Ring nicht wieder, sehe ich das richtig?", seufzte er. Allerdings mehr an sich selbst gewandt als an sie und sie wollte ihn einfach nur anbrüllen.

„Na gut, gehen wir zurück!"

Der sture Henrick

„Eine Mauer aus *was-auch-immer* Unsichtbarem befindet sich rund um die Stadt? Auch über uns? Eine Kuppel also? Sind sich die sicher, dass da nicht irgendwo ein Schlupfloch ist?" Bror meinte die Einheimischen.

Edvard meinte: „Sie haben jahrelang nach einem Ausweg gesucht, aber keinen gefunden. Ich denke allerdings nicht, dass sie es mit Fliegen versucht haben."

„Das heißt ja nicht, dass es keinen gibt! Immerhin sind wir auch aus dem Labyrinth gekommen, oder?", spielte Bror den Ball an Edvard zurück. Edvard hockte wieder auf der staubigen Pritsche neben dem Kamin. Bror lehnte gegen den Tisch in der Ecke. Aegir schlief auf den Steinen vor der verglimmenden Glut des Kaminfeuers. Camilla beobachtete, wie einige der Funken einen wilden Tanz aufführten, ehe sie zurück zu den verkohlten Holzresten kehrten und sich dort zu Bett legten. Sie lag seitlich auf dem Holzboden, der viel wärmer war, als sie erwartet hatte, und auch viel weicher als der Steinboden im Labyrinth. Den Kopf auf die Hände gebettet, hörte sie den beiden Männern zu, deren Stimmen sie langsam in einen unruhigen Schlaf hinübergleiten ließen. So wohlig warm es in der Küche des alten Holzhauses in dieser fernen, fremden Nordstadt war, so kalt war es in ihrem Traum. Eine Kapuzengestalt beugte sich über sie, der Atem so kühl, dass die Luft vor ihr gefror. Die Hand, die sich nach ihr reckte, so eisigkalt, dass das Blut in ihren Adern stockte. Der Schatten flüsterte: „Ich soll dich töten! Ich werde dich töten! Warte, bis ich dich gefunden habe!" Dann waren da der Abgrund und die grauenhafte Brandung, die gegen die tödlichen Felsen schlug. Dann kreischte jemand.

168

„Camilla! Kleine, was hast du?", drang eine viel zu tiefe Stimme an ihre Ohren. Das konnte unmöglich der Schatten sein. Sie schlug mit rasendem Herzen die Augen auf und blickte in Brors verschlafene Augen. Es mussten Stunden vergangen sein, seit sie eingeschlummert war. Selbst draußen war es endlich dunkel geworden. Sternenlicht fiel durch das schmale Fenster neben dem Tisch.

„Kleine, du bist ja schweißgebadet! Das war nur ein böser Traum! Kein Grund, so zu kreischen!", plapperte Bror weiter. Jemand schien den stabilen Holzboden durchsägen zu wollen. Um diese Zeit und warum gab er nicht nach? Tatsächlich war es Edvard, der sich auf der Pritsche ausgebreitet hatte und lauthals schnarchte. Bror schien es sich unter dem Tisch gemütlich gemacht zu haben, murrte aber fleißig über den Lärmpegel. Warum sie alle im gleichen Zimmer schliefen, schoss ihr ein Gedankenfetzen durchs Gehirn, das noch einzuordnen versuchte, was Realität und was Traum war.

Reine Gewohnheit, flüsterte Aegirs Stimme in ihrem Kopf, *und jetzt schlaf weiter, Camilla! Alles ist gut, du bist nicht allein! Wir sind bei dir!*

Die nächsten zwei Tage verstrichen reichlich erfolglos, betrachtete man die Suche nach dem Prinzen oder wie alle bis auf Aegir dachten, ihrem *Freund*.

Die Stadt besaß eine Vielzahl an Häusern. Zählte man die Bauernhöfe davor mit, dann gab es doch beinahe hundert Gebäude. Und seit Neuestem waren alle davon bewohnt, was dazu führte, dass sie nicht an jeder Haustür mit freundlichen und entschuldigenden Worten empfangen wurden. Einige der Einwohner waren wahrlich verschrobenen Gestalten, andere wiederum schien Edvard nur allzu gut zu kennen. Camilla verlor irgendwann den Überblick, wer aus dem Labyrinth kam und wer nicht. Ein Bauer allerdings blieb ihr vor allem wegen seiner schroffen, unfreundlichen Art in Erinnerung: „Verschwindet hier wieder, ihr unnützes Gesindel! Wer glaubt ihr, füttert euch durch? Wir haben für die eigentlichen Bewohner doch schon kaum genug! Geht wieder zurück, wo ihr hergekommen seid!"

Als sie dem fast-zahnlosen Wirt jenes Gasthauses einen Besuch abstatteten, in dem ihre Flucht vor Skipp Skaug begonnen hatte, waren sie gezwungen, ähnliche Beleidigungen zu ertragen: „Ich habe doch nicht genug Sahti für euch alle! Was erlaubt ihr euch? Ihr müsst dunkles Gesindel sein, wenn ihr hier einfach so wie ein Blitzschlag auftaucht! Ihr stürzt unsere schöne Stadt ins Unglück!"

Die anfängliche Verwunderung der Bewohner begann langsam in etwas anderes umzuschlagen. Statt mit großen, faszinierten Blicken wurden sie misstrauisch beäugt und Camilla schauderte bei immer mehr Häusern, an denen sie vorüberzogen.

Drei weitere Dinge aber fand sie auch heraus. Zum einen, dass Edvard der Hüne eine besondere Vorliebe für seinen Flachmann, um genau zu sein für den Rum, der sich darin befand, hatte. Am Vorabend, als Bror bereits eingeschlafen war und Aegir versucht hatte, seine Schwingen zu bewegen, hatte sie den Hünen dabei beobachtet, wie er das Bild seiner toten Frau aus seinem Büchlein gefischt, aus seiner Jackentasche den Alkohol geholt und die gesamte Flasche in einem Zug geleert hatte. Dem Wirt hatte er eine neue abgeknöpft und den Flachmann rasch wieder befüllt. Zum anderen, dass Geldmangel die meisten Labyrinthbewohner von den Einheimischen zu unterscheiden schien. Und zum Dritten, dass Henrick unauffindbar schien. Nicht einmal der zungenlose Dyrion, der als Eremit in der verschnarchten

Beuge der Berge sein Heim fernab vom dösigen Stadttrubel gefunden hatte, konnte ihnen Auskunft geben. Vielleicht haperte es auch an Camillas Investigationstalent oder an ihrer Scheu gegenüber diesem Meister, denn Edvard schob sie allein in die Hütte und verharrte draußen in etwas, das Demut oder Scham gleichzukommen schien. Jedenfalls mied der Schmied den Weisen aus rätselhaften Gründen.

Schlussendlich kehrten Camilla und Edvard ratlos in das Schmiedehaus zu dem Zwerg und dem Drachen zurück.

Camilla stellte am Morgen des dritten Tages allerdings fest, dass dem Sprichwort: „Aller guten Dinge sind drei" eine gewisse Wahrheit innewohnte.

Als sie aufwachte, blinzelte die Sonne durch die geschlossenen, weißen Fensterläden des schmalen Eckfensters, das sich direkt über ihrem Kopf befand. Sie streckte sich noch erschöpft von einer weiteren albtraumreichen Nacht. Inzwischen hatte Edvard beschlossen, auch die übrigen Zimmer des Hauses zu beziehen, und in der Tat hatten sie am Vorabend die fünf Räume geschrubbt, die alten Kästen, die Teppiche, die Sessel, die leeren Regale vom Staub befreit, und unter einer weißen Decke und viel zu vielen Spinnweben waren doch glatt noch zwei Betten aufgetaucht. Edvard hatte sie mühelos auseinandergeschoben und eines davon in ein weiteres Zimmer geschleppt, während sich Bror und Camilla mit dem zweiten keuchend und hustend abgeplagt hatten. Im obersten Geschoss befanden sich nun also zwei Kammern, gerade groß genug für die Betten und je ein Regal und eine Kommode. Im Stockwerk darunter war ein großer, offener Raum mit zahlreichen leeren Kästen, einem gemütlichen Stoffsessel, und der Holzboden war mit weichen Fellteppichen ausgelegt. Im ersten Stock war die Küche. Auf einem Plateau dazwischen führte eine schmale Tür in einen äußerst beengten

Waschraum. Und ganz unten in der Schmiede hörte Camilla Edvard hämmern. Sie schob sich über die Bettkante und ließ die Füße kurz baumeln. In ihrem Kopf reifte eine Idee. Sie ließ die Füße entschlossen zu Boden fallen und stand auf.

In der Küche auf der Pritsche hatte sich Bror mit allen vieren von sich gestreckt ausgebreitet und machte Edvards Sägen Konkurrenz. Vor dem kalten Kamin flatterte Aegir. Bis seine Schuppen nachwachsen würden, würde es ewig dauern – falls sie es überhaupt taten. Sein Flügel hatte eine eigenartige rosa Farbe, die im krassen Kontrast zu seinen dunklen Schuppen stand. Eigentlich sah es lustig aus, doch Camilla konnte es einfach nicht lustig finden, weil sie immer noch das schlechte Gewissen plagte.

Ich fühle mich so nackt!, brummte Aegir.

Sie schenkte ihm ein trauriges Lächeln.

Cam, wo willst du hin?, rief er ihr fragend hinterher, ehe er wieder ungalant zu Boden segelte. Recht weit kam er zu ihrem Glück noch nicht. Sie hörte, wie sich Bror lauthals zur Seite drehte und hustete. Sie hielt einen Moment inne. Er schnarchte weiter und sie atmete erleichtert auf.

„Ich bin nicht lange weg!", antwortete sie dem Drachen. Dann rannte sie behutsam die übrigen Stufen hinunter und schob vorsichtig die Tür zur Schmiede auf. Sie quietschte leise. Sie hielt den Atem an. Edvards muskulöse Arme hämmerten auf das Metall ein, sodass Camilla beinahe befürchtete, der Amboss würde sich verbiegen – was natürlich völlig unmöglich war. Seitwärts, wie ein Krebs laut ihrer Mutter ging, schob sie sich an der Wand entlang. Sie beobachtete den Rücken des Hünen aufmerksam, ehe sie nach einer gefühlten Ewigkeit die offene Doppeltür erreichte und unbemerkt hinaus in die Morgenluft huschte, wobei ihr Nachthemd hinter ihr herschwang. Mit etwas frischem Wasser hatten sie ihre Kleidung gewaschen, jedoch keine neue gefunden, deswegen trug sie es immer noch. Eine kühle Brise strich ihr unter den Rock, während die Sonne die Steine der Gassen und Straßen und Treppen aufzuwärmen begann und sie zielsicher hinauf zum Marktplatz lief.

Schon am zweiten Tag war ihr die eine Straße aufgefallen, die alle Stadtteile zu verbinden schien und die komplett stufenfrei war. Dort karrten die Bauern ihre von Pferden gezogenen Wagen nach oben in den Schatten des Schlosses und diese Straße schien auch direkt vor dessen Tore zu führen.

Am Marktplatz angekommen, legte sie immer noch staunend den Kopf in den Nacken und betrachtete das Anwesen. Im Vergleich zu dem Schloss, in dem sie aufgewachsen und gedient hatte – im Vergleich zu ihrer Heimat, war dieses Schloss wahrlich klein, im Grunde nicht mehr als eine Villa. Jedoch im Vergleich zum Rest der Stadt, war es ein absoluter Prunkbau. Nicht, dass die Stadt schäbig war. Nein, die Holzhäuser waren einfach und praktisch – genau wie die Menschen, die sie bewohnten.

Der Wirt am Marktplatz stellte die ersten Stühle und Tische ins Freie. Vöglein zwitscherten und tummelten sich um den Brunnen. Der Steinjunge schien ihn schielend zu beobachten. Der Bäcker öffnete die Tür, trieb einen Keil dazwischen, damit die frische Morgenluft in die Bäckerei kam. Gleichzeitig strömte der Duft von frischem Brot und Marmeladenkuchen hinaus auf den Platz, und Camilla sog ihn gierig ein. Sie hatte kein Geld, also konnte sie die Speisen nur bewundern.

Es war dieser Moment, als eine nur allzu vertraute Stimme an ihre Ohren drang und sie beinahe wieder die Beine in die Hand genommen hätte. Jedoch war sie dieses Mal nicht schnell genug.

„Reeny!", kreischte Eeny. Sie war aus einem Geschäft neben ihr gestürmt und packte Camilla am Arm. „Reeny, das glaubst du nicht! Ich hab die Kleine wiedergefunden! Die, die mit dem Drachen unterwegs gewesen ist!" Dann musterte die Frau mit den wirren Haaren sie eingehend und knirschte: „Und das gleiche schreckliche Nachthemd hat sie immer noch an! Komm, Kind, du brauchst etwas anderes zum Anziehen! Wir haben im Laden einige Sachen, die dir passen könnten!" Sie zog die zappelnde Camilla leichthändig hinter sich her in den Laden, von dem sie gesprochen hatte. „Sieh dir das an! Gehört alles uns!", erklärte sie stolz und mit einer ausladenden Handbewegung. Wie die übrigen ehemaligen Labyrinthinsassen schienen auch Eeny und Reeny eine Wandlung zu *etwas Annehmlicherem* vollzogen zu haben. Es gab die kuriosesten Dinge in dem vollgestopften Raum, den die Schwestern als ihren Laden bezeichneten. Camilla staunte nicht schlecht, als sie ein ausgestopftes Krokodil entdeckte, das neben einer antik wirkenden Toilettenschüssel stand. Schräg dahinter in einem Holzregal, das steinreich war, entdeckte sie etwas, das aussah wie ein im Ei versteinerter Drachenembryo. Aber das war vermutlich nicht einmal das Unglaublichste. Ihr Kopf schoss hin und her und sie vergaß ganz darauf, sich gegen Eeny zu wehren, stattdessen fragte sie sich unaufhörlich, woher die Schwestern in nicht einmal drei Tagen all den Krempel herhatten. Vielleicht war der Laden samt Inhalt schon da gewesen?

Reeny kam aus einem Zimmer hinter der Ladentheke. „Ach nein, wo bist *du* bloß hin verschwunden? Hast dich von deinen Fesseln befreit. Wie haste das gemacht?", fragte sie. „Hm, wie haste das gemacht?"

„Äh-ähm …", stammelte Camilla, leicht überfordert mit der Situation.

174

„Hab dir doch schon tausend Mal gesagt, dass das Tröll war. Der hat sie ja auch schon bei der Beschau so angeschielt. Ist garantiert in der Nacht wiedergekommen und hat sie gestohlen – hat ja nicht genug, um sie zu kaufen."

„Hab ich dir nicht gesagt, dass du ihm Ladenverbot geben sollst?"

„Haste nicht!"

„Doch hab ich!"

Camilla versuchte vergeblich sich aus Eenys Griff zu winden, und noch vergeblicher versuchte sie, der Konversation zu folgen.

„Tröll?", japste sie schließlich, weil sie es doch wissen wollte. „Wer ist Tröll?"

Die Schwestern wirkten über die Unterbrechung ihrer Diskussion äußerst überrascht. Beide starrten sie so jäh an, dass Camilla schluckte und ihre Frage bereute.

„Na der Troll", meinte Eeny, als wäre es das Logischste auf der Welt.

Camilla biss sich auf die Unterlippe. „Tröll, der Troll?", quietschte sie und gab sich wirklich alle Mühe, keinen Lachanfall zu bekommen. „Tröll, der Troll", wiederholte sie, und dann noch einmal einfach nur deswegen, weil es fürchterlich lustig klang.

„Ich glaube, die hat nicht mehr alle Tassen im Schrank!", meinte Eeny zu Reeny, die sich schulterzuckend abwandte.

„Und Geld wird sie auch keines haben!", meinte diese.

Eeny wirkte über den zweiten Satz überrascht. Während Camilla weiterkicherte, ließ sie sie los, klatschte in die Hände und meinte: „Das hab ich nicht bedacht. Dann bekommst du auch kein Gewand. Verschwinde wieder, Kleine!"

Die Schwestern hatten offenbar die Sparte gewechselt: vom Handel mit lebendigen Wesen zu allerlei Kuriositäten. Camilla gluckste.

„Aber *ich* habe welches! Und ich verlange ein Pferd! Meines ist alt und langsam, und ich möchte noch bis Mittag draußen auf den Feldern sein!", verlangte plötzlich eine andere Stimme. Sie war weiblich, klang jung und kam von der Tür des Ladens.

„Hä, was?" Eeny drehte sich verdattert um, eine Augenbraue wie eine strenge Lehrerin in die Höhe gezogen, was Camillas Lachanfall nur noch begünstigte. Sie musste sich Tränen aus den Augenwinkeln wischen.

„Ein Pferd!", wiederholte das kleine Fräulein, das majestätisch auf Eeny zu stolzierte, während sie ihre weißen Seidenhandschuhe provokativ auszog. Sie trug hohe, teure Lederstiefel, eine Lederhose und eine fein gearbeitete Bluse, darüber eine luftige, mit floralen Mustern bestickte Jacke, für die Camilla sie beneidete. Ihr Aufzug zeugte davon, dass sie aus gutem Hause stammen musste, zählte aber sicher nicht zu der typischen Reitkleidung einer jungen Dame. Auf Camilla wirkte sie noch recht kindlich, vielleicht ein oder zwei Jahre älter als sie selbst. Sie war groß gewachsen, schlank und hatte seidige Haare. Ihre Augen glitzerten wie Kristalle. Sie war nicht nur wegen ihrer vornehmen Kleidung beneidenswert, sondern auch wegen dieses Aussehens, stellte Camilla leicht eifersüchtig fest und kam sich umso dümmer in ihrem gelben Nachtkleid vor.

Die junge Dame hatte inzwischen Eeny erreicht, schenkte Camilla einen hochnäsigen, herablassenden Blick, der sie verstummen ließ und fuhr mit gerümpfter Nase fort: „Ihr seid einfach in meiner Stadt aufgetaucht, also schuldet ihr mir ein neues Pferd!"

176

„Ähm, Reeny, komm noch mal raus! Da ist eine, die glaubt, sie
kann uns etwas befehlen!"

Reeny tauchte wieder hinter der Ladentheke auf und musterte
die junge Dame eingehend, so als müsse sie abwägen, mit
welcher Art von Insekt sie es zu tun hatte – einer ekeligen
Spinne oder einem majestätischen Schmetterling. Sie wirkte
unschlüssig. Sie umrundete die Theke, fand irgendwie einen
Weg durch das ganze Gerümpel und baute sich vor dem
Mädchen mit den Seidenhaaren auf. Reeny stemmte die Arme
drohend in die Hüften. Camilla fragte sich, warum sie sich
irgendwann vor nicht allzu langer Zeit so sehr vor den beiden
Schwestern gefürchtet hatte, wirkten sie doch im Tageslicht
oder in diesem Fall im dämmrigen Ladenlicht so harmlos.

„Und wer bist du, du kleine Göre, die du dir erlaubst, so mit
meiner Schwester zu reden, hm? Du wagst es, von uns zu
verlangen? Ein Pferd? Wo sollten wir ein Pferd herhaben?"

„Ähm, Reeny …?", unterbrach Eeny zögerlich, während die
junge Edeldame sich affektiert noch weiter aufrichtete und
ganz eindeutig eine freche Antwort parat hatte. „Reeny, die
hat gesagt, dass sie Geld hat. Sollten wir da nicht vielleicht
etwas freundlicher sein?"

Reeny gebot der Schwester mit einer schnellen Handgeste zu
schweigen, während die junge Dame das als ihre Chance
erkannte, weiterzureden: „Ich bin die zukünftige Herrscherin
über diese Stadt. Ich weiß nicht, wer ihr seid oder warum ihr
euch für etwas Besseres haltet, aber das hier – auch dieser
Laden hier – obliegt der Aufsicht meines Vaters, und wenn ihr
mir nicht gebt, was ich will, wird er nicht sehr freundlich zu
euch sein!" Sie verschränkte bestimmt die Arme vor der Brust,
während sie mit dem rechten Fuß ungeduldig auf den Boden
tappte. Tapp. Tapp. Tapp. Nur um ihren Worten Nachdruck
zu verleihen.

„Sie droht uns, na so was!", brummte Reeny, und Camilla war sich nicht sicher, ob sie die junge Dame über die Vergangenheit der beiden Schwestern und ihre früheren Geschäfte aufklären sollte oder nicht. Sie war sich auch noch nicht so ganz sicher, was sie von der jungen, hochnäsigen Dame halten sollte.

„Mein alter Gaul steht draußen vor dem Laden. Der geht freiwillig keinen Meter mehr. Bringt mir ein neues Pferd! Ich bezahle euch, und mein Vater lässt euch in Ruhe eure Geschäfte treiben!"

„Entschuldige!" Camilla trat einen Schritt vor, um die Aufmerksamkeit des Mädchens zu gewinnen. Diese wandte widerwillig den Kopf.

„Ein gelbes Nachthemd?", fragte sie abfällig. „Du mit deinem gelben Nachthemd willst mit mir sprechen? Na, das kann ja lustig werden!"

Na gut, die Würfel waren gefallen. Camilla beschloss, dass sie das Mädchen nicht sonderlich mochte. Aber das war ihr im Grunde auch egal. Jegliche Beleidigung war ihr egal. Zumindest jetzt gerade. Denn etwas interessierte sie brennend: „Hast du …?"

„Nein, nein, nein! So fangen wir schon gar nicht an! Haben SIE, nicht du!"

„Eure Hoheit!", meinte Camilla. Sie gab sich Mühe den sarkastischen Unterton zu unterdrücken.

„Besser. Verschwende weiter meine Zeit!", seufzte die Hoheit genervt, und Camilla unterdrückte noch einiges andere.

„Haben SIE zufällig einen kleinen Jungen gesehen? In den letzten drei Tagen?"

Camilla war ebenso überrascht wie Eenys und Reenys Gesichtsausdrücke zu schließen ließen, denn die junge, hochnäsige Dame war plötzlich wie ausgewechselt – ganz so,

178

als hätte ein Schlag auf den Kopf sie das Hochnäsigsein vergessen lassen.

„Sag mir nicht, dass du den Kleinen kennst? Der schreit die ganze Zeit, und Mutter und Vater finden ihn ja *ach-so-süß*! Das kann ich gar nicht verstehen! Und wie sie sich über ein kleines Kind freuen und Großmutter Aada meint, dass der Kleine einfach schon zur Familie gehört! Und keiner schenkt mir mehr Aufmerksamkeit! Die hören nicht mehr zu, wenn ich was sage! Kleiner hin, Kleiner her – so geht es den ganzen Tag. Das ist dein neuer Bruder, freust du dich? Natürlich nicht! Findet es keiner komisch, dass er einfach so, während dem Essen auf dem Esstisch aufgetaucht ist? Einfach so aus dem Nichts?!" Sie äffte eifrig sämtliche ihrer Familienmitglieder nach. Als Camilla mittendrin zögerlich nickte, kam sie auf sie zugeeilt, ganz nah und packte sie flehend am Handgelenk: „Du kennst ihn? Seid ihr verwandt? Kennst du seine richtigen Eltern? Kannst du mit mir mitkommen und ihnen sagen, dass er schon eine Familie hat und keine neue braucht? Biiiittte?"
Dann zerrte sie sie hinaus auf die Straße.
Wie sich herausstellte, hörte der alte Gaul der hochnäsigen Edeldame auf den Namen Viktor und war „… er ist jetzt schon 26 Jahre! Hat vorher Vater gehört! Der alte Gaul sollte seine alten Tage auf einer Weide verbringen und nicht ständig eine Last auf dem Rücken schleppen müssen!"
„Aber Ihr seid doch sicher keine große Last für ihn!", warf Camilla ein. Das Mädchen mit den Seidenhaaren, die im Sonnenlicht noch mehr glänzten, schenkte ihr einen kurzen Blick. Das Mädchen war wirklich schön, und Camilla gab sich alle Mühe, das nicht zu bemerken und schon gar nicht wieder neidisch zu werden.
Sie zerrte an dem Halfter, während Viktor gemächlich hinter ihnen her die Straße hinauf zum Schloss trottete.

„Das Schloss steht schon lange da, länger als die meisten Häuser. Ich meine, dass das hier eine Stadt ist, ist schon seit Ewigkeiten so, aber die Häuser sind immer wieder mal abgebrannt und dann neu errichtet worden. Aber das Schloss ist wirklich schon sehr alt. Und die Steine, die du siehst, das ist alles echter Marmor aus dem Süden. Sündteuer." Stolz reckte sie den Kopf in die Höhe, während sie weiter plapperte. Sie schien ganz erleichtert, dass ihr jemand die Last ihres neuen kleinen Bruders abnehmen würde.

„Meine Familie herrscht hier schon seit Jahrhunderten! Das Adelsgeschlecht der del Nubes ist auch schon sehr alt, aber ursprünglich kommen wir aus dem Süden – genau wie der Marmor. Deswegen sind meine Haare auch so dunkel und meine Wangenknochen so hoch. Mutter sagt immer, das habe ich von Großmutter Aada, und die hat es von ihrer Großmutter, also meiner Ur-ur-ur…"

Inzwischen hatten sie ein schmiedeeisernes Tor erreicht, das ihnen hoch über die Köpfe ragte und nahtlos in eine Steinmauer überging. Dahinter erstreckte sich ein Park mit zahlreichen Sträuchern und Rosen, die über alte Steinmauern rankten. Irgendwo plätscherte ein Brunnen.

Sie durchquerten ihn auf dem Hauptweg, der von allerlei Tierstatuen gesäumt war, die allesamt ziemlich mitgenommen aussahen. Aber immerhin konnte Camilla einen Adler erkennen, auch einen Fuchs und einen Raben, und vor einem verspielten Pavillon brüllte ein versteinerter Panther. Sie runzelte die Stirn, weil die Figuren sie abermals an die Geschichte, die ihre Mutter ihr immer vorgelesen hatte und sie somit gleichzeitig an ihre Mutter erinnerten, und dann rasten ihre Gedanken zu ihrem Vater und …

Ein Mann kam ihnen entgegengeeilt. Er trug eine schwarze Hose, ein weißes Hemd und wirkte ausgesprochen besorgt.

180

„Fräulein Maya, wo waren Sie? Ihre Mutter hat nach Ihnen gesucht! Sie hat sich Sorgen gemacht! Guten Tag!", wandte er sich etwas verwundert an Camilla, die ihn freundlich anlächelte.

„Ich hab ihnen doch gestern Abend gesagt, dass ich heute Morgen ausreiten werde. Aber mir hört ja keiner mehr zu! Das ist … Wie heißt du eigentlich?"

„Camilla …"

„Das ist Camilla. Camilla, das ist Henrick, unser Dienstbote. Wir nennen ihn auch den sturen Henrick, weil er etwas eigensinnig sein kann", stellte Maya del Nube den Mann vor, der widerwillig ob der Bezeichnung den schmalen Mund verzog und während Camilla ihm glatt die Hand zur Begrüßung entgegenstreckte, stürmte Maya mitten durch die Geste und drückte dem Mann Viktors Zügel in die Hand.

„Komm, Camilla! Wir haben ein Problem zu lösen! Camilla ist nämlich die Freundin des kleinen …", erklärte sie Henrick, ehe sie Camilla fragend anblickte.

„Henrick."

„Nein, das ist er!"

„Nein, der Name des kleinen Jungen ist auch Henrick."

„Oh!", meinte Maya verblüfft, ehe sie es mit einem Schulterzucken abtat, „Nun gut wie auch immer! Du nimmst ihn jedenfalls mit!"

Das sollte sich schwieriger gestalten als geplant. Aber das wussten weder Camilla noch Maya zu diesem Zeitpunkt.

Die Kälte der Gleichgültigkeit

Es war auch von innen ein prächtiges Schloss. In die Eingangshalle mündete eine breite Treppe. Ein blauer Teppich geleitete den Betretenden über den schneeweißen, eisigkalten Marmorboden nach oben. An den Wänden hingen Bilder, von denen ihnen finster dreinblickende Edeldamen und Männer hinterhersahen. Die Gemälde rochen alt und Staub hatte sich auf den Rahmen wie Schneeflocken niedergelegt. Sie waren mannshoch und ließen Camilla mit mulmigem Gefühl vorüberschreiten. Sie mochte es nicht, wenn Tote jeden ihrer Schritte beobachteten. Über ihnen baumelte ein Kronleuchter. Die Eisenkette quietschte wie ungeölte Türscharniere, die Kristalle funkelten und glitzerten im reflektierenden Licht, das durch die offene Eingangstür strömte und die Düsternis aus den alten Gemäuern vergeblich zu verdrängen versuchte. In einer Ecke neben einem breiten doppelflügeligen Spiegel entdeckte sie das Porträt eines Mannes mit dunklem Teint und dunklem Haar, ähnlich Mayas. Es fiel ihr deswegen auf, weil es das Einzige zu sein schien, dessen Rahmen frisch vergoldet und das nicht verstaubt war. Maya tat ihren Blick mit einer müßigen Erklärung ab: „Arvand del Nube. Der Erste aus unserem Adelsgeschlecht, der über Lysmoor geherrscht hat.“ Camilla warf ihr einen überraschten Blick zu.

„Was?“, fragte Maya genervt.

„Lysmoor?“

Maya blieb abrupt stehen. Camilla hielt erschrocken inne. Dann warf die junge Edeldame empört die Arme in die Luft und wandte sich um. „Du hast keine Ahnung, wie die Stadt heißt? Was seid ihr bloß für Leute?!“

Nervös kaute Camilla auf ihren Nägeln herum und entschied sich, ihr darauf nicht ehrlich zu antworten. Die Prinzessin hätte sie für verrückt abgestempelt und auf die Straße gesetzt, da war sie sich sicher. Also ließ sie das schimpfende Gezeter über sich ergehen, das Maya den Rest des Wegs durch das Schloss von sich gab. Und sie gab ihr Bestes, die unerhört herabfallenden Passagen wie *dummes Gesindel* oder *Schmarotzer* als nicht so gemeint abzutun.

Es gab zahlreiche Räume. Die meisten Geheimnisse blieben aber hinter den soliden Holztüren, die sich in die weiß getäfelten Wände schmiegten, verborgen. Nur eine im ersten Geschoss stand sperrangelweit offen und verhinderte ein ununterbrochenes Passieren. Camilla warf im Vorbeihasten einen scheuen Blick hinein und der Mund klappte ihr staunend ob des mächtigen Raums dahinter auf. Die Decke musste so hoch sein wie das Gebäude. Breite, schwere Holzbalken schienen das Dach dort oben festzuklammern, damit es etwaigen Besuchern nicht auf den Kopf fiel. Aber das war es nicht, was sie staunen und schnappatmen ließ. Viel mehr waren es all die Bücher, die ihr beinahe gierig vor Neugier den Atem raubten! Es waren so zahlreiche wie Blumen auf einer Sommerwiese, und einen solchen Anblick kannte sie nicht aus ihrer Heimat. Dort hatte es im Schloss auch eine Bibliothek gegeben, aber sie war nicht größer als die Küche im Keller gewesen. Diese hier allerdings – sie fand keine Worte, so erquickend war das Bild, das sich ihr bot. Fein säuberlich, ganz anders als die Gemälde, mit viel Liebe zum Detail, standen sie in ihren hohen, bis unter die Decke reichenden Regale. Es gab eine Treppe, die in eine Galerie unter der Decke und Stufen, die von der Tür aus hinunter ins Erdgeschoss führten, wo es einen weiteren Eingang geben musste. In der Mitte der Halle thronte ein einzelner, verloren wirkender Tisch, der Camilla Einblick in die seltene Benutzung des von ihr Bewunderten gab und im Gegensatz zu dessen mühevoller, von irgendjemandem verrichteter Instandhaltung stand. Am Boden entdeckte sie einen großen, rot-weiß bestickten Teppich mit Kamelen und anderen fremden Tieren, der stark von der Einfachheit und der sachdienlichen Zweckmäßigkeit abwich, die so typisch für die nördlichen Gefilde war. Der Boden im Erdgeschoss bestand aus Marmor, aber die Böden in den beiden Galerien waren aus Birkenholz, genauso wie in allen höheren Stockwerken des Schlosses.

Jetzt jedoch zupfte die Herrin des Hauses ungehalten an Camillas Ärmel und riss sie aus dem Bestaunen heraus. Sie verlangte unnachgiebig: „Weitergehen! Hier ist dein Freund doch nicht! Sag mal, hast du noch nie eine Bibliothek gesehen, oder was? Ich war da auch noch nicht so oft drinnen. Mutter, Vater und Aada holen sich gelegentlich ein Buch. Aber bei der Masse – das kann ja kein Mensch jemals alles lesen! Keine Ahnung, warum da so viele Bücher drin sind. Sind alles nur Staubfänger. Armer, sturer Henrick putzt das alles einmal im Jahr!" Camilla begann eine gewisse Zuneigung für den armen, gering geschätzten Diener zu empfinden.

Henrick – der Prinz – sah Camilla und begann zu brüllen, ganz so, als würde ihn jemand foltern. Haare zupfend stand sie hilflos mitten in dem Zimmer, in das sie Maya geführt hatte. Er hatte sich an die Brust einer eleganten Frau gekuschelt. Sie trug ein langes, luftiges Leinenkleid mit schlichten Stickmustern und hatte die glatte Mähne zu einer kunstvollen Frisur hochgesteckt. Es musste sich um Mayas Mutter handeln, erkannte Camilla. Die Ähnlichkeit war verblüffend. Die Gesichtsform, die Nase, der schmale Mund

184

mit den fein geschwungenen Lippen. Nur die Fältchen um die Augen hatte das Alter gezeichnet. Im Gegensatz zu ihrer kratzbürstigen Tochter wirkte sie keineswegs hochnäsig. Sie wippte gemächlich in einem Lehnsessel hin und her, der vor einem kalten Kamin stand, die Füße auf einen Fellteppich gebettet und wandte ihnen den Kopf zu. Durch ein offenes Fenster strömte die warme, morgendliche Sommerluft herein. Sie erblickte Camilla vor ihrer Tochter und schien überrascht über den fremden Anblick zu sein. Dann entdeckte sie Maya und richtete sich abrupt auf. Als sie lauthals zu schimpfen begann, zuckte Camilla erschrocken zusammen und zupfte noch nervöser an ihren Haaren. Manche Strähne hielt dem Kampf mit den Fingern nicht stand und segelte, wie eine Feder es getan hätte, gemächlich zu Boden. Die Dame des Hauses schenkte der Besucherin vorerst keine große Aufmerksamkeit.

„Maya, wo warst du?", rief sie mit mütterlicher Besorgnis. „Wir haben uns Sorgen gemacht! Du kannst nicht einfach ausreiten, ohne jemandem Bescheid zu geben!"

„Man sieht deine Sorge!"

Camilla war sich nicht ganz sicher, ob sie sich Mayas trotziges Geraune nur eingebildet hatte. Als sie ihr den Kopf zuwandte, bewegten sich ihre Lippen nicht.

„Dein Vater sucht dich! Er ist zu den Gehöften geritten, weil er dachte, du wärst dort! Was fällt dir bloß ein? Wieso kannst du nicht begreifen, dass dir nicht die ganze Welt gehört und dass auch du Regeln befolgen musst?" Da unterbrach sie sich selbst, schien zu der Erkenntnis gekommen, dass sie die Anwesenheit der Fremden nicht länger beiseiteschieben konnte. „Wer ist das?", keifte sie erzürnter, als sie es wohl beabsichtigt hatte, und Camilla entschied, es ihr nicht zu verübeln, dennoch fühlte sie sich fehl und unerwünscht.

„Das ist Camilla, Mutter!" Zu Camillas Bewunderung zuckte Maya ob der Schimpftirade nicht einmal mit der Wimper und fuhr mit ekstatischer Gelassenheit boshaft erfreut angesichts der enttäuschten Reaktion der Mutter fort. „Camilla ist die Schwester des Jungen! Er heißt Henrick. Sie will ihn wieder mitnehmen!" Tatsächlich huschte ein Schatten über das Gesicht der Frau, aber sie schien damit gerechnet zu haben, dass eines Tages jemand kam, der zu dem Jungen gehörte. So erhob sie sich elegant, strich geschickt mit einer Hand ihr Kleid glatt, hielt Henrick schützend mit der anderen fest und trat einen Schritt auf Camilla zu, ehe sie sie eingehend und mit fürsorglichem Blick musterte.

„Camilla, wie siehst du bloß aus? Wie kommt es, dass du auch tags noch dein Nachtgewand trägst?" Ihre Stimme klang freundlich. Sie wiegte Henrick hin und her, der Camilla mit schreckhaften, weit aufgerissenen Augen betrachtete. Ganz eindeutig erkannte er sie. Er brüllte lauthals und vergrub sein Gesicht an der Brust der Frau. Verwundert blickte Mayas Mutter auf den Kleinen hinab. Camilla biss an ihren Nägeln. Henrick schien ihr ihre Unachtsamkeit im Labyrinth wohl nachzutragen!

„Brauchst du etwas zum Anziehen?", fuhr die Frau fort. „Maya, du hast doch so viele Sachen! Sei so gut und gib dem armen Mädchen etwas!"

Maya verzog das Gesicht.

„Na los! Sei nicht so gierig! Und du – du erzählst mir, wie ihr hierhergekommen seid! Du kennst den Kleinen also? Wo sind eure Eltern? Geht es ihnen gut? Hast du ein Zuhause?"

Camilla schluckte. Wie sollte sie diese Fragen denn beantworten? Wie sollte sie denn erklären, was passiert war, wenn sie es selbst nicht verstand? Hatte sie ein Zuhause? Ihre Gedanken rasten zu ihrer Mutter. Sie mochte sich nicht

186

ausmalen, welchen Kummer sie leiden musste. Dann tauchte Edvard mit seinem mächtigen Körperbau vor ihrem inneren Auge auf, und Bror und Aegir, und ihr ewiges Gezanke. Sie hatte dort im Schmiedehaus ein eigenes Bett und Freunde, denen sie vertrauen konnte. Während sie schweigend und schüchtern überlegte, was sie antworten sollte, verschwand Maya mit trampelnden Schritten, nur um wenig später mit ihrem eindeutig unliebsten schwarz-grauen Kleid zurückzukehren und es ihr widerwillig zuzuwerfen.

*I*ndessen ließ sich der Rabe viele Kilometer entfernt in die Tiefe fallen. Der Wind sauste und brauste über seinen Kopf. Er vollführte einen fröhlichen Sturzflug, ehe er kurz vor dem Aufprall die Flügel ausbreitete und sein fedriger Bauch das Meerwasser berührte und ihn kühlte. Das Wasser war so klar, dass er die Fische unter der Oberfläche erkennen konnte. Ihre Schuppen glitzerten im Sonnenlicht wie tausend Kristalle. Er schraubte sich wieder in die Höhe, musste sich wohl wie ein anderer Raubvogel vorkommen, ehe er wieder nach unten schnellte und schließlich doch einen der Fische erwischte. Er war aus der Übung, oder eigentlich hatte er nie Übung darin gehabt, Fische zu fangen. Seine Beute besiedelte gewöhnlich das Land. Doch Land hatte er schon seit Langem keines mehr gesehen, und er begann sich langsam nach einer Rastmöglichkeit zu sehnen. Das letzte Schiff, das ihm begegnet war und auf dessen höchstem Mast er dankbar ein wenig geschlummert hatte, lag fast eine Tagesreise hinter ihm. Vielleicht fragte er sich, warum er diese Reise nur angetreten war. Vielleicht bereute er sie sogar ein wenig. Doch er schien ganz genau zu wissen, wohin er flog, obgleich er das Ziel nicht kennen konnte. Wie alle Zugvögel, wenngleich er selbst keiner war, schienen seine Instinkte genau zu wissen, wohin sie wollten.

Als die Abendsonne seine Federn wärmte, tauchte am Horizont ein gelb-oranger Landstreifen auf, der durch grüne Kleckse zu einem bunten Bild wurde, das, je näher er kam, mehr Sinn ergab. Des Nachts übersegelte der Rabe schließlich einen schmalen, fruchtbaren Küstenstreifen, nur um hinter einer breiten Hügelkette eine karge Wüste zu entdecken. Schließlich müde, fand er einen Rastplatz auf dem steilen Felsen eines Gebirgsausläufers und steckte erschöpft den Kopf unter den Flügel. Er blieb aber wachsam und lauschte auf jedes fremde Geräusch. Und davon gab es hier in der Fremde unzählige! Seine Nachtruhe glich einer nervösen Albtraumnacht. Er würde erschöpft erwachen.

Zur gleichen Zeit schritt der Schatten jenen Gang entlang, in dem sich Camilla wiedergefunden hatte, bevor er sie in das Labyrinth gebracht hatte. So ausweglos wie er ihr erschienen war, war er in Wahrheit ganz und gar nicht. Schnell hatte der Schatten das andere Ende erreicht und stieß mit einer gemächlichen Handbewegung ein steinernes Tor auf. Dahinter lag eine Treppe. Er folgte dem schmalen Treppenverlauf nach unten und verharrte an einer weiteren Tür. In dem Kerker, der dahinter lag, war es so kalt, wie in seinem Herzen. Gleichgültig, seinem Beinamen gerecht werdend, schritt er die Zellen entlang. Er hörte das Wimmern und Flehen, reagierte aber nicht darauf. Je weiter er ging, desto leiser wurden die Laute des Bedauerns und desto starrer die Gesichter der Gefangenen. Hier hatten seine Brüder bereits alle Arbeit geleistet. Hier herrschte bereits die Zustimmung für den dunklen König. Was Folter nicht alles bewirken konnte! Er entsann sich ein, zwei Gesichtern, die er selbst durch die Burghallen hier hinunterbegleitet hatte. Wie sie ihre Münder vor ehrfürchtiger Abscheu aufgerissen hatten, als sie die Möblierung der Burg bemerkt hatten, bestand sie doch aus menschlichen, zwergischen, und allerlei anderer Knochen. Von den Decken baumelten Rippenluster, Kerzen verbargen sich in hohlen Schädeln und bevölkerten die toten Augen mit unheilvollem Leben, Kisten waren aus Hüftknochen gezimmert. Da hatte ihnen gedämmert, wo sie sich befanden: in der entsetzlichen Knochenburg von Badshah, dem Schlächter, dem dunklen Herrn, und dass es für sie wohl kaum eine Wiederkehr geben würde.

Er ging noch weiter. Noch viel, viel weiter. Und vor der allerletzten Zelle hielt er an. Im Schatten dahinter hockte ein Wesen, das ihm gerade einmal bis zum Bauch ging. Schwarze Augen funkelten ihn zürnend an, ein weißer Rauschebart, eine moosgrüne Mütze, ein moosgrüner Mantel und lange Finger – der Tonttu musterte den Schatten, ehe seine leise Flüsterstimme von den Wänden widerhallte. Das hier war nicht sein Territorium, und das wusste er. Genauso wusste er, dass er in wenigen Augenblicke wieder in seinem Labyrinth sein würde. Doch zuvor …

„Sie sind noch nicht bereit!", sagte er. Mit trippelnden Schritten kam er dicht an die Eisenstangen seines Gefängnisses. „Ich brauche mehr Schätze. Dann mache ich das Labyrinth zum endgültigen Albtraum", flüsterte er.

„Du bist gierig. Mein Bruder war wohl bei dir!", zischte der Schatten.

„Natürlich war er das!", erwiderte der Tonttu und seine langen Finger reckten sich nach den Stäben. „Ihr wart alle dort. Doch eure Seelen waren schon zuvor einmal rabenschwarz. Euch zu wandeln war leicht."

Gleichgültig zuckte der Schatten die Schultern. „Du bekommst keinen Schatz mehr. Vater will das nicht mehr! Du besitzt bereits die wertvollsten aller Schätze!"

„Nein, nicht alle."

„Diesen einen wirst du nicht bekommen!"

„Dann werde ich mir Zeit lassen. Sehr, sehr lange Zeit."

„Vater und der Herr, sie haben alle Zeit der Welt."

„Sie hätten alle Zeit der Welt, besäßen sie meinen Schatz. Und ich hätte alle Zeit der Welt, besäße ich ihren."

Der Schatten wandte sich ab, sein Umhang schwang im Einklang mit seinen bestimmten Schritten. Für ihn war das letzte Wort gesprochen. Er hob die rechte Hand, um seinen Zauber zu vollführen, doch hielt im letzten Moment noch einmal inne.

„Herr des Labyrinths, eine Bitte habe ich noch."

„Das will ich hoffen, zu welchem Zweck hättest du mich sonst gerufen!"

„Eine, die ich Euch mit Münzen bezahlen kann." Er wandte sich noch einmal zu der erbärmlichen Gestalt im Käfig um. Er holte einen schweren Geldbeutel hervor. Er machte sich nicht die Mühe, die Münzen zu zählen, denn er wusste, dass der Tonttu alles davon würde haben wollen, und stellte seine Forderung: „Das Mädchen, das mit dem Prinzen kam – sorgt dafür, dass ihre Seele, ihr Sein niemals meinem Vater zu Gesicht kommt. Tötet sie!" Er warf den Beutel. Der Tonttu zählte, und ein schiefes Lächeln breitete sich auf dessen Lippen aus, ehe er sagte: „Töte!"

Eine rasche Handbewegung über seinem Kopf und die Zelle war leer, der Tonttu zurück in seinem Labyrinth. Doch verhallten noch dessen letzte Worte in den toten Steinen: „Ich weiß, was dein Herr von mir haben möchte, abgesehen von seinen Kriegern. Doch dein Herr weiß wohl auch, dass er es

190

nicht bekommen wird. Die verlorenen Saiten der Leier – er könnte Herr der Zeit sein mit ihrem Zauber. Wenn er sie mir nimmt, dann wird er niemals etwas von seinen mächtigen, mächtigen, untoten Kriegern haben. Das kannst du ihm ausrichten, widerliche Schattengestalt! Wie ich euch hasse!"

Mit einem neuen Kleid ausgestattet und im Schlepptau den sturen Henrick, der Henrick den Prinzen trug, lief Camilla die Straße zum Marktplatz hinunter. Dann suchten sie sich ihren Weg durch das Treppen-, Sträßchen- und Gassengewirr, und kehrten schließlich zum Schmiedehaus zurück. In ihrem Kopf hallten noch die Worte von Mayas Großmutter nach, die sich nach einer Weile zu ihnen in den gemütlichen Raum gesellt und ihre Faszination von der Bibliothek mitbekommen hatte: „Du kannst jederzeit kommen und dir welche ausleihen. Es befinden sich recht seltene Exemplare darunter, und es wäre schön, wenn sie einmal jemand liest"
Der wehmütige Blick der Mutter Johanna del Nube wollte ihr nicht mehr aus dem Kopf gehen. Aus Sorge um den kleinen Henrick hatte sie veranlasst, dass der sture Henrick sie zur Schmiede, deren Esse kalt war, begleitete. Dem recht niedrigen, aber doch sehr mittigen Stand der Sonne nach zu schließen, war es bereits Mittag geworden. Die Backsteine unter ihnen hatten sich in der schattigen Gasse noch nicht so richtig aufgewärmt, aber die Luft lag schwer über ihnen und verriet ein neues, abendliches Gewitter. Vorerst aber war der Himmel wolkenfrei und die frische Bergluft herrlich. Am liebsten hätte sie Luftsprünge gemacht, weil sie sich so sehr darüber freute, dass sie den Prinzen endlich wiederhatte. Nur dass der Prinz immer noch am Quengeln war, nagte an ihr. Es reichte schon, dass sie auf ihn zu trat und er fing zum Schreien

an. Zunehmend gewann sie den Eindruck, dass sie an der Versöhnung mit dem Kleinen verzweifeln würde.

„Danke, Sir, dass Sie uns begleitet haben! Ab hier kann ich ihn schon nehmen!", meinte sie fest entschlossen und streckte die Arme nach dem Jungen aus. Sofort begann Klein-Henrick eifrig zu brüllen und Krokodilstränen liefen im Eiltempo seine Wangen hinunter. Camilla verzog missmutig das Gesicht. Der sture Henrick allerdings machte seinem Beinamen alle Ehre, als er den Kopf schüttelte und meinte: „Ich bleibe noch eine Weile."

„Sie wollen sehen, wie wir hier leben, und ob es ihm gut gehen wird", murrte Camilla und stellte fest, dass sie schon fast wie Bror klang. Dabei konnte sie dem sturen Henrick das Misstrauen gar nicht übelnehmen. Außerdem hatte Johanna del Nube dem Diener noch etwas ins Ohr geflüstert, ehe sie losmarschiert waren, und Camilla war sich sicher, dass sie gesagt hatte: „Wenn es dem Kleinen dort nicht gut geht, nehmt ihn wieder mit."

„Na gut, dann ...", seufzte sie, kam aber nicht weiter, da donnerte eine Stimme in ihrem Kopf überlaut, und alles andere in den Schatten drängend: *Wo warst du?!* Interessanterweise hörte sich die Stimme wie Aegirs an, nur eben auch nicht. Es dauerte keinen Moment, bis sie begriff, dass Aegir Edvards Stimme imitierte, um sie vor dem Tornado zu warnen, der sogleich durch die Tür im hinteren Bereich der Schmiede gestürmt kam.

„Wo bist du gewesen? Ich habe die halbe Stadt nach dir abgesucht! Du kannst nicht einfach ..." Der Hüne wurde jäh unterbrochen, als Bror hinter ihm aus der Tür donnerte: „Kleine, wenn du das noch einmal machst, dann rede ich kein Wort mehr mit dir! Dann kannst du dir neue Freunde suchen! Dir hätte *alles* passieren können!"

Sagte doch, dass er sich Sorgen um dich macht!, Aegirs Stimme hörte sich an, als würde er lachen. Leider hatte auch Bror sie gehört, und brüllte sogleich auch in das finstere Treppenhaus hinter sich, wo sich der Drache irgendwo befinden musste: „Du nimmst das verdammt noch mal ernst! Sie ist ein Kind!" Aegir war so klug, darauf nicht mehr zu antworten. Der Zwerg wirbelte wieder herum, und zeitgleich mit Edvard begann er loszuschimpfen. Ebenso zeitgleich verstummten beide, als sie den sturen Henrick mit seinen vor Schreck weit aufgerissenen Augen und dem blass gewordenen Gesicht und mit dem Jungen im Arm entdeckten. Sie wechselten einen frappierten Blick.

„Wer ist das?", fragte Edvard und kam mit wenigen großen Schritten vor ihnen zum Stehen.

„Henrick", erwiderte Camilla etwas kleinlauter als beabsichtigt. Der Hüne zog verblüfft eine Augenbraue in die Höhe.

„Er war im Schloss", erklärte Camilla weiter.

Einige Minuten später war der Tornado vorübergezogen. Die Gemüter waren besänftigt. Sie standen und saßen in der für einen Hünen, einen Zwerg, einen Drachen, einen Mann, ein Kind und einen Zweijährigen viel zu beengten Küche. Edvard hatte eine Gemüsesuppe zubereitet. Sie dampfte. Sie schlürften sie, während sie sich anschwiegen.

Camilla startete einen neuen Versuch, das Vertrauen des Prinzen zu gewinnen, pustete die Suppe auf ihrem Löffel und wollte ihn füttern. Doch der Mund des kleinen Jungen blieb stur geschlossen, und Camilla dachte bei sich, dass der Beiname stur genauso gut zu ihm passte, wie zu dem Diener des Schlosses. Keiner der anderen hatte Erfolg, nur beim sturen Henrick riss Klein-Henrick den Mund weit auf und schlürfte gierig die Suppe.

Der Prinz sollte zu einer ungemeinen Herausforderung werden. Er nahm kein Essen von ihnen an. Er weigerte sich am Abend zu schlafen. Er brüllte und quengelte die ganze Nacht hindurch, bis Camilla sich fragte, wie viel Kraft er denn überhaupt noch haben konnte. War sie auch so anstrengend gewesen? Ihre Mutter war kaum beneidenswert. Der sture Henrick ließ ihn allerdings doch bei ihnen zurück. Er schien sie als vertrauenswürdig und fähig, sich um ein Kleinkind zu kümmern, befunden zu haben. Vielleicht hatte er auch kein Gehör mehr für das stetige Gebrüll. Bevor die Nacht anbrach, wanderte er jedenfalls zum Schloss.

Am Morgen ging es weiter. Der Junge hatte bewundernswert viel Energie. Am Morgen kam der Diener aus dem Schloss wieder, dann zu Mittag, dann am nächsten Abend, dann am nächsten Morgen und so weiter. Bis schließlich eine ganze Woche vergangen war und Henrick sich nur vom sturen Henrick füttern ließ, und nur wenn er da war, verstummte und einschlummerte. Es war ermüdend und Camilla hatte schlussendlich kaum noch überstehende Nägel auf ihren Fingern zu beklagen, so kribbelig und nervös war sie geworden.

„Der Kleine mag uns einfach nicht!", stöhnte Bror irgendwann. „Wenn ich noch eine einzige Nacht keinen Schlaf bekomme, dann erwürge ich ihn!"

„Mach das bitte nicht!", murmelte Camilla gähnend.

Bror hat recht, Cam. Der Kleine raubt einem den letzten Nerv!, stimmte selbst Aegir zu. Er hatte nicht einmal die Chance, tagsüber dem Lärm hinaus auf die Straßen der Stadt zu entfliehen, hinderte ihn doch seine Verletzung daran.

Am achten Tag, nach einer weiteren reichlich schlaflosen Nacht, klopfte Edvard an Camillas Zimmertür, während sie mit roten Augen – sie war sich sicher, dass sie knallrot waren – die grau-weiße Decke über sich anstarrte. Durch das leicht geöffnete Fenster strömte der Duft von Regenluft herein. Das Wetter hatte sich in den letzten zwei Tagen verschlechtert. Pfützen hatten sich unten auf den Straßen gebildet. Sie stellte fest, dass es perfekt zu ihrem derzeitigen Gemütszustand passte.

„Camilla, kann ich mit dir reden?", fragte der Hüne mit fürsorglicher Stimme. Sie stöhnte nicht einmal mehr, so kraftlos fühlte sie sich, auch wenn sie ahnte, was er sagen würde. Nicht, dass ihr diese Idee nicht auch schon seit Tagen im Kopf herumgeisterte. Es war nur ihrer eigenen Sturheit zuzuschreiben, dass sie ihr bisher keinen freien Lauf gelassen hatte.

„Wäre es nicht besser, wenn du deinen kleinen Freund wieder zu den del Nubes zurückbringst? Sie haben sich doch sehr liebevoll um ihn gekümmert, und du könntest ihn jederzeit besuchen. Das wäre auch für ihn gut, denke ich. So viel Schreien und so wenig Essen – das tut ihm doch nicht gut! Ich weiß schon – er ist dein Freund und das muss wirklich schlimm für dich sein, dass er … Na ja, was ich sagen will: Er wird älter werden, und dann wird sich vieles verändern. Aber jetzt – jetzt, ist es das Beste für uns alle, denke ich, wenn er zu diesen lieben Leuten zurückkehrt. Ich habe auch schon mit dem Mann, der dort arbeitet, gesprochen, und er hat zugestimmt, dass sie bereit wären, den Jungen wieder aufzunehmen. Camilla, hörst du mir zu?"

Camilla seufzte leise, schwang die Füße über die Bettkante, blickte Edvard stumm an und stürmte dann hinunter zu der Pritsche in der Küche, die zu Henricks Bettchen geworden war. Sie packte den Kleinen, dessen Gebrüll sofort noch lauter wurde, und schämte sich den ganzen Weg über zum Schloss für den Lärm. Herrje, Edvard hat ja recht! Herrje, brüll doch nicht, als würde ich dich abstechen wollen, dachte sie. Die Leute warfen ihr finstere Blicke hinterher, während sie mit dem Gedanken spielte, einfach auch in das Schloss zu ziehen. Sie wollte den Prinzen nicht wieder aus den Augen verlieren. Was, wenn ihm etwas passierte? Sie fühlte sich für ihn verantwortlich, und so sehr sie bereits wusste, dass die del Nubes im Großen und Ganzen aufrichtige und liebevolle Leute waren – mal abgesehen von der verzogenen Maya –, so missfiel es ihr trotzdem, ihnen zu vertrauen. Aber sie war erschöpft und ausgelaugt, und sie ertrug das Geschrei nicht mehr. Und irgendwie wusste sie, dass er wegen ihr schrie. Er hasste sie, und damit musste sie nun leben, erkannte sie, als sie den gewaltigen Türklopfer an der Vordertür des Schlosses betätigte.

Apropos Maya. Die öffnete ihr murrend die Tür, weil der sture Henrick offenbar nicht schnell genug gelaufen kam, und ließ sie rasselnd wieder zufallen, als sie sie und den Jungen erkannte. Camilla hatte den Eindruck, dass sie schimpfte – etwas in der Art wie: „Nein, ganz sicher nicht! Der kommt nicht mehr hier rein! Nur über meine Leiche!" Aber hören konnte sie es nicht, war doch eine massive Holztür dazwischen und ein brüllender Junge. Tatsächlich aber wurde die Tür gleich darauf wieder aufgerissen, und der sture Henrick ließ sie keuchend eintreten.

Johanna del Nube war noch in ihrem Morgenrock, als sie sie im Salon im ersten Stock begrüßte. Ihr Mann Filip wirkte ziemlich verschlafen und kratzte sich am Kopf, ehe er sich erinnerte, dass sie Besuch hatten und die Haare in Ordnung zu bringen versuchte.

„Natürlich nehmen wir ihn wieder in unsere Obhut! Und natürlich kannst du ihn jeden Tag oder mehrmals am Tag besuchen! Das ist doch ganz klar!" Johanna del Nube nahm ihr Henrick ab und betrachtete sie freundlich. „Er ist doch dein Freund!"
Warum sie niemandem die Wahrheit über Henrick erzählte, wusste Camilla selbst nicht so genau. Es war ihr mulmiges Bauchgefühl, das sie schweigen ließ.

Als sie schwermütig zur Schmiede zurückkehrte, wagte die Sonne einen höhnischen Versuch hinter den grauen Wolken hervorzulugen. Sie beleuchtete die Zinnen der hohen, roten Häuser, während über dem Meer im Süden tiefschwarze Wolken sich bereitmachten über den Bergspitzen hängen zu bleiben und den kurzen Sommer in einen kurzen Herbst zu verwandeln. Der Wirt am Marktplatz wirkte mit Blick darauf äußerst unschlüssig. Er überlegte, ob er seine Tische und Stühle ins Freie stellen sollte oder nicht. Die Vöglein am Brunnen planschten nur kurz. Bald würden sie sich in ihren Nestern unter den Zinnen verstecken, um den nahenden Regengüssen zu entgehen. Der Bäcker schloss vorsorglich seine Eingangstür und sperrte so den herrlichen Duft nach Kuchen ein. Eeny und Reeny wuselten geschäftig in ihrem Laden umher. Camilla beobachtete sie durch die Auslagefenster und wunderte sich wieder, woher sie all das Zeug hatten. Skipp Skaug kam ihr auf halben Weg zur Schmiede entgegen. Er warf ihr einen düsteren Blick zu. Die Haare hatte er sich seitlich abgeschnitten, sodass nur noch die Mittleren lang waren, und die hatte er zu einem Zopf zusammengebunden. Er machte sich nicht die Mühe, seinen gestohlenen Ring zu erwähnen, sondern ließ sie einfach links liegen, während er seinen Erledigungen nachging. Die Bauern karrten Käse und Speck von ihren Höfen zum Marktplatz, wo sie bald ihre Stände errichten würden. Camillas Gedanken wanderten zu den Wäldern und Feldern, die sie bewirtschafteten und sie fragte sich, ob irgendwo dort wohl nun Tröll, der Troll, hauste. Gleichzeitig kam ihr das Raubtier wieder in den Sinn, und sie schüttelte rasch die beängstigenden Erinnerungen ab, da drang auch schon das vertraut gewordene Klingklang des Schmiedehammers an ihre Ohren. Seufzend trat sie in die warme Werkstatt, wo Edvard sie mit einem entschuldigenden Blick bedachte, während sie bekümmert die Schultern hängen ließ und an ihm vorbeischlurfte. Sie legte sich wieder in ihr Bett.

Es kam ihr wie ein kleines Wunder vor, dass eine gewisse Normalität eingekehrt war und dass all diese Leute, die so viele Jahre in einem dunklen, einsamen Labyrinth gefangen gewesen waren, sich so schnell an ihre neue Freiheit gewöhnt hatten. Eigentlich kam es ihr ziemlich unwirklich vor. Vielleicht lag es daran, dass auch die Stadt ein Gefängnis zu sein schien. Sie fragte sich kurz, ob Kuz wohl aus ihrer Ohnmacht erwacht war, nachdem sie gegen die unsichtbare Mauer gelaufen war. Sie beschloss, irgendwann einmal Skipp Skaug danach zu fragen. Dann schlummerte sie ein, wobei ein Mann in einem Kaftan in ihrem Traum vorkam. Als sie eine Stunde später wieder aufwachte, prasselte bereits der Regen gegen ihre Scheibe. Das Geplapper von Bror und Aegir, die sich über irgendetwas Belangloses wie das Mittagessen unterhielten, geisterte im wahrsten Sinn des Wortes durch ihren Kopf.

Ein alter Rabe

Elf Jahre vergingen. Sie vergingen, aber sie verflogen nicht, fand der Rabe, wenn ein Rabe denn finden konnte. Er zog über die Länder, nur um immer wieder zu jenem Wüstenfelsen zurückzukehren. Seine Wanderschaft war lang, immerzu folgte er einem unbekannten Ziel, auf der Suche nach etwas oder jemandem. Sein Gefieder wurde zunehmend wirrer und karger und die Ausbeute kärglicher. Ergatterte er einmal ein Festmahl, so dauerte es, bis er es vertilgen konnte. Wenn Raben wissen konnten, dann wusste er, dass er alt war. Aber das bekümmerte ihn kaum, denn wenn er sich die Federn auf einer Hauszinne, in einer Felsspalte oder auf einem Schiffsmast mühsam zurechtzupfte, damit er für seine weiblichen Artgenossen hübsch war, erinnerte sich ein Teil von ihm an eine Zeit vor seiner Geburt. Und er erinnerte sich an den Tod, den er vor einem Rabenleben gestorben war, und an die Geburt, die danach gekommen war. Er erinnerte sich an grüne Wiesen und Quellbäche und Freunde, die er vor langer Zeit gekannt hatte. Und er erinnerte sich an viele Leben, die er vor diesem gelebt haben musste. Auch wenn er nur ein Rabe war, er war viele Male wie ein Phoenix aus der Asche emporgestiegen und hatte nie gewusst, warum der Kreislauf seines Lebens nicht enden wollte. Und abermals hatte er ein ganzes Rabenleben lang Zeit gehabt, die Antwort auszutüfteln. Die einzige Erkenntnis, die er allerdings erlangt hatte, war, dass seine Aufgabe noch nicht vollendet war und dass der Antrieb, sie zu vollenden, aus seinem tiefsten Inneren zu kommen schien. Immerzu im Dämmerschlaf, kurz bevor er in seinen tiefsten Träumen versinken konnte, drang von dort eine sanfte, melodische Stimme in sein Bewusstsein, die ihn daran erinnerte.

Der alte Rabe sah in den elf Jahren das Leid, den Egoismus, die Faulheit, den Hochmut, die Rachsucht, den Neid, die List, den Zorn, die Gleichgültigkeit und die Unterdrückung, in deren schwarzen Mantel die Länder gehüllt wurden. Ebenso sah er den Vormarsch der Dunkelheit. Er sah Kinder, die nach ihren Eltern schrien und Eltern, die sie zurückließen. Die Armeen des Feindes wurden größer und die der Freunde kleiner. Nachbarn verrieten einander. Hunger herrschte unter den Armen, großer Reichtum unter den Reichen. Wälder wurden gerodet, um reiche Ertragsflächen zu schaffen. Die Hitze wurde in regenreichen Gebieten größer. Während all dieser Zeit war der Rabe auf der Suche nach Hoffnung. Und so oft er sich wunderte, fand er sie meist an unerwarteten Plätzen. Er fand sie in einer abgelegenen Waldhütte, in der ein altes Ehepaar in einem noch freien Land drei Flüchtlingskinder durchfütterte. Er beobachtete sie in einer dunklen Taverne am Ufer der See, in der der Wirt und seine beiden Söhne Geld sammelten, um den Armen zu helfen. Auf einem Bauernhof pflanzte ein kleines Mädchen einen neuen Baum. In einem Herrschaftshaus steckte der adelige Herr seinem Dienstboten heimlich etwas Geld zu und wies ihn an, die misshandelte Dienerin des Nachbarn damit freizukaufen. Im Kleinen fand der Rabe die Sterne, die nicht hell genug leuchteten, aber dennoch immer da waren und sich nicht verrücken ließen. Insofern ein Rabe bewundern konnte, so bewunderte er sie für den Mut ihres Widerstands. Denn dieser Mut konnte ihren Tod bedeuten.

Als er zurück in das Königreich des entführten Prinzen kehrte und sich auf dem Balken unter dem Turmfenster niederließ, musste er feststellen, dass der Wind sein Nest vor langer Zeit fortgetragen hatte. Er ließ den Blick nicht lange schweifen, denn er kannte, was er sah. Als er von Fenster zu Fenster flog, gelangte er schließlich auch zu den Gittern der Kerkerfenster und entdeckte hinter einem davon das ausgezehrte Gesicht einer Zofe. Ihr war er schon einmal begegnet, das wusste er. Er kannte ihren Namen nicht, doch ließ er sich vor dem Fenster nieder, neigte den Kopf und musterte sie eingehend. Ob er sich wohl wunderte, warum sie in dem miefenden, dunklen Loch hockte und auf ihre wohl nie kommende Begnadigung wartete?

Es war Astrid, die dort saß. Sie hatte aufmüpfig gegen ihren neuen Herrn gesprochen. Der neue Herr war ein mächtiger Mann, den die Schattenbrüder als Vater bezeichneten. Zudem war er ein grausamer Mann, der Gefallen am Schmerz anderer fand. Vor allem aber war er der eine Mann, der dem dunklen König am nächsten stand.

Für eine Weile blickten die Frau und der alte Rabe einander schweigend an, ehe er wieder abhob und davonsegelte.

Und während in den Häusern die neu erfundenen elektrischen Lichter nie angingen und der Fortschritt zum Verfall wurde, kehrte der Rabe schließlich zurück in den Süden und übersegelte eine Küstenstadt. Ihren Namen raunten die Seeleute, die von weit und breit kamen. Die Händler schrien ihn. Die Krieger prahlten mit stolzer Inbrunst. Und die Frauen sangen Lieder über sie und ihre alte Pracht. Vor allem aber wisperten die Bewohner: Wie lange wird diese Stadt noch frei sein? Ihr Name lautete Silvat-ut. Dort ließ sich der Rabe abermals elegant hinabsinken und segelte dicht über die roten Ziegeldächer hinweg. Die Häuser leuchteten im gleißenden Sonnenlicht weiß vom Kalkanstrich. Eine schmale Bergkette trennte die Stadt von der Wüste und Wellen tosten gegen die Häfen in den nördlichen Stadtteilen, dort, wo das

Meer auf die Zivilisation traf. Auf einer Anhöhe im Herzen der Stadt thronte majestätisch die Burg Alna-siva, das prächtige Bollwerk, das jedem Feind bisher standgehalten hatte. Sich an die Jugend in ihm erinnernd, zog der Rabe fröhlich seine Kreise darüber. Die Alna-siva stand so auf dem Hügel, dass an allen Seiten steile Felswände in die Tiefe führten. Nur auf einer gab es eine breite Straße, die zur ersten fünf Meter hohen Mauer führte. Es gab zwei Tore. Eines davon schloss sich des Nachts. Wie ein wilder Wirbelwind stürmte der Rabe hindurch. In einem kleinen Zimmer in der Mauer verbargen sich die Wachen, die erschrocken aufschreckten und ihm hinterherschimpften. Die Enden des Zweiten waren spitze Zacken. Wenn es zu schwang, dann endete die Begegnung mit den Zacken meist tödlich. Denn es schwang wie ein Pendel. Dahinter befanden sich steile Gässchen und Sträßchen, die an einfachen Häusern vorüberführten. Dort lebten die Bediensteten. Dieser äußere Bereich wurde durch einen weiteren Mauerring von den Inneren getrennt. Auch hier gab es wieder zwei Tore, die nach dem gleichen Prinzip funktionierten. Dieses Mal aber keifte kein Wachmann dem Raben hinterher, nur ein gebrechlicher, alter Mann beobachtete seinen Flug. Hinter dem zweiten Tor erhob sich ein Tempel mit mächtigen Säulen, um die sich Rosen rankten. Der Tempel war Teil eines Gartens, den der Rabe ob seiner Pracht wohl bewunderte. Es gab zahlreiche aus Zitadellen gespeisten Brunnen mit Fontänen. Daneben gab es Becken, in denen sich leckere Fische tummelten. Hinter Hecken und Sträuchern verbargen sich Ecken, die wohl so manchen geheimen, verbotenen Worten gelauscht hatten und denen ein akribischer Betrachter das ein oder andere Geheimnis zu entlocken vermochte. Rosensträucher rankten an den Wegen. Der Duft des Lavendels stieg ihm in die Nase.

Es gab eigene Gemüsegärten, eigene Kräutergärten und eine Palmenallee. Selbst in der größten Sommerhitze fand sich dort für einen Raben ein kühler Platz.

Ob sich der Rabe wohl der Bedeutung des Palastes bewusst war, der sich hinter dem dritten Mauerring verbarg? Dieser war Heim- und Arbeitsplatz zahlreicher Könige und ihrer engsten Vertrauten gewesen. Ob es ihn wohl kümmerte? Er flatterte durch die Arkadengänge, die von schlanken Säulen geziert wurden. Er wurde eifrig von eilig Hastenden verscheucht. Er landete in einem von zahlreichen Innenhöfen, in denen Brunnen plätscherten, kleine Fenster einen Einblick gaben und so manchem das Beobachten des Geschehens erleichterten. Die Fenster hatten Hufeisenbögen. Manche Decken besaßen Stalaktitengewölbe oder waren azuritgebläut, mit aufwendig geschnitzten Holzmotiven. Über manchem Zwillingsfenster fand er kunstvoll gearbeitete, zackige, lichtdurchlässige Bögen. Die Wände waren von Ornamenten und Kachelmosaiken übersät. Wenn Raben über solch einzigartige Kunstwerke, in jahrelanger mühseliger Handarbeit gefertigt, staunen konnten, dann tat er es wohl. Wenn Raben befinden konnten, dann befand er den Palast und die Burg als einen glänzenden Diamanten, einen Schatz, der Jahrhunderte überdauert und ein Zeuge der Geschichte geworden war. Er wurde Zeuge des Reichtums der Handelsstadt, die vor allem vom Gewürzhandel in weit entfernte Gebiete der Welt lebte. Ihr Standort war günstig, befand sie sich doch an der Küste. Zudem galt sie als Umschlagplatz vieler anderer Waren, darunter kostbare Seidenstoffe, die teuer eingekauft wurden, und noch teurer verkauft. Dieser Handel war die notwendige Überlebensgrundlage der Stadt. Durch die sengende Hitze drohten ihr immer wieder Hungersnöte. An allen Ecken erinnerten die Errungenschaften und Überbleibsel aus besseren Tagen. Die Nahrung, die von fruchtbareren Gebieten der Welt hierhin verschifft wurde, war essenziell für die Bewohner.

So erkannte auch der Rabe, dass der Krieg, der um sie herum ausgebrochen war, einen Großteil dieser Lieferungen gestoppt hatte. Das Überleben wurde zunehmend teurer und die Bevölkerung von Tag zu Tag hungriger. Er erkannte es, weil er die Armut gesehen hatte, die in den Straßen vor der Alnasiva herrschte und ganz gegensätzlich zu den prunkvollen Bauten war.

Erschöpft von seiner langen Reise machte er Rast auf einer der Zinnen des prächtigen Palastes und beobachtete einige Möwen, die über ihm lachend und kreischend ihre Kreise zogen. Er neigte den Kopf zur Seite, schien sie wohl zu verstehen. Eine warme Meeresbrise wehte ihm durch das Gefieder. Die Wellen glitzerten in der Ferne. Sein Sitzplatz bot ihm einen weiten Ausblick. So konnte er auch ein Schiff beobachten, das im Hafen anlegte, und sah das Treiben der Matrosen, die nicht größer für ihn wirkten als kleine, geschnitzte Spielzeugfiguren. Der Wind brachte den salzigen, schwefeligen, fischigen Geruch des Meeres zu ihm. Gleichzeitig wehte er auch Sandkörner der Wüste in seine Augen. Sie bissen ihn, als handele es sich um hüpfende, fröhlich tanzende Flöhe.

Während er sich abmühte, diesen noch ungewohnten Herausforderungen Herr zu werden, konnte er nicht wissen, was in einem kleinen, düsteren Zimmer unter ihm besprochen wurde. Schließlich spannte er seine Flügel wieder auf und flatterte zurück über die Bergkuppe, über die Steppe, über die Sanddünen, zu seinem Wüstenfelsen. Er ließ die Stadt weit hinter sich.

In der Zwischenzeit spendete jedoch nur ein kleines, vergittertes Fenster spärliches Licht in einer Kammer im Palast der Alna-siva. Es war zwar vergittert, aber die Kammer dahinter war keine Gefängniszelle. Drei Männer befanden sich darin. Über der Kammer befand sich eine jener Zinnen, die der Rabe noch kurz zuvor als seinen Rastplatz auserkoren hatte. Zwei der Männer trugen weiße Kaftane. Ein weiterer trug einen türkisenen Turban, der seine dunklen, kurz geschorenen Haare verbarg. Sein Name war Kasra. Er war der Herr der Alna-siva. Er wanderte unruhig auf und ab, wobei das Zimmer so klein war, dass er sich nach vier Schritten wieder umwenden musste. Die Arme hatte er hinter dem Rücken verschränkt, den Blick nachdenklich zu Boden gerichtet. Beobachtet wurde er von seinem Cousin, dem rauen, für seine Kühnheit bekannten Omid Parvis und von dem legendären letzten der alten Ritter, Facundo Caysio, der ein weithin bekannter Magier war.

Alle drei waren groß und ihre Haut braun gebrannt von der immer scheinenden Sonne. Sie war so sehr Teil ihres Lebens wie der Mangel an Wasser. Der turbanlose Omid Parvis trug einen dunklen, gepflegten Bart und hatte tiefbraune Augen. Er stand mit verschränkten Armen am Fenster und ließ den Blick über den Innenhof schweifen. Ein Brunnen plätscherte fröhlich und sorglos. Zwei Frauen eilten tuschelnd vorüber. Er kannte sie vom Sehen. Für gewöhnlich warfen sie ihm schüchterne Blicke zu. Dann fiel sein Blick abermals auf Kasra und seine nervöse Wanderschaft: „Cousin", mahnte er ihn, „dein unruhiges Gehen bringt nichts!"

„Ich gebe ihm recht!", stimmte Facundo ein, als handele es sich um einen alten Vers. Er saß an einem kleinen runden

Eisentisch, dessen Beine kunstvoll zu Boden zu fließen schienen, als wären sie aus Eis gehauene Skulpturen. Der Tisch stammte aus fernen Landen. Eine solche Schmiedekunst sagte man nur den Zwergen nach. Aber Omid Parvis verschwendete keinen Gedanken daran.

Der Dritte, Facundo, hatte eine Glatze, eine spitze Nase, gebräunte Haut, auffallend blaue Augen und trug einen Kaftan, der reich mit goldenen und roten Ornamenten verziert war. Jeder Außenstehende hätte ihn für den Herrn der Alna-siva gehalten. Aber diese Zeit war lange vorüber. Seine Haltung war aufrecht und stolz. Sah er auch nicht danach aus, war er doch der Älteste in dem Raum. Er lebte in einem Zimmer des Tempels der Alna-siva und lehrte sein Wissen den Neugierigen. Tatsächlich war er für Kasra und Omid Parvis nicht nur eine Legende, sondern auch einer ihrer Vorfahren. Aber das war so lange her, dass keiner mehr so genau wusste, wann es gewesen war. Facundo war immerhin der erste Herrscher über die Lande von Silvat-ut gewesen und hatte nach einer 70-jährigen Regentschaft das Königreich an seinen Sohn weitergegeben. Waren seine Kinder im hohen Alter schließlich gestorben und nach vielen Jahren seine Enkel, dann seine Ur-, seine Ur-ur- und Ur-ur-ur-Enkel, schien er das Elixier des Lebens selbst verschluckt zu haben. Sein Alter und sein doch recht jugendliches Aussehen waren sein Geheimnis. Jedoch wurde gemunkelt, er hätte eine Saite der Zauberleier gestohlen und würde sie immer wieder zupfen, die Leute hätten ihn erst neulich spielen gehört. Andere flüsterten hinter vorgehaltenen Händen, er habe einen dunklen Zauber gesprochen, den er vom Dunklen höchstpersönlich vor Urzeiten erlernt hatte und der den Dunklen selbst nicht mehr altern ließe. Das wohl älteste Gerücht aber war die Heldengeschichte, die die wandernden Sänger und

Geschichtenerzähler seit jeher verbreiteten: Er wäre der Erste gewesen, der es mit dem Dunklen aufzunehmen versucht und ihn für viele Jahre in die Verbannung geschickt habe. Was mehr wäre, als den meisten je gelungen sei. Zur Belohnung hätten ihn die göttlichen Mächte mit ewigem Leben gepriesen. Diese Legende erzählte sich am dramatischsten, obgleich ihr kein Fünkchen Wahrheit innewohnte, aber darüber konnte nur Facundo selbst Zeugnis ablegen.

„Ich muss nachdenken!", erwiderte Kasra, der Angesprochene.

„Ich denke, es liegt auf der Hand, was wir tun müssen!", meinte Omid Parvis. „Der Brief lässt keinen großen Spielraum für Interpretationen über."

Vor Facundo auf dem Tisch lag ein Fetzen Papier, auf den hastige Worte gekritzelt worden waren. Er war der Grund für die Besorgnis und Rastlosigkeit der Sprechenden. Ein verletzter, verschwitzter und völlig verzweifelter Reiter hatte den Brief zum Eingang der Alna-siva gebracht. Er war aus der Wüstenstadt Alna, die in der Wüste Alna-hara, hinter den flachen Bergen im Süden Silvat-uts, lag, gekommen und der Inhalt des Briefs verriet Verheerendes.

Von allen 169 Ländern der Welt herrschte nun bereits in mehr als der Hälfte der Hunger, die Ausbeutung, der Hass, der Neid, die Machtgier. Von 169 Königsgeschlechtern gab es viel zu viele, die diesen Tugenden Folge leisteten. Bisher hatten die wenigen Städte im Reich der Alna-hara und das angrenzende Land, dessen Hauptstadt Silvat-ut war, wie durch ein Wunder den teuren Zoll nicht bezahlen müssen. Ein Zauberschild hatte Alna und die Alna-hara vor dem Eindringen des Feindes seit Jahrhunderten geschützt. Woher es einst gekommen war oder wer diesen mächtigen Zauber vor langer Zeit gesprochen hatte, war nicht überliefert. Gerüchte erzählten vom Wind höchstpersönlich, der es im fernen Norden einem rebellischen Mann namens Badshah, auch besser bekannt als der Dunkle, gestohlen und zum Schutz einer schönen Prinzessin dorthin geweht hatte. Badshah selbst habe es von einem alten Weisen gestohlen. Der diebische Wind hatte also einen Dieb bestohlen.

Laut dem Brief war jedoch genau dieses Schild in einer der vergangenen Nächte zerstört worden, und nun standen die Truppen des dunklen Königs vor den Mauern der Wüstenstadt und bedrohten sie. Der König selbst, Herr über die Wüste, hatte den Brief verfasst. Er war Kasras Schwiegervater. Omid Parvis hatte nur dann einen Anspruch auf den Thron, wenn sein Cousin, der keine Geschwister hatte, starb. Allerdings zählte es nicht zu seinen Zielen, Kasra zu überleben. Er fand, dass ihm das Regieren ebenso wenig stand wie ein Turban auf seinem Kopf. Kasra war für beides der bessere Mann: sanftmütig, bedacht und talentiert im Taktieren. Omid Parvis wirkte wie ein unbeholfener Ochse neben ihm, war sein Charakter doch eher von Rauheit und Sturheit geprägt, die sich nur manchmal mit Vernunft vereinten. Beide Männer waren zu Kriegern erzogen worden, und von Kindheitsjahren an hatten die Gelehrten und Priester ihnen erklärt, dass es an ihnen liegen würde, das Schicksal der Wüstenreiche zu besiegeln. Als schließlich die Hochzeitsglocken zwischen der Prinzessin Canan Gul del Nube aus der Alna-hara und dem König Kasra von Silvat-ut, geläutet hatten, hätten ihre Gesichter kaum freudiger sein können – allen voran das von Facundo Caysio. Seit dem ersten Atemzug der Prinzessin hatten alle auf diesen Augenblick gewartet. Die Erwachsenen hatten über die Köpfe der Kinder hinweg über ihr Schicksal bestimmt, lange bevor Canan Gul oder Kasra sich anders hätten entscheiden können. Omid

Parvis erinnerte sich viel zu klar an diesen Tag und an das traurige Lächeln, das die Prinzessin ihm verstohlen zugeworfen hatte.

„Wir können unserem Heer nicht befehlen, Silvat-ut zu verlassen. Die Stadt liegt doch praktisch auf dem Speiseplan des Dunklen. Wenn Alna fällt, dann kommen sie hierher. Und wir haben keinen alten Zauber, der uns schützt!", erwiderte Kasra, wandte sich abermals um und durchschritt den Raum. „Aber du hast recht, wir müssen etwas unternehmen! Wenn Canan Gul etwas von dem Brief erfährt – sie wird sich solche Sorgen machen! Aber das muss ich unbedingt verhindern – in ihrem Zustand ..."

Omid Parvis beobachtete, wie eine junge Frau mit langem, seidig-schwarzem Haar und feinen Gesichtszügen in einem hellblauen, mit goldenen Ornamenten bestickten Kleid über den Hof unter ihnen stürmte. Sie trug einen übergroßen Bauch vor sich her, den sie mühevoll mit den Händen stützte. Er wunderte sich über den seltsamen Zufall ob der eben gesprochenen Worte.

„Sie kommt!", warnte er die anderen Anwesenden und erntete ein resignierendes Stöhnen. Dann herrschte kurzes Schweigen, das sich wie die Ruhe vor einem Sandsturm anfühlte.

Besagte Canan Gul kam nur wenige Wimpernschläge später durch die Tür der kleinen Kammer gestürmt und fletschte nicht gerade damenhaft die Zähne, während sie noch zu Atem kam: „Ihr wagt es, mir zu verheimlichen, dass mein Vater und mein Land in Gefahr sind? Ihr werdet ihm zu Hilfe kommen, oder? Und ich werde euch begleiten!" Ihre Stimme donnerte durch die Kammer und machte deutlich, dass sie keinen Widerspruch dulden würde.

Kasra schüttelte seufzend den Kopf, trat auf seine Frau zu und legte ihr die Hände auf die Schultern, um ihr eindringlich in die Augen blicken zu können, doch sie riss sich sogleich los.

„*Du* wirst sicher nicht mitkommen, Canan! Nicht in deinem Zustand! Das Kind könnte jederzeit kommen!", gebot er.

„Du weißt, wer ich bin, richtig? Du weißt, dass es in der Verantwortung meines Blutes liegt, den Dunklen zu besiegen? Du weißt, dass einer meiner Blutlinie ihn zu Fall bringen wird? Du kannst dich vermutlich auch daran erinnern, dass Facundo mir die Kriegskunst lehrte und die Geheimnisse der Magie und dass ich dich schon öfter im Schwertkampf geschlagen habe als er hier!" Mit ausgestrecktem Finger deutete sie auf Omid Parvis, der mit zusammengekniffenen Augen und tief gerunzelter Stirn das Schauspiel beobachtete. Innerlich wurde er von einer Mischung aus verletztem Stolz, Scham und Bewunderung geschüttelt, wenn er daran dachte, wie Canan Gul äußerst geschickt im Kampf die Oberhand zu gewinnen vermochte.

„Canan, du kannst ihn meinetwegen jederzeit zu Fall bringen, aber nicht, solange du hochschwanger bist! Ich weiß, was für eine starke, bewundernswerte Frau du bist, deswegen liebe ich dich ja, aber willst du unser Kind umbringen?"

„Natürlich nicht! Aber was für eine Herrin wäre ich, wenn ich mich nicht um mein Volk sorgen würde?"

„Dein Volk ist hier in Silvat-ut, nicht mehr in Alna."

„Meine Heimat wird immer Alna sein, und mein Vater braucht Hilfe! Was für eine Tochter wäre ich, sie ihm nicht zu gewähren?"

„Du wärst …", keifte Kasra, schwer beherrscht.

Omid Parvis unterbrach den Streit rasch: „Wer hat dir von dem Brief erzählt?", lenkte er ab, wenngleich die Antwort nicht annähernd so wichtig war, wie das vorangegangene Gespräch.

Canan wandte erst nach einem stummen Kampf giftiger Blicke mit Kasra ihre Aufmerksamkeit ihm zu. „Ich habe meine Freunde an allen Ecken", erwiderte sie schlicht und starrköpfig. Keiner würde sie von ihrem Vorhaben abbringen können, fürchtete Omid Parvis.

„Canan, du weißt, dass er recht hat!", sagte er und trat neben Kasra. „Ich verspreche dir, dass wir in deinem Namen unser Bestes geben werden, deinem Vater und deiner Heimat aus ihrer misslichen Lage zu helfen …"

„Seit wann bist du so besonnen, Omid, hm? Das steht dir nicht! Und du weißt …"

„Du kannst uns vertrauen, Canan! Wir werden beide mit unseren besten Soldaten gleich in der Abenddämmerung losziehen", unterbrach sie Kasra plötzlich. Nun war seine Stimme wieder ruhig und gefasst, die eines Königs, und er besiegelte das Schicksal einer ganzen Truppe.

Canans Blick blieb finster und stur, schoss abwechselnd zu ihrem Mann und Omid Parvis. Schließlich fiel ihr Blick auf Facundo. Sie schnaubte wütend, wandte sich um und stürmte durch die Tür, die hinter ihr ins Schloss donnerte und die Männer zusammenzucken ließ.

„Verflucht!", entfuhr es Kasra leise, ehe er Omid Parvis bat: „Kannst du hundert Mann aufbringen? Wir ziehen in drei Stunden los." An Facundo gewandt sprach er: „Der Rat der Ritter wird in wenigen Tagen zusammenkommen. Die Mitglieder werden bald eintreffen. Kümmere dich bitte um sie, solange wir fort sind!" Leise zeternd fügte er hinzu: „Verfluchtes Mädchen!". Er meinte ganz eindeutig seine Frau.

Facundo nickte ebenso schweigend wie Omid Parvis. Omid Parvis verließ die Kammer, beobachtete aber noch aus den

Augenwinkeln, wie Kasra den Brief seines Schwiegervaters Facundo aus den Händen riss und ihn abermals mit düsterem Blick studierte.

Omid Parvis sollte schon bald in die Kaserne der Unterburg stürmen und den Soldaten den Befehl des Königs weiterleiten. Doch zuerst eilte er die Gänge des Palastes entlang, durch den Innenhof, der im Blickfeld der Kammer lag und fand rasch, wen er suchte.

Canan Gul marschierte beschwerlich, mit sorgenvoll verzogener Miene, aber auch mit energischen Schritten in Richtung des Hauses der Prinzessin. Es lag im östlichen Teil der inneren Burg und war das Heim der Edelfrauen der Alnasiva. Es war von wundervollen Rosengärten umgeben. Kaum einem der Männer war es erlaubt, es zu betreten. Eine Ausnahme stellte der König Kasra dar. Jedoch durfte selbst er nur das Gemach seiner Frau besuchen.

Canan Gul bemerkte Omid Parvis noch bevor er festen Schrittes zu ihr aufgeholt hatte und noch bevor er ein Wort gesprochen hatte. Sie wirbelte herum und ihre dunklen Augen fixierten ihn. „Was willst du, Omid? Willst du mich davon abhalten? Du solltest den Befehlen deines Königs Folge leisten, Krieger!"

„Genau wie du, Königin! Spiel nicht mit dem Gedanken, uns zu begleiten. Du weißt doch ebenso gut wie wir, dass der Dunkle bei dieser Schlacht nicht persönlich anwesend sein wird. Er lässt seine Schlachten kämpfen und verharrt in seinem sicheren Versteck. Erst wenn er sich seines endgültigen Sieges sicher ist, wird der Feigling wohl seine werten Gemächer verlassen! Die Männer, die Alna angreifen werden, folgen ihm freiwillig oder unfreiwillig, aber sie sind nichts weiter als Schwertfutter."

„Die Schatten werden dort sein. Und wenn sie dort sind, dann ist mein Vater ein toter Mann. Niemals könnte ich mir verzeihen, einfach nur zugesehen zu haben!"

„Woher willst du wissen, dass den Schatten Alna wichtig genug ist, um persönlich dort zu erscheinen? Selbst wenn – wie willst du sie besiegen, wenn es noch keinem bisher gelungen ist? Das sind alte, mächtige Wesen, die vor nichts Respekt haben und vor nichts zurückschrecken!"

Inzwischen stand er dicht vor ihr. „Canan!", sprach er weiter. „Muss ich dich in deine Kammern sperren, damit du uns nicht folgst?"

„Ich denke nicht, dass Kasra das befürworten würde!", raunte sie zornig und funkelte ihn an. „Außerdem ist es ein schlechtes Argument, dass ich die Schatten nicht besiegen könnte. Vergiss nicht, ich wurde mein Leben lang darauf vorzubereiten ihren Erschaffer zu töten! Da werde ich den Schatten wohl auch Schaden zufügen können."

„Hör auf mich! Ich will dich nicht einsperren. Vertrau uns – wir werden alles tun, um deinen Vater zu retten und um die Feinde aus deiner Heimatstadt fernzuhalten!" Ihre weitere Argumentation ignorierte er.

„Er wollte doch gar keine Truppen ausschicken. Haltet mich nicht zum Narren! Er wollte sie alle hierbehalten, denn Silvat-ut wird als Nächstes an der Reihe sein!"

„Canan, er hat befohlen, dass eine Truppe nach Alna geschickt wird. Er selbst und ich werden diese Truppe begleiten. Er liebt dich. Er würde alles für dich tun! Also vertrau uns!"

Sie knirschte wütend mit den Zähnen, warf die Arme in die Luft und wandte sich um. Ein Brunnen plätscherte irgendwo aufmunternd im Hintergrund. Eine Möwe kreischte lachend über ihnen. Die Fenster waren dunkel und doch wusste Omid, dass man nie ganz unbeobachtet war in der Alna-siva.

„Na gut! Dann gebt auf euch Acht! Und wehe, ihr rettet meinen Vater nicht!", drohte die Königin, ehe sie davonstürmte.

Wenige Stunden später, als der Tag alt war und eine junge Nacht anbrach, ließ sie eine kühle Meeresbrise frösteln. An die hundert Mann standen vor den Mauern der Alna-siva. Ihre Pferde wieherten. Einige Kamele trugen die Lasten. Kinder schrien, manche plapperten aufgeregt auf ihre Väter ein, die hoch zu Ross saßen. Frauen und alte Mütter verabschiedeten sich von ihren Männern und Söhnen, die bereit zum Aufbruch waren und die mit ernsten Mienen und stolz geschwellter Brust ihrem König lauschten. Und Kasra hielt seine Rede: „… wir werden mit erhobenem Haupt aus dieser Schlacht gehen …der Dunkle wird sich beugen …"
Omid Parvis ließ den Blick schweifen. An jeder Ecke sah man die Armut und den Hunger, der selbst vor den Reichen keinen Halt machte. Aber das nahm er nicht mehr wahr, gehörte es so sehr zum alltäglichen Bild wie die leeren Schiffe im Hafen. Er suchte nach jemandem. Doch er fand sie nicht. Canan Gul schien es vorgezogen zu haben, lieber in ihren Gemächern zu bleiben, anstatt ihrem Mann Auf Wiedersehen zu sagen.
Als Kasra seine Rede beendet hatte, schwang sich Omid Parvis gekonnt in den Sattel. Seelenruhig und doch mit rasch schlagendem Herz warf er einen Blick zurück auf die Alna-siva. Wenig später zogen sie los. Das alte Bollwerk wurde immer kleiner, bis es schließlich gänzlich aus seinem Blickfeld verschwand. Sie ließen Silvat-ut rasch hinter sich und ritten durch die kalte, nächtliche Wüste.
Es dauerte die ganze Nacht, ehe in der Ferne die Zinnen der Wüstenstadt Alna auftauchten. Nur der Mond und der Wind verfolgten sie. Der Wind ließ sie, zum Schutz vor den

214

beißenden Sandkörnern, ihre Tücher enger um die Gesichter schlingen. Selbst von ihrem Standpunkt aus war das Feuer, das in Alna zu wüten schien, unschwer zu erkennen, erhellte es doch den ganzen nächtlichen Himmel. Im gleichen Moment, als Kasra der Truppe zu halten befahl, um sich einen Überblick zu verschaffen, galoppierte ein beleibter, vermummter Reiter an ihnen vorüber. Mit einigem Abstand folgte ihm ein zweiter, viel schlankerer und filigranerer. Es wirkte als hätte der Zweite den Anschluss verpasst. Die Pferde, auf denen sie saßen, waren von edler Natur. Schwarze Rösser, die schnell wie der Blitz waren – so wurden sie zumindest von den Züchtern immer angepriesen. Woher Omid Parvis das wusste? Weil es die gleichen Pferde waren, die die Soldaten auf ihren Rücken trugen. Sein eigenes Pferd wieherte, und sowohl Kasra als auch er wussten sofort, wer da an ihnen vorübergestürmt war. Sie mussten keinen Blick wechseln, um gleichzeitig hinterher zu galoppieren. Die gesamte Truppe folgte ihnen, und plötzlich war weder Kasra noch Omid Parvis ihr Anführer. Der beleibte Reiter streifte sich das hellblaue Tuch vom Kopf. Es wehte wie eine Fahne hinter ihm her. Unter dem dünnen Mantel kam eine Rüstung zum Vorschein, die silbrig im Mondlicht glänzte. Die schwarzen Haare waren zu einem dicken Zopf gebunden.

Leise knirschte Omid Parvis, während er sich tiefer über den Pferderücken beugte und sein Hengst in einen Sprint verfiel: „Ich hätte dich einsperren sollen!"

Im gleichen Moment wandte Canan Gul ihren Kopf und schrie der Truppe zu: „Wir sind nicht viele! Wir dürfen uns nicht einkesseln lassen! Wir gehen durch das Nordtor!"

Dass es weder das Nord-, Süd-, West- oder Osttor noch gab, lernten sie kurz darauf. Dass sie zu spät waren, wurde rasch offensichtlich, als ein feuriger Pfeilregen auf sie niederprasselte, noch ehe sie nahe genug zum Angriff waren. Pferde gingen wiehernd zu Boden und begruben ihre Reiter unter sich. Schmerzerfüllte Schreie ertönten von allen Seiten. Nach der Reihe gingen die Soldaten in Flammen auf. Die Flammen sprossen aus dem Boden. Ihre Entstehung folgte keiner Logik. Sie kamen aus dem Nichts. Alles ging schnell und geschah in Abwesenheit jeglicher Gnade.

Als Flammen nach den Hufen von Omid Parvids Pferd griffen, scheute es und warf ihn ab. Der Wüstenboden brannte, auch wenn es unmöglich erschien. Er brannte und die Hitze war unerträglich. Welchem verheerenden Zauber auch immer das zuzuschreiben war!

Durch den Rauch beobachtete Omid Parvis hustend und keuchend, eine kleine Truppe von Menschen, die auf sie zu gehastet kam. Alle seine Gliedmaßen schmerzten vom Sturz, und seine Rüstung wurde gefährlich heiß. Dass es sich um Frauen handelte, die aus der Stadt zu flüchten versuchten, erkannte er erst im zweiten Augenblick.

Es dauerte einen weiteren Moment, ehe es ihm gelang, sich zu orientieren und ehe er aufsprang und zu laufen begann. Er brüllte den Soldaten zu, dass sie es ihm gleichtun sollten. Manchen gelang es, andere versuchten mit ihren Tüchern oder ihren fast-leeren Wasserflaschen den Brand zu löschen. Es war ein fürchterlicher Tod – am lebendigen Leib zu verbrennen!

Dann aber – mit einem Schlag war es vorüber, und auf die Hitze folgte eisige Kälte, nur noch dichte Schneewolken fehlten am Himmel. Der Atem vor Omid Parvis gefror. Er hörte Kasra brüllen: „Nein, du lässt sie in Frieden!" Er drehte sich einmal um sich selbst, ehe er eine schwarze Silhouette entdeckte. Obwohl er noch nie einen von ihnen gesehen hatte, so erkannte er dennoch, dass einer der neun Schatten vor Canan Gul stand. Einer dieser grauenhaften Rächer! Und er

216

streckte die Hand in Richtung ihres Herzens aus. Canan Gul war von ihrem Ross geworfen worden. Neben ihr kreischte die schlanke Gestalt, die hinter ihr hergeritten war und die Omid als Afson, die Hebamme Canans erkannte. Sie war zumindest sorgsam genug gewesen, die Hebamme mitzunehmen, schoss es durch seinen Kopf, auch wenn es keine Relevanz mehr zu haben schien. Sie waren Todgeweihte. Die Kälte ging von dem Schatten aus. Aus den Augenwinkeln bemerkte er, wie Kasra auf das Wesen zustürmte, während Canan Gul ihr Schwert zog und auf den Feind losging. Ihre Schläge waren gekonnt und geschickt. Sie zielte. Sie verfehlte. Der Schatten war schnell, verschwand immer wieder, um an einer neuen Stelle aufzutauchen. Griff sie ihn an, zielte zu seiner Brust, tauchte er in ihrem Rücken wieder auf. Die Kälte, die er ausstrahlte, begann zunehmend ihre Glieder zu lähmen und ihre Bewegungen wurden langsamer. Sie begann alte Zauberformeln zu murmeln. Omid Parvis humpelte zuerst noch, dann rannte er rasend und kochend vor innerlicher Wut auf das Geschehen zu. Kasra stand nun neben seiner Frau. Rücken an Rücken kämpften sie gegen den Schatten, ohne ihn je zu treffen.

„Tochter der Wolken!", sagte plötzlich eine eisige Stimme und es hörte sich an, als würde der Schatten schalkhaft dabei grinsen. Doch im nächsten Moment war da nichts weiter als eisigkalte Gleichgültigkeit herauszuhören: „Ich habe die Zauberer auf den Wehrgängen gebeten, euch nicht zu verbrennen. Der Herr wird mich feiern, wenn ich euch ihm bringe!" Sein Blick schoss in Richtung der rauchenden Stadt Alna. Die Flammen schienen versiegt zu sein. Und dann griff er blitzschnell nach vorne, packte Canan Guls Handgelenk, zog sie zu sich, während Kasra auf den Arm des Monsters einschlug. Dadurch gezwungen ließ er Canan Gul abermals los. Dann war Omid Parvis bei ihnen. Dass der Schatten sein Nahen bereits lange bemerkt hatte, war ihm klar, und so war er auf den Angriff vorbereitet. Der Schatten wich galant aus. Omid Parvis hasste ihn. So kämpften sie nun zu dritt gegen ihn, die wenigen Soldaten, die das Feuer überlebt hatten, traten an ihre Seite. Bald waren sie zu sechst, dann zu siebt, selbst Afson zog ein spärliches Messer und begann auf den Schatten einzuhacken.

Omid Parvis Kopf schoss umher. Einmal tauchte die Kapuzengestalt in Richtung der Weiten der Wüste auf, dann in Blickweite der Stadt. Doch so sehr er auch nach weiteren Überlebenden suchte, fielen ihm nur einige Kamele auf. Sie standen gemächlich am Rand des Geschehens, die Lasten noch am Rücken. Sie waren zu langsam gewesen, um in das Feuer zu kommen. Auch die Fußsoldaten, die sie geleiteten, hatten überlebt. Doch wo war die Armee des Feindes? Es dauerte einige weitere Schwerthiebe, die er auf den Schatten niedergehen ließ, bis er begriff, dass die Bogenschützen, die doch eben noch einen feurigen Pfeilregen auf sie hernniederregnen hatten lassen, von den Stadtmauern verschwunden waren. Dann nahm er eine Bewegung an einem der aus den Angeln gerissenen Tore wahr. In monotonem Gleichschritt marschierten Männer in düsteren Rüstungen auf sie zu. Ihre donnernden Schritte wurden vom Sand verschluckt.

„Wir müssen hier weg!", hörte er einen der Soldaten keuchen, dem das Geschehen ebenso wenig entgangen war.

Ein schmerzerfülltes Stöhnen ließ Omid Parvis herumwirbeln. Canan Gul war in die Knie gegangen, der Schatten nutzte die Situation aus. Doch Kasra war schneller. Und dieses Mal traf er ihn. Sein Schwertstreich hinterließ einen blutigen Schnitt am Bauch des Angreifers. Omid Parvis hatte keine Zeit, sich

218

darüber zu wundern, dass dieses Monster bluten konnte, begriff er doch den Grund für Canan Guls Schmerzenslaute. Sie war nicht getroffen worden, keiner hatte sie verletzt.

„Das Kind!", keuchte er fassungslos über den ungünstigen Zeitpunkt.

„Das sind nur die ersten Wehen! Ich halte durch bis – ahhrg …", schrie Canan Gul und krümmte sich abermals.

„Verschwinde du verdammtes Monster! Lass meine Familie in Frieden, du Missgeburt!", brüllte Kasra zornig und …

Der Schatten taumelte zurück, die Hand ungläubig auf seine Wunde gelegt und war mit einem Schlag fort.

„Wo ist er hin?", keuchte die Hebamme Afson und schwenkte, panisch den Kopf herum.

„Haut ab wegen eines kleinen Schnitts, dieser Feigling?", kommentierte einer der Soldaten.

Dann schrie Canan Gul wieder, griff nach dem Arm ihres Mannes und packte so fest zu, dass dieser selbst schmerzerfüllt aufkreischte und beinahe einen Luftsprung machte.

„Die Kamele!", befahl Omid Parvis.

„Mein Vater!", brüllte Canan Gul. „Ihr müsst ihm – oh, verdammt!" Sie krümmte sich. „Ich hätte diesen Schatten töten können, wenn nicht die Wehen … ahhrg …"

„Wir müssen hier weg!", erwiderte Kasra eindringlich.

„Nein, mein …" Sie machte einen Schritt, stolperte. Omid fing sie auf. „Nein!", sagte auch er bestimmt. „Wir müssen dich in Sicherheit bringen!"

Die aus Alna flüchtenden Frauen hatten die spärliche Gruppe erreicht, ebenso kamen die Soldaten des Dunklen unaufhaltsam näher. Eine der Frauen rief: „Herrin Canan, seid Ihr es? Herrin? Oh, es ist so schrecklich, Euer Vater hat sich geweigert, den Schild zurückzulassen!"

„Er. Ist. Noch. Da. Drinnen?", presste Canan Gul gequält hervor. „Ihr. Müsst. Ihn. Retten!", flehte sie dann und ihr Blick fixierte Omid Parvis. „Omid. Bitte!"

Omid nickte schlicht.

Doch ehe er sich umwenden und einen todsicheren – seines Todes sicheren – Plan schmieden konnte, der ihn in die Stadt und den König hinausbringen sollte, sprach eine andere der geflohenen Frauen und legte ihm die Hand auf den starken Unterarm: „Tut das nicht! Der König ist so gut wie tot."

„Was?", wimmerte Canan, ehe sie wieder schmerzerfüllt kreischte und die Truppe näher und näher kam, obgleich sie es nicht eilig zu haben schien. Sie wirkten wie Maschinen, die auf Sparflamme liefen, jederzeit bereit, in den Galopp zu verfallen.

Kurz darauf war Canan Guls Widerstand so gering, dass sie sie auf eines der Kamele setzen konnten.

„Wohin?", fragte einer der Soldaten. Die Haut seines linken Armes war verkokelt. Es musste qualvoll sein und es roch nach verbranntem Fleisch.

„Es gibt eine Gebirgskette unweit von hier. Dort sind Höhlen", erwiderte Kasra. Keiner widersprach und ihre Flucht begann.

Indessen stöhnte der neunte Schatten wütend und wischte das Blut fort. Er stand in einer Halle inmitten des Palastes der Stadt Alna. Vor ihm keuchte ein Mann ob seines jähen Auftauchens erschrocken auf.

„Verfluchte Schwerter! Verfluchte Krieger!", murmelte der Schatten rasend. Der Mann vor ihm war der letzte, der noch auf seinen Beinen stand. Die Soldaten des Dunklen hatten eine gute Arbeit geleistet. Wer nicht tot war, der flehte ihm zu dienen. Dieser Mann allerdings verteidigte etwas, das bereits in einer der Vornächte von einem seiner Schattenbrüder zerstört worden war und nur noch eine tote Hülle seiner früheren Pracht war. Der Mann verteidigte also nur einen nutzlos gewordenen Gegenstand. Wie töricht, dachte der neunte Schatten.

Er hegte kein Mitgefühl, als sich der Mann, der sich selbst als König bezeichnete, wenig später unter seiner kalten, tödlichen Hand wand und leise seine letzten Worte hauchte: „Du wirst meine Tochter nie finden! Du weißt, dass eure Zeit eines Tages vorüber sein wird!" Der König sprach keine Zauberformeln mehr, obwohl er es wohl gekonnt hätte. Doch er war geschwächt, und er war alt. Der Angriff auf diese Stadt war mit Absicht jetzt erfolgt. Der König war krank gewesen, das hatte seine Magie geschwächt. Deswegen war es ihnen gelungen einzudringen und das Schild zu zerstören.

Sollte er ihm sagen, dass er seine Tochter bereits gefunden hatte, grübelte der neunte Schatten. Dann war es still in dem prächtigen Saal. Die Wände bestanden aus gold-gelbem Sandstein, in den fabelhafte Muster eingeschnitzt waren. Dem Schatten war die Pracht dieser Wüstenburg mit den ausladenden Säulengängen, den grünen Gärten, den verspielten Brunnen, den Rosenranken so gleichgültig wie alles andere. Nur eines kümmerte ihn: Er würde sich an Canan Gul, der Tochter jenes Mannes vor ihm, rächen. Er würde ihr in einer dunklen, einsamen Nacht auflauern. Er würde sie wiederfinden, wenn sie allein war und keiner dieser Männer sie behütete. Und er würde sie zu seinem Herrn bringen. Er würde ihn königlich entlohnen für seine Heldentat! Nur wegen eines uralten Zaubers war sie ihnen so lange verborgen geblieben. Langsam wandte er sich dem gewaltigen Spiegel zu, der das kalte Mondlicht reflektierte und der sich hinter einem reich verzierten Thron befand. Er schritt auf ihn zu, sein Spiegelbild war düster, ehe das Glas mit einem kristallklaren Geräusch zerbarst. Eingearbeitet in den Hohlraum dahinter war ein mannsgroßer Schild. Er war nicht prächtig, er war nicht verziert, er war nicht im Geringsten so, wie er es sich vorgestellt hatte, aber der Riss, der durch seine Mitte ging, hatte die Pracht vermutlich mit sich in den Abgrund gerissen. Er hob die Hand und der Schild schwebte auf ihn zu. Als er ihn in Händen hielt, flüsterte er leise: „Ich werde dich wiederfinden, Tochter der Wolken. Jetzt schützt dich und dein Reich kein Schild mehr!" Und mit diesen Worten verschwand er.

Sie waren mächtig, aber sie waren noch nicht mächtig genug, um zu vollenden, was vor langer Zeit begonnen worden war. Das wusste der neunte Schatten.

*W*enige Stunden später tauchte eine tiefrote Abendsonne den Wüstensand in ein blutiges Licht. Hohe Sandberge warfen bedrohliche Schatten, und eine sanfte Brise spielte mit den Sandkörnern der Dünen. Die Kamele der Karawane waren an Felsen festgebunden worden, kauten sorglos und ließen den Blick hinauf zu den Höhlen schweifen, in denen sich diese – in ihren Augen wohl seltsam verhaltenden – Menschen versteckten.

Die Kamele zuckten zusammen, als ein Schrei, der das Blut in den Adern gefrieren ließ, die anbrechende Nacht durchbrach. Es war ein Schrei, so schmerzerfüllt und zugleich erschöpft, dass es auch den Männern am Rand der Höhle, aus der er kam, die Haare zu Berge stehen ließ. Afson hatte sie verscheucht, hatte ihnen gesagt, dass sie nur fehl am Platz waren. So verharrten sie nun hilflos vor dem düsteren

Eingang, dessen Inneres von einigen spärlichen Kerzen erleuchtet wurde. Ihnen war gar nicht wohl in der Magengegend.

Kasra und Omid Parvis schwiegen einander an, während ihnen der immer stärker werdende Wind durch die Kleidung fegte und die Schreie der Geburt immer leiser wurden, bis sie schließlich ganz verklangen. Es war ein Moment, in dem alles den Atem anzuhalten, alles nur darauf zu warten schien – gleißend hellblau wirkte plötzlich der Himmel über ihnen, als sich die Sonne vom Tag verabschiedete – und dann brüllte eine frische, fremde Stimme. Sie kreischte sich die Seele aus dem Leib, als kleine Augen das Dunkel der Höhle erblickten, und dass das Erste war, was sie von dieser verkorksten Welt sahen, und beiden Männern draußen fiel ein Stein vom Herzen. Doch ohne einander anzusehen, wussten sie, dass etwas nicht stimmte, denn so laut das Neugeborene schrie, so leise war die Mutter geworden. Etwas war fort. Etwas, das das Leben der beiden Männer für immer verändern würde. Und als Kasra sich umwandte und Omid Parvis grob zur Seite stieß, da drang das erste Flehen und das erste Wimmern aus der Höhle. Omid Parvis verharrte wie ein stummer Wächter, während Kasra schmerzerfüllt ihren Namen brüllte: „Canan! Canan Gul! Wach auf! Wach doch auf!"

Aber ihre Stimme war stumm.

„Das darf nicht …" Kasra schwieg. Omid Parvis sah die Schatten, die die Kerzen warfen. Er sah, wie Kasra die leblose Gestalt schüttelte, sah, wie die Hebamme Afson, ihn von dem Körper fortzerrte, und dazwischen brüllte das Kind, das nicht wusste, dass es ohne Mutter aufwachsen würde. Das Kind, das nicht wusste, was gerade um es herum geschah. Es war wie ein Scherenschnittbild. Alles war nur schwarz und weiß.

Grau schien es nicht mehr zu geben. Sein Herz blieb stehen, während sein Kopf langsam zu begreifen begann.

Und dann stürmte Kasra aus der Höhle und packte Omid Parvis am Kragen seines Kaftans. Er wehrte sich nicht, war selbst zu starr, um zu reagieren, als ihn ein Schlag in den Magen traf, dann mitten ins Gesicht und seine Nase beinahe brach. All das untermauerte Kasra mit den zornigen Worten: „Das ist deine Schuld, du Verräter! Daran bist du schuld! Ohne …" Aber er sprach nicht aus, dass das neugeborene Mädchen Omid Parvis Blut in sich trug, denn Kasra war Canans Mann, und er hätte niemals Schande über seine geliebte Frau gebracht. Nicht einmal jetzt.

„Das ist grausam!", hauchte Kasra in sein Ohr und ließ von Omid Parvis ab, stieß ihn angewidert von sich fort, sodass dieser nur mit Mühe nicht über den Felsenrand stolperte. „Am Morgen verliert sie ihren Vater und mit diesem Wissen stirbt sie. Das ist nicht gerecht!" Viel, viel leiser knirschte er, ohne Widerrede zu dulden: „Sie wird als meine Tochter aufwachsen!"

Und mit diesen schicksalsträchtigen Worten taumelte Kasra den schmalen, steilen Pfad hinunter zu den Kamelen, und Omid Parvis sah ihm nach. Ein Gewicht so schwer wie der ganze Himmel lastete auf seiner Brust. Sein Blick wanderte in die Höhle, und ohne es kontrollieren zu können, taten seine Füße Schritt vor Schritt, bis er vor ihr stand. Niemals hatte er sie so hilflos gesehen, so bleich so – es gab keine Worte dafür, was er sah, und er bereute es zutiefst, die Höhle überhaupt betreten zu haben. Aber selbst im Tod war sie noch schön und makellos. Die schwarzen Haare umrahmten das weiße Gesicht, die Wangen waren noch gerötet von der Anstrengung. Aber überall war Blut. Die Decken, die die anderen Frauen untergelegt hatten, waren völlig durchnässt davon, der gold-gelbe Steinboden war getränkt.

„Herr!", drang Afsons Stimme an sein Ohr. „Herr? Könnt ihr das Kind für einen Augenblick nehmen, während wir sie säubern?"

Die unwissende Hebamme reichte ihm seine Tochter, die in ein sauberes, blaues Tuch eingewickelt war. Ihre kleine Händchen griffen in der Luft nach Unsichtbarem. Die Äuglein mühten sich zu Sehen. Nie zuvor hatte er etwas Schutzloseres gesehen, nie zuvor hatte er sich so gefühlt wie jetzt – überwältigt, stolz und voll unerträglichem Schmerz. Er wollte mit Nein antworten, doch er konnte es nicht. So trug er seine Tochter hinaus in die Nacht und beobachtete aus den Augenwinkeln Kasra, der auf eines der Kamele stieg und hinaus in die Weite der Wüste ritt, um der Nacht seinen Schmerz anzuvertrauen.

„Lapis", flüsterte Omid Parvis sich an den hellblauen Himmel im Moment ihrer Geburt erinnernd. „So werde ich dich nennen!"

Unweit von ihnen ließ sich ein schwarzer Rabe auf einem der Felsen nieder, neigte den Kopf zur Seite und blickte sie aus klugen, dunklen Augen an. Es war eine eigenartige Erscheinung mitten in der Wüste, doch Omid Parvis konnte kein großes Interesse daran finden, war ein wichtiger Teil seiner Welt doch gerade zusammengebrochen.

Als eine ganze Stadt verschwand

Elf Jahre waren eine lange Zeit, um zu erkennen, dass ein Gefängnis vieles bedeuten konnte, und dass Gefahr nicht immer deutlich festzustellen war. Sie konnte leise und schleichend eintreten, unbemerkt vor den Augen eines aufmerksamen Beobachters, oder laut und plötzlich, wie eine Steinlawine, die einen Berghang hinunterschießt. Manchmal war sie sogar recht freundlich und konnte einladend wirken, nur um dann wie ein Feuerinferno zuzuschlagen. Camilla lernte es zu unterscheiden. Es dauerte aber eine Weile, bis sie erkannte, welche Abgründe sich in den Seelen Verlorener und Vergessener auftun und sie verschlingen konnten. Nicht jeder von ihnen war *per se* ein schlechter oder ein guter Mensch. Es gab kein Schwarz oder Weiß, begriff sie. Nirgends auf der Welt. Vor allem aber nicht in Lysmoor. Es gab Licht, es gab Dunkelheit, und dazwischen hausten die Schatten der Dämmerung. Je älter sie wurde, desto deutlicher zeichnete sich das Bild ab: Diejenigen, die aus dem Labyrinth herausgefunden hatten, lebten noch nicht ganz in der Dunkelheit, aber das Licht blendete sie. *Sie* waren nicht grausam, *sie* waren keine Schatten. Doch viele von ihnen schienen die Grenze zwischen hell und dunkel nicht mehr kennen. Jedem folgte sein Schatten auf Schritt und Tritt. Die erste dieser verwirrenden Lektionen lernte sie als Dreizehnjährige, als sie beschloss, auf eine mutige Erkundungstour zu gehen, um Aegirs und vor allem Brors Neckereien, sie sei ein kleiner Feigling, auszuräumen. Eines Tages wagte sie sich wieder an den Rand der Klippen vor Lysmoor. Dort wohnten Skipp Skaug und Kuz in einer kleinen

Hütte. Sie war ihm in den letzten drei Jahren erfolgreich aus dem Weg gegangen.

Die Erinnerung an dieses kleine Abenteuer geisterte ihr immer noch durch das Gedächtnis. Sie hatte sich gefürchtet, auch wenn es lächerlich wirken mochte. Wie Bror vor dem Wolf hatte sie sich gefürchtet!

Die Geschichte lautet folgendermaßen:

Skipp Skaug verschränkte gelassen die Arme vor der Brust. Seine blonden Locken hüpften im Wind auf und ab. Sie wirkten, als wollten sie davonfliegen. Die Brise kam vom Meer und war kühl. Seine tiefbraunen Augen, die so schwarz waren wie die dunkelste Nacht und so tiefgründig wie das bodenlose Meer, blickten in die Ferne. So stand er da, am Rand der tiefen Klippen, gegen die die tosende Brandung brauste und schlug. Es roch nach der Gischt und nach der Kühle von nahendem Schnee. Camilla fröstelte. Weder das eine noch das andere nahm sie wahr. Es war einfach da, und das Zittern gründete auf etwas anderem – einem unbehaglichen Gefühl, das begann, sich in den Untiefen ihrer Brust breitzumachen. Sie wagte es nicht, aus dem Schatten der Hütte zu treten. Sie wollte lautlos mit ihren kleinen Füßen über den Kiesweg tapsen, möglichst weit weg von diesem Ort und seinen beiden Bewohnern, wobei von der unheimlichen Kuz, mit ihren Kinnhaaren, weit und breit nichts zu sehen und hören war. Immerhin. Trotzdem. Sollten Bror und Aegir sie doch einen Feigling nennen! Furcht konnte so verdammt lähmend sein!

„Du hast Angst vor mir, nicht wahr?", riss sie Skipp Skaugs Stimme aus ihren Gedanken und sie stierte ihn erschrocken an. Er hatte sich umgedreht und mit seinen dunklen Augen fixiert. Ein schmales, unheimliches Lächeln umspielte seine Lippen. Er tat einen Schritt auf sie zu. Sie wich zurück. Er neigte den Kopf zur Seite. Das Lächeln verschwand und wich einer überraschend tiefgründigen Sorge. Er verharrte. Schwarz und Weiß – Licht und Schatten lagen so nah beisammen.

„Es tut mir leid, wenn ich dir Angst gemacht habe im Labyrinth! Es tut mir leid, wenn ich dir Schmerzen zugefügt habe. Das wollte ich nicht!", murmelte er und verzog das jungenhafte Gesicht.

Camillas Herz raste. Eine seltsam vertraute Mischung aus Gefahr und Vertrauen lag in der Luft, die so gar nicht zusammenpassen wollte. Skipp Skaug wirkte unsicher, für was er sich entscheiden sollte: Gefahr oder Vertrauen? In ihm tobte ein Kampf. Sie wich noch weiter zurück. Jetzt war das trotz der Kühle des nahenden Winters warme Holz der Blockhütte in ihrem Rücken. Ihr Gesicht war starr. Lauf davon, schrie es in ihr, aber ihre Füße waren mit dem frostigen Boden verwurzelt.

Skipp Skaug blieb gnädigerweise weit weg von ihr stehen, aber sein Blick, der sie so unendlich nervös machte, musterte sie weiter eingehend.

„Schon seltsam", grübelte er und seine Stirn legte sich in Falten. „Keinem ist das vor euch gelungen. Einen Weg aus dem Labyrinth zu finden. Aber das hier …", fuhr er fort. „Die Stadt hier ist unser neues Gefängnis, das von dieser Mauer umschlossen wird, die uns mit einer grausamen Gnade auf die Welt blicken lässt und uns vor ihr verbirgt. Gestern ist hier ein Schiff vorbeigefahren. Ich konnte die Besatzung sehen, so nah war es im Schatten der Klippen. Aber mich haben sie nicht gesehen. Ist das nicht seltsam? Ich mache dir immer noch Angst …", stellte er fest. Sie war einige Schritte nach rechts in Richtung des rettenden Fluchtwegs gerückt.

„Geh!", sagte er leise. „Ich will nicht, dass du dich fürchtest!"

Sie sah ihn überrascht an. Ein Teil von ihr hatte wohl den Eindruck gehabt, er würde sie gleich wieder in Fesseln legen und auf sie einreden, damit er nicht mehr einsam wäre.
Sie blieb.
„Du zitterst. Es ist kalt. Lass uns in die warme Hütte gehen. Ich mache uns einen Tee."
Und plötzlich rannte er auf sie zu, packte sie grob an den Handgelenken und zerrte sie gebieterisch in die Hütte.
„Glaubst du wirklich, ich lasse dich gehen?", zischte er finster.
Sie kreischte erschrocken ob seiner Gemütsschwankung auf.

„Als ich zum ersten Mal auf Edvard traf, hat er gesagt: Du gehörst hier nicht hin, du bist keiner von uns! Aber der Zwerg, der Drache und du – ihr könnt unmöglich zu *ihnen* gehören, nicht wahr?"
Der Tee dampfte herrlich. Er wärmte ihre kalten Eisfinger. Sie hätte sich glatt wohlfühlen können, doch lag eine bleierne Düsternis über dem Schauspiel. Wenn sie nur den Versuch wagte, aufzustehen, verhärtete sich seine Miene und er packte sie und zerrte sie zurück auf den Stuhl. Immer wieder dazwischen veränderte sich sein Gesichtsausdruck und wurde schuldbewusst und er entschuldigte sich mitleiderregend. Sie ließ den Blick über die wenigen Habseligkeiten wandern, während sie die Beine auf den Stuhl zog und dann an die Brust, wobei der Tisch sie stützte. So fühlte sie sich ein klein wenig sicherer, wenngleich es Irrsinn glich. Es gab etwas, das wohl eine Küche darstellen sollte. Es gab einen kleinen Ofen, auf dessen Oberfläche der Teekessel dampfte und pfiff. Hinter Skipp im Dunkeln konnte sie zwei Betten erkennen. Das eine stand zur Meereswand hin, das andere gegenüber. Drei spärliche Fenster erhellten die Hütte. Dann gab es noch den Tisch mit seinen vier Stühlen und eine geschnitzte Garderobe

neben der Eingangstür. Das war alles. Im Vergleich dazu wirkte Edvards Schmiedehaus wie ein monumentales Schloss.

„Du redest nicht gern, hm?" Er zog die Augenbrauen zusammen und bedachte sie mit einem beinahe sanften Blick. Welches Entführungsopfer redet schon gern, fragte sie sich grimmig.

„Ich muss mich wohl dafür erklären, was ich dir angetan habe." Ja, das sollte er wohl! „Weißt du, du hattest Glück, du warst nur wenige Stunden dort unten." Ach, er sprach vom Labyrinth. „Aber wenn man Tage, Monate oder gar Jahre in dieser vollkommenen Dunkelheit verbringen muss, umgeben von eigenartigen Gestalten, die die Zeit in Monster verwandelt hat, dann beginnt man anders zu denken, anders zu fühlen und nimmt die Grenzen zwischen Recht und Unrecht nicht mehr als solche wahr." Das konnte sie gut verstehen. „Heute käme ich nicht auf die Idee, dich zu fesseln. Welchen Zweck hätte es, wenn du dich fürchtest? Aber dort unten, da war es meine einzige Option, um etwas vernünftige Gesellschaft zu haben. Gesellschaft, die mir das Gefühl verleiht, dass die Welt draußen noch existiert und mir zeigt, dass ich lebendig bin. Denn ich bin mir zuweilen nicht sicher, ob ich in der Welt der Toten wandle oder ob das hier echt ist, verstehst du, was ich meine? Weißt du, ich war einmal Seemann, habe aus den Tiefen des Meeres versunkene Schätze geborgen, habe sie auf Märkten auf der ganzen Welt um Unsummen verkauft. Ich bin in einer Wüstenstadt weit im Süden groß geworden – in Alna. Dort leben meine Eltern und mein Bruder heute noch. Sie waren nicht begeistert von meiner Berufswahl. Sie wollten, dass ich wie mein Vater Händler werde – Stoffhändler, oder ihretwegen auch Gewürzhändler, aber für mein Interesse an versunkenen Kuriositäten hatten sie kein Verständnis. Aber wie konnte ich

230

das schon von ihnen erwarten? All die unerwarteten Abenteuer! Weißt du, deswegen habe ich sie verlassen. Ich bin fortgegangen. Zuerst in die Küstenstadt Silvat-ut. Dort habe ich ein Mädchen getroffen. Bevor ich zum ersten Mal das Schiff betreten habe und mit meinen Kameraden losgesegelt bin, habe ich sie geheiratet. Jahrelang war ich auf Reisen, und als ich zurückkam, habe ich festgestellt, dass ich einen Sohn habe. Ich habe von seinem jungen Leben nichts mitbekommen!" Skipp Skaug haderte und verstummte kurz. Sein Blick war ungewohnt trübsinnig. Er schenkte ihr ein entschuldigendes Lächeln und wischte sich über seine feucht gewordenen Augen. Dann fuhr er fort: „Ich Idiot, ich bin wieder weggesegelt! Und nie wieder zu ihnen zurückgekommen. Das geht jetzt nicht mehr." Er zuckte mit den Schultern.

„Was ist passiert?", fragte Camilla. „Also, ich meine …", stammelte sie unbeholfen. „Wie bist du ins Labyrinth gekommen?"

„Wir haben ein Schiff gesucht – die Skaja. In Legenden hieß es, es wäre das Schiff eines Mannes, der versucht hat, den Dunklen zu Fall zu bringen. Es hieß, es wäre in einem grauenhaften Sturm vor der Küste Silvat-uts untergegangen. Aber niemand hat das Wrack je gefunden. Es solle voll von unsagbaren Schätzen sein!"

Er hielt inne.

Camilla sagte leise: „Ihr habt es gefunden."

Er nickte. „Wir haben es gefunden. Den größten Schatz, den wir darauf gefunden haben, nahm ich in jener Nacht mit in meine Kajüte – den Ring." Camilla horchte auf. „Es war eine stürmische Nacht, das weiß ich noch. Der Wellengang war viel zu hoch. Es war laut." Er hielt kurz inne und schwelgte in der

Erinnerung. „Als ich am nächsten Tag aufwacht bin, war ich im Labyrinth."

„Oh", entglitt es Camilla. „Der Ring ist also der Grund, warum …"

„… der mich von Edvard und den anderen unterscheidet. Auf welche Weise auch immer. Ich sollte nicht im Labyrinth sein. Solltest du es sein, Camilla?"

Sie schüttelte den Kopf, vor ihrem inneren Auge beugte sich bedrohlich drohend der Schatten über sie. Sie schlang die Arme fester um ihre Beine und biss sich nervös die Unterlippe blutig. Skipp blickte sie stumm an. Das war es, begriff sie, was ihr so Angst an ihm machte – abgesehen von seiner Unberechenbarkeit: Sein Blick war leer, wenn er lächelte. Sein Blick war leer, wenn ihm Tränen über die Wangen liefen. Sein Blick war leer, als würde er seine Gefühle nur spielen, um nicht wie ein kaltblütiger Mann zu wirken.

„Ich müsste tot sein", stellte sie leise fest, nur um etwas zu sagen, und um nach einem Einwand zu suchen, wieder aufzustehen und ihretwegen als Feigling zurück in das Schmiedehaus zu kehren. Sie zitterte, aber sie wollte nicht, dass Skipp das bemerkte.

„Genau wie ich. Wer sagt uns, dass wir es nicht sind, hm? Vielleicht ist das Labyrinth das, was danach kommt? Ich meine die Zeit – die Zeit dort unten vergeht doch praktisch nicht."

Camilla schüttelte energisch den Kopf. Das wollte sie nicht glauben.

„Aber hier werden wir älter!", warf sie ein.

„Vielleicht …"

Donnernd wurde die Tür in ihrem Rücken aufgerissen. Sie schreckte zusammen und wirbelte herum. Ihre Hände schlugen hart gegen das Holz des Tisches. Sie fluchte. Es schmerzte. Im Eingang stand furchteinflößend Kuz. Sie bemerkte gar nicht, dass die Frau sie überrascht betrachtete und nicht mit der Gier, sie aufessen zu wollen. Das war die perfekte Gelegenheit zu flüchten! Sie nahm die Beine in die Hand, schlüpfte blitzschnell an ihr vorbei und lief so rasch sie konnte den Kiesweg entlang in Richtung Stadt. Sie schwor sich, sich nicht mehr so schnell allein auf Erkundungstour zu machen. Auch Skipp Skaug hörte sie nur am Rande rufen: „Hab keine Angst, wir tun dir nichts!", so laut pumpte das Blut durch ihre Adern. Sie hatte das Gefühl, taub geworden zu sein, so laut pochte es in ihren Ohren. Natürlich, dachte sie verschreckt und mit einem gewissen Sarkasmus, du tust mir nichts?

Tatsächlich würden sie eines Tages sogar so etwas wie Freunde sein, aber das hätte sie sich in diesem Augenblick noch nicht erträumen lassen.

Das war der Unterschied, begriff sie später. Sie schienen sich entscheiden zu können, wer sie sein wollten, ob sie der Dunkelheit trotzen oder ihr inneres Gefecht gegen sie aufgeben wollten. Das Labyrinth hatte die Schatten keimen lassen, Lysmoor war die Chance auf Heilung.

Acht Jahre nachdem diese Erinnerung entstanden war, brach hoch oben im Norden ein winterlicher Morgen an. Eiszapfen hingen an den Häuserzinnen. Es war das Jetzt. Camilla betrat wie gewöhnlich die Schmiede. Edvard, der Hüne, sagte zu ihr: „Die Zeit, Camilla, ist für dich noch ein Segen, aber für mich ist sie schon lange ein Fluch!" Die Zeit schien das Problem aller hier zu sein. Es war auch schon eine Weile her, seitdem sie das begriffen hatte. Bei diesen durchaus tiefgründigen Worten betrachtete er das Bild seiner toten Frau, das eingerahmt an der rechten Wand der Werkstatt hing. Er hatte es so platziert, dass er es immer im Blick hatte, wenn er am Amboss stand und seine Messer schmiedete. So schwelgte er tagein, tagaus in seinen Erinnerungen und war manchmal sogar so vertieft, dass er Camilla weder heimkommen noch gehen hörte. Immer wenn das Eisen in der Esse glühte und er wartete, fing er galant mit seinen Fingern den Flachmann aus der Tasche und trank. Ohne einen gewissen Alkoholpegel war er nicht mehr der Gleiche. Manchmal dachte Camilla, dass es für ihn wohl im Labyrinth besser gewesen wäre. Dort hatte es immerhin keinen Rum, keinen Schnaps, kein Sahti und keinen Wein – also keine Versuchung – gegeben. Aber sie sagte es ihm nie. Dass es sie bekümmerte, wie er sich gehen ließ, das sagte sie ihm allerdings täglich. Es änderte nichts. Edvard war wie ein Vater für sie geworden, hatte er ihr doch ein Zuhause geschenkt, ein warmes Feuer im Winter, gutes Essen, ein klein wenig Geld und vor allem Fürsorge und Sicherheit. Es war ein einfaches Leben. Aber ein friedliches. Friedlich war die Stadt, wenn man einmal von den gelegentlichen Angriffen der Wölfe, die Schafe rissen, oder von dem einen oder anderen Bären absah, dem ein Wanderer zu nahekam. Das Gleichgewicht der Natur herrschte, und das war alles, und das war gut so.

„Wohin gehst du, Camilla? Hinauf in die Berge oder ins Schloss?", fragte er und wandte für einen kurzen Moment den Blick von dem Bild. Camilla hielt überrascht inne. „Für gewöhnlich fragst du nicht danach", sagte sie.

„Heute frage ich danach", erwiderte er.

„Ich gehe ins Schloss zu Maya und Henrick."

„In die Bibliothek?"

„Soll ich dir ein Buch mitnehmen?"

„Gehst du danach hinauf zum Jörkapp?"

Das Jörkapp war der Gebirgszug nördlich der Stadt, den man aufgrund der alljährlichen Schneelast allgemeinhin als die *weißen Berge* bezeichnete und auf dessen Spitze die unsichtbare Mauer die Stadt von der Welt trennte. Selbst im Inneren der Berge war das so. Bror hatte mit ein paar Kameraden schon vor Jahren begonnen, eines der Höhlensystemen auszubauen und nun befanden sich darin wahrhafte Kunstwerke aus Stein. Sie hatten sich ein schönes Zuhause gebaut, auch wenn Bror sich ständig beschwerte, dass er die gewaltigen Hallen seiner Heimat vermisste. Das neue Zuhause war zudem eines, das den Zwerg nie von seinem inzwischen ziemlich großen Freund Aegir trennte. Denn der hatte es sich in einer Höhle über dem Eingang des Zwergendorfs gemütlich gemacht.

Aegirs Körper besaß nun ganz andere Dimensionen, wenngleich er immer noch nicht erwachsen war. Er war so groß wie ein ausgewachsener Elefant – zumindest vermutete Camilla das, denn sie hatte noch nie einen echten gesehen. In der Tat passte Aegir gerade noch so durch die schmale Gasse, die zur Schmiede führte. Deswegen verbrachte er die meiste Zeit auch in der Luft über der Stadt, anstelle auf den Straßen. Nicht alle seiner Schuppen waren nachgewachsen. Edvard hatte Eisenschuppen für die nackten Stellen gefertigt. Sie klirrten bei jedem Flügelschlag wie leise Glocken.

„Hatte ich vor."

Für Camilla war es ein fast zweistündiger Fußmarsch zu ihren beiden Freunden, den sie allerdings beinahe täglich gern in Kauf nahm. Manchmal hatte sie das Gefühl, sie besuchte sie nur um ihrem Gezanke zu lauschen. Aber sie betrachtete es liebevoll. Keiner der beiden meinte es böse mit dem anderen.

„Nimm ihm bitte die Hacke hier mit. Ich habe sie repariert. Der Stiel sollte wieder eine Weile halten." Sie nickte.

Mit der Hacke im Schlepptau marschierte sie aus der Schmiede. Da wusste sie noch nicht, was für ein ausgesprochen eigenartiger Tag sie erwartete und dass sie sogleich auf der Stelle kehrtmachen würde. Die Sonnenstrahlen führten ihren ersten Frühlingstanz auf. Sie neckten den Schnee in den Gassenecken und vertrieben das Eis, das das Betreten der Straßen zu einem Kunststück machte. Die Nachbarin stand am offenen Fenster, schüttete einige Körner für die Vögel auf die Fensterbank und winkte Camilla freundlich lächelnd zu. Camilla winkte zurück und wollte sie gerade nach ihrem Befinden fragen, doch so weit kam es nicht. „Wo ist er?", fauchte Kuz. Sie schenkte ihr aber keinen Blick. Stattdessen stieß sie sie beinahe um, als sie aufgebracht durch die Doppeltüren der Schmiede hinter ihr stürmte.

Camillas Herz blieb vor Schreck fast stehen. Deswegen verharrte sie einfach wie ein Eisblock und wechselte einen verdutzten Blick mit der Nachbarin. Diese schloss kopfschüttelnd und gleichzeitig lachend das Fenster. Camilla seufzte tief und zählte leise: „Eins. Zwei. Drei …" Und dann ging es auch schon los. Die gleiche Leier wie jeden Tag. „Man könnte glatt die Uhr danach stellen", knirschte sie.

„Dass du überhaupt noch am Leben bist, du verfluchter Schmied! Weißt du, warum sie tot ist? Das ist deine Schuld! Deine ganz allein! Ich verfluche dich! Sollst du leiden, sodass …"

„Kuz!" Camilla machte kehrt und griff der alten Dame auf die Schulter. „Kuz!"

„Was Kind? Lass die Finger von mir! Ich hab ja recht! Und du – du …" Sie drohte Edvard mit ausgestrecktem Zeigefinger, ganz so, als wolle sie ihn damit verfluchen. Edvard hörte auf zu hämmern. Für einen Moment herrschte eine erstickende Stille, ehe Kuz fortfuhr: „Du hast meine Tochter auf dem Gewissen!"

Edvard blieb gelassen. Er ließ Kuz ausreden, ehe er seelenruhig erwiderte: „Ich weiß!" Mehr nicht. Nur das. Camilla hatte ihn oft gefragt, was es mit dieser Anschuldigung auf sich hatte! Sie hatte auch Kuz danach gefragt – danach, was sie denn damit meinte, dass er ihre Tochter auf dem Gewissen hätte. Doch keiner der beiden hatte es ihr erklärt. Da die Szenerie aber seit beinahe fünf Jahren zur täglichen Routine gehörte, hatte Camilla längst begriffen, dass Kuz von der Frau auf dem eingerahmten Bild – von Edvards toter Frau – sprach. Nur konnte sie sich beim besten Willen nicht vorstellen, dass Edvard etwas mit ihrem Tod zu tun gehabt hatte. Doch es musste so sein – auch das hatte sie schon lange erkannt –, denn Edvard plagten nicht umsonst solche Schuldgefühle. Kuz' regelmäßige Erinnerungen trugen ihren Teil dazu bei.

„Komm, Kuz! Gehen wir heim!", versuchte sie ihr Glück.

„Ganz sicher nicht, Kind! Zuerst räche ich mich an dem ..." Der Finger war immer noch das Werkzeug erster Wahl. Camilla bemühte sich, nicht allzu amüsiert zu wirken, und legte ihr besänftigend die Hände auf die Schultern. Sie blickte ihr in die Augen und wiederholte eindringlich: „Wir gehen jetzt heim!"

Es dauerte noch eine Weile, aber letzten Endes gelang es ihr, die alte Dame nach Hause zu verfrachten. Auf der sonnenbeschienenen Wiese vor der Hütte, die sie sich mit Skipp Skaug teilte, war der Schnee bereits fast vollständig geschmolzen.

Die Tür stand offen. Die frische Frühlingsluft wehte durch die gesamte Hütte. Fröstelnd zog Camilla sie hinter sich zu und geleitete Kuz zu einem Stuhl hinter dem Tisch. Auch das war zum täglichen Ritual geworden. Weder Bror noch Aegir konnten sie da noch einen Feigling nennen!

„Willst du etwas trinken, Kuz?"

Die alte Dame blinzelte sie verwirrt an.

„Wasser?"

Sie schüttelte den Kopf. Ihre langen, weißen Haare flogen um ihre Schultern. Als Knochenfrau konnte Camilla sie kaum noch bezeichnen und als Menschen- oder Trollfleischliebhaberin schon gar nicht. Kuz' Erscheinung war gepflegt. Ihre Kleidung war sauber, ihre Wolljacke selbst gestrickt, ebenso die Handschuhe. Die schwarzen Kuhlederstiefel waren neu. Nichts erinnerte mehr an die Geistergestalt, die sie jahrhundertelang gewesen war.

„Hast du Hunger?" Sie entdeckte einen Brotlaib in einer Holzdose unter dem Fenster.

„Nein."

„Hast du schon gefrühstückt?"

„Nein."

„Kuz …" Camilla seufzte und lehnte sich gegen den Tisch, und bekam einen Moment später beinahe einen Lachanfall.

„Wo ist Skippy?", fragte Kuz. „Kannst du ihn für mich suchen?"

Mit vorgehaltener Hand, um das Glucksen zu verbergen, nickte Camilla.

„Warum lachst du?", fragte Kuz. Sie zog die Augenbrauen kritisch zusammen. Tatsächlich wirkte sie beleidigt.

„Ich gehe Skippy suchen!", beeilte sich Camilla zu sagen, ohne dass es ihr gelang, seinen verhassten Spitznamen nicht zu betonen. Da konnte man glatt jede Furcht verlieren! Beim Verlassen der Hütte griff sie nach einem großen, warmen Fellmantel, der auf der Garderobe neben der Tür hing, da drang Kuz' Stimme noch einmal an ihre Ohren: „Wo ist Egil?

238

Kannst du Egil suchen? Wo ist Arvid? Wo ist Tammo ..." Es waren insgesamt neun Namen, die sie sagte. Die gleichen neun Männer, nach denen sie täglich fragte. Immer die gleichen.

„Kuz, es tut mir leid, aber ich kenne sie nicht."

Die Enttäuschung, die der alten Dame ins faltige Gesicht geschrieben stand, brach ihr das Herz.

Sie fand Skipp Skaug dort, wo sie ihn immer fand. Er hockte mit angezogenen Beinen und nassem Oberkörper am Klippenrand und zog mithilfe einer Seilwinde einen Kübel nach oben. Darin zappelte eine spärliche Fischausbeute. Seine hellen Haare waren ebenso klatschnass wie seine Hose. Alles klebte an ihm fest, selbst der Rossschwanz, zu dem er die oberen Haare zusammengebunden hatte. Die Seiten rasierte er sich immer noch regelmäßig. Sie sahen aus wie kurze Stoppeln nach der Getreideernte.

„Warum machst du das bloß auch im Winter? Bei der Ausbeute zahlt sich das Risiko doch gar nicht aus!" Sie hielt ihm den Mantel hin. Ihr Blick wanderte nach unten zu den Eisplatten, die auf der sonst so stürmischen See Inseln gebildet hatten. Bei Skipps Fischstelle handelte es sich um eine kleine Bucht. Die äußersten Felsen waren allerdings die Säulen der unsichtbaren Wand. So war der Bereich, den er zum Fangen nutzte, ausgesprochen begrenzt. Hinzu kam, dass es keinen Weg hinunter gab. Bis auf den Klettersteig, den er sich gebaut hatte und an dessen äußerem Rand sich auch der Seilzug mit dem Kübel befand.

„Die Sauna ist schon warm", erwiderte er, als wäre es Erklärung genug, nahm allerdings den Mantel dankend an.

„Nur, weil die Sauna schon warm ist, heißt das noch lange nicht, dass du vereiste Klippen hinunterklettern und mit einem wackeligen Holzboot zwischen Eisplatten Fische fangen und dann auch noch eine Runde schwimmen gehen sollst."

Aus dem Schornstein des kleinen Häuschens, das sich seit einigen Jahren hinter seiner Hütte befand, stieg tatsächlich bereits Rauch empor.

„So bleibt man gesund! Willst du mitkommen?" Der Kübel war oben angekommen. Er grinste sie frech an.

Camilla schüttelte den Kopf: „Kein Bedarf. Mir ist ziemlich warm." Um es zu unterstreichen, zupfte sie an ihrem eigenen Mantel. Er stammte aus Eenys und Reenys Geschäft und war aus Leder, aber warm gefüttert. Sie konnte sich tatsächlich nicht über Kälte beschweren.

Er zuckte mit den Achseln: „Tut aber gut."

Camilla wusste nur zu gut, dass er damit recht hatte. Die Wärme tat nicht nur gut, sondern wirkte auch reinigend und ersetzte vor allem jetzt in der kalten Jahreszeit das regelmäßige Bad. Außerdem gab es kein himmlischeres Gefühl als jenes, nachdem man alles Üble aus sich hinausgeschwitzt hatte.

„Da draußen ist schon wieder ein Eisbrecher", stellte Camilla verblüfft fest, als ihr Blick an einem hängen blieb, der am Horizont gen Norden segelte. Dem Eisbrecher folgte ein weiteres Schiff, das aber eindeutig nicht für eisige Winter wie diesen gebaut war. „Warum sind dieses Jahr so viele Schiffe im Winter hier?"

„Flüchtlinge?", mutmaßte Skipp und erhob sich. Camilla nickte. Er folgte ihrem Blick.

„Ich beneide sie darum", meinte er schwermütig. Camilla zog eine Augenbraue hoch. „Das kann man jetzt aber auch falsch verstehen", erwiderte sie.

„Du weißt, wie ich es meine. Ich beneide sie nicht darum, dass sie mit hoher Wahrscheinlichkeit kentern und erfrieren werden."

„Du vermisst es, zur See zu fahren."

„Mhm, allerdings." Er gab sich für einen kurzen Moment seinen Tagträumereien hin. „Hab ich dir je die Geschichte erzählt, wie ich zu dem Ring gekommen bin, den du mir gestohlen hast? Es war nahe der Küste, ein wenig abgelegen von meiner Heimat im Süden. Wir sind so oft zur See gefahren, auf der Suche nach all den versunkenen Schiffen und den Schätzen, die sie mit in die Tiefe gerissen haben, ..."

„Hast du!"

Es kümmerte ihn nicht. Camilla seufzte resigniert.

„Ich wusste, dass mein Sohn nie wieder Hunger würde leiden müssen. Dieser Ring würde mir jede Menge Geld einbringen. Aber als ich am Morgen aufgewacht bin, war es dunkel – alles, und es ist nie wieder hell geworden."

„Das Labyrinth", sagte Camilla. Die alte Leier.

„Ich hab sie dir erzählt, hm?"

„Einige Male im Gasthaus. Abends, wenn du betrunken gewesen bist." Stimmte so nicht ganz. Egal, dachte sie.

„Mhm."

„Ich finde es immer noch faszinierend, dass sie direkt an uns vorbeifahren können und uns doch nicht sehen, dass unser Mikrokosmos so unsichtbar für sie ist. Als würden wir nicht hier stehen und ihnen zurufen oder zuwinken. Ganz so, als würden wir gar nicht wirklich existieren", sagte sie nachdenklich, um ihn von seiner Nostalgie abzulenken.

„Vermutlich würden sie uns auch nicht bemerken, wenn wir nicht unsichtbar wären."

„Meinst du?"

„Sie sind zu sehr in ihrer eigenen Welt gefangen, als dass sie unsere bemerken würden."

„Vielleicht hast du recht."

Ein kameradschaftliches Schweigen breitete sich aus, während beide dem Schiff entgegenblickten, das sich durch die Eisplatten kämpfte. Weit würde es nicht kommen. Camilla wandte schließlich den Blick ab. Sie wollte nicht sehen, wie es kenterte und sie so überhaupt gar nichts dagegen unternehmen konnten. Denn das passierte immer, wenn ein Schiff gegen die Mauer stieß – ob von außen oder von innen.

„Ich habe Kuz nach Hause gebracht", erinnerte sie sich zu erwähnen. Skipp hatte den Mantel nicht angezogen. Er trug ihn über dem Arm und in der Hand den Kübel mit den Fischen. So lenkten sie ihre Schritte zur Saunahütte.

„Wie aufgebracht war sie heute?"

„Auf einer Skala von eins bis zehn – etwa fünf. Es war schon schlimmer. Es ist eine so eigenartige Vorstellung, dass sie Edvards Schwiegermutter sein soll."

Skipp entkam ein leises Lachen, aber er erwiderte nichts darauf, was beinahe an ein Wunder grenzte.

„Weißt du, alle hier könnten den alten Legenden entspringen. Vor allem aber Kuz und Edvard. Der Schmied und die Hexe."

Camilla musterte ihn kurz. Neben ihr ging ein Mann, der um die Dreißig sein musste. Aber sein wahres Alter war ein anderes. Sie grübelte, doch konnte sich nicht mehr daran erinnern, wie lange Bror behauptet hatte, dass Skipp im Labyrinth gewesen war. Jedenfalls war er noch sehr jung gewesen, als er es betreten hatte.

„Und Dyrion." Er warf ihr einen neckischen Blick zu. Keiner wollte so recht ihre Grübeleien, was dieses Thema anging, hören, hatte sie das Gefühl. Keiner nahm es ernst! Vermutlich war sie auch ein wenig verrückt geworden. Denn logisch war nichts davon.

„Wie geht es Henrick?", riss er sie aus den Gedanken.

„Ich denke so wie immer, gut …"

„Nein, wie geht es dir mit Henrick?"

„Er hasst mich. Also unverändert."

„Er hasst dich nicht. Niemand kann dich hassen! Sag so etwas nicht. Er ist nun einmal in einer schwierigen Phase des Erwachsenwerdens."

„Er hat mich schon immer gemieden, Skipp."

Sie waren vor der Saunahütte angekommen, was das Gespräch beendete. Sie sahen einander schweigend an – ein ganz alltägliches Ritual, ehe er einmal kurz zum Abschied nickte und sie ihn freundlich anlächelte. Dann gingen sie auseinander.

Während sie durch die Schneereste über die eisigen Steinplatten zur Schotterstraße stapfte, die in die Stadt führte, wanderte ihr Blick abermals über das weite Meer. Sie grübelte, was hinter dem Horizont liegen mochte. „Wie weit seid ihr weg?", flüsterte sie leise. Nur ein Vogel, der unter dem Schnee nach Futter pickte, hielt inne und neigte den Kopf. „Meine Eltern. Henricks Eltern", erklärte Camilla dem Vogel und schüttelte gleich darauf den Kopf. „Jetzt rede ich schon mit Vögeln!" Der Vogel schien es als Beleidigung zu verstehen, und flatterte davon. Hoch oben kreiste ein weitaus größeres Exemplar. Doch er war so weit entfernt, dass man die Größe nur erahnen konnte. Es war ein überaus seltsamer Vogel. Die Schwingen waren zu lang, außerdem besaß er einen Schwanz, der eindeutig reptilienartig war. Die Sonnenstrahlen ließen das schuppige Federkleid glitzern. Sie lächelte und dachte: *Guten Morgen, Aegir! Ich habe Brors Hacke! Kannst du sie ihm mitnehmen? Er wird sie sicher ehestmöglich wiederhaben wollen!*

In engen Kurven schraubte sich Aegir aus hohen Wetterlagen zu ihr hinunter, ehe er ihr flügelschlagend einen eisigen Wind und einen etwas zu heißen Atem in das Gesicht blies. Er nahm ihr die Hacke ab und geleitete sie über ihrem Kopf Pirouetten fliegend und fröhlich plaudernd zum Schloss.

Wenig später betrat Camilla die Schlossbibliothek. Das tat sie jeden Tag. Sie sog tief den herrlichen Geruch nach alten Buchseiten ein. Er hing dort immer in der Luft. Er war ihr so vertraut geworden wie der Geruch nach verrauchtem Eisen, der für gewöhnlich von Edvards Schmiede aus das ganze Schmiedehaus durchzog. Genauso vertraut war ihr der Geruch nach Schnee. Sie lief die wenigen Stufen hinunter über den kamelbestickten Teppich zu dem einsamen Tisch, der das Herz der Bibliothek bildete. Darauf stapelten sich einige Bücher. Deren Ordnung war dem sturen Henrick selten ersichtlich, und er schimpfte immer, wenn er das Chaos sah: „Das räumst du aber selber weg! Wie kann man nur so unordentlich sein?" Dann kehrte er kopfschüttelnd zurück an seine Arbeit für die del Nubes und Camilla rief ihm nach: „Ich räume sie weg, wenn ich sie fertiggelesen habe!"
Der Mann im Frack murrte: „Ja, ja."
Aber sie räumte sie wirklich immer an ihren angestammten Platz zurück, wenngleich es in der Tat oft Wochen dauerte, bis das geschah.
An diesem Morgen kam der sture Henrick nicht zu Besuch. Camilla ließ sich seufzend auf den einzigen Stuhl hinter dem einsamen Tisch fallen. Sie griff nach dem Atlas, den sie am Vorabend aufgeschlagen zurückgelassen hatte. Vielleicht hatten andere keinen Überblick über ihr Chaos, aber sie hatte sehr wohl einen. Deswegen fiel es ihr in dem Moment auf, als

sie den Atlas in die Hand nahm. Zufälligerweise kam im gleichen Augenblick Maya aufgebracht hereingestürmt:

„Kannst du das glauben? Nach über zehn Jahren, die ich kein Pferd bekommen habe, schenken sie Henrick einen Gaul? Das kann doch nur ein schlechter Scherz sein!"

Maya war älter geworden, so wie alle. Inzwischen war sie groß gewachsen und immer noch so schön, dass sie die Sonne hätte blenden können. Auch wenn es in diesem Moment nicht so klang, so hatte die Anwesenheit eines Ziehbruders und einer treuen Freundin – Camilla – ihren Hochmut gütiger werden lassen. Meistens, behauptete Bror, war sie sogar recht erträglich geworden, wobei Camilla sie nie als unerträglich bezeichnet hätte. Hinter der ganzen Fassade hatte doch immer nur Einsamkeit gesteckt. Maya hatte zwar immer ihre liebevolle Familie gehabt, doch nie jemand Gleichaltrigen, mit dem sie auf Bäume hätte klettern oder lachend durch die Straßen ziehen können. Nun aber war sie erwachsen geworden und das heikelste Thema war wahrhaftig immer noch ein Pferd, das sie nie bekommen hatte. Viktor, der alte Gaul, war schon vor Jahren friedlich in seinem Stall eingeschlafen und nicht wieder aufgewacht. Camilla erinnerte sich etwas wehmütig daran. Sie hatte den gutmütigen Gaul ins Herz geschlossen gehabt. Sie erinnerte sich auch noch an Mayas steinernes Gesicht, als sie vor dem toten Tier gestanden hatte, und daran, dass sie Stunden später an ihre Zimmertür geklopft hatte, und Mayas Schluchzen – stolz wie sie war – verstummt war. Die Tür hatte sie aber nicht aufgemacht.

„Er ist doch ein guter Reiter!", erwiderte Camilla und drehte das Büchlein verblüfft hin und her, das nicht auf ihrem Tisch hätte liegen sollen. Sie war sich sicher, dass sie es nicht darauf zurückgelassen hatte. Sie hatte es schon so oft gelesen, aber das letzte Mal war Wochen her. Sie hatte es in der Zwischenzeit sicher zurück ins Regal gestellt.

„Na und? Ich bin ihre – ach, könntest du das bitte ernst nehmen, Cam?"

„Hm?" Sie hob den Kopf. Maya schüttelte ihren und warf theatralisch die Arme in die Luft.

„Er ist immerhin dein Freund! Sie verwöhnen ihn zu sehr!"

Freund. Camilla ließ sich in Gedanken das Wort auf der Zunge zergehen. Sie hatte Henrick einige Male im Stillen erzählt, dass er nicht im strengen Sinn ihr Freund, sondern ein Prinz war. Aber der bald junge Mann hatte sie nur angeschwiegen, so wie er sie immer nur anschwieg. Sie wollte Skipp Skaugs Worten, dass Henrick sie nicht hasste, zwar Glauben schenken, aber sie konnte es nicht. Das stimmte sie schwermütig.

„Maya, hast du das Buch hier hingelegt?", fragte sie. Es handelte sich ironischerweise um jene Märchen, die ihr ihre Mutter immer zum Einschlafen erzählt hatte.

Maya warf abermals aufgebracht die Arme in die Luft, ehe sie kehrtmachte und hinausstürmte: „Nichts außer ihren Büchern interessiert sie!"

„Maya!", rief ihr Camilla betreten nach, dann seufzte sie und murmelte: „Ich werte das als Nein." Sie kam zu der Erkenntnis, dass es wohl der sture Henrick gewesen sein musste, der es hingelegt hatte.

Sie schlug eine beliebige Seite auf und verschlang die altbekannte Geschichte, so wie sie über die Hälfte aller Bücher in diesem gewaltigen Raum bereits verschlungen hatte:

In dieser friedlichen Zeit trug es sich zu, dass die Hexe einsam auf der Heide vor ihrem Haus auf der prächtigen Leier zupfte.

Schon seit Langem war sie der Langeweile Überdruss und beschloss, den Wind zu sich zu rufen.

Die Tochter allerdings wurde im ganzen Land als die Schönste gepriesen.

„Es gibt ein Mädchen, das ich ehelichen will. Mein Weg führt mich zu ihr. Was willst du alter Mann?", erwiderte der Schmied selbstbewusst.

Dort schlich er sich in das prächtige Haus, in das Schlafzimmer der frisch Angetrauten, betrachtete seine Liebe lange, ehe er sich dem alten Weisen zuwandte und das Messer in ihn rammte, sodass der alte Mann schmerzerfüllt die Augen aufriss und seinen Tod anblickte.

Der alte Weise war wutentbrannt.

„Nimm ein Leben und gehe!", war der Befehl des alten Weisen. Doch sah er nicht, dass dieses Raubtier schon lange seine Beute beobachtet, dass der Wald selbst ihn erweckt hatte, um Gerechtigkeit walten zu lassen.

Wenig später rief der alte Weise diesen gerechten Dämon zu sich, und dieser berichtete ihm von dem Geschehenen, woraufhin der alte Mann in tiefer Trauer versank. Zur Strafe schnitt er sich die Zunge aus dem Mund, damit er nie wieder einen Befehl an einen anderen erteilen konnte.

Rasend über den Raub der Schwester schworen ihre neun Brüder Rache.

Dreizehn Jahre vergingen, ehe die Arena erbaut war. Jedoch gelang die List, und der Krieg wurde gefangen. Der Jubel in der Halle der dreizehn Könige war groß. Nur einer stahl sich heimlich davon.

…

„Sie sind weg! Sie sind alle weg!"
Camilla zuckte erschrocken zusammen.

Bror stand in der Tür und wirkte viel größer und furchteinflößender als er war. Er war nur eine Silhouette, die geblendet die Hand vor die Augen hob, weil er von dem gleißenden Licht der Mittagssonne verschluckt wurde. Er sah aus, als hätte er einem Sturm getrotzt. Die Zopfenden seines Barts wirkten wie Pinselborsten und die Kopfhaare standen in alle Richtungen ab. Er streckte einen zitternden Finger aus, der schicksalhaft, aber orientierungslos in der Luft hing.

„Was?", stammelte sie verdattert, während sie ihre Gedanken zu ordnen versuchte. Sie klappte das Buch so rasch zu, dass sie ihren Zeigefinger einquetschte. Sie verzog das Gesicht.

„Cam, sie sind weg!"

„Wer ist weg?"

„Alle!", brüllte der Zwerg panisch, und ganz so, als wäre *das* Erklärung genug.

„… sie, die anderen Zwerge wollten mir helfen – nachdem Aegir mir die Hacke gebracht hat, wollten wir die Nische neben meinem Bett vergrößern. Wir haben gerade angefangen, den Stein zu behauen – und wutsch …" Bror fuchtelte mit den Händen herum.

„Wutsch, sie waren weg? Einfach so?", fragte Camilla und zog kritisch eine Augenbraue in die Höhe. Der Zwerg klopfte sich aufgeregt auf die große Nase. Sie hatte ihn noch nie so nervös erlebt.

„Wutsch!", bestätigte er und schnippte mit dem Finger. „Puff. Weg. Als hätten sie nie existiert. Und dann bin ich die Stollen abgelaufen, und da waren auch alle weg. Dann bin ich zu Aegir …"

„Aegir ist noch …" Ihr Herz begann langsam, aber unaufhaltsam zu rasen.

„… Aegir hat geschlummert wie ein kleines Kind. Er hat mir doch glatt kein Wort geglaubt, kannst du dir das vorstellen?"

Hör nicht auf ihn! Ich hab ihm sehr wohl geglaubt, nur begriffen hab ich es halt nicht gleich!, protestierte aus einer gewissen Entfernung Aegir in ihren Köpfen. Er musste sich nahe dem Schloss aufhalten, ansonsten hätten sie ihn nicht gehört. Camilla warf einen prüfenden Blick durch eines der gewaltigen Fenster und entdeckte das dunkle Schuppenkleid des Drachen. Er hatte im Park vor dem Haupteingang Platz genommen, und hätte er nicht mitten am Weg gehockt, hätte man ihn für eine der abstrusen Statuen halten können.

Camilla allerdings staunte nicht schlecht, als sie begriff, warum Bror so zerzaust aussah.

„Bist du … seid ihr …? Du bist auf Aegir hergeflogen?",
quietschte sie und schluckte rasch, weil man in ihrem Alter
wohl nicht mehr vor Überraschung quietschen sollte.

„Es war nicht sonderlich angenehm!", brummte der Zwerg,
dem alles, was sich nicht auf festem Untergrund abspielte,
zuwider war. Die Lage musste wirklich ernst sein, wenn Bror
beschloss, einen Drachen zu besteigen, begriff Camilla und
erhob sich rasch.

„Also die anderen Zwerge sind alle weg."

„Hat sie es jetzt endlich begriffen?", stöhnte Bror, ganz
eindeutig an den Drachen gewandt, der sich allerdings
ausschwieg. „Und dann sind wir über den Wald geflogen.
Tröll, der Troll saß nicht auf dem Baumstumpf, auf dem er
sonst wie eine Statue ausharrt. Aber bei den Bauernhöfen
waren alle da. Zumindest hab ich die Kinder von Ygis im
Schnee spielen sehen. Und dann waren wir bei Edvard in der
Schmiede. Da lag der Hammer am Boden neben dem Amboss,
so als hätte ihn jemand ganz unerwartet fallen gelassen. Das
Eisen war noch unfertig, und ein Zettel lag am Amboss, die
Ränder ganz verkohlt. Aber da steht drauf:" Bror kramte
etwas ausgesprochen Kleines und Zerknülltes aus seiner
Tasche, das er Camilla unter die Nase hielt. Nur ein einziges
Wort stand darauf, in einer äußerst krakeligen und beinahe
unlesbaren Schrift: *Daheim*. Aber dem konnte sie keine
Beachtung schenken! „Was hast du gerade gesagt? Edvard ist
weg?!", kreischte sie. Kreischen durfte man auch in ihrem
Alter noch, entschied sie.

„Und Skipp Skaugs Hütte war auch leer, und Eeny und
Reenys Geschäft war zwar offen, aber sie waren nicht da, und
– und – keiner ist mehr da! Puff! Weg!"

„Skipp – was? Wieso? Das ist doch Blödsinn, Bror! Das hast
du doch nur erfunden!"

250

Camilla drehte den Zettel. Sie wusste selbst nicht so genau nach was sie suchte. Vermutlich nach mehr Informationen als: *Daheim.*

„Warte! Die Bauern waren da?"

„Sagte ich das nicht gerade?"

„Und was ist mit Venla, Edvards Nachbarin?"

„Hab nicht geklopft."

„Der Wirt?"

„Hat Leute bedient."

„Der Bäcker?"

„Hat gerade das Geschäft geschlossen."

„Aber sie waren nicht: puff, wutsch, weg?"

„Nein." Bror runzelte irritiert die Stirn. „Worauf willst du hinaus?"

Camilla fuhr sich mit der Hand übers Gesicht und schloss die Augen. Als sie sie wieder öffnete, fiel ihr der Fehler in dem Bild auf. Nicht der, der offensichtlich war – obwohl beide irgendwie offensichtlich waren –, sondern …

„Wo sind die Bücher hin?", quiekte sie.

„Warum redest du jetzt von Büchern?" Langsam begann sie Bror doch glatt zu glauben!

„Die Bücher in der obersten Etage!" Sie stürmte die Treppe hinauf in die zweite Galerie. Sämtliche Regale waren leer. Nicht einmal ein Staubkorn war zu finden. Dort, wo sich immer Bücher so dicht aneinandergereiht hatten, dass nicht einmal ein Platz für ein Neues gewesen war, herrschte nun gähnende Leere. Bis auf …

„Oh", hörte sie Bror unten am Kamelteppich überrascht aufkeuchen. Jetzt bemerkte auch er die fehlenden Bücher.

Eine kleine Holzbox thronte verloren in einem der Fächer. Camilla war sich sicher, dass sie sie noch nie gesehen hatte. Sie kannte diese Bibliothek vermutlich besser als ihre

Manteltaschen. Entweder hatten die Bücher sie die ganzen Jahre über verdeckt oder …

Sie riss sie an sich und öffnete den kleinen Eisenverschluss, nur um mit offenem Mund dazustehen.

„Was ist los?", rief Bror und seine kleinen Füßchen trugen ihn zur Treppe, aber nicht nach oben. Mit großen Augen sah er sie an.

Camilla schloss die Box und hob den Blick. Das ergab keinen Sinn! Die Wand hinter den Regalen war strahlend weiß, als wäre sie erst vor Kurzem gestrichen worden.

„Hä? Cam, was ist los? Wir müssen die anderen suchen! Komm da wieder runter!"

Als sie die Treppe wieder hinunterstieg, hatte sie ein mulmiges Gefühl im Magen, und als sie wortlos an Bror vorbei aus der Bibliothek stürmte, rasten ihre Gedanken.

Minuten später stand ihre schlimmste Befürchtung fest, als sie um die Ecke in den Salon lief und mit dem sturen Henrick unsanft zusammenstieß, der panisch keuchte: „Die Herrschaften sind weg!"

„Wutsch. Puff. Weg", murmelte sie. Der sture Henrick sah sie an, als hätte sie nicht mehr alle Tassen im Schrank. Tatsächlich überkam sie genau dieses Gefühl. Jedoch passte eines nicht in das Puzzle.

„Die Herrschaften del Nube?"

„Welche Herrschaften sonst?"

„Und Henrick?"

„Mit dem habe ich gerade gesprochen. Sie saßen beim Mittagessen. Aber dann …"

„Henrick ist auch weg?"

„… haben sie sich in Luft aufgelöst. Vor meinen Augen!"

Sie machte auf der Stelle kehrt und stieß Bror beinahe um. Er kam ihr keuchend hinterhergehastet. Sie stürmte wieder ins Erdgeschoss, zurück in die Bibliothek. Sie hörte ihn fluchen.

„Verdammt, Mädchen! Willst du, dass ich einen Herzinfarkt bekomme?", beschwerte er sich. Es dauerte eine Weile, ehe er wieder bei ihr war. Sie verharrte hinter dem einsamen Tisch, schob einige der Bücher beiseite, stellte die Holzbox darauf und öffnete sie.

Brors Augen quollen ungläubig aus den Höhlen und er starrte den Inhalt an, als hätte er noch nie …

„Ist das Skipp Skaugs Ring?", japste er.

„Das waren alles Leihgaben", erwiderte Camilla. Bror sah sie verdattert an. Sie deutete zur obersten Etage der Bibliothek.

„Dort oben standen die Leihgaben. Bücher, die irgendwer irgendwann einmal hierhergebracht hat, die aber eigentlich nicht hierhergehören", erklärte sie.

Bror nahm den Ring aus der Holzdose und betrachtete ihn, wendete ihn hin und her. Der blaue Edelstein in der Mitte funkelte.

„Ähm, woher kommt der auf einmal?", fragte er. Camilla sah ihm an, dass er die Antwort eigentlich gar nicht wissen wollte. Er warf ihr einen kurzen, beinahe hilflosen Blick zu.

Camilla schluckte. „Ich …"

Sag es nicht!

„Bror, Aegir? Ist schon einmal jemand aus dem Labyrinth geholt worden? Ich meine, hat schon einmal jemand das Labyrinth unfreiwillig verlassen?", stammelte sie unbeholfen.

„Man munkelt, neun Brüder wären auf einmal verschwunden – aber das kann nur ein Gerücht gewesen sein, denn sobald jemand das Labyrinth verlässt, sind doch alle anderen auch frei. So wie es uns gelungen ist."

„Neun Brüder?", hauchte Camilla.

„Mhm." Bror nickte.

„Kuz fragt mich jeden Tag nach ihren neun Söhnen. Waren das die neun, die …?"

„Wenn man den Geschichten Glauben schenken will. Es gab viele Tratschmäuler im Labyrinth und dem Getratsche sollte man keinen Glauben schenken."

Es waren ihre neun Söhne, unterbrach Aegir. *Und es heißt, dass der, der aus freien Stücken einen Weg aus dem Labyrinth findet, im gleichen Zuge alle anderen befreit. Jedoch schließt das nicht aus, dass jemand Außenstehendes einen aus dem Labyrinth zaubern kann – vorausgesetzt, er ist mächtig genug – ohne, dass alle befreit werden.*

„Jemand, der in etwa so mächtig ist wie jemand, der uns alle ins Labyrinth gezaubert hat?", fragte Camilla und der Drache draußen vor dem Fenster nickte.

„Wovon redet ihr?", brüllte Bror, obwohl sein Gesichtsausdruck verriet, dass er es ahnte.

„Alle, die im Labyrinth waren, waren doch Gefangene des dunklen Königs, oder?", fragte Camilla und Brors Gesichtsfarbe wurde unaufhaltsam rötlicher. Gleich würde er explodieren, befürchtete sie.

„Ist er mächtig genug, sie zu sich zu holen? Einfach so? Sie sind alle einfach wutsch, puff …" Camilla schnippte „… verschwunden? So bin ich damals ins Labyrinth gekommen – innerhalb eines Wimpernschlags. Ihr doch auch, oder? Einer der Schatten hat mich hineingezaubert. Wenn er mächtig genug ist, dann ist es der Dunkle selbst allemal, oder?"

Bror hatte die Luft angehalten. Sein Gesicht war nun hochrot, die Backen glänzten wie bunte Kugeln. Aber anstatt zu explodieren, stieß er die Luft aus seinen Lungen. Es machte ein unheilvolles Zischgeräusch, das Camilla die Haare zu Berge stehen ließ. Sie sahen einander an. Einmal reihum.

254

Aegir. Camilla. Bror. Der sture Henrick tauchte in der Bibliothekstür auf. Er war es auch, der das erdrückende Schweigen durchbrach: „Was ist hier los?"
„Das würd ich auch gern wissen", grummelte Bror in seinen zerzausten Bart.

„Wisst ihr was, die sind einfach alle verreist! Haben sich gedacht: Jetzt habe ich genug davon in einer Stadt mit unsichtbarer Mauer gefangen zu sein. Jetzt such ich mir einen Zauber und – puff – verreise ein wenig!
Ich wette mit euch, morgen früh sind sie wieder da und halten uns für verrückt, weil wir sie gesucht haben.
Ich meine, was soll diese Botschaft ‚daheim' bitte anderes heißen. Ist Edvard denn nicht in dem alten Schmiedehaus hier daheim? Außerdem scheint er ja gewusst zu haben, wohin er verschwindet, sonst hätte er nicht ‚daheim' kritzeln können!
Und dieser Ring da, den haben wir sicher mit aus dem Labyrinth genommen. Was ist, wenn damals, als wir es verlassen haben, nicht nur die Leute freigekommen sind, sondern auch all die Gegenstände, die uns dieser Tonttu abgeluchst hat? Und dann lag er halt da, versteckt hinter den ganzen Büchern.
Die Bücher hat sich vermutlich jemand ausgeliehen!
Nein, wisst ihr was – wir träumen das nur!"
Camilla hob leicht verzweifelt die Hand, um den Redefluss des Zwergs zu stoppen. Nervös trampelte er vor ihnen auf und ab und hinterließ matschige Spuren auf dem Kamelteppich. Immer wenn er den Rand des Teppichs erreichte, gab der Boden ein hohles Klonk von sich. Die Augen des sturen Henrick quollen immer weiter hervor, während er ihn dabei beobachtete, wie er den wertvollen Stoff immer weiter beschmutzte. Camilla konnte seine Gedanken

regelrecht hören: Nicht meinen schönen Teppich! Den zu reinigen, wird ewig dauern!

„Nein, nein, nein! Jetzt weiß ich's! Ich habe mir beim Steinhauen den Kopf übel angeschlagen und habe einen Fiebertraum! Was ist mit euch? Wo habt ihr euch den Kopf verletzt? Ach Blödsinn, vermutlich bilde ich mir nur ein, dass ich gerade mit euch rede!"

„Bror?" Sie stoppte ihn, indem sie ihm die Hände auf die Schultern legte, stand dann aber mit offenem Mund da und stellte fest, dass sie sonst nichts mehr zu sagen hatte.

„Ich führe gerade ein Selbstgespräch – ganz eindeutig! Wenn du Bücherwurm mal keine Antwort auf etwas weißt, dann ist es ernst!", quasselte der Zwerg weiter.

Vielleicht hat er nicht unrecht! Vielleicht sollten wir heimgehen und eine Nacht darüber schlafen! Wie es scheint, können wir ohnehin nichts an der Situation ändern, warf der ach-immer-so vernünftige Aegir ein. Draußen war es dunkel geworden, so wie es in der Winterhälfte des Jahres immer schon am frühen Nachmittag dunkel wurde. Aus tiefhängenden schwarzen Wolken tanzten Schneeflocken zu Boden und verdrängten die Vorboten des Frühlings wieder, die sich im Sonnenlicht so mühevoll geregt hatten.

Es waren die gleichen Schneeflocken, die Camilla Stunden später, als die Uhr längst Mitternacht geschlagen hatte, beobachtete. Sie landeten galant auf der Fensterscheibe der Küche im Schmiedehaus. In der Spiegelung erkannte sie das letzte Glühen des Kaminfeuers und den Schatten auf der Pritsche, der lautstark schnarchte und normalerweise auf den Namen Bror hörte. Aus der Schmiede drang in regelmäßigen Abständen ein tiefes Grollen herauf. Dort hatte sich Aegir mühsam zusammengerollt. Mühsam deswegen, weil er zu groß für den beengten Raum war und die halbe Einrichtung niedergestoßen hatte. Aber immerhin hatte er dort – bis auf seinen Schwanz, der wie ein sehr dickes, verschneites Seil am Rand der Gasse im Freien ruhte – Platz gefunden. Camilla war sich nicht sicher, ob er schnarchte oder einfach nur schnaubte. Sie konnte das Geräusch nicht zuordnen. Aber beide schliefen sie so friedlich, wie es nur möglich war. Bror grunzte immer wieder und wand sich. Die Kerze vor ihr auf dem Tisch war beinahe hinuntergebrannt. Sie flackerte immer eiliger, als wolle sie ihr mitteilen, dass sie kaum noch Zeit hatte, das Rätsel zu lösen, vor das das Verschwinden ihrer Freunde sie gestellt hatte. Sie bettete den Kopf auf die Arme und überschlug die Beine unter dem Tisch, während sie alles durch die Spiegelwelt betrachtete. Sie war so müde, dass ihr die Augen beinahe zufielen, aber ihre Gedanken rasten und rauften und rannten viel zu eilig und hastig und aufgeregt, als dass sie hätte schlafen können. Vor ihr lag Skipp Skaugs Ring. Sie konnte ihn beinahe sagen hören: „Endlich! Du hast ihn mir doch zurückgebracht!" Hatte er wirklich immer hinter den Büchern gelegen? Sie biss sich auf die Unterlippe. Sie war sich fast komplett sicher, dass die Antwort *Nein* lautete. Und da war da noch das Büchlein mit den alten Märchen von der Weltentstehung und dem alten Weisen, dem Schmied, der Hexe, ihren Kindern und den alten Königen. Sie schob es mit dem Zeigefinger ein wenig näher zur Kerze. Dem Buch fehlte der Einband. Nur der nackte Lederrücken blinzelte ihr entgegen. Es handelte sich um ein altes Exemplar mit vergilbten Seiten. Warum hatte es auf dem einsamen Tisch gelegen?

Ihr Blick fiel auf Brors Spiegelbild, als er sich abermals zur Seite warf. Sie hatten darauf bestanden, hier bei ihr zu bleiben. Bror schien der Überzeugung zu sein, dass sie auch verschwinden würden, wenn sie nicht zusammenblieben. Nur der sture Henrick hielt im Schloss Wache.

Alles in dem kleinen Schmiedehaus war warm und gemütlich eingerichtet. Jahre des Bewohntseins hatten es verändert. War es staubig und schäbig gewesen, so hingen nun überall Zeichnungen an den Wänden. Viele davon hatte Camilla gemalt, als sie noch kleiner gewesen war. Edvard hatte sie stolz, wie ein Vater zur Schau gestellt. Es war ihr nicht immer recht gewesen, gab es doch einige eher krakelige Exemplare. Die Kästen waren vollgeräumt, die kahlen Böden mit Fellteppichen belegt, die Regale voller Bücher und in einigen Ecken standen geschmiedete Tierfiguren, die Edvard angefertigt hatte. Es war ein Zuhause geworden, und Camilla schwelgte in der Erinnerung, wie der grobschlächtige, kräftige Edvard mit seiner Knubbelnase in einem Topf Suppe umrührte. Sie dachte daran, wie er feinfühlig Gemüse schnitt, während sie am Tisch saß und in einem Buch schmökerte. Die Welten, in die sie die Bücher reisen ließen, waren oft fantastisch, oft in anderen Sprachen und oft den Zahlen zugewandt. Sie hatten sie über die ganze Welt fliegen und über die Ozeane segeln, in alte Geheimnisse und Märchen eintauchen lassen. Sie waren ihre Lehrmeister gewesen und ihr Fenster in eine unbekannte Freiheit. Und während sie so dasaß und doch langsam weg zu dösen begann, kreischte Aegir so plötzlich, dass sie mit einem Schlag kerzengerade dasaß und Bror vor Schreck von der Pritsche auf den Boden kullert: *Wir haben Besuch!*

„Was heißt da, wir haben Besuch? Wer in aller Welt wandert um die Zeit noch draußen herum? Wie spät ist es überhaupt? Herrje, könnte mir mal einer sagen, was hier los ist?"

Während Bror aufgeregt quengelte, rubbelte er sich über den Ellbogen, der seinen Sturz zu Boden abgebremst hatte.

Sie wussten es keine drei Minuten später, als Camilla voran in die Schmiede zu Aegir stürmte und Bror ihr humpelnd und fluchend folgte. Aegir hatte sich aus dem Raum zurückgezogen. Er füllte die offene Doppeltür völlig aus und schirmte so die frostige Kälte ab. Die Gestalt, die in dem herrschenden Dämmerlicht stand, war zuerst nur ein beinahe unsichtbarer Schemen, bis Camilla die Lampe am Tisch neben der Esse angezündet hatte und in deren Gesicht leuchtete.

„Herr Dyrion", stammelte sie verdutzt.

„Herr Dyrion?", kam als verständnisloses Echo von Bror, der neben sie trat und den alten Mann ebenso verdattert anstarrte wie sie. Die ohnehin weißen Haupthaare waren weiß von den Schneeflocken, der lange Fellmantel war feucht, am kurz geschorenen Bart funkelten Eiszapfen. Tatsächlich wirkte Dyrion wie die Personifikation des Winters, stellte Camilla fasziniert fest. Dann erst nahm ihr Verstand wieder seine Arbeit auf und ihre Gedanken ratterten weiter.

„Herr Dyrion, was machen Sie hier?"

„Er ist noch hier? Wieso ist er noch hier?", fragte Bror ganz außer sich vor Aufregung. „Deine Theorie kann nicht stimmen, Cam! Seit wann besucht uns der? Seit wann verlässt dieser Eremit seine Hütte?"

Aber Dyrion schenkte ihnen kaum Beachtung, stattdessen marschierte er selbstsicher durch die Tür ins Haus, nur um wenig später zurückzukommen, ein Büchlein mit vollgekritzelten Seiten zu zücken und mit einem Stift zu schreiben: Wo ist der Schmied?

„Er ist nicht hier, Herr Dyrion! Er ist fort, wie all die anderen, Herr Dyrion!", erwiderte Camilla, entsann sich sogleich ihrer

Manieren. „Wollen Sie sich am Kaminfeuer oben in der Küche wärmen? Ich kann ihn wieder einheizen, die Glut ist noch da."

Dyrion wirkte nicht, als würde er das wollen. Er war bereits wieder in sein Gekritzel vertieft.

Warum seid ihr dann noch hier?

„Das ist ...", begann Camilla, und Aegir beendete den Satz, ohne dass Dyrion es hätte hören können: *eine ausgesprochen gute Frage.*

„Und warum ist er noch da?", fragte Bror.

Frag ihn doch selbst! Er steht neben dir!

„Er redet ja nicht!"

Wie soll er denn reden, wenn er keine Zunge hat?

„Warum hat er keine Zunge? Schneidet man nicht nur Leuten die Zunge raus, die für irgendein Verbrechen bestraft werden? Das ist doch bei Menschen so üblich, nicht?"

Das ist schon lange nicht mehr so!

„Ach, nein? Schon vergessen, er war auch ein paar Jahrhunderte zungenlos im Labyrinth?"

Dann frag ihn doch! Er steht neben dir!

„Frag du ihn doch!"

Schon vergessen? Er hört mich nicht!

Dyrion hielt inne und betrachtete den Zwerg ausgesprochen aufmerksam, der für ihn wohl Selbstgespräche führte, und neigte fragend den Kopf zur Seite. Camilla schloss genervt die Augen. Konzentrieren konnte man sich nicht bei diesem Karussell an Argumenten.

„Er redet mit Aegir!", erklärte Camilla, während sich der Drache und der Zwerg weiterzankten. Dyrion hob eine Augenbraue, wirkte aber nicht überrascht. „Aber es ist eine gute Frage: Warum seid Ihr noch hier, Herr Dyrion? Wisst Ihr, was mit den anderen passiert ist?", fragte Camilla.

Der alte Mann betrachtete sie nachdenklich, als müsse er seine Antwort ganz genau abwägen. Dann kritzelte er wieder auf das Papier. Eine ewig lange Zeit, ehe er Camilla die Seite reichte und sie sie mit stockendem Atem las, denn ganz plötzlich begann sie etwas zu begreifen.

`Weil ich hier zu Hause bin. Der Schmied schuldet mir etwas.`

„Wenn Euch Edvard etwas schuldet, warum seid Ihr dann in den letzten elf Jahren nie zu ihm gekommen?", fragte Camilla. Dyrion hatte all die Jahre einsam als Eremit gelebt, abgeschottet von der Stadt und ihren Bewohnern und Geschichten, abgeschottet vom Leben. Sie biss sich auf die Unterlippe, während Bror Aegir anbrummte: „Ja, das ist nicht normal! Das ist ja alles nicht normal!"

„Was schuldet er Euch?", hauchte sie plötzlich. Der Blick des Mannes schoss sehnsüchtig, wohl eher automatisch als beabsichtigt, und auch nur ganz kurz, zu dem Bild von Edvards Frau. Ihr Blick wanderte auch zu dem Bild, das verlassen inmitten der kahlen Steinwand hing und das Geschehen belächelte.

„Oh", flüsterte Camilla, weder Aegir noch Bror schenkten ihr Aufmerksamkeit. „Sie kennen sie. Sie haben sie …" Sie wollte geliebt sagen, denn das hatte sein Blick verraten, doch es kam ihr nicht über die Lippen. Etwas anderes allerdings begann ihr zu dämmern. „Haben Sie sich die Zunge selbst herausgeschnitten?" Dyrion fixierte sie mit finster-verheißungsvollen Blick. Sie wertete es als *Ja*. „Sie wurde Euch geraubt, wie sie später ihm geraubt wurde. Edvard und Ihr …"

Vielleicht war sie doch nicht verrückt! Vielleicht hatte sie doch recht! Camilla schluckte. Sie dachte an das Buch, das oben bei der beinahe hinuntergebrannten Kerze ruhte. Es hatte nicht zufällig auf dem einsamen Tisch gelegen. Nur wer hatte es dort abgelegt, grübelte sie. Während sie den Gedanken weiterzuspinnen begann, vertiefte sich Dyrion in weiteres Gekritzel. Er blätterte eifrig Seite um Seite des schmalen Büchleins um. Er schien einen ganzen Roman zu verfassen.

Die Wüste Alna-hara

Es war eine blutrote Sonne, die im Osten die Dünen liebkoste und mit ihrer sengenden Hitze die Kälte der Wüstennacht in die Enge trieb. Über dem Sand begann die Luft zu flimmern und zu schwitzen, und die letzten Wüstenfüchse und Skorpione flohen vor dem Tag. Omid Parvis hockte breitbeinig auf dem harten Felsboden vor der Höhle, aus der immer noch das Flehen und Wimmern Afsons, vermischt mit dem Geschrei des Neugeborenen drang. Er ließ den Blick langsam über die karge, triste Landschaft schweifen, die so sehr zu der Leere passte, die er seit Canan Guls Tod verspürte. Er hatte eine Tochter. Diese Worte waren fremd und unwichtig. Er hätte mit ihr flüchten und fernab ein neues Leben beginnen können. Sein Blick verharrte an einem Punkt in der Ferne, der immer näherkam. Sein Körper war taub, sein Geist war es auch. Lapis gehörte Kasra. Lapis – der Name hallte in seinem Kopf wider wie ein sanftes Wiegenlied und passte so gar nicht zu der Ödnis, die ihre gierigen Finger nach ihm reckte und zu flüstern schien: Komm zu mir! Lass dich von Durst peinigen, bis du nicht mehr kannst, schließe die Augen und gib deinen Körper der Natur zurück!

Der Punkt am Horizont war Kasra, der zurückkehrte, begriff er reichlich spät. Am Fuß des Berges glitt der Herr der Alnasiva wütend von seinem Kamel. Das Kamel begab sich sogleich zu seinen rastenden, Unsichtbares vor sich hin kauenden Artgenossen. Kasra marschierte an Omid vorüber, ohne ihn eines Blickes zu würdigen. Dann hörte Omid, wie er der Hebamme befahl: „Richte sie schön her!" An die Männer wandte er: „Wir tragen sie zum höchsten Punkt des Berges!"

Und: „Gebt mir meine Tochter! Ihr Name wird fortan Bijelle Gul sein!"

Er kam mit dem Kind in den Armen aus der Höhle. Was für ein fürchterlicher Name, schoss es Omid durch den Kopf, aber er sagte nichts. Tatenlos blickte er seinen Cousin an. Er war ihm fremd geworden. Wie konnte das bloß sein, innerhalb von nur einer Nacht? Omid grübelte. Feindseligkeit, das war es, das in seinem Blick lag. Tiefer, purer Hass.

„Und beeilt euch! Wenn die Sonne im Mittagszenit steht, müssen wir weiterziehen. Wir können nicht in der Nähe der Alna-hara bleiben. Wir müssen nach Silvat-ut." Leiser fügte er hinzu: „Wir müssen nach Hause und dem Rat der Ritter Bericht erstatten. Wir müssen ihnen sagen, dass Canan Gul del Nube, die Tochter der Wolken, die Hoffnung auf den Sieg tot ist."

Bei diesen Worten funkelte er Omid mit Abscheu an. Er musste nicht sagen, dass er dachte: Dafür werde ich dich persönlich steinigen, Cousin!

Dann wandte er sich wieder um und kehrte in das kühle Dunkel der Höhle zurück. Aber Omid wusste, dass Kasra ihn nicht steinigen würde, denn hätte er es gewollt, so hätte er es längst wegen des Ehebruchs getan. Omid gab sich nicht der Illusion hin, dass Kasra es nicht gewusst hatte. Kasra war klug. Durch Canans Tod hatte sich die Situation verändert. Nun konnte Kasra handeln, ohne das Licht der Schuld auch auf seine Frau zu werfen. Für einen winzigen Moment spielte Omid wieder mit dem Gedanken, die Karawane zu verlassen, aber so rasch die Idee erglommen war, verglomm sie auch wieder.

Als die Männer in ihren Eisenpanzern und Helmen die Prinzessin Canan Gul aus der Höhle in die sengende Hitze und hinauf zum höchsten Punkt des Berges schleppten, folgte er dem stummen Trauerzug.

„Dem freien Himmel und der fruchtbaren Erde gehörst du nun wieder!", sprach die Hebamme Afson wenig später andächtig und schluchzend. Kasra stand neben ihr, das Haupt erhoben, mit starrem, leerem, hasserfülltem Blick und legte ihr beruhigend eine Hand auf die Schulter. Er war gefasst. Wohl hatte er die ganze Nacht auf seinem Ritt durch die Wüste gebraucht, um so vor ihnen zu stehen. Doch niemals, das wusste Omid, hätte er – der König – sich selbst erlaubt, Schwäche zu zeigen. „Finde deinen Weg in die Welt der Ahnen! Sie werden dich mit Freude empfangen! Iss mit ihnen und feiere und erinnere dich nicht deiner dunklen Lebenstage, sondern nur deiner hellen ..."

Omid schloss die Augen. Die Sonne kitzelte seine Nase. Eine sandige Brise fuhr ihm durch die Haare. Er versuchte, sich an Canan Guls warme Stimme zu erinnern und an das herzliche Lachen, das ihn noch vor so Kurzem begleitet hatte. Er erinnerte sich nicht. Das war die grausame Wahrheit. Er spürte die Angst wie einen schleimigen Egel in sich hochkriechen. Sie raunte ihm zu, dass er sich nicht auf seine Gedanken verlassen konnte, dass seine Erinnerungen schwach seien und sein Kopf diese spezielle einfach aus purer Grausamkeit gelöscht hatte.

„... behüte dein Kind. Behüte deinen Mann. Behüte dein Reich. Tochter der Wolken, kehre zu den Ahnen zurück!"

Als er mit dieser ernüchternden Erkenntnis die Augen wieder aufschlug, entdeckte er auf einem Stein unweit des Ortes, an dem Canan Guls Körper zur Himmelsbestattung gebettet lag, den Raben mit seinen zerzausten Federn. Er war sich sicher, dass es der gleiche wie am Vorabend war. Canan Guls blasse Haut bildete einen absurden Kontrast zum grellen goldgelb der Umgebung. Wieder neigte der Vogel den Kopf, als würde er verstehen. Er fragte sich, ob er der Seelenvogel war, der Canan Guls Seele in die Welt der Toten begleiten würde. Vermutlich aber wartete er nur darauf, dass sie alle verschwanden und er sein Festmahl hatte. Omids Blick fiel auf einen unförmigen Schatten am kargen Steinboden und er ließ ihn zum Himmel wandern. Dort kreisten einige Geier. Sie warteten auch. Er sah Canan Gul an, und Afson endete: „Kehre zu deinem geliebten Vater zurück und sei glücklich! Es war uns eine Ehre, Euch gekannt haben zu dürfen, Prinzessin!" Mit diesen Worten sank die Hebamme auf die Knie und küsste die kalte Stirn der toten Mutter. Lapis – oder, wie Omid sich weigerte, sie zu nennen: Bijelle – begann, wie am Spieß zu brüllen, als würde sie ihrer Mutter nachweinen, obwohl sie diese nie kennen würde. Ob ihr Geschrei auf einem tiefen Urinstinkt gründete oder ein Resultat der finster-bedrückten Mienen ihrer Umgebung war, vermochte er nicht auszumachen.

Es war Mittag, als sich die Karawane auf den Rückweg nach Silvat-ut machte. Über der Wüstenstadt Alna, dem Heim Canan Guls, mit ihrem prächtigen Palast, hingen nun düstere Schatten. Sie ließen sie in der Ferne zurück.
Omid Parvis ritt in seine finsteren Gedanken versunken als Schlusslicht hinter der Karawane her. Ein Kamel schleppte die Lasten und trabte geduldig neben ihm her. Als schließlich eine neue Nacht zu dämmern begann, segelte der Rabe – unsichtbar für ihn – über ihnen und folgte ihnen nach Silvat-ut.

Sie kamen abends in Silvat-ut an. Die Karawane begann sich langsam zu zerstreuen. Es blieben nur noch die Hebamme

Afson, zwei Soldaten namens Amon und Jubin, und natürlich Lapis, oder wie sie offiziell heißen würde: Bijelle Gul, übrig. Kasra strafte Omid mit von Abscheu gerüttelter Wortkargheit. Das Kind blieb in den Armen der Hebamme. Eindringlich sagte sie zum wiederholten Mal: „Wir müssen eine junge Amme für die Prinzessin finden! Sie wird sonst nicht überleben!"

„Sie schreit ununterbrochen. Sie muss noch Energie haben", erwiderte Kasra, „Sobald wir im Palast sind, bringen wir sie zum Haus der Prinzessin. Dort sind genug Frauen und genug kleine Kinder. Eine davon wird ihre Amme sein." Afsons Blick schoss jedes Mal flehend zu Omid: Bring ihn zur Vernunft! Doch Omid kannte seinen neuen Platz und wusste, dass er, wollte er nicht im Gefängnis enden, Kasra nicht widersprechen sollte. Er vertröstete sich selbst mit dem Gedanken, dass das Kind rechtzeitig versorgt werden würde.

In den Fenstern der Häuser, an denen sie vorüberritten, tauchten immer mehr verängstigte Gesichter auf. Vor der Alna-siva erwarteten sie die Frauen. Die Mütter kamen durch die Gassen und Straßen gestürmt und die Kinder riefen nach ihren Vätern. Kasra hielt kurz inne, schien nach Worten zu suchen, die ihm fehlten. Viel zu viele kehrten nicht heim.

„Sie sind heldenhaft gefallen!", sagte er schließlich schlicht, wenngleich es nicht der Wahrheit entsprach, noch tröstend wirkte. Die Frauen begannen zu flehen und die Kinder zu wimmern, als sie begriffen, dass ihre Männer und Väter nicht zurückkommen würden.

Sie betraten die Alna-siva im schwindenden Licht der Abendsonne. Die Menschen in ihren Kaftanen, in ihren Dienstbotenuniformen, mit ihren bunten Turbanen, mit ihren kahl rasierten Köpfen oder mit ihrem dichten dunklen Haar –

sie alle raunten aufgeregte Worte an ihre Nachbarn, als sie die Herren der Alna-siva nach so kurzer Zeit zurückkehren sahen. So manches Geflüsterte: „Kommt! Seht! Da ist der König! Seht ihr das Kind? Wo ist die Königin? War sie denn so töricht und ist mit ihnen mitgeritten? Stimmt es denn, was sie erzählen? Ist Alna wirklich gefallen?", drang an seine Ohren. Einige der Männer kamen herbeigeeilt, als sie den ersten Ring der Burg verließen, und sprachen hastig: „Gebt uns die Kamele und das Gepäck. Ihr werdet bereits erwartet!"

Tatsächlich wurden sie bereits erwartet. Ein Späher am Rand der Stadt musste ihrer Ankunft vorausgeeilt sein. Sie eilten durch einen der Arkadengänge im Palast. Sie betraten eine gewaltige Eingangshalle mit Stalaktitengewölbe. Sie hasteten an einem Zwillingsfenster mit Hufeisenbogen, das den Blick auf einen ausgiebigen Springbrunnen freigab, vorbei. Sie waren müde von den Entbehrungen der Reise. Schließlich erreichten sie eine Halle, die ihren Prunk gut zu verbergen wusste und ihren Reichtum dennoch zeigte. Dort starrten ihnen bereits einige Dutzend Augenpaare entgegen.

Sie alle unterschieden sich voneinander, wie doch jeder ein Individuum ist. Sie kannten unterschiedliche Bräuche und hatten unterschiedliche Geschichten. Manche waren wenige Jahrzehnte alt, andere über ein Jahrhundert. Viele von ihnen trugen Schwerter, manche Äxte, manche Speere. Es gab Große, es gab Kleinere. Es gab Dünne, es gab Füllige. Es waren Frauen unter den Männern. Manche kannten die alte Kunst der Magie, andere wussten sie zu praktizieren. Einige trugen Turbane, andere zupften ob der brütenden Hitze an ihren warmen Gewändern. Manche kamen aus der Nähe, andere von weit entfernt. Manche waren mit dem Meer vertraut, andere mit den Bergen. Sie alle gehörten einem Herrschergeschlecht an und bildeten den sagenumwobenen

268

Rat der Ritter. Alle wirkten, als hätten sie bereits eine Ewigkeit auf die Neuankömmlinge gewartet. Und dennoch, erkannte Omid rasch, waren nicht alle da. Mit jedem Mal, wenn sich der Rat der Ritter traf, wurden es weniger. Manche waren dem dunklen König zum Opfer gefallen, andere seine Gefährten und so die Widersacher alter Freunde geworden.

Facundo – ebenfalls anwesend – trat vor, unter ihm ein rotgoldener, mit Kamelen bestickter Teppich, der perfekt zu seinem rotgoldenen Kaftan passte.

„Wie ihr seht sind die Mitglieder des Rates heute Morgen eingetroffen. Stimmt es?", erklärte und fragte er schlicht.

Lapis schrie zur Antwort. Ihr Gesichtchen verzog sich erschrocken. Ihr waren die vielen Blicke, die sie aufmerksam zu mustern begannen, nicht recht. Afson wiegte sie in ihren Armen und versuchte, sie zu beruhigen. Sie flüsterte: „Shh. Shh." Aber das Neugeborene hatte Hunger.

„Herr", sprach sie an Kasra gewandt. Ein weiterer Versuch. „Das Kind hat hier nichts zu suchen. Lasst sie mich zu den Frauen bringen!"

Kasra erwiderte stur: „Ich will sie bei mir haben." Seine Stimme verriet, dass er keine Widerrede duldete. Wovor hat er Angst, fragte sich Omid und blickte ihn an. Am liebsten hätte er angemerkt: Ich bin nicht so dumm, sie jetzt zu entführen. Dazu hatte ich in der Wüste genug Zeit.

„Herr, Ihr könnt mir vertrauen! Das wisst Ihr doch!", drängte Afson weiter.

Facundo und der Rat der Ritter verfielen in Schweigen, das anfängliche Getuschel verstummte. Plötzlich war die Hintergrundmusik zu der Szene verschwunden. Die Stille war erdrückend.

„Kasra", wandte Omid ein, „ich kann Afson zum Haus der Prinzessin geleiten." Er hatte diese Spitze einfach nicht unterlassen können.

Kasras Blick schoss zu ihm.

„Du ..." Die Stimme seines Cousins war beherrscht, aber seine Miene war es keineswegs. Deutlich war der Zorn zu erkennen, der in ihm wie ein rasender Sturm wütete. „Du ...", knirschte er leiser, drohte: „... wirst sie sicher nicht begleiten!" Und er trat ganz dicht an ihn heran. Sein Mund berührte beinahe sein Ohr, als er raunte: „Du Verräter wirst sie nie wieder in Händen halten, hast du mich verstanden? Und hältst du dich nicht daran, dann werden alle erfahren, was du getan hast! Deine Rolle als legendärer Krieger und dein Ansehen werden mir egal sein! Verspiel deine Chance nicht, Cousin! Ich bin gnädig mit dir! Aber auch nur deshalb, weil ich dich bei dem, was jetzt auf uns zukommt, brauchen werde!"

Omid konnte sich nicht verkneifen, ebenso leise zu antworten: „Wenn du Canan und mich verrätst, dann werden auch alle wissen, dass das Kind nicht deines ist. Du würdest dir nur selbst in den Hals schneiden."

Kasras Blick verriet, dass er vor Wut raste. Seine rechte Hand zitterte gefährlich über seinem Schwert. Nur die Tatsache, dass sie aufmerksam beobachtet wurden, hielt ihn davon ab, es zu ziehen. Omid war nicht stolz darauf, aber ein gewisses Wohlwollen erfüllte ihn in diesem Moment.

„Alna ist lange bevor wir dort ankamen, gefallen", wandte sich Omid schließlich an Facundo. „Dem König sind wir nicht begegnet, doch wenn man einer Geflohenen glaubt, dann ist er tot. Canan Gul ..." Er schluckte schwer. Ihr Name schien plötzlich eine Tonne zu wiegen.

„Meine Frau ist bei der Geburt unserer Tochter gestorben", unterbrach ihn Kasra mit fester Stimme und trat vor. An die

270

Soldaten Amon und Jubin gewandt, befahl er: „Begleitet die Hebamme und die Prinzessin zum Haus der Frauen."

Auf diese Worte herrschte jäh eine Totenstille in der prächtigen Halle, die jene von zuvor übertraf. Es war, als hätten selbst die Vögel, deren Gezwitscher durch die offenen Fenster gedrungen war, vergessen, wie es ging.

Einer der Anwesenden trat schließlich vor. Er war klein, aber kräftig gebaut, trug einen kurzen Vollbart und hatte dunkle Haare. Er entstammte einem Königreich, das im Westen jenseits des Meeres lag, und hörte auf den Namen Aldar Amsten. Er zählte sich stolz zum Zwergenvolk. „Herr, das zu hören, schmerzt mich! Es gibt keine Worte, die diesen Verlust beschreiben könnten, ..." Mitten im Satz brach er ab, sein Blick veränderte sich, als er begriff. „Wenn Canan Gul del Nube tot ist ..." Er wandte sich an Facundo und an die anderen Anwesenden, sprach das aus, was sie alle dachten: „Wenn die Tochter der Wolken tot ist, und wenn ihr Vater tot ist, wer besiegt den Dunklen dann? Es war ihnen vorherbestimmt, das zu tun. Jemand aus dem Blut des Dunklen muss es sein, der ihn zu Fall bringt! Sie waren unsere Hoffnung. Sie waren die Letzten, in deren Adern sein Blut floss. Wer ..." Und er wandte sich wieder um. Das Geschrei des neugeborenen Mädchens verklang hinter ihnen, als Afson und die Soldaten die Halle verließen, und im gleichen Moment begriff Kasra, was Aldar Amsten sagen würde und unterbrach ihn barsch: „Bijelle ist keinen Tag alt. Ihr werdet ihr diese Bürde nicht auferlegen! Canan hat ihr Leben lang darunter gelitten! Meine Tochter wird nicht euer Werkzeug werden – nur weil eine alte Prophezeiung es so sagt! Außerdem ist ihr Name nicht del Nube, sondern Caysio!"

„Kasra!", beschwichtigte Facundo. „Aldar hat nicht unrecht. Sie ist trotzdem von Canans Blut."

„Nein!", brüllte Kasra. „Ihr nehmt ihr nicht ihre Kindheit!"

„Herr, entschuldigt, wenn ich unterbreche …", warf eine Frau ein. Ihre Haare waren weiß und schulterlang. Sie trug braune, feste Lederhosen und eine weiß-blaue Bluse. Sie kam aus dem Land neben den Bergen Aldar Amstens. Ihr Name lautete Yara dan Cauren. Sie nannte sich eine Zauberin. „… Ich verstehe euch. Ihr seid ihr Vater! Ihr müsst sie behüten, doch vergesst nicht, um was es hier geht! Es geht um den Frieden, um das Wiederherstellen des Gleichgewichts."

„Selbst wenn." Ein junger Mann mit blonden Haaren trat vor. An seinen Namen konnte sich Omid nicht erinnern. „Das Mädchen wird erst wachsen müssen, um den Dunklen zu besiegen, und das wird Jahre dauern, die wir nicht haben!"

„Außerdem …", erhob Omid nun seine Stimme. Irgendwo tief in ihm regte sich etwas Fremdes, etwas Erschreckendes. So musste sich ein Vater fühlen, der sein Kind verteidigte. „Unsere Vorfahren haben sich immer auf den Blutzauber verlassen. Doch beide Male, als einer dieser Krieger vor dem Dunklen stand – so stark er auch war –, hat der Dunkle ihn besiegt. Wir müssen einen besseren Plan schmieden und diese nutzlosen, alten, längst überholten Weissagungen vergessen!"

„Unsere Vorfahren hatten auch andere Pläne, doch am Ende standen immer die del Nube Krieger vor ihm. Selbst in den unmöglichsten Situationen. Das ist kein Zufall, Omid Parvis!", meinte Aldar Amsten bestimmt und ein bestätigendes Raunen ging durch die Menge, das Omid den Kopf schütteln ließ. Sein Blick fiel auf Kasra, der ihm geflissentlich auswich.

Der Streit wurde immer lauter und aufgeregter. Kasra stand einfach nur da, als wäre er nicht mehr als eine leere Hülle. Sein Geist war weit fort. Ob er überhaupt lauschte, was gesprochen wurde, wusste Omid nicht. Aber er würde Lapis nicht einfach so kampflos in die Fänge der Ritter geben. „Es wird zu lange dauern, bis Bijelle Gul alt genug ist, um zu kämpfen!", rief er dazwischen, wiederholte, was der blonde Mann gesagt hatte.

„Dann müssen wir ihn bis dorthin hinhalten!", rief irgendjemand zurück. Er konnte nicht ausmachen, wer in dem Chaos es gesagt hatte, doch langsam begann in ihm die Wut zu brodeln.

Und dann donnerte Kasras Brüllen über sie hinweg: „Vielleicht war es nie Canan Guls Bestimmung, ihn zu besiegen! Und wenn es ihre nicht war, warum sollte es dann Bijelles sein? Keiner von euch rührt meine Tochter an! Seid ihr auch meine Freunde und Gefährten, ich werde nicht davor zurückschrecken, einen von euch zu töten, wenn ihr es wagt!" Seine Stimme grollte durch die Halle, wurde von den Wänden wie Hagelkörner in den Raum geworfen, und eine Stille folgte auf seine Worte, in der man eine Nadel zu Boden hätte fallen hören. In diese Stille sprach unerwartet eine fremde Stimme. Sie keuchte: „Ich will euch nicht unterbrechen, edle Ritter, aber es gibt da etwas, das Ihr wissen solltet ..." und ließ alle Anwesenden abermals herumwirbeln. In der prachtvoll geschnitzten, offenstehenden Holztür der Halle stand ein schlaksiger, verschwitzter und erschöpft wirkender Bote. Er schien von einer langen Reise heimgekehrt zu sein.

„Wer seid Ihr?", fragte Facundo.

„Nur ein armer Seemann, Herr. Aber ich komme aus dem Norden und man sagte mir, dass es Euch interessieren wird, was dort passiert ist", erwiderte der Mann.

Als ihn alle erwartungsvoll anstarrten, schluckte er schwer. Kasra forderte ihn immer noch mit belegter Stimme auf: „Sprecht!"

„Der Prinz im Norden. Er ist plötzlich wieder im Schloss aufgetaucht."

„Von wem redet Ihr?", fragte Aldar Amsten.

„Henrick von Ruusukivi."

„Der Junge starb doch als kleines Kind mit seinen Eltern!", erwiderte Aldar Amsten und schüttelte verblüfft den Kopf.

„Nein", erwiderte der Fremde. „Ich komme aus dem Norden. Dieses Land war immer meine Heimat. Den Prinzen hat man nie gefunden. Er verschwand einen Tag vor dem Attentat auf die Königin und den König."

„Und aus heiterem Himmel ist er jetzt wieder aufgetaucht?", erwiderte Aldar ungläubig.

Yara dan Cauren fragte: „Woher wisst Ihr das?"

„Ich war dort. Ich habe ihn gesehen. Aber nein, dieser Prinz ist kein guter Mann! Er ist grausam und herrschsüchtig und er ist mächtig!"

„Ist er denn nicht noch ein Kind, wenn ich mich nicht verrechnet habe?", warf einer ein.

„Er sollte einer von uns sein. Er ist auch ein Nachfahre der Ritter der alten Könige", meinte ein anderer.

„Ich weiß es nicht, aber was ich weiß, ist, dass er hoch in der Gunst des Dunklen zu stehen scheint und dass das Reich im Norden ziemlich groß ist. Ich bin mir sicher, dass er sich den anderen angeschlossen hat – den Herrschern, die dem Dunklen folgen", antwortete der Fremde.

„Ein wahrhaft mächtiger Mann ist sich bewusst, dass er umsichtig mit der Macht umgehen muss. Ob er das weiß?", flüsterte Facundo. „Vielen Dank für die Gefahren, die Ihr auf Euch genommen habt, um uns davon zu berichten! Ihr werdet eine Unterkunft mit einem warmen Bett und ein reiches Mahl bekommen!"

Im gleichen Augenblick, als in der Halle der Alna-siva diese Nachricht überbracht wurde, schritt der neunte Schatten mit ausladenden und raschen Schritten durch den Kerker zu der allerletzten, allerhintersten Zelle. Dort erwartete ihn der Tonttu Morten wieder einmal. Die Entbehrungen der Schlacht um Alna waren für ihn längst unwichtig.

„Ihr müsst mich bezahlen!", hallte die Stimme des Tonttus von den Kerkerwänden wider und seine langen Finger umschlossen die Eisenstreben, die ihn am Entkommen hinderten. „Ihr müsst mich bezahlen! Bezahlen, bezahlen – Ihr wisst, was ich will!"

„Und das wirst du bekommen, wenn die Zeit reif ist!"

„Oh, ein Schatten mit Humor! Ich habe meinen Teil der Abmachung erfüllt, also muss dein Herr mich jetzt bezahlen! Alle sind an ihren angestammten Plätzen. Das Labyrinth hat sie zu Schatten gemacht, die deinem Herrn treu ergeben sind!"

„Ihr besitzt bereits alle Schätze, die man besitzen kann!"

„Aber nicht den einen!"

„Ihr bekommt die Leier, wenn Ihr ihm die eine Saite bringt, die Ihr ihm vor elf Jahren unterschlagen habt!"

„Hältst du mich für einen Narren, Gleichgültigkeit, oder sollte ich dich bei deinem richtigen Namen nennen – Tammo? Wenn ich ihm die letzte jener drei Saiten, die mir gehörten, gebe und er die Leier repariert, liegt alle Macht der Welt in seinen Händen. Diese Macht wird er keinem Hausgeist wie mir geben! Außerdem habe ich keine Lust zu altern. Die eine Saite benötige ich für mich selbst. Die anderen beiden waren nicht mehr vonnöten, da nun keine dunklen Krieger mehr im Labyrinth heranreifen müssen."

„Ich habe etwas ebenso Wertvolles für euch!" Der Schatten überhörte die Worte des Tonttu geflissentlich und holte von seinen Schultern das gewaltige Eisenschild. Es war seine Kriegsbeute. „Es mag angeschlagen sein, wenn es euch aber gelingt, es zu reparieren, dann wird euch niemand mehr etwas antun können, und ihr werdet in ewigem Frieden leben. Ihr wisst, was das hier für ein Schild ist."

„Ich weiß, dass es nicht auf dem Rücken eines Schattens sein sollte, sondern in der Palastburg der Wüstenstadt Alna", erwiderte der Tonttu und seine Finger reckten sich nach dem Schild. Der Schatten ließ ihn das Holz kurz berühren, ehe er den Schild zurückzog. „Eine Bedingung …"

„Lass mich in Frieden mit deinen Bedingungen! Warum kommt dein Herr nicht selbst einmal zu mir? Fürchtet er sich noch immer vor dem kleinen *Wicht*? Warum schickt er immer nur einen seiner Handlanger vor?"

„Er weiß, dass du einen speziellen Ring besitzt, der einst einem Seemann gehörte. Bring ihm diesen, und du bekommst den Schild!"

„Ha!", erwiderte der Tonttu lediglich. Vielleicht lachte er nur deswegen so trocken auf, weil er gerissen genug war, seine wahren Absichten zu verbergen. Vielleicht bereute er aber auch seine voreilige Entscheidung. Jedenfalls verschwand er kurz darauf mit dem Zutun des Schattens zurück in sein Heim, das Labyrinth.

Der Schlüssel ist die Erinnerung

„… Das Labyrinth befindet sich unter uns?!", brummte Bror – Camilla hatte zu zählen aufgehört, aber es musste das tausendste Mal sein. Er brummte es in genau dem gleichen Moment, in dem der Tonttu vor den Augen des Schattens verschwand. Nur eben an einem anderen Ort.

Wenn du es immer wieder wiederholst, dann ändert das auch nichts!, kommentierte ein äußerst verschlafener und griesgrämiger Aegir. Er blickte durch eines der Fenster der Schlossbibliothek. Nach Dyrions Besuch hatte keiner von ihnen mehr ein Auge zugetan, und so waren sie schließlich zum sturen Henrick zurückgekehrt. Dessen Augen waren von ebenso dunklen, schlaflosen Ringen untermalt wie ihre.

Camilla grübelte. Sie drehte die Seite des Notizbuches des stummen Dyrion. Sie hatte den Inhalt bereits an die fünfzig Mal gelesen. Dyrion hatte darauf beschrieben, dass er wusste, dass es ein Tor in der unsichtbaren Mauer gab, und einen Schlüssel, der es aufschloss. Wo das Tor war, war ihm bekannt. Wo der Schlüssel war, hingegen nicht. Außerdem hatte er ihnen enthüllt, dass sich Lysmoor direkt über dem Labyrinth befand. Bror hatte es entrüstet kommentiert: „Der alte Mann wusste die ganze Zeit – also wirklich die gesamten elf Jahre –, dass wir uns über dem Labyrinth befinden und dass es einen Ausweg aus dieser Stadt gibt?! Wie …" Er legte eine lange Pause ein, ehe er weitergesprochen hatte: „Wieso hat der alte Knacker nichts gesagt? Auf wessen Seite steht der eigentlich?!" Woraufhin Aegir erwidert hatte: *Wie ist es möglich, dass ihn nie jemand gefragt hat?* Und Camilla die sinnlose Diskussion mit den Worten: „Weil keiner auf die Idee gekommen ist, ihn *genau danach* zu fragen!" unterbrochen hatte.

„Aber hätten wir uns nicht denken können, dass der Erbauer des Labyrinths – und, das ist er ja – etwas mehr Informationen für uns haben könnte?"

Camilla schüttelte den Kopf und die Erinnerung ab. „Wir können noch so lange diskutieren, es ändert doch nichts! Wie hätten wir erraten sollen, dass das Labyrinth nicht fern ist?", meinte sie, mäßig erfolgreich darin, einen kühlen Kopf zu bewahren.

Lysmoor hatte man lange nach dem Erbau des Labyrinths direkt darüber errichtet. Die Stadt hatte dem Zweck gedient, dass die Angehörigen und Freunde der Athleten, die das Labyrinth als Teil des Wettkampfes betraten, in ihrer Nähe sein konnten. Es war *per se* gar kein offizieller Teil des Labyrinths. Die meiste Zeit war die Stadt nur ein kleines Dorf gewesen. Da aber die Einheimischen immer bessere Geschäfte gemacht und auch der Hafen bald als nördlichster Umschlagplatz gedient hatte, war aus dem Dorf bald eine Stadt geworden. Die meisten der Bewohner stammten aus allen Teilen der Welt und aus allen nur erdenklichen Völkern. So hatten in den Hochzeiten Zwerge neben Elfen, Gnomen, Trollen und Menschen in der Stadt gelebt. Die unsichtbare Mauer hatte Dyrion mithilfe anderer Baumeister über dem Labyrinth und der Stadt errichten lassen, weil der Ort vor allem während der Wettkämpfe viel zu oft angegriffen worden war. Daher hatte man die Stadt während der Wettkämpfe sorgfältig abgeriegelt und danach wieder geöffnet. Camilla runzelte die Stirn.

„Was ist?", grunzte Bror. „Warum schaust du so?" Seine smaragdgrünen Augen verengten sich zu einem kritischen Blick. Camilla hob den Kopf und blickte zu einem der leeren

Regale. „Dort oben stand ein verriegeltes Buch. Ich hab den Schlüssel dazu nie gefunden. Aufschneiden wollte ich den Ledereinband nicht. Er war alt und kam mir zu wertvoll vor. Der Titel war: Die Geschichte von Lysmoor. Das war dumm von mir. Ich wette, da drin hätte das gestanden, was uns Dyrion heute erzählt hat." Hätte sie den blöden Einband nur zerstört, dann wären sie alle mitsamt den Verschwundenen, vielleicht außer Reichweite der Magie, die in dem Labyrinth herrschte, gelangt. Oh, sie hätte sich ohrfeigen können!

Gräm dich nicht, das konntest du ja nicht ahnen, flüsterte Aegir besänftigend.

„Nein", knirschte sie. „Aber ich hätte mich für die Geschichte von Lysmoor ein wenig mehr interessieren müssen. Das war so ziemlich das einzige Buch, das ich nie gelesen habe. Wie wahrscheinlich ist das ..."

„Und wo ist jetzt dieser verdammte Schlüssel?", fauchte Bror ungeduldig dazwischen. „Ich will dieses Tor finden und dann nichts wie raus hier!"

Camilla verzog die Miene und zog die Beine weiter an. Sie hockte auf dem Sessel am einsamen Tisch, vor ihr stapelten sich unzählige Bücher. Der Zwerg brachte immer wieder welche und lud sie mit einem lauten Poltern darauf ab, sodass sich das Holz gefährlich bog und Camilla jedes Mal besorgt zusammenzuckte.

„Wieso sitzt du eigentlich nur da und tust nichts, hm? Ärgern bringt uns nicht weiter, Cam! Schau in deine Bücher und sag uns dann, wo der verdammte Schlüssel ist!"

„Ich weiß nicht ...", begann sie zögerlich, ehe sie ihn wütend anfunkelte. „Wieso erwartest du von mir, dass *ich* die Lösung finde? Ich hab so ziemlich jedes Buch hier gelesen und so eine Information wäre mir aufgefallen! Und wie gesagt, ich wette, dass sie in diesem ..."

„Was genau weißt du denn bitte nicht?"

„… Außerdem, ich weiß nicht, ob ich hier weg will!" Abrupt war es mucksmäuschenstill und zwei Paar übergroße Glupschaugen starrten sie ungläubig an. Vor lauter Entrüstung blieb Bror der Mund offen stehen, ehe er sich wieder seiner Stimme entsann. Er gestikulierte wild und formte dabei seltsame Figuren in der Luft. Er zeterte los: „Welcher normale *Was-auch-immer* will freiwillig gefangen bleiben? Was ist mit dir falsch, Kleine?!"

„Dort draußen, außerhalb dieser Mauern, herrscht Krieg. Dort draußen kommen selbst jetzt im Winter Schiffe bis hier herauf an das nördliche Ende der Welt, obwohl ihnen wohl klar sein muss, dass sie hier nicht mehr viele Möglichkeiten haben. Auf diesen Schiffen sind Flüchtlinge! Erst gestern Morgen haben Skipp und ich wieder einen Eisbrecher beobachtet, dem eines dieser Schiffe folgte. Hier drinnen sind wir sicher, weil wir unsichtbar für die Welt sind …"

„Mag ja sein, aber das hat den werten Herrn Kriegsherrn nicht davon abgehalten, unsere Freunde hier herauszuzaubern!"

Camilla öffnete den Mund und schloss ihn wieder.

Der Punkt geht an Bror, kommentierte Aegir, was sie sich dachte.

„Na gut, du hast ja recht, aber …"

„Wie kann es da jetzt noch ein Aber geben? Und du da draußen, wag es ja nicht schon wieder, ihr zu helfen! Ihr helft immer zusammen, und geht dann gemeinsam gegen mich! So blöd wie ihr tut, bin ich nicht!"

Ich habe doch gerade DIR geholfen! Hörst du überhaupt zu?

„Leute!", Camilla stöhnte und richtete sich kerzengerade auf.

„Bror, ich kenne diese Bücher da, aber von einem Schlüssel steht da nichts. Aber: Mich würde brennend interessieren, wie es möglich ist, dass der dunkle König alle aus der Stadt herausgezaubert hat. Wie kann das sein, wenn da doch die Mauer ist, die die Stadt eigentlich schützen soll? "

„Lies sie noch mal! Lies sie meinetwegen alle noch mal …" Er deutete auf die spärlich gefüllten Regale. Seitdem die meisten Bücher fehlten, bekamen die Stimmen ein seltsam dumpfes Echo. Plötzlich fühlte sich Camilla nicht mehr so wohl an ihrem alten Zufluchtsort. „… aber finde eine Lösung! Du findest doch immer für alles eine Lösung! Also dieses Mal auch!" Die zweite Frage ignorierte er völlig. Er verschränkte bestimmt die Arme vor der Brust, wobei er seinen Bart einklemmte und kurz das Gesicht verzog. „Und, während du sie liest, suchen Aegir und ich draußen vor den Bauernhöfen im Torfmoor nach dem Tor, das der alte Knacker beschrieben hat! Komm, Aegir!"

Ich bin kein Hund.

„Ach, nein, das hätte ich noch gar nicht bemerkt!"

Dann kommandier mich nicht so herum! Warte, willst du freiwillig dorthin fliegen? Du?

„Halt die Klappe. Ich schaff das schon! Flieg einfach dicht über den Hausdächern und ja nicht höher!"

Ich werde Pirouetten fliegen und Purzelbäume schlagen, wenn du aufsteigst!

„Wirst du nicht!"

Ich schwöre!

„Na gut, dann such ich mir eben ein Pferd und reite!"

Wohl eher ein Pony.

Bror stapfte hinaus in die Eingangshalle. Aegir verschwand vor dem stuckgerahmten Fenster und empfing ihn vor den Toren. Langsam verklangen ihre Stimmen. Camilla starrte ihnen nach. Eine seltsame Ruhe kehrte ein. Sie knabberte nervös an ihrem Zeigefingernagel. Dieses leise Knacksen war das einzige Geräusch in der bedrückenden, einsamen Stille. Im

Schloss war es nie laut gewesen, nicht einmal, wenn im Sommer die Fenster sperrangelweit offenstanden und der Duft der Rosen und Lupinen hereinwehte. Selbst da drang selten der geschäftige Alltagslärm der Straßen durch den Park bis hin zu den alten Marmormauern. Aber in regelmäßigen Abständen war Maya in der Bibliothekstür erschienen, beinahe ebenso oft Aada, ihre liebe Großmutter, und mittags hatte meist Johanna zu Tisch gerufen. Selbst Filip del Nube hatte Camilla gelegentlich Gesellschaft geleistet und mit ihr über geschichtliche Konflikte diskutiert oder über die fernen Länder und ihrer fremden Sitten, die er ebenso wie sie nur aus den allwissenden Büchern kannte, philosophiert. Und dazwischen war immer wieder der sture Henrick aufgetaucht. Sie starrte unablässig die Tür an und erwartete beinahe, dass ebenjener darin erschien. Bror hatte sie nicht ganz geschlossen. Sie schwang noch ein wenig hin und her, bevor sie fast ins Schloss gefallen wäre, als wüsste sie genau, dass Camilla sich wohler fühlte, wenn sie offen blieb. Nur heute.

Der sture Henrick hatte sich in seine Gemächer neben dem Dachboden zurückgezogen, erinnerte sie sich beiläufig. „Da bin ich schon so alt geworden, aber so etwas habe ich noch nicht erlebt!", hatte er immer wieder gemurmelt, bevor er hinaufgeschlurft war und die drei allein zurückgelassen hatte.

Camilla ließ die Hand sinken und nagte stattdessen an ihrer Unterlippe. Sie beugte sich vor und griff wahllos nach einem der Bücher. Das Erste, das ihr in die Hände kam, war „Die Geschichte vom Volk der Vaaykylla" – eine Reise mit den Rentieren des Nordens.

„Wie soll uns das Leben der Nomaden helfen, diesen Schlüssel zu finden? Bror, was bringst du da bloß für Lektüre?", erstaunte sie sich. „Oder der Weltatlas …", als sie das nächste in die Hand nahm, „… oder Kalyrisch …", was nichts anderes als die Sprache war, die man irgendwo in einem Wüstenland sprach. Im Lauf der Jahre hatte sie sich ihr mühsam bemächtigt, da Maya und ihre Familie sie von Geburt an lernten. Ihr Blick fiel auf die Kamele auf dem alten Teppich. Der Teppich war so groß, dass er den einsamen Tisch beinahe winzig erscheinen ließ. Die Kamele waren präzise gestickt. Jemand musste Stunden über Stunden damit verbracht haben sie zu sticken. Sie schüttelte den Kopf, seufzte und stand auf. Ihr Blick wanderte wieder zu der obersten Galerie und ihren leeren Bücherreihen. Dann holte sie Skipp Skaugs Ring aus ihrer Jackentasche, einfach nur deswegen, weil ihre Gedanken zu ihm wanderten. Skipp war weg. Edvard war weg. Warum zum Henker waren Bror, Aegir und sie noch hier, rätselte sie.

„Warum bist du hier?", fragte sie das Ding und schüttelte sogleich über sich selbst den Kopf, „Als wüsstest du das! Wenn Skipp wüsste, dass du wieder da bist … Wer hat dich dort oben auf das Regal in diese Truhe gelegt? Und wieso habe ich dich in elf Jahren dort nicht gefunden?" Inzwischen war es ihr egal, ob sich jemand um ihren Geisteszustand Sorgen machte.

Sie schnippte die Klappe auf, der Stein stand nun senkrecht und aus dem Inneren strömte das gleißende Licht. Zuletzt hatte sie dieses Leuchten im Labyrinth gesehen. Sie kniff die Augen zusammen und starrte direkt hinein. Es war, als würde sie in die Sonne sehen, so hell war es. Danach tanzten für einige Momente Punkte vor ihren Augen, ehe sich die Regale, die Bücher, der Tisch, der Teppich und der Stuhl wieder manifestierten. Sie drehte den Ring und betrachtete den hell erleuchteten blauen Stein. Es handelte sich um einen Saphir, stellte sie fest. Angesichts der Größe musste der Ring einen ziemlich hohen Wert haben. Sie konnte sich vorstellen, dass Skipp ihn teuer hätte verkaufen und mit dem Geld für seinen

Sohn sorgen können. Woher das seltsame Licht kam, konnte sie nicht erkennen. Sie legte ihn auf den Tisch. Sie ließ ihn offen. Das hatte keinen speziellen Grund. Sie tat es einfach und begann in den Regalen und in den Büchern nach Antworten zu suchen. Draußen setzte bald die frühe Nacht ein. Als die Schatten lang wurden, begann sie die Kerzen anzuzünden, die den Raum zusätzlich zu dem Licht des Rings erhellen sollten.

Aber als die Flamme der ersten Kerze loderte und durch einen Zufall den blauen Saphir streifte, geschah etwas Seltsames. Camilla glaubte nicht an das Schicksal. Sie war der Meinung, dass die Welt von Zufällen beherrscht wurde. Doch hätte sie an das Schicksal geglaubt, so wäre das ein schicksalsträchtiger Moment gewesen.

Das Kerzenlicht streifte die Klappe, die dem Leuchten zugewandt war und somit den unteren, normalerweise verborgenen Teil des Saphirs. Das magische Licht aus dem Inneren des Rings wurde wie durch einen konkaven Kristall gebündelt und direkt durch den Stein gelenkt. Der Bereich der Bibliothek, der in Richtung des Eingangs lag, wurde in blaues Flimmern getaucht, als würde sich alles plötzlich unter Wasser befinden. Was aber noch viel erstaunlicher war, waren die drei geisterhaften Gestalten, die plötzlich direkt vor Camilla standen. Camilla erstarrte zu Stein. Ihr Herz pochte ihr in der Kehle. Es handelte sich um drei Männer unterschiedlicher Statur und Herkunft. Einer war klein gewachsen, hatte dichte Haare und hätte Bror sogar ähnlich gesehen, wenn er einen Bart getragen hätte. Er war ein Zwerg. Der zweite hatte sonnengegerbte Haut, blitzblaue Augen und ein kahl rasiertes Haupt. Er trug eine reich verzierte Kleidung mit goldenen und roten Ornamenten und Sandalen. Seine Nase war spitz und seine Haltung stolz. Der dritte stand etwas abseits und war

284

der stille Beobachter. Er hatte dunkle Haare. Seine Gesichtszüge erinnerten Camilla unwillkürlich an Mayas. Seine Kleidung war schlicht, aber dennoch hochwertig. Sie kannte ihn, begriff sie. Sie kannte ihn von dem Porträt, das im Schlossflur neben dem Spiegel hing. Der Mann mit dem finsteren Blick, der einen zu verfolgen schien. Die drei bemerkten sie keineswegs, waren sie doch viel zu sehr mit sich selbst beschäftigt. Hitzig diskutierten sie über etwas. Ihre Stimmen wurden aus einer weiten Ferne zu Camilla getragen. Ihre Münder bewegten sich unaufhörlich. Doch die Schallwellen des Gesagten trafen erst viel später ein und warfen ein dumpfes, unwirkliches Echo. Diese unrealistische Anomalie war der Grund, warum Camilla sich weder versteckte noch davonlief. Etwas stimmte nicht mit dem, was sie da sah. Sie begann abermals nervös an ihrem Zeigefingernagel zu knabbern.

„... Wenn wir sie einsperren, dann können wir auch nicht mehr hinaus!", meinte der Zwerg.

„Einer von uns muss hierbleiben. Einer von uns muss das Tor versperren und den Schlüssel verstecken!", erwiderte der Kahlköpfige schlicht. Er hielt etwas Kleines, Silbernes in der rechten Hand. Dass es sich dabei um einen Schlüssel handelte, erkannte Camilla erst auf den zweiten Blick. Sie runzelte die Stirn.

„Arvand, es handelt sich um deine Schwester. Ich denke, es ist deine Aufgabe, bei ihr zu bleiben! Nach allem, was du getan hast – auch wenn vieles davon unter dem Einfluss ihrer Magie geschah ...", wandte sich der Kahlköpfige an den Dritten. Dieser schwieg, aber nickte.

„Du darfst ihr niemals sagen, wo du den Schlüssel versteckt hast, verstehst du mich? Sie hat eure Familie verraten. Die Strafe, für die sich der Rat entschlossen hat, ist eine sehr humane. Vergiss niemals, dass sie dafür in der Todeszelle hätte landen können. Dieses Exil hier ist wesentlich besser – und ohne ihre Magie wird sie weder dich noch irgendjemand anderen in ihren Bann ziehen können …"

Dann war der Redende plötzlich verschwunden, und mit ihm der Zwerg, als hätte jemand die Seite eines Bilderbuches umgeblättert. Nur noch der Dritte war da. Allerdings stand er nicht mehr an der gleichen Stelle wie zuvor. Viel mehr kniete er am Rand des Kamelteppichs und strich ihn glatt, während er sich immer wieder umsah, als fühlte er sich verfolgt. Aber die Bibliothek war leer und auch in dem blauen Bild war niemand außer ihm. Sein Blick fiel auf Camilla, die reglos und mit angehaltenem Atem verharrte. Sie stützte sich auf den Holztisch. Und dann …

… fiel die Ringklappe zu. Nur noch die Kerze spendete Licht und ließ den Saphir funkeln. Der Rest des Raums versank in plötzlicher Dunkelheit. Mit dem Licht verschwanden die eigenartigen Fantasiegespinste.

Camilla verharrte fassungs- und reglos, bis Bror wenige Minuten später zerzaust und zeternd in die Bibliothek gestürmt kam: „Dieser blöde, alte – ach-du-weißt-schon – draußen beim Torfmoor ist kein sonderlich genauer Anhaltspunkt. Aber du glaubst ja nicht, was wir da gefunden haben! Ich bin mir ganz sicher. Aegir sagt, dass es nicht so ist, aber dort ist *die Wiese*. Auch, wenn da jetzt überall Schnee liegt. Du weißt schon *die Wiese*. Die Wiese, die wir gesehen haben, als wir aus dem Labyrinth herausgekommen sind, bevor wir durch irgendeinen Zauber in die Stadt katapultiert wurden …" Als er ihren Gesichtsausdruck sah, brach er mitten in seinem Redeschwall ab.

„Cam? Du siehst aus, als hättest du ein Gespenst gesehen!"

Camilla griff nach dem Ring, ohne etwas zu erwidern. Sie stieß die Klappe abermals auf und rückte die Kerze zurecht. Dann stand Bror mitten zwischen den drei Gestalten und ihrer Diskussion und quiekte panisch auf: „Was ist das?"

„Warte!", erwiderte Camilla und hob die Hand. „Sie sehen dich nicht. Das passiert nicht im *Jetzt*." Die gleichen Worte, der gleiche Satz, der unterbrochen wurde, der gleiche Mann, der am Boden hockte und den Teppich zurechtzupfte. Die gleiche Stelle, an der …

Klonk, klonk. Bror stapfte darüber. Hin und her. So wie er es immer tat. Camilla hatte diese eine Stelle fast nie betreten, was einfach nur einem eigenartigen Zufall zuzuschreiben war. Bror trampelte jedes Mal darüber, wenn er in der Bibliothek war.

„Das ergibt physikalisch überhaupt keinen Sinn!", jammerte Camilla.

Bror verdrehte die Augen. „Kleine, nicht alles lässt sich logisch erklären. Solltest du inzwischen doch wissen! Der Ring da ist magisch!"

„Ja, aber Kerzenlicht, das das magische Licht so umlenkt, dass es direkt durch das kleine Loch in der Halterung und durch den Saphir scheint und dann …"

„Du liest zu viele Bücher!" Der Zwerg beugte sich an jener hohlklingenden Stelle zu Boden und beäugte sie argwöhnisch, ehe er den Teppichstoff ein Stückchen beiseite rückte. Darunter kam der weiße Marmorboden zum Vorschein. Fliese an Fliese. Dicht gereiht.

„Vorhin hatte ich dir nicht genug Bücher gelesen …", grummelte sie, tat zwei ausladende Schritte um den Tisch und ließ sich neben Bror in die Hocke sinken. Sie klopfte gegen die Steinfliesen. Der Unterschied war deutlich zu hören.

„Da ist ein Hohlraum", meinte sie, als das vertraute *Klonk, Klonk* erklang.

„Na, dann, hoch damit!" Bror suchte vergeblich nach einer Möglichkeit, die Fliese anzuheben. Sie war fest mit den anderen verbunden und hatte keinen noch so kleinen Spalt, in den man hätte greifen können.

„Ach herrje!", brummte er und fletschte dabei angestrengt die Zähne. „Warte einen Moment!" Er ließ von seinem Vorhaben ab und trampelte eilig aus der Bibliothek.

„Wo will er denn hin?", fragte Camilla und blickte ihm verwundert hinterher. Aegirs Kopf erschien hinter einem der Fenster. Er lugte durch die Scheibe, wobei er kaum mehr als sein eigenes Spiegelbild sehen konnte, da es in der Bibliothek etwas heller als draußen war.

Was meinst du? Er kniff nur eines seiner beiden Echsenaugen zu und wirkte so ein klein wenig wie ein Betrunkener, der sein Mienenspiel nicht mehr so recht unter Kontrolle hatte. Camilla verzog amüsiert den Mund zu einem schwachen, schiefen Lächeln. Dann öffnete sie ihn, um zu antworten, aber da war Bror auch schon wieder da. Die Wangen waren hochrot unter dem Schnurrbart und er keuchte lauthals. Mit beiden Händen hielt er seine Hacke fest umklammert. Jene Hacke, die Edvard für ihn vor seinem Verschwinden repariert hatte.

„Woher hast du die denn auf einmal?", wunderte sich Camilla und schalt sich innerlich, dass sie sich darüber nicht wundern sollte. Denn es war Bror. Bror war immer für Überraschungen gut.

„Na, mitgenommen von daheim."

„Wozu?"

„Für alle Fälle."

Sie zog eine Braue hoch. Er stellte sich breitbeinig vor Camilla und der hohlen Fliese auf, zielte konzentriert, kniff die Augen zusammen, hob die Hacke, hob den Blick und starrte sie finster und erwartungsvoll an.

„Was ist?", fragte sie irritiert.

„Gehst du zur Seite?"

„Bin ja eh nicht im Weg!"

„Wer weiß, vielleicht explodiert gleich der Boden! Wir wissen ja nicht, was da drunter ist!"

„Unwahrscheinlich. Außerdem wär's dann ja egal, wo ich stehe."

„Geh weg!"

„Ist ja gut!" Sie seufzte und machte Platz.

Was bitte macht ihr da?, fragte ein verwirrter, für das Geschehen blinder Aegir. Keiner antwortete. Bror hackte auf den Boden ein. Der sture Henrick wird keine Freude haben, dachte Camilla. Es dauerte lange, ehe die dünne Fliese entzweibrach und ihr Geheimnis preisgab. Bror standen bereits die Schweißperlen auf der Stirn und die Hacke glitt ihm fast aus den rutschigen Händen.

Tatsächlich kam ein steiniger Hohlraum zum Vorschein. Zwischen den Fliesenbrocken glitzerte silbern ein kleiner Schlüssel, der weder prunkvoll noch prächtig war. Bror fischte ihn heraus.

„Irgendwie sieht der nicht aus, als würde er ein riesiges Tor aufsperren können. Der bricht ja ab, wenn man ihn in das Schlüsselloch steckt!", sagte er.

„Habt ihr denn das Tor gesehen? Ist es wirklich groß, oder ist es einfach nur eine Tür?"

„Kleine, die Mauer ist doch unsichtbar!"

„Aber ihr habt es gefunden?"

„Wir haben den beschriebenen Ort gefunden, aber ob da jetzt wirklich ein Durchgang ist oder nicht, haben wir natürlich nicht gesehen! Und da der Alte sich weigert, seine einsame

Hütte zu verlassen und mitzukommen ...“ Er zuckte mit den Schultern.

Camilla nickte.

Ihr habt den Schlüssel?, fragte Aegir verblüfft.

Bror sah Camilla an. Camilla erwiderte den Blick.

„Ihr wollt hier wirklich weg?“, fragte sie betreten.

„Ich fass es nicht, dass du das nicht willst! Immerhin sind unsere Freunde alle weg! Wir müssen sie doch finden! Und deine Eltern ... Kleine, ich weiß doch, dass du nichts sehnlicher willst, als sie wiederzusehen! Und ich auch. Ich will meine Familie – falls irgendwer davon noch lebt – auch wiedersehen! Ich habe es satt, ein Gefangener zu sein!“

Die Tür zu Lysmoor

Arvand del Nube, meinte Aegir nachdenklich.

„Ist das der, der so finster dreinschaut?", brüllte Bror gegen den Flugwind an.

Camilla bestätigte: „Ja, das ist der. Ich glaube, es ist Mayas Ur-ur-ur-Großvater väterlicherseits. Er steht jedenfalls ganz oben in der Familienchronik, gemeinsam mit seiner Schwester Ahang …"

„Ahang? Was ist das bloß für ein ungewöhnlicher Name?", schrie Bror.

Eine Windböe fuhr dem Zwerg durch die Zöpfe und ließ ihn fluchen. Camilla versuchte unbeholfen seine Haare aus dem Blickfeld zu wedeln, wobei sie beinahe den Halt verlor und den schuppigen Drachenoberkörper hinunterrutschte. Gerade noch rechtzeitig klammerte sie sich an einer der Rückenzacken fest. Sie benötigte einen Moment, ehe sie den Schock verdaut hatte. Mit jedem mächtigen Flügelschlag wurden sie hin- und hergeschoben. Sie war ausgesprochen dankbar über die Lederflecke, die die Innenseite ihrer Hose auskleideten. Ohne sie hätte das Schaben der Schuppen blutige Narben hinterlassen. Sie beugte sich ein wenig vor, damit sie stromlinienförmiger dasaß. Brors Hacke und Gepäckbeutel, die er sich über den Rücken geworfen hatte, drückten dumpf gegen ihren Bauch. Sie blickte nach unten. Aegir segelte dicht über die Zinnen der Häuser, die Gauben und die Blockhütten mit ihren Reetdächern. Als die in ihre Wintertristesse verfallenen Felder unter ihnen auftauchten, ließ er sich bis zur vereisten Straße sinken und zerschnitt wenige Meter darüber die Luft. Der Schnee stapelte sich noch hoch an den Rändern. Seine Flügelspitzen streiften das kühle Weiß und stoben es auf wie kleine Papierschnipsel. Bror saß zwar vor ihr, aber Camilla konnte sehen, dass ihm gar nicht behaglich zumute war. Er klammerte sich verzweifelt an einer der Rückenzacken fest. Seine Fingerknöchel nahmen die Farbe des Schnees an, und sie hätte schwören können, ihn beten zu hören.

Waren Ahang und Arvand nicht Kinder des Dunklen?, fragte Aegir sorglos. Er schien von der Misere seiner Freunde nichts mitzubekommen.

„In irgendeiner Geschichte kommt das mal vor …“, rief Camilla.

„Was?“, brüllte Bror.

„Ich habe gelesen …“

„Ich versteh kein Wort!“

Der Wind trug die Stimmen fort, brauste und sauste und brüllte in ihren Ohren.

„Ich erzähl es dir später!“, seufzte Camilla.

„Was?“

„Späääter!“

„Was?“

Laut alten Liedern, die in meiner Heimat gesungen wurden, waren Ahang und Arvand Kinder des dunklen Königs. Sie war eine Zauberin und stellte sich auf die Seite des Dunklen. Ihr Bruder vergötterte sie und folgte ihrem Beispiel. Es gibt Gerüchte, dass sie ihn unter einen Bann stellte. Das mag aber auch lediglich eine Ausrede seinerseits gewesen sein. Als sich das Blatt wendete, lief er auf unsere Seite über. Man verbannte die beiden. Offensichtlich nach Lysmoor, dröhnte Aegirs Stimme in ihren Köpfen. *Oh, seht! Ich glaube, wir sind da!*

Die in eine weiße Decke gemummten, schlafend wirkenden Gehöfte lagen hinter ihnen. Ein verschneiter, schmaler Wiesenstreifen schmiegte sich in ein schmales Tal, dessen Bergrücken im Talkessel von frostigen Birken und in größeren

Höhen von Fichten bewachsen wurde. Camilla sog den vertrauten, erdig-holzigen Geruch des Harzes, der in der Luft schlummerte, gierig ein. Aus der Vogelperspektive sah das Gestrüpp aus wie angezuckertes Gebäck. Einige schiefe Holzpflöcke ragten aus dem Schnee und markierten das Nahen der Mauer. Irgendjemand hatte sich irgendwann die Mühe gemacht, ein hölzernes Warnschild anzubringen. Es war verwittert und statt dem Wort *Achtung* konnte Camilla nur noch *Ach-ng* darauf entziffern. Aegir landete holprig vor dem Schild. Er hinterließ eine breite Spur im Schnee, unter dem das braune Gras und die gefrorene Erde zum Vorschein kamen.

Bror rutschte wenig galant von seinem Rücken, nur um dann auf zittrigen Beinen zu stehen. Er klammerte sich an Aegir fest. Seine Wangen waren gerötet. Sein Gesichtsausdruck verriet, dass sein Magen dabei war, sich umzudrehen. Camilla folgte ihm etwas agiler.

„Alles in Ordnung, Bror?", fragte sie umsichtig, doch der Zwerg winkte stolz ab. Seine Wangen blähten sich, dann trampelte er eilig davon und übergab sich in den Schnee. Camilla verzog das Gesicht.

„Schaut doch weg!", beschwerte er sich. Er hatte ihnen den Rücken zugewandt. Aegir und Camilla kamen der Aufforderung gleichzeitig und dankbar nach.

„Laut Dyrion muss sich die Falltür, durch die wir das Labyrinth verlassen haben, in direkter Linie zum Schloss befinden." Camilla fischte eine Karte der Stadt und ihrer Umgebung aus ihrer Manteltasche. Sie hatte sie aus der Bibliothek mitgenommen. Sie fuhr sie mit dem Finger ab, bis sie jenen Punkt erreicht hatte, den der alte Mann beschrieben hatte. „Und von dort sind es dann noch zwanzig Menschenschritte bis zum Tor. Also müsste die Falltür ..." Der

Fleck Land vor ihr war weiß, der Schnee zwar schon etwas weniger als noch vor einer Woche, aber immer noch so tief, dass Bror beinahe bis zur Hüfte darin versank. „Irgendwo da!" Sie deutete etwas hilflos vor sich.

„Wie sollen wir die Falltür jetzt im Winter finden? Noch dazu, wenn wir sie im Sommer auch nicht mehr gefunden haben!", fragte Bror.

Sie wird zugewuchert sein.

„Na, das macht es nicht besser! Und dein Luftherumgefuchtel kannst du dir sparen, Cam!", erwiderte der Zwerg.

Aus dem Weg!

„Warum?", brummte Bror.

Geht einfach weg!

Camilla und Bror wechselten einen kurzen, ratlosen Blick, ehe sie verzagt der Aufforderung nachkamen und beiseitetraten. Aegir holte tief Luft, nur um sie dann in Form einer gewaltigen Flamme wieder auszupusten. Die oberste Schneeschicht wurde zu Wasser, beim nächsten Mal die nächste, bis die Wiese zum Vorschein kam, die das Drachenfeuer sogleich verkokelte. Diese Prozedur wiederholte der Drache mit fieberhafter Beharrlichkeit an einigen Stellen, bis Camilla endlich jauchzend aufschrie: „Da ist doch ein Eisenring!" Und dieser Eisenring war mit einer Tür verbunden, die sie aber nicht zu öffnen wagten. „Manche Dinge bleiben besser verschlossen!", meinte Bror aufgeregt und Camilla gab ihm im Stillen recht. Die Falltür befand sich dicht hinter den Holzpfosten und dem Schild. Und sie tat zwanzig Schritte, wobei ihr Aegir den Weg frei schmolz, und sie beim neunzehnten hastig stehen blieb.

„Was ist?", rief Bror.

Camilla kramte in ihren Taschen, ehe sie ein Stück zerknülltes Papier fand und es nach vorne warf. Es wurde mit Wucht zurückgeschleudert und knallte direkt in ihr Auge. Sie heulte auf und rieb die Tränen fort.

„Jap, da ist die Mauer!", kommentierte Bror, der immer noch seinen umsichtigen Abstand wahrte.

Ach nein, erwiderte Aegir sarkastisch.

„Und wie finden wir jetzt das Tor?"

Es war immer noch dunkel. Natürlich war es das. Es war immer noch der gleiche Abend. Aber das kam ihnen nur gelegen, dachte Camilla. Sie hatte eine Idee. Sie kramte Skipp Skaugs Ring hervor, klappte ihn auf und sah Aegir an. „Könntest du noch einmal Feuer speien?", bat sie ihn und hielt ihm dann die fast hinuntergebrannte Kerze entgegen, die sie mitgenommen hatte. Er entzündete sie mit einer kleinen, gezielten Flamme.

Wieder bündelte das Kerzenlicht das Zauberlicht des Rings und lenkte es durch die Öse an der Unterseite des Saphirs. Die Nacht dahinter erschien in einem eigenartigen Blau, und mit diesem Blau erhob sich plötzlich ...

„Irgendwie habe ich erwartet, dass jetzt noch einmal eine dieser Gestalten auftaucht!", stammelte Bror.

Was ist das?, fragte Aegir verwirrt.

„Ach, du hast das ja nicht mitbekommen! Das ist – ja, was ist das eigentlich, Cam?"

„Ich glaube ein Erinnerungsstein."

„Ein was?"

„Ein Stein, der dir Erinnerungen offenbart. Deine eigenen oder die von anderen. Was auch immer du sehen möchtest."

„Und wieso sehen wir dann gerade nur die Tür und keine Seele sonst? Ohne ein Lebewesen funktionieren Erinnerungen doch nicht, oder?"

Das Außergewöhnliche an dem Bild war, dass die Tür ganz allein und verloren mitten auf der Wiese stand. Sie war offen. Eine Mauer gab es nicht.

Camilla deutete stumm auf etwas, das neben ihr hockte, die Federn aufplusterte und durch die Tür hüpfte, die sich hinter ihm schloss. Sein Krächzen verklang und da stand Arvand, und schloss sie ab. Er ließ mitleiderregend seine Schultern hängen. Er wirkte mitgenommen, aber keinesfalls wie ein Mann, der zu Grausamkeiten fähig wäre. Camilla wusste, dass ein Anblick täuschen konnte. Als das Schloss klickte und die Tür versperrt war, geschah etwas Eigenartiges, das sie staunen ließ. Ihre Münder klappten hinunter. Stück für Stück, Stein für Stein bildete sich um den Türrahmen eine Mauer. Sie schoss über ihre Köpfe hinweg und bildete eine Kuppel über dem gesamten Tal und den Bergspitzen. Für einen Augenblick leuchtete sie, dann war sie fort, als gäbe es sie nicht. Doch sie war da und sie würde immer da sein.

Die Kerze flackerte heftig. Ein kühler Windzug fegte an ihnen vorüber. Die Flamme erlosch und die Nacht verzehrte das Blau.

Wahnsinn!, staunte Aegir verblüfft und kam neugierig näher. Camilla klappte den Saphir zurück und schob den Ring wieder ein.

„Bror, willst du oder soll ich?", fragte sie pragmatisch. Bror umklammerte den Schlüssel fest mit der Hand. Er blickte missmutig drein, doch dann straffte er die Schultern, streckte die Brust heraus und meinte: „Ich bin hier der Krieger, also mach ich das!"

Aegir und Camilla wechselten einen Blick. Bror marschierte nach vorne, Camilla machte ihm Platz.

„Glaubt nicht, dass ich das gerade nicht gesehen habe!", brummte der Zwerg. „Ihr haltet mich für einen Feigling! Das bin ich aber nicht! Ich bin nur vorsichtig!"

Er hob den Arm mit dem Schlüssel über den Kopf und hielt inne. „Wo ist jetzt das Schlüsselloch?" Camilla fixierte den Punkt, an dem es sich in der Erinnerung befunden hatte, und deutete darauf. Sie streifte Brors Haupthaar, da er direkt vor ihren Füßen stand.

„Gut, ich mach das jetzt!"

Seine Hand zitterte und bewegte sich keinen Millimeter.

„Ja, ich mach das jetzt!", wiederholte er. Er schien sich selbst davon überzeugen zu müssen.

„Bror, soll ich?", fragte Camilla vorsichtig.

„Nein!", brüllte der Zwerg und schon schoss seine Hand nach vorne. Ihnen stockte der Atem, doch der Zwerg wurde nicht fortgeschleudert, viel mehr verschwand der Schlüssel zur Hälfte im Nichts. „Das gibts ja nicht! Seht ihr das? Ich hab es wirklich gemacht! Der Schlüssel ist im Schloss! Das war ich! Ich war das! Seht ihr das?" Er machte beinahe Luftsprünge.

„Ja, das hast du gut gemacht!", fühlte sich Camilla gezwungen zu sagen.

Gut, und jetzt dreh ihn!, sagte Aegir ungeduldig.

„Warte.", warf Camilla zögerlich ein.

„Nein, nein, nein!" Bror machte eine Drehung um sich selbst. Er stemmte vorwurfsvoll die Hände in die Hüften und rügte sie: „Sag jetzt nicht, dass wir die Tür nicht aufmachen sollen!"

„Wir wissen doch nicht, was uns da draußen erwartet! Und wir wissen nicht, was mit Lysmoor und den anderen passiert, wenn die Mauer mal weg ist", stammelte Camilla hilflos.

Sie hat nicht unrecht, meinte Aegir und eine Flamme züngelte aus seinem Maul. Bror und Camilla konnten ihr gerade noch rechtzeitig ausweichen. Sie traf mit einem Knistern auf die Tür.

„Hilf doch nicht immer zu ihr!", beschwerte sich Bror.

Sie hat aber recht!

„Ja, aber deswegen musst du ja nicht ..."

Camilla riss die Augen auf.

Doch muss ich!

„Das ist aber nicht fair!"

Der Schlüssel drehte sich im Schloss, und mit einem Klicken tauchte der massive Stein aus dem Nichts auf.

Stell dir bloß vor, die Stadt wird dann von Feinden niedergebrannt, das wäre dann unsere Schuld!

„So weit im Norden kümmert die doch niemand! Da kommt sicher keiner und brennt sie nieder!"

Hast du schon vergessen, dass die Stadt für den Dunklen wichtig ist, weil das Labyrinth darunter liegt? Das Labyrinth, das er dazu missbraucht hat, um ...

„Leute ...", hauchte Camilla.

Die Tür tauchte und schwang nach außen auf. Die Mauer über ihnen ließ die Nacht zum Tag werden. Als würde ein Feuerwerk über und um sie explodieren, schimmerten tausende Lichter dort, wo die Mauer verschwand. Bror machte vor Schreck einen Hechtsprung zur Seite und stolperte über Camilla. Beide landeten auf der verkokelten Wiese.

„Das war ich nicht! Ich schwör euch, das war ich nicht!", japste Bror entsetzt auf. „Ich hab den Schlüssel nicht gedreht!"

„Er hat sich von selbst gedreht!", stammelte Camilla.

„Was heißt da: Er hat sich von selbst gedreht?"

„Hat er! Er hat sich einfach gedreht. Ich hab's gesehen!"

„Das geht doch gar nicht!", japste der Zwerg.

„Ich ... ich weiß nicht."

„Also, wenn sie schon mal offen ist, sollten wir durchgehen!“

„Besser nicht!“

„Ach, komm, Cam!“

„Na gut!“ Ihr war mulmig zumute. Trotzdem folgte sie Bror durch die offene Steintür. Sie hing schief in den Angeln. Das beunruhigte sie.

Aegir umrundete das Gebilde. Er war zu groß, um durchzupassen.

Keiner von ihnen hätte ahnen können, was als nächstes geschah.

Nein, die Stadt hinter ihnen verschwand nicht wieder unter der unsichtbaren Mauer. Die Tür schloss sich auch nicht. Sie blieb offen und die Mauer fort. Bror steckte den Schlüssel zurück in eine von seinen Bartzöpfen verdeckte Brusttasche. Camilla war die Letzte, die das ewig beschützte Gebiet verließ. Die Wiese auf der anderen Seite der Tür war schneebedeckt. Aber es handelte sich um keine Wiese! Direkt vor ihren Augen schmolz der Schnee und hinterließ ein kreisrundes Loch. Sie verharrte vor Schreck genau in der Mitte des Schneelochs. Aegir hatte da seine Flammen nicht im Spiel. Ihre Füße versanken im Matsch. Sie japste und machte einen Sprung, aber ihre Füße klebten fest. Es waren nicht nur ihre Stiefel, die langsam verschwanden, sondern auch ihre Beine! Sie wurden mit einem beängstigenden Plopp in das Erdreich gezogen, bis sie bis zur Hüfte im Morast steckte. Hilflos versank sie Stück für Stück. Die kühle, glitschige Erde sog sie auf, als wäre sie eine fleischfressende Pflanze, die ewig auf Nahrung gewartet hatte. Camilla fluchte entsetzt: „Verflucht, Dyrion hat ja von *dem* Torfmoor gesprochen! Könntet ihr mir bitte helfen?“

Seltsamerweise hatten weder Aegir noch Bror ähnliche Probleme. Der Schnee unter ihnen schmolz nicht plötzlich,

und es schien, als könnten die anderen sie überhaupt nicht
hören. „Hilfe!", quiekte sie und bemühte sich, nicht zu
zappeln, denn das ließ sie nur noch mehr versinken. Schon
stand ihr der Morast bis zum Bauchnabel! Es ging unnatürlich
schnell.

„Bror, Aegir!", brüllte sie. Endlich drehten sich ihre Freunde
zu ihr um! Nur, dass etwas ganz und gar nicht stimmte, aber
sie war zu beschäftigt, um es zu bemerken. Sie ruderte mit den
Armen und versuchte, nach etwas Festem zu greifen, aber da
war nur Dreck und Schlamm und Schnee.

Sie kommen nicht wieder, höhnte plötzlich eine Stimme. Sie
schien direkt aus dem Morast zu kommen. Sie riss den Kopf
panisch hin und her.

Sie waren zu lange fort! Die Worte gingen mit einem viel zu
vertrauten Trippeln und Trappeln einher und Camilla schrie
auf. Es gab keinen Zweifel, wem die Stimme gehörte.

„Morten, lass mich hier heraus!"

Du solltest nicht mehr leben, höhnte der Tonttu.

„Nein, nein, nein!" Der Morast stand ihr bis zur Brust. Ihr
Mantel und die Tasche mit ihrem wenigen Hab und Gut
wurden langsam hochgezogen. Sie begriff, dass sie als
einziges Überbleibsel von dem Vorfall zeugen würden.

*Der neunte Schatten hätte dich töten sollen! Du solltest nicht im
Labyrinth sein!*

„Morten bitte ...", flehte sie und versuchte, ihre Füße zu
bewegen. Vielleicht gab es etwas Festes, das sie ... „Bror,
Aegir!"

Aber beide standen nur da wie sardonische Gespenstgestalten
und sahen dem Spektakel zu.

„Helft mir!", japste sie. Der Morast hatte ihren Hals erreicht.
Sie neigte den Kopf nach hinten, um ihrem Leben einige
Momente länger zu geben. Gleich würde sie ersticken! Dieser

300

Gedanke brannte sich in ihr Gehirn ein wie ein Brandzeichen auf einem Vieh. Ihr Herz raste. Ihre Finger griffen in die Luft. „Aegir!", brüllte sie hilflos. Tränen liefen über ihre Wangen.

Sie sind Schatten, hauchte die Stimme des Tonttu in ihren bereits schlammverdeckten Ohren. *Sie werden dir nicht helfen!* Im hintersten Winkel ihres Kopfes glomm eine Erinnerung auf, die sie an einen verregneten Novembertag zurückversetzte. Sie hockte auf der Pritsche in der Küche des Schmiedehauses. Der Duft von Nusskuchen stieg ihr in der Nase. Vor ihr lag ein Buch über die seltene Fauna und Flora in Mooren. Leise dröhnte Edvards Hämmern an ihre Ohren und gab ihr das warme Gefühl von Heimat. Doch das Moor war kalt, ihre Beine fanden keinen Halt, als wäre es Wasser. Langsam, aber stetig begann sie hin und her zu schwingen. Ihre rechte Hand ergriff etwas – es musste ein Ast sein, aber sie sah ihn nicht. Es war egal, was es war. Sie konnte sich daran festklammern. Das Schwingen war anstrengend und es sog die Luft aus ihren Lungen, aber ihr Körper begann höher zu steigen. Je mehr ihr Körper sich in einer flachen Lage befand, desto mehr Oberfläche hatte sie dem Moor entgegenzusetzen und desto weniger würde sie einsinken – zumindest laut jenem Buch. Sie presste die Augen zusammen.

Das wird dir nicht helfen, höhnte der Tonttu. Tatsächlich schien es, als würden Hände ihre Füße wieder hinunterziehen. Sie schwang unaufhörlich weiter, bis ihr Oberkörper frei war und sie mit einem Ruck ihr linkes Bein aus dem Morast streckte. Mit einiger Mühe folgte das rechte. So lag sie ausgestreckt am Bauch auf dem nassen, kalten, feuchten Untergrund und starrte keuchend in einen dunklen, wolkenverhangenen, nächtlichen Spätwinterhimmel. Ihre Ohren waren voller Schlamm. Sie hörte nichts außer der Stimme des Tonttu in ihrem Kopf: *Du musst sterben!* Das ließ sie mit pochendem

Herzen eilig handeln und im Liegen, am Ast entlang, immer weiter Richtung Schnee robben.

Während ihres verzweifelten Überlebenskampfes starrten ihre beiden Freunde sie einfach nur mit leerem Blick an, ohne einen Finger oder eine Klaue zu rühren.

Sie erreichte den Schnee, schob sich mühsam auf die Fläche, die rasch unter ihr zu schmelzen begann. Das war das Werk des Tonttu. Sie rappelte sich auf und stolperte fort von dem schmelzenden Schnee und der Gefahr, ein weiteres Mal im Moor zu versinken. Tatsächlich endete ihre holprige, taumelnde Flucht nur wenige Meter weiter. Dort schmolz der Schnee nicht mehr. Sie begriff einen Moment später, warum das so war.

Auf einer Fläche von etwa fünf mal fünf Metern ragte die nackte Erde mit dem braunen Gras hervor. Diese Fläche befand sich direkt hinter der Tür und etwa dreißig Schritte hinter der Falltür, durch die sie vor Jahren das Labyrinth verlassen hatten. Wenn Camilla richtig schätzte, dann befand sich unter ihr nur noch Schnee und Erde und sonst nichts. Dort, wo der Schnee fort war, hatte der Tonttu noch Macht über den Boden. Dort befanden sich das äußere Ende des Labyrinths und vermutlich auch die Schatzkammer des Tonttu.

„Verflucht!", keuchte sie und ging mit schlotternden Knien zu Boden. Schweiß perlte von ihrer Stirn, als wäre sie einen Marathon gelaufen. Trotzdem hatte sie das Gefühl, im Eiswasser gebadet zu haben und sehnte sich beinahe danach, dass Skipp fragte: „Gehst du mit in die Sauna?"

Aegir?, fragte sie in Gedanken. Sie konnte die beiden nicht mehr erkennen. Es war zu dunkel. Aber sie konnten nicht weit weg sein. Immerhin war sie nicht weit gelaufen!

Als Antwort kam ein Brüllen, das die Erde erbeben ließ. Dann blitzte ein Flammeninferno durch die Nacht. Mächtige Schwingen bliesen ihr den Wind durch die Haare – trotz der gesunden Entfernung. Aegir schien sich zu erheben und in die Lüfte zu schwingen. Er blieb dem Boden nahe und spie in regelmäßigeren Abständen als ein Vulkan Feuer auf ein kleineres Ziel – das, wie Camilla erschrocken bemerkte, Bror war. Dieser wich mit erhobener Hacke den Flammen aus und zielte jedes Mal, wenn der Drache ihm zu nahekam, auf dessen Klauen und hackte los!

„Was macht ihr da?", kreischte sie entsetzt, aber es ging in einem abermaligen Brüllen unter. Lautes Gezeter folgte: „Du Mistvieh, ich bring dich um! Die Berge sind meine Heimat, du kannst dich verziehen!" Das kam eindeutig von Bror. Aber seine Stimme hatte einen tiefen, gehässigen Unterton, den Camilla nicht von ihm kannte. Aegir schien vergessen zu haben, dass er ihre Sprache sprechen konnte, denn außer Brüllen und Flammen zu speien schien er keine anderen Fähigkeiten mehr zu haben.

„Leute!", brüllte Camilla und rappelte sich eilig auf. Die Kälte war vergessen. „Hört auf damit! Was macht ihr da?" Sie rannte ein paar Schritte auf ihre Freunde zu. Das war keine gute Idee! Sie stellte es entsetzt fest. Beide wandten sich abrupt zu ihr um. Wie auf ein stilles, doch sehr einvernehmliches Kommando kamen sie auf sie zugestürmt – der eine mit erhobener Hacke, der andere mit mächtigen Flügelschlägen.

„Oh, nein, nein, nein!", quiekte sie erschrocken. „Wartet doch mal! Ich hab euch doch nichts getan! Wartet ich bin's doch! Ich ..." Sie begriff rasch, dass ihre Worte keinen Anklang fanden und nahm eilig die Beine in die Hand. Sie rannte im Zickzack in jene Richtung, in der sie die bewaldeten Hänge zu finden erhoffte. Denn einem Drachen entkam man wahrhaftig nicht so einfach. Und schon gar nicht auf freiem Feld!

Ein Blitzlichtgewitter zu ihrer Linken wies ihr den Weg. Der Grund dafür war die Mauer, die sich aus dem Nichts Stein für Stein wieder bildete. Sie vergaß beinahe ihre Verfolger und stolperte unbeholfen über ihre eigenen Beine.

„Bror, wieso machst du die Tür wieder zu?", rief sie verdattert. Aber noch während sie es sagte, wurde ihr klar, dass Bror die Tür nicht wieder verschlossen haben konnte. Bror war ihr viel zu dicht auf den Fersen und somit viel zu weit von der Tür entfernt. Die Lichter der Stadt verschwanden, als würden sie nicht existieren. Übrig blieb nur die Dunkelheit.

„Das kann ja gar nicht sein!", rief sie. Ob sie sich die entfernte Stimme des Tonttu einbildete? Sie murmelte: *Endlich gehört der Schlüssel mir!*

Eines stand fest: Bror war ausgesprochen wütend. Er brüllte: „Ihr Menschen, ihr alles-zerstörender Abschaum, ihr Gift für die Welt!"

Aegirs Flammen rösteten den Schlamm auf ihren Stiefeln. Sie lief so rasch sie konnte.

Es war ihr ein Rätsel, wie es ihr gelang, ihren beiden so feindselig gewordenen Freunden zu entkommen. Im verschneiten, eisig-kalten Dickicht des Waldes kam sie schließlich keuchend und zitternd zum Stehen. Als sie einen Blick in ihre Tasche warf, stellte sie fest, dass auch das bisschen Wechselkleidung, das sie mit sich trug, das Abenteuer nicht unbeschadet überstanden hatte. Sie war vermutlich dazu verdammt, hier im Nirgendwo zu erfrieren. Aber was kümmerte sie das schon? Ihre Freunde klebten an ihren Fersen und hätten genauso gut ihre eifrigsten Feinde sein können. Es war, als wären sie von einem Blitz des Wahnsinns getroffen worden!

Diese Tatsache ließ Camillas Gedanken eifrig rattern und holpern. Sie suchte verzweifelt nach einer einleuchtenden Antwort.

Im Gasthaus von Tummakylä

Es waren ziellose und frostige Stunden, die auf die Verfolgungsjagd folgten.

Zu Beginn war da noch Brors Gebrüll. Er schimpfte lauthals über fürchterliche Gräueltaten und Diskriminierungen, die die Zwerge durch die Menschen ertragen müssten. Dabei wurde er immer wieder durch das tiefe, furchteinflößende Grollen Aegirs unterbrochen, das Camillas Haare zu Berge stehen ließ. Dem Geräusch folgte zuweilen eine Leuchtwand. Sie kam dem Waldstückchen, in dem sie sich befand, oft viel zu nahe! Sie war das Resultat von Aegirs Flammen, die auf das trockene Winterholz trafen. Die Brände waren vor allem rauchig, kaum aber zerstörend.

Noch nie hatte sie einen der beiden so erlebt! Sie waren nie unfreundliche, unheimliche oder gar gefährliche Geschöpfe gewesen. Nun ja, Camilla musste zugeben, dass das in Aegirs Fall vermutlich nicht stimmte. Richtiger wäre wohl: Sie hatten sich nie so verhalten. Sie erkannte sie nicht wieder, und so sehr es ihr missfiel, das machte ihr abscheuliche Angst.

Kurz vor Mitternacht ließ sich der Mond für eine Weile blicken. Er verdrängte die tiefen Wolken. Er war halb voll und badete das Gestrüpp und die kargen Äste der Bäume in glänzendem Silber. Sie lief immer weiter, während ihre Gedanken rasten und sie nach einer Lösung suchte. Die Kälte bohrte sich in ihre Glieder und ließ sie langsam daran zweifeln, dass sie unbeschadet aus diesem Wald kommen würde.

Der Weg zurück nach Lysmoor war abgeschnitten. Sie kramte eine verschlammte Karte aus ihrer Tasche, stopfte sie aber wieder zurück, da sie unlesbar war. Sie manifestierte die Karte vor ihrem inneren Auge. Ungefähr konnte sie sich erinnern, in welche Richtung sie gehen musste, um den Talkessel zu verlassen. Hinter einem niedrigen Hügel, den es zu überqueren galt, sollte sich ein tiefer, dunkler See namens Tummajärvi befinden. Am Seeufer musste das Dorf Tummakylä liegen. Zumindest hatte sich vor einigen Jahrhunderten, als die Karte gezeichnet worden war, dort ein Dorf mit diesem Namen befunden.

Sie wanderte einen schmalen Weg entlang. Man konnte ihn nur erahnen. Der Schnee knarzte leise unter ihren Schritten. Eis hatte sich auf der Oberfläche gebildet und ließ sie mehr schlittern als wandern. Aber es war ein anderes Knarzen und Knacken, dass sie jäh herumwirbeln ließ.

„Wertloses Menschengesindel!", echauffierte sich Bror, die Hacke erhoben. Er war eine schwarze, bedrohliche Silhouette mitten zwischen den kahlen Bäumen. Er hatte sich geschickt angeschlichen. „Ihr habt meine Erde verbrannt! Ihr habt mein Kind genommen! Ihr habt meine Frau als eure Sklavin ausgebeutet! Ihr habt uns Zwerge in den Stollen für euch schürfen lassen und uns nichts von den Schätzen gegeben! Dafür müsst ihr büßen!" Und er hackte los. Camilla schrie erschrocken auf und wich aus.

„Bror, ich bin's! Ich, Camilla! Deine Freundin!"

„Menschen sind Abschaum!"

„Wer hat dir dein Kind genommen? Was ist mit deiner Frau? Du hast ein Kind und eine Frau?" Sie war so verdattert über diese neuen Informationen, die er in den letzten elf Jahren kein einziges Mal erwähnt hatte, dass sie fast vergaß, dem nächsten Hackeschlag auszuweichen. Gefährlich nahe an ihrem linken Stiefel grub sich das Werkzeug in den harten Erdboden.

„Bror!" Sie versuchte, seinen Blick einzufangen. Aber er schien sie nicht zu erkennen. Er war in seinem ganz eigenen Delirium gefangen. Sein Blick war trüb, seine Miene finster und verzerrt vor unbändiger Wut. Er schien sie wie eine unsichtbare Krankheit jahrhundertelang mit sich herum geschleppt zu haben und nun war sie ausgebrochen und schien keineswegs heilbar zu sein.

„Bror! Herrje, ich bin es! Ich bin nicht dein Feind! Dass dir Menschen solch schlimme Dinge angetan haben, tut mir leid! Aber ich würde das doch nie machen! Du bist doch mein Freund! Du bist …" Der nächste Schlag streifte ihren rechten Oberarm und ließ das schlammige Leder ihres Mantels ratschend reißen. „Oh verflucht!" Sie taumelte einen Schritt zurück. Er meinte es ernst. Nicht, dass sie nur einen Moment daran gezweifelt hätte! Bror zielte wieder. Sie duckte sich unter der Hacke hinweg und setzte dazu an, den Zwerg einfach umzurennen. Vielleicht würde er ihr dann zuhören! Plötzlich nahm sie eine Bewegung rechts von ihnen wahr. Dann lag sie alle viere ausgestreckt auf dem Rücken. Ihr Kopf schlug hart auf. Sterne tanzten vor ihren Augen und ließen die Baumwipfel auf und ab hüpfen. Sie stöhnte schmerzerfüllt auf. Sie hörte eine fremde Stimme und sie hörte Brors Gezeter, das sich ziemlich rasch und eilig entfernte. Vermutlich bildete sie sich nur ein, ihn murren zu hören: „Immer diese haarigen Viecher!" Was genau er damit meinte, erschloss sich ihr, als sie sich aufrichtete und in tiefbraune, treuherzige Augen blickte. Eine nasse Zunge schlabberte fröhlich über ihre Wange.

„Keke, hör auf damit! Lass die Frau in Frieden!"

Bis ihr Gehirn die Informationen ihrer Sinnesorgane wahrnahm, dauerte es einen Augenblick länger als gewöhnlich.

„Tut mir leid, Ma'am! Er meint's nicht böse! Er will nur den Dreck ablecken. Wieso sind Sie voller Schlamm? Es ist doch Winter! Und warum werden Sie von einem kleinen Wicht verfolgt?"

„Wicht?", japste sie und ihr Kopf schoss automatisch nach rechts und links. Bror hätte selbst unter normalen Umständen einen Tobsuchtsanfall bekommen, hätte ihn jemand als Wicht bezeichnet. Aber Keke, der hüfthohe Hütehund, der gar nicht genug von ihrem schlammigen Gesicht zu bekommen schien, hatte ihn in die Flucht getrieben.

„Hat wohl etwas Respekt vor Hunden, hm? Warum war der so wütend auf Euch?"

Jetzt erst erkannten ihre Augen Details der schemenhaften Gestalt, die sich zu ihr hinunterbeugte und ihr hilfsbereit die Hand reichte. Es war ein beleibter Mann mit Oberlippenbart, gekräuselten, blonden Haaren und Fellmütze. Seine Schuhe hatten hochgezogenen Spitzen und waren wie sein Mantel aus Rentierleder. Darunter trug er einen tiefblauen, kittelähnlichen Kolt mit rotem Stickmuster. Es schien eine Tracht zu sein.

„Taavi Tummvinen", stellte er sich vor.

„Camilla", erwiderte sie automatisch.

„Also der Wicht …"

„Nein, nein, das ist Bror. Er ist ein Zwerg."

„Zwerge hier im Norden? Bist du dir sicher, dass das kein Wicht war?"

„Wichte hier im Norden?", erwiderte sie.

„Hm, gibt es häufiger, aber ganz unrecht hast du auch wieder nicht! Vermutlich ist mir das Sahti etwas zu sehr zu Kopf gestiegen und ich sehe schon *Dinge*." Das letzte Wort betonte er verheißungsvoll, dann zerrte er Camilla in eine Stehposition und betrachtete sie mit zur Seite geneigtem Kopf, während Keke, der Hund, ihre Hand ableckte.

„Du brauchst ein Bad", stellte der Mann fest. „Du musst ganz schön frieren!" Irgendwo hinter ihm ging im selben Augenblick ein Baum in Flammen auf und Aegir rauschte über ihn hinweg. Camilla sah das Licht aber ansonsten nichts. Dem Fremden blieb diese Gegebenheit verborgen.

„Unten am See gibt's ein Gasthaus. Dort kannst du dich wärmen und es gibt auch eine Bade- und Saunahütte. Ich würde dich ja zu mir einladen, aber meine Hütte ist ein Stückchen entfernt. Da bist du schneller im Dorf." Er deutete Richtung Osten, wobei er dabei wohl seine Hütte meinte, denn das Dorf musste hinter ihnen im Süden liegen.

„Wie weit ist es bis dorthin?", fragte sie.

„Noch ein Weilchen durch den Wald, dann über den Hügel und dann sieht man es schon. Ich muss in der Früh ohnehin beim Markt sein." Jetzt deutete er auf etwas, das ihr bisher komplett entgangen war – einen Schlitten vor den zwei Rentiere gespannt waren. Ihr Atem bildete Wölkchen in der kalten Luft. Sie schnaubten unmutig ob der Verzögerung ihrer Reise – zumindest konnte man diesen Eindruck gewinnen.

„Du kannst mit uns mitfahren", schlug Taavi Tummvinen hilfsbereit vor.

„Ich … ich weiß nicht …" Ihr Blick schoss umher, immer auf der Suche nach Bror, aber der hielt sich fern. Sie wollte ihn nicht zurücklassen. Er mochte nicht er selbst sein, aber das änderte nichts daran, dass er wie ein Bruder für sie war, und sie *konnte* ihn einfach nicht zurücklassen.

„Ich sollte weiter. Es dauert schon noch drei oder vier Stunden bis zum Dorf."

Aus reinem Interesse fragte sie: „Wie weit ist es bis zu ihrem Haus?"

Taavi Tummvinen erwiderte: „Fünf Stunden." Als er ihren überraschten Blick sah, zuckte er mit den Achseln: „Es ist ein

310

langer Weg jede Woche zum Markt, aber dort kann ich dann gleich alle Erledigungen machen, meinen Rentierspeck, die Wurst und die Moltebeermarmelade meiner Frau verkaufen. Außerdem haben wir so weit von allen Geschehnissen entfernt unseren Frieden." Er verzog vielsagend seine Miene. Als Camilla ihn nur irritiert beäugte, erklärte er: „Der Krieg. Herrje, Mädchen, wo kommst du denn her?" Im gleichen Augenblick wurde seine Miene äußerst düster: „Nein, im Ernst: Wo kommst du eigentlich her? Es ist doch mitten in der Nacht. Und hier oben ist mir mitten in der Nacht außer einem Bären und Rentieren noch nie eine Menschenseele begegnet." Er machte einen vorsorglichen Schritt zu seinem Schlitten und pfiff den Hund zu sich. „Und, dann bist du auch noch voller Schlamm!", murmelte er plötzlich ganz misstrauisch. Camilla hatte keine Ahnung, wie sie ihm diese Fragen beantworten sollte, aber ironischerweise nahm ihr Aegir diese Bürde ab. Denn sein Schatten verdunkelte den hellen Mond. Er hielt zwar weit über ihnen Ausschau, doch er war ziemlich deutlich als Drache zu erkennen – wenn man einen Blick nach oben warf. Genau das tat Taavi Tummvinen. „Was ist das?", quiekte der arme Bauer, der vermutlich noch nie in seinem Leben einem Drachen begegnet war und deutete mit zittriger Hand zum Himmel. Der Mond kam wieder zum Vorschein. Camilla hielt den Atem an. Aegir segelte über den Wald und streifte irgendwo außerhalb ihres Blickfelds die Baumwipfel auf der stetigen Suche nach Bror und ihr. Camilla zitterte vor Kälte. Das war der Grund, warum sie schließlich doch sagte: „Wir sollten los! Wenn ich darf, begleite ich Sie in das Dorf!"

Das Dorf schmiegte sich an das Nordufer des Tummajärvi, des schwarzen Sees. Umgeben war es von weiten Birkenwäldern. Nur im Westen ließ der schmeichelnde Mondschein einige verschneite Felder erahnen. Es war kein großes Dorf. Camilla konnte die Gebäude im Dämmerlicht kaum zählen, aber es konnten kaum mehr als fünfzehn sein. Sie erreichten das Dorf gegen fünf Uhr morgens. Die Rentiere schnaubten erschöpft. Hinter einigen Fenstern gingen die ersten Lichter des Tages an. Die Schlittenfahrt war holprig gewesen, aber ohne weitere Unterbrechungen durch einen Zwerg oder Drachen vonstattengegangen. Taavi Tummvinen, zwar noch lange misstrauisch, hatte ihr dennoch vieles erzählt. Er erzählte ihr von dem Hof, den er mit seiner Frau betrieb. Seine Tochter und sein Sohn hatten einen Altersunterschied von einem Jahr. Außerdem erzählte er ihr stolz von seinen prächtigen Rentieren und von seinem intelligenten Hund. Keke konnte Türen öffnen und brachte allerlei Kunststücke zustande. Aber die bekam Camilla nicht zu Gesicht, denn Keke hatte es zu seiner neuen Aufgabe gemacht, sie vom Schlamm zu säubern. Dass er sich da einiges an Arbeit aufgehalst hatte, schien ihn keineswegs zu stören. Nach dreieinhalb Stunden Schlittenfahrt war zumindest ihr Mantel wieder halbwegs ansehnlich, sah man von der Hundespucke ab. Camilla hatte beschlossen, dass sie sich baden und aufwärmen würde, um dann im Wald nach Bror zu suchen. Eventuell würde sie auch einen Plan schmieden, der ihr aber bisher noch verborgen blieb. „Das wird schon!“, murmelte sie an sich selbst gewandt, während Taavi Tummvinen den Schlitten durch die ersten Häuserreihen lenkte. Die Häuser sahen jenen in Lysmoor ausgesprochen ähnlich. Sie waren dicht an dicht gebaut und bildeten so einen Wall gegen jegliche Naturgewalten. Sie waren aus dem Holz der umgebenen Wälder gezimmert und rot gestrichen. Nur das Gasthaus, vor dem Taavi Tummvinen den Rentieren den Befehl gab, Halt zu machen, stach heraus. Nicht wegen der Bauweise, die der aller anderen Häuser glich, sondern wegen der knallgelben Farbe, mit dem es gestrichen worden war. Über dem Eingang wackelte im Wind ein Schild mit der Aufschrift: Gasthaus Tummakylä, wobei das T verkehrt herum hing. Etwas abseits davon standen zwei kleinere Blockhütten. Niemand hatte sich die Mühe gemacht, sie zu streichen. Aus dem Schornstein der einen drang Rauch empor.

„Siehst du, die Sauna ist schon eingeheizt", meinte Taavi und warf ihr ein schiefes Lächeln zu. Sie stieg vorsichtig vom Schlitten und achtete darauf, dass dabei keine der wertvollen Waren Schaden nahm. Neben Taavi war kein Platz mehr gewesen. Das war seiner sportlichen Fülle zuzuschreiben. Deswegen hatte sie mit der Ladefläche vorliebnehmen müssen.

„Weiß ich doch. Der Wirt macht das immer, wenn er weiß, dass ich komme! Ist ein alter Freund, weißt du?", fuhr Taavi stolz fort und glitt elegant vom Schlitten. Er tätschelte die erschöpften Rentiere und band sie an einem Pfosten fest. „Ich gebe Bescheid, dass ich da bin und sag ihm, dass du ein Bad brauchst." Schon war er in der Tür unter dem losen Schild verschwunden. Keke lief ihm schwanzwedelnd nach. Camilla blickte ihnen hinterher. Sie verharrte in der frostigen Kälte, die gierig ihre Finger nach ihren Beinen reckte. Schützend umschlang sie ihren Oberkörper, aber es war kein effektiver Verdrängungsmechanismus.

Taavis Lockenschopf erschien in der Tür: „Was ist los? Bist du angewachsen? Warum kommst du nicht herein?"

Das tat sie. Die Gaststube bestand aus einem einzigen hohen Raum mit kunstvoll geschnitzten Deckenbalken. Die gesamte Einrichtung – jeder Stuhl, jeder Tisch, selbst die Theke – bestand aus solidem Birkenholz. Es duftete würzig, nach einer Mischung aus Harz und Sahti. Der Wirt war ein Mann Mitte vierzig, mit blondem, dichtem Haupthaar, braunen Augen und einer schiefen Nase. Sie war wohl deswegen so schief, weil er sie sich einmal gebrochen hatte. Danach schien sie nicht mehr korrekt zusammengewachsen zu sein. Er hatte sich eine Decke über die Schultern geworfen und wirkte noch ziemlich verschlafen. Das erinnerte Camilla an ihre Müdigkeit. Selbst der Holzboden wirkte in diesem Augenblick gemütlich. Ein Bett wäre schön, schoss es ihr durch den Kopf.

„Veeti Väränen", stellte Taavi den Mann vor, „das ist die Kleine, die ich im Wald aufgegabelt habe." Er schien den Wirt bereits informiert zu haben. Dieser nickte heftig und beäugte sie argwöhnisch. Camillas Blick wanderte zu Keke, der es sich unter einem der Tische bequem gemacht hatte und alles mit wachsamem und neugierigem Blick beobachtete.

„Ja, du brauchst mit Sicherheit ein Bad", stimmte der Wirt zu und runzelte die Stirn. Seine Stimme war viel tiefer und rauer als Camilla es anhand seines doch eher zierlichen, beinahe ausgemergelten Erscheinungsbilds erwartet hatte. „Hast du den Speck?", fragte er Taavi.

Taavi nickte: „Alles draußen am Schlitten."

„Gut, die Vorräte gehen zur Neige." An Camilla gewandt murrte er: „Hast du Geld für das Bad?"

Camilla nickte zögerlich. „Wie viel kostet es?"

„Drei Münzen."

„Ach komm schon, Veeti, das kostet es ja nicht einmal für die offiziellen Herren!"

„Na gut, zwei."

„Die Bewohner hier zahlen nur einen!"

„Freundschaftspreis", erwiderte der Wirt. „Sie ist eine Fremde." Das schien Grund genug zu sein, die Preise zu erhöhen. Camilla machte ihm keinen Vorwurf. Sie begann den Eindruck zu gewinnen, dass das Leben in diesem Dorf noch

314

härter war als in Lysmoor. Vor allem entging ihr nicht das übergroße Wappen, das auf einem der Balken hing und eine schwarze Krähe neben einer sich zur Spitze hin verjüngenden Sense zeigte. Sie kannte das Symbol aus ihren Büchern. Es war Badshahs Wappen, das mit den Worten einhergehen sollte: *Meine Macht gründet in der Wachsamkeit und Klugheit der Krähen. Wer sich mir in den Weg stellt, wird niedergesenst.*

Sie zog ihren feuchten Geldbeutel aus der Tasche und hielt dem Wirt zwei der geforderten Münzen entgegen. Er nahm sie. Die Decke rutschte von seiner rechten Schulter und gab den Blick auf ein weißes Nachthemd frei. Er drehte die Münzen, blickte hoch und musterte Camilla eingehend.

„Was ist los?", fragte Taavi verwirrt. Camilla ahnte es.

„Die Münzen sind ewig alt. Da ist noch einer der alten Könige hinten abgebildet. Ich mein, ich kenn mich nicht so aus mit Münzen, aber laut der Jahreszahl hier sind die vor etwa fünfhundert Jahren gestanzt worden", erwiderte Veeti erstaunt. „Woher hast du die?"

„Aus einer alten Truhe vom Dachboden meiner Großeltern", log Camilla geschickt. Der Wirt musterte sie einige Momente lang. Taavi tat es ihm gleich, wobei sein Blick eher misstrauisch als neugierig war. Schließlich zuckte Veeti mit den Achseln und winkte ab. „Ich gehe das Bad einheizen. Setz dich in der Zwischenzeit. Ich vermute, deine Sachen gehören auch gewaschen?"

Sie nickte zögerlich.

„Eine Münze mehr", verlangte der Wirt, Camilla griff abermals in den Beutel und reichte ihm eine. Dann verschwand er durch eine Seitentür ins Freie und heizte das Bad ein.

Taavi verabschiedete sich kurz darauf mit den Worten: „Muss mich aufwärmen, bevor ich mich auf den Markt stelle" in die Saunahütte und so blieb Camilla mit Keke zurück.

Wenige Stunden später graute endlich der Morgen. Es war allerdings schon fast Mittag. Camilla fühlte sich wie im siebten Himmel: frisch gewaschen, mit frischer Kleidung und nach einer ausgiebigen Sauna, die sie zu ihrer Verwunderung nicht hatte zahlen müssen. Taavi war mit seinem Schlitten auf den Markt gefahren, der sich eine Straße entfernt befand. Dort stand er fröstelnd hinter seinen Waren. Sie wurden von abgemagerten Kunden begutachtet. Camilla drehte eine kleine Runde durch das Dorf. An jeder Ecke war ersichtlich, dass diese Leute in tiefster Armut lebten. Viele der Häuser hatten Schäden. Die Mittel für die Reparatur fehlten.

Sie begegnete fast ausschließlich Frauen und Kindern. Natürlich fragte sie Taavi danach. Er sah sie an, als entstamme sie einer anderen Welt: „Na, die meisten Männer sind im Krieg. Soldaten."

Sie schüttelte über sich selbst den Kopf. Ein Schatten hatte den Prinzen entführt. Was war wohl mit dem Rest des Reichs und seinen Eltern geschehen?

Trotzdem, Taavis Antwort schockierte sie. Schaudernd wanderten ihre Gedanken zu ihrer Mutter und ihrem Vater. Ob sie noch lebten? Sie verdrängte den schrecklichen Gedanken.

Taavi erwiderte: „Die Könige sind vor vielen Jahren ermordet worden. Im Ernst, junge Dame, wo hast du dich bitte die ganze Zeit über versteckt?"

Beinahe hätte sie geantwortet: in einem Gefängnis, das scheinbar der sicherste Ort in all den Landen war, bis er es eben nicht mehr war. Aber den Mund schon geöffnet, riss

316

etwas anderes ihre Aufmerksamkeit auf sich. Etwas weitaus Kleineres, das entschlossenen Schrittes durch die Menschenansammlung marschiert kam, wobei man es auf den ersten Blick für ein Kind hätte halten können. Was die meisten auch taten, bis sie staunend und mit offenen Mündern erkannten, dass dem nicht so war. Denn welches Kind schwang schon eine Hacke? Aus dem Staunen wurde allerdings rasch Furcht, denn der menschenhassende Zwerg, der da kam, hatte seine bittersüße Freude an all *den Menschen*. Eigentlich hätte er nach dem elendig langen Fußmarsch hundemüde sein müssen, doch Bror wirkte recht ausgeruht. „Das ist nicht gut!", murmelte Camilla. Sie war sich ziemlich sicher, dass *sie* sein eigentliches Ziel war.

Ihre Vermutung wurde bestätigt. Als der Zwerg sie entdeckte, visierte er sie an. Plötzlich waren alle anderen Menschen unwichtig.

„Du ...", zürnte er und kam mit gewaltigen Schritten auf sie zugestürmt. Taavis Kopf schoss hin und her. Dann fragte er Camilla mit ernster Stimme: „Was hast du dem Wicht bloß angetan, Mädchen? Dass der so wütend ist ..."

„Gar nichts. Absolut gar nichts", japste sie. Sie war ratlos und spielte mit dem Gedanken, die Beine in die Hände zu nehmen, aber ehe sie sich dazu entschlossen hatte, baute sich Bror auch schon vor ihr auf. Er schwang die Hacke wie ein Pendel hin und her. Sie kam ihrer Brust gefährlich nahe. Sie wich rasch zurück. Die Leute staunten und beobachteten das Geschehen mit hervorquellenden Augen und offenen Mündern. Camilla vermutete, dass das das Gesprächsthema der nächsten Tage sein würde: Ein Wicht, der auf eine junge Frau losging. Vielleicht würde ein Barde die Geschichte sogar in die nächsten Dörfer tragen und sie zu etwas furchteinflößender

Klingenden abändern wie: als ein Wicht Tummakylä angriff. Sie konnte ihn schon seine Lieder anstimmen hören.

„Herrje, Bror! Hör doch auf!" Sie wiederholte sich. Das war ihr nicht entgangen. Bror aber auch nicht. Er schwang die Hacke wieder und dieses Mal traf er fast ihr Knie. Sie taumelte immer weiter zurück. Keiner sah sich gezwungen, ihr zu helfen. Selbst Taavi Tummvinen starrte sie nur mit überrascht hochgezogenen Augenbrauen an. Dann hatte ihre Flucht jäh ein Ende, als sie mit dem Rücken gegen eine Hausmauer stieß. Sie warf einen raschen Blick über die Schulter. Das Rot war abgeblättert und gab das glatte, hellbraune Fichtenholz darunter frei. Direkt neben ihr hing ein weiß gestrichener Fensterladen nur noch in einer Angel und verlieh dem Gesamtbild etwas Schiefes. Die Häuser warfen lange Schatten in der eben aufglühenden Wintersonne. Es war Camillas Stichwort.

„Oh, oh, nein. Morten sagte, dass ihr Schatten seid! Dass ihr zu lange fort wart? Ihr wart zu lange im Labyrinth, das hat er gemeint. Und jetzt seid ihr Schatten eurer selbst. Aber warum ich nicht?" Gleich darauf plapperte sie weiter, während sie Brors nächstem Schlag auswich, der im Holz der Hausmauer endete und irgendjemanden laut aufstöhnen ließ. Vermutlich handelte es sich um den Besitzer.

„Weil ich nicht lange im Labyrinth war. Ihr aber schon. Die letzten elf Jahre waren besser, weil wir eine echte Gemeinschaft hatten, aber das macht nicht das Werk von Jahrhunderten wett. Auslöser muss das Verlassen von Mortens Herrschaftsgebiet sein", murmelte sie weiter. Es war an niemand Bestimmtes gerichtet. Dann hatte sie eine absurde Idee und begann zu laufen.

Sie rannte durch die wenigen Straßen von Tummakylä, bis sie kurz vor dem Gasthaus keuchend zu Stehen kam. Bror war ihr dicht auf den Fersen. Ihm folgte Keke. Als der Zwerg den Hund bemerkte, ächzte er empört auf. „Diese verdammten Viecher!" Abgesehen davon waren sie allein. Die neugierige Zuschauerschar hatten sie auf dem Markt zurückgelassen.

„Bror, hör mir zu! Kannst du dich an das Labyrinth erinnern? Kannst du dich an den Wolf erinnern, dem wir dort begegnet sind? Kannst du dich an den Tonttu Morten erinnern, der ihn geschickt hat? Wer war da an deiner Seite? Erinnerst du dich?" Das mit den drei Rätseln, die auf ihre Kappe gingen, erwähnte sie besser nicht. Der Zwerg wandte sich langsam wieder ihr zu, schien doch glatt den freundlichen Hund zu vergessen. Dieser wertete es sogleich als Einladung und trabte hechelnd ein paar Schritte näher. Camilla kramte Skipp Skaugs Ring aus der Tasche. Sie hatte die Kerze verloren. Das fiel ihr fast im selben Moment auf, wie sie die Saphirklappe öffnete.

Zu ihrem Erstaunen schien der Zauber aber auch ohne Kerzenlicht zu funktionieren. Dieses Mal war es das Sonnenlicht, das das magische Leuchten durch den Stein lenkte und im Blau dahinter tauchte plötzlich Aegir auf. Nur war er viel, viel kleiner und hockte auf Brors Schulter. Daneben an eine Mauer des Labyrinths gelehnt stand Edvard, der Schmied. Und vor ihnen stand sie selbst. Nur eine viel, viel jüngerer Version von sich.

Bror – der reale Bror – starrte die Spiegelung der Erinnerung mit leerem Blick an.

Aegir neigte den Kopf: *Was das Labyrinth ist? Du befindest dich mittendrin. Wir versuchen schon seit einigen hundert Jahren, hier herauszukommen – ja, seit einigen hundert Jahren! Wie das möglich ist, hm? Hier drinnen spielt Zeit eine andere Rolle als dort draußen.*

Ich bin seit genau fünfhundertdreiunddreißig Jahren und elf Tagen ein frisch geschlüpfter Drache.

„Was?", kreischte die vergangene Camilla vor Schreck.

„Was?" Der vergangene Bror beäugte sie mit zusammengekniffenen Augen, ehe sich sein Gesichtsausdruck jäh veränderte und er sie anstarrte – ganz so, als würde er sie erst jetzt richtig wahrnehmen. „Warte, du kannst den Drachen doch nicht etwa verstehen? Was hat er gerade zu dir gesagt?"

Sie klappte den Saphir zurück an seinen angestammten Platz, da ihnen ein aufgeregtes Stimmengewirr folgte, und ließ den Ring rasch zurück in eine ihrer Manteltaschen gleiten. Gerade noch rechtzeitig. Die ersten Schaulustigen kamen um die Ecke gebogen. Taavi Tummvinen führte sie an.

„Keke, verjag den Wicht!", befahl er seinem Hund. Keke nahm es nicht wörtlich, sondern trabte fröhlich und inquisitiv auf Bror zu. Bror stand da als bestünde er aus Stein. Das war seltsam.

„Na los, du Wicht, lass das Mädchen in Frieden! Verzieh dich wieder in die Wälder, wo du hergekommen bist!", fuhr Taavi fort und wedelte in der Luft herum, als könne er ihn wie eine lästige Fliege damit verscheuchen. Einige Kinder reckten hinter ihm neugierig die Köpfe zwischen den Füßen der Erwachsenen hervor.

„Wer …", begann Bror mit gefährlich leiser Stimme, ehe er zeterte: „Wer nennt mich hier einen Wicht?!"

Camilla starrte ihren Freund an.

„Keiner nennt mich einen Wicht!" Er fletschte die Zähne. Seine Wangen waren zornesrot. Er ließ die Hacke fallen und sie schlug klirrend am Boden auf. Er stürmte auf Taavi Tummvinen zu. Auf halbem Weg geriet er ins Schlittern und sein Angriff endete auf seinem Hinterteil. Das Publikum brach

320

in schallendes Gelächter aus, was seine Zornesröte verdreifachte.

„Bror?", sagte Camilla verunsichert und lief auf ihn zu. „Bror? Hat es funktioniert?" Sie schlitterte vor ihm auf den Knien zu Boden. Ihr Herz raste wie wild.

„Wer denn sonst?", keifte er und funkelte sie an. Aber das war nicht das gleiche, düstere Funkeln, und das war nicht der gleiche, mordlustige Zwerg wie noch zuvor.

„Kannst du dich an etwas von den vergangenen zwölf Stunden erinnern?", fragte sie und umarmte ihn im gleichen Moment. Sie drückte ihn ganz fest an sich, was den Zwerg japsen und protestieren ließ: „Was redest du da? Na klar, kann ich mich erinnern!"

„An was?" Sie ließ ihn los.

„Wir sind aus Lysmoor raus. Dann bin ich dir durch den Wald gefolgt. Und Aegir – warte, wo ist Aegir?" Sein Blick schoss umher – zum Himmel, zu den Leuten. Er raunte ihr zu: „Warum glotzen die alle so?" Dann entdeckte er seine Hacke und runzelte die Stirn. „Hab ich versucht, dich umzubringen? Warum? Herrje, hab ich geträumt oder ist die Mauer hinter uns wieder zugegangen? Warte, ich glaub, ich hab den Schlüssel verloren! Oh nein, nein – dieser Tonttu hat ihn? Wie geht das?", keuchte er und blickte sie bang aus großen verzweifelten Glupschaugen an.

Camilla konnte sich ein schiefes, aber erleichtertes Grinsen nicht verkneifen. Eindeutig, Erinnerungen konnten manchmal Wunder bewirken. Bror war wieder Bror.

Als es Abend wurde, kehrte eine gewisse Ruhe in Tummakylä ein. Das eifrige Tummeln hinter geschlossenen Fensterscheiben ging in eine klirrende Ruhe über. Auf den Scheiben hatten sich Eiskristalle gebildet. In den Häusern saßen die Bewohner vor ihrem kärglichen Abendmahl und sprachen ihre Gebete – von besserer Ernte und besseren Zeiten, und davon, dass *der Fürst* lange fortbleiben solle.

Camilla beobachtete Veeti, den Wirt, wie er innehielt, während das Sahti für Bror aus dem Fass lief. Der Wirt murmelte leise vor sich hin. Sie lehnte sich über den Tisch, um ihm zu lauschen. Sie waren die einzigen Gäste in der Wirtsstube. Taavi Tummvinen hatte sich in eines der Gästezimmer zurückgezogen. Er würde am nächsten Morgen den Heimweg antreten.

Veeti grummelte in sich hinein, den Blick für sein Gebet nach oben gerichtet. Sie konnte ihn nicht genau verstehen, aber sie war sich sicher, unter anderem etwas wie „dass der Wicht und die Göre mit den alten Münzen bald wieder verschwinden" zu vernehmen. Als er das Gebet beendet hatte und den Krug Sahti energisch vor ihnen auf den Tisch stellte, fragte sie ihn: „Von welchem Fürsten habt Ihr gesprochen?"

Bror kaute gerade an einem trockenen Speckbrot herum. Jedem Biss folgte ein Knuspern, als würde er auf Stein beißen. Der Bäcker war krank – so hatte Veeti den Zustand des Brotes erklärt.

Veeti beäugte sie ungläubig. „Von welchem Stern kommt ihr bloß? Der Fürst …" Er zog die Silben lang und deutlich, als wäre er der Meinung, sie würde das Wort an sich nicht verstehen. Sie schüttelte entschuldigend den Kopf. Veeti begriff, dass sie die Frage ernst meinte. Er haderte offenbar mit sich selbst, ehe er sich verheißungsvoll vorbeugte und flüsterte – ganz so, als müsse er verhindern, dass es jemand Falsches hören würde: „Seine Villa steht am anderen Seeufer. Tummakylä fällt in sein Herrschaftsgebiet. Er verlangt immens hohe Abgaben von den Bewohnern. Und wenn sie ihm nicht das liefern, was er will, dann steckt er sie in einen Kerker, der tief unter seinem Anwesen liegt und foltert sie. Die meisten kommen nicht zurück."

„Oh." Camilla sog scharf die Luft ein. Warum hatte sie mit dieser Antwort nicht gerechnet? Sie maßregelte sich selbst. Krieg. Armut. Natürlich musste dieser Fürst auch einen dramatischen Beigeschmack haben.

„Hört sich nach einem ziemlichen Vollpfosten an", knirschte Bror und hustete, wobei es aus seinem Mund staubte.

Veeti blickte erschrocken drein, was so gar nicht zu seinem mürrischen Auftreten passte, und legte eilig den Zeigefinger auf die Lippen. Es war keinesfalls beruhigend, dass dieser raue Mann sich vor etwas fürchtete, fand Camilla. „Rede niemals so über ihn!", raunte er eilig und warf einen gehetzten Blick um sich. Die Gaststube war und blieb leer. Seine Nervosität schien trotzdem konstant zu steigen, als wäre sie das bald überkochende Wasser in einem viel zu heißen Topf.

„Ach komm. Er ist nicht hier. Er kann uns nicht hören!", erwiderte der Zwerg sorglos.

Veeti schüttelte bestimmt den Kopf. „Ich habe keine Lust, dort zu landen", grummelte er in sich hinein und erklärte damit die Konversation für beendet. Mit hastigen Schritten verschwand er wieder hinter der Theke und begann aufgewühlt Gläser mit einem schmutzigen Fetzen zu rubbeln.

„Ich hoffe, er hat mein Glas nicht so gereinigt", raunte Bror Camilla zu. Plötzlich wurde die Wirtshaustür aufgerissen.

Eine Schattengestalt stand keuchend darin. Sie rissen den Kopf herum. Veeti erstarrte panisch. Es war unschwer zu erkennen, was er dachte: Der Fürst hat meine Worte gehört. Ich bin geliefert.

Ganz so war es aber nicht.

Die Schattengestalt entpuppte sich als junge Frau. Sie war in Camillas Alter und trug ein warmes, blaues Wollkleid. Sie brüllte aufgeregt ein einziges Wort: „Feuer!" Von der Straße hinter ihr tönte ein Signalhorn in die Stube, das auf die Gefahr aufmerksam machen sollte. Im gleichen Moment knallte sie aufgekratzt die Tür wieder zu und verschwand.

Camilla und Bror tauschten einen raschen, alarmierten Blick ob der mysteriösen, evidenten Warnung.

„Die sind hier alle so nervös, dass sie mich langsam auch nervös machen!", grummelte Bror.

Veeti stellte das eben geputzte Glas ab und stürmte durch die Tür, die zur Sauna und Badehütte führte.

Auf ein stummes Kommando hin taten sie es ihm gleich.

Ihnen bot sich ein Spektakel ungeahnten Ausmaßes. Die Bewohner kamen aus ihren Häusern gelaufen. Manche in ihren geflickten Nachthemden, manche mit Mützen auf dem Kopf, weil die Fenstergläser zerbrochen waren und die Eiseskälte der Winternächte sie in ihrem Schlaf heimsuchte. Jetzt aber kümmerten die alltäglichen Erschwernisse keinen. Jetzt deuteten sie nach oben. Sie raunten und sie kreischten. Die Münder klappten nach unten, ehe manche von ihnen eilig Reißaus nahmen und flüchteten. Kinderaugen wurden groß und ungläubig, wurde doch in diesem Moment eine der Schreckgestalten, mit der man ihnen drohte, um ihnen ein unanständiges Verhalten auszutreiben, zur grauenhaft schaurigen Realität.

„Oh verflucht!", murmelte Bror an Camillas Seite, das Stück Speckbrot immer noch in der Hand.

Taavi Tummvinen tauchte im Schlafkleid neben ihnen auf. Die Lockenhaare standen ihm zu Berge und ihm entfuhr ein entgeistertes Quieken: „Ein Wicht und dann das? Und das alles innerhalb von 24 Stunden. Herrje, lassen sie jetzt die Monster auf uns los?"

„Hat er mich schon wieder einen Wicht genannt?" Bror wandte sich mit entrüstet hochgezogenen Augenbrauen an Camilla, die allerdings nur eines konnte: nämlich wie alle anderen mit offenem Mund dazustehen, während ihre Gedanken hastig ratterten und holperten.

„Wir müssen ihn davon abhalten!", stammelte sie.

„Jap, das wär gut", kommentierte Bror.

„Kennt ihr dieses Ungeheuer etwa?", fragte Taavi Tummvinen ungläubig.

Es folgte ein lang gezogenes „Neeeeeein" von beiden, das ihnen absolut niemand abkaufte und schon gar nicht der Händler.

Hinter Tummakylä zwischen dem Hügel und dem Wald lagen einige wenige Felder am Seeufer. Jetzt im Winter war es nur eine plane, weiße Fläche, die nahtlos mit dem zugeschneiten und vereisten See verschmolz. Von dort kam das Ungeheuer. Es spie eine feurige Schneise in die Winterlandschaft, ließ den kargen Mond blass aussehen und kam unaufhaltsam auf das Dorf zu. Die Häuserdächer liefen Gefahr, im Flammenmeer zu versinken.

Aegir!, brüllte Camilla in Gedanken. Brors Miene war konzentriert. Er schien das Gleiche zu tun.

Aegir, hör auf!

Ein tiefes, furchteinflößendes Grollen tönte über die Landschaft, als käme eine Steinlawine aus den entfernten Bergen auf sie zu gedonnert.

„Ich hab so den Verdacht, dass er uns nicht verstehen will. Sag mal, war ich auch so drauf?", fragte Bror.

Camilla nickte. „Nur, dass du halt kein Drache bist."

„Was soll das jetzt heißen? Bin ich etwa aufgrund meiner Größe weniger gefährlich?" Er stemmte beleidigt die Hände in die Hüften und das Speckbrot fiel achtlos zu Boden. Camilla warf ihm einen stummen Blick zu.

„Wir müssen etwas tun. Taavi?", begann Camilla. Der Händler kratzte sich mit besorgtem Blick am Kopf. „Könnten wir uns deinen Schlitten leihen?" Er sah sie an, als hätte sie nicht mehr alle Tassen im Schrank.

„Nein!", erwiderte er bestimmt. Nach dem nächsten Brüllen fügte er kleinlaut hinzu: „Wozu braucht ihr ihn?"

„Ja, wozu?", hakte Bror nach.

„Damit wir in seine Nähe kommen und ihn vielleicht davon abhalten, das Dorf niederzufackeln", erwiderte Camilla.

„Du spinnst ja!"

„Wehe, ihr macht mir meinen Schlitten kaputt!"

Es dauerte nicht lange und Taavi Tummvinen hatte die Rentiere vor seinen Schlitten gespannt. Er lenkte ihn mit Camilla und Bror auf der Ladefläche über eine der Wiesen vor dem Dorf. Je näher sie dem Drachen kamen, desto panischer wurde er. Der Drache schraubte sich immer wieder in Kreisen nach oben, ehe er sich waghalsig zu Boden fallen ließ. Kurz vor dem Aufprall breitete er die Flügel aus und fegte wie ein Tornado über die Erde. Ein Feuerstrahl ging gefährlich nahe dem Schlitten zu Boden und die Rentiere schnaubten aufgeregt. Taavi Tummvinen brachte ihn zu Halt. „Weiter bring ich euch nicht! Ich brauche diese Rentiere und meinen Schlitten noch! Meine Frau bringt mich um, wenn der nicht im Ganzen daheim ankommt!", sagte er und scheuchte sie von der Ladefläche. Dann machte er eilig kehrt und lenkte den Schlitten zurück nach Tummakylä.

Aegir flog mit seinen gewaltigen Schwingen einen Bogen über den schwarzen See, ehe er wieder auf sie zukam. Bror und Camilla standen in knie- beziehungsweise hüfthohem Schnee und beobachteten das Nahen ihres Freundes.

„Und was jetzt?", fragte der Zwerg, als die ersten Ausläufer des Schwingenwinds durch ihre Haare streiften.

„Keine Ahnung", stöhnte Camilla ratlos. Schön langsam wurde ihr übel.

„Du bist ganz grün im Gesicht", stellte Bror seelenruhig fest.

„Das hilft uns nicht weiter, Bror!"

„Na, wie hast du mich wieder zu Verstand gebracht? Das machen wir mit ihm auch so! Ist doch ganz einfach!"

„Wirklich?" Camilla blickte Aegir ungläubig entgegen. „Der Unterschied ist aber, dass du kein Drache bist!", wiederholte sie ihre Worte von zuvor.

„Wo ist dieser Zauberring?"

Camilla griff in ihre Manteltasche und holte ihn hervor. Aegir war nun gefährlich nahe.

„Gib her!", verlangte der Zwerg und öffnete sogleich die Klappe. Das Leuchten strömte hervor. „Hast du Feuer? Eine Kerze? Ich glaub, das Mondlicht reicht nicht."

Camilla schüttelte den Kopf. Aegir öffnete sein gewaltiges Maul und eine Feuerschneise kam auf sie zugerollt.

„Da ist Feuer", stammelte sie und musste sich beherrschen, nicht davonzulaufen.

„Kriegst du *jetzt* weiche Knie? *Du* wolltest unbedingt hier rausfahren und heldenhaft die Dorfbewohner vor einem Feuerinferno bewahren!"

Bror drehte den Ring. Nichts passierte. „Verflucht, das ist zu weit weg!" Und vor allem brannte es nicht lange im Schnee. „Wir müssen näher zu ihm!"

„Oh nein. Vielleicht hab ich es mir anders überlegt!", ächzte Camilla.

„Oh ja, Kleine! Komm! Ich will meinen Drachen zurückhaben!" Und der Zwerg kämpfte sich willensstark durch den Schnee. Camilla verharrte noch einen Moment. Ihre Knie fühlten sich an wie Pudding. Sie zögerte, folgte ihm dann aber doch. Das musste sie ja, sie konnte ihn doch nicht einfach allein lassen. Konnte sie nicht, oder? Konnte sie nicht, brummte ihr Gewissen.

Sie mussten im Zickzack laufen, um dem Flammenregen zu entgehen. Er prasselte auf sie nieder, als würden sie unter einem Wasserfall stehen. Es war heiß – saunaheiß. Dann musste Aegir wieder Luft holen, und der Hitze folgte ein zähneklapperndes Kältebad, als der Winter wieder die Oberhand gewann.

„Aegir!", brüllte Bror. Die geschmiedeten Schuppen am Flügel des Drachen glänzten silbern im schwachen Mondlicht, als er eine Kehrtwende machte und auf sie zugerast kam. Seine Klauen streiften den Schnee und hinterließen lange Spuren.

„So wird das nichts!", hörte Camilla Bror grummeln, ehe ein donnerndes Grollen über sie hinweg rollte. Gerade als Aegir im Begriff war, sich wieder nach oben zu ziehen, begann Bror zu laufen, als würde ihn der Hund Keke jagen. Er bekam eine der Klauen zu fassen, was dazu führte, dass er plötzlich am Fuß des Drachen baumelte, während dieser mit einer Affengeschwindigkeit über Camilla hinwegzog. Sie betrachtete den abenteuerlichen Anblick verblüfft. Der Ring leuchtete am Finger des Zwergs.

„Na los!", brüllte er ihr entgegen. Sie schüttelte hastig den Kopf. Wo war ihr Mut?

„Ich bin doch nicht lebensmüde!", schrie sie, aber gleichzeitig begannen ihre Füße mit dem Flugwind zu laufen. Da war er doch – ihr Mut! Oder ihre Todessehnsucht – sie war sich da nicht ganz sicher. Sie sprang nur, um gleich darauf die zweite Klaue des Drachen zu umklammern. Sie wusste wirklich nicht, warum sie so verrückt war. Ihr Gehirn schien die Entscheidung ohne ihre Zustimmung getroffen zu haben.

So baumelten sie beide als lästige Lasten an den Füßen des Drachen. Er versuchte sie abzuschütteln. Die Schuppen waren glatt und scharf und hinterließen Schnittspuren an ihren Händen. Sie rissen ihre Kleidung an den Armen in Fetzen. Camilla schwang so lange hin und her, bis sich ihre Füße um die Klauen klammerten und sie da hing wie ein plumper Kartoffelsack. Mühsam und unter größter Kraftanstrengung zog sie sich hoch, wobei sie beinahe von den schlagenden Flügeln wieder zu Boden katapultiert wurde. Der Boden jedoch befand sich bereits eine Häuserhöhe unter ihnen. Todessehnsucht war das richtige Wort, dachte sie. Wie der Fall geendet hätte, ist daher wohl kaum erwähnenswert. Bror baumelte immer noch reichlich hilflos und sich verzweifelt am Drachenfuß festkrallend herum.

„Aegir!", brüllte Camilla. Der Drache schien sich wenigstens an seinen Namen zu erinnern. Vermutlich zumindest. Vielleicht wandte er den langen Hals und den Kopf auch nur deswegen in ihre Richtung, weil er prüfen wollte, wie er den lästigen Ballast am besten loswerden konnte.

Was dann passierte, kam reichlich unerwartet.

Der Drache riss seinen Kopf in Richtung des Seeufers und stürzte *darauf* zu.

„Was macht er jetzt?", kreischte Bror, der alle Mühe hatte, sich festzuhalten. Camilla klammerte sich mit ihrem ganzen Körper an den Fuß.

„Will er uns in den See werfen?", brüllte der Zwerg. Der See war zugefroren. Es würde eine ziemlich harte Landung werden. Camillas Herz raste.

Doch wie sich herausstellte, war das *nicht* Aegirs Plan. Viel eher wirkte er plötzlich noch wütender und rasender als zuvor, und zu aller Ironie schien er sie – die beiden Parasiten an seinen Füßen – mit einem Schlag vergessen zu haben.

Sein Ziel wurde für sie allerdings erst ersichtlich, als sie sich beinahe davor befanden und ihnen geradeso noch nicht allzu schwarz vor Augen war, dass sie es nicht mehr hätten erkennen können.

Am Seeufer führte eine zugeschneite Straße entlang. Da sie doch hin und wieder befahren und begangen wurde, war der Schnee dort nicht allzu tief.

Vier Reiter verharrten dort wie Statuen. Sie beobachteten emotionslos das Spektakel. Sie trugen lange, schwarze Mäntel – ähnlich jenem, den Camilla trug. Der erste Reiter saß stolz auf seinem Ross. Seine Haltung verriet seinen hohen sozialen Stand. Die mit Goldornamenten versehene Pferdedecke und der hochwertig gearbeitete Sattel verrieten außerdem, dass es sich um einen Adeligen handelte.

„Wer ist das?", brüllte Bror.

„Der Fürst?", erwiderte Camilla die Frage mit einer Gegenfrage. Sie konnte sehen, wie Bror eine Augenbraue hochzog, während sich der Wind als ihr Freund entpuppte und die Klappe des Zauberrings wieder verschloss.

Hinter diesem Edelmann verweilten drei seiner Vasallen. Und einer davon schien Aegirs zürnendes Interesse geweckt zu haben. Der Grund ließ Camilla den Atem stocken. Als sie erkannte, wer Aegirs Ziel war, vergaß sie beinahe, sich festzuhalten. Sie ruderte mit den Armen und japste, als sie nach den spitzkantigen Schuppen greifen musste, um Schlimmeres zu verhindern.

„Das kann doch nicht sein!", hörte sie Bror zweifelnd krächzen.

Auf dem vierten Pferd thronte eine große, dürre, düstere Gestalt. Oberkörper und Beine waren nackt. Sie trug nur ein Lendentuch. Das Wort Kälte schien ihr fremd zu sein. Ein Panzer aus Elchgeweih verdeckte den Oberkörper. Um die Taille hing eine prall gefüllte Ledertasche. Pupillenlose Augen blickten ihnen entgegen.

„Ist das *das Raubtier*?", brüllte Bror.

„Ja!", keuchte Camilla.

„Was macht es hier?"

Ein einziges Wort schoss Camilla durch den Kopf. Edvards hastig gekritzeltes *Daheim*.

Aegir ließ sich mit einem Schlag sinken und öffnete sein gewaltiges Maul. Eine Flamme schoss daraus hervor, die jenem Folterer galt, der ihm als kleiner Drache seine Schuppen ausgerissen hatte. Das Pferd des Raubtiers scheute, aber es warf ihn nicht ab. Dann richteten der Fürst und die Männer etwas in die Höhe. Sie zielten auf den Drachen.

„Die haben Armbrüste!", kreischte Bror.

„Aegir!", brüllte Camilla. „Aegir, steig hinauf! Flieg weg von denen! Die wollen dich töten! Aegir, bitte hör mir zu! Du kannst dich auch später noch am Raubtier rächen! Sei vernünftig!"

Aber Ungeheuer waren selten vernünftig. Und so drehte Aegir eine Runde über der Gesellschaft, ehe er wieder hinunterstürzte. Die Männer legten die Pfeile an und … Das Raubtier glitt gelassen aus seinem Sattel. Mit einer unnatürlichen Stimme rief es unverständliche Worte. Worte, die alt und verstaubt klangen und denen ein Gejaule und Gebrüll folgte, das aus den Wäldern kam und sich rasend schnell näherte.

„Was passiert hier?", kreischte Bror, ehe das Spektakel begann. Camilla entdeckte im schwachen Licht der Nacht gewaltige Bären, die durch die Felder gelaufen kamen, Wolfsrudel, die sich um den Anführer scharrten. Elche mit ihren imposanten Geweihen … Sie alle folgten dem Ruf ihres Herrn. Und war ihr Herr in den alten Geschichten immer ein gerechter Dämon gewesen, so war er nun ein ausgesprochen gefährlicher Schatten seiner selbst. Camillas Blick fiel zurück auf Tummakylä. Sie konnte die Bewohner unmöglich ausmachen, aber sie ahnte, was für einen Schrecken und was für ein Unglück sie drei ihnen gebracht hatten.

„Aegir!", brüllte sie abermals. Sie versuchte den Drachen zur Vernunft zu bringen. Ein Pfeilregen prasselte auf sie ein. Es war einem glücklichen Zufall zuzuschreiben, dass weder Bror noch sie getroffen wurden. Das Eisen prallte an den Schuppen des Drachen ab, und Camilla begann sich zu fragen, wie diese vier Gestalten und all die gefährlichen Wildtiere den Drachen zu Fall bringen wollten. Denn solange Aegir in der Luft verharrte, und solange seine Schuppen sein Panzer waren – solange war er stärker und mächtiger als sie. Sie ahnte, dass das Raubtier vermutlich noch einige Asse im Ärmel hatte.

Dass sie recht behalten sollte, stellte sich einen Augenblick später heraus, als die kahlen Baumspitzen jäh ein neues Leben fanden. Sie hatte in ihrer gesamten Existenz noch nie so viele

Vögel auf einen Schlag gesehen. Schneeeulen, Weidenmeisen, Bartkäuze, Steinadler, Merline und viele mehr kamen auf sie zu und ihre Schnäbel pickten kurz darauf auf sie ein.

„Au! Verschwindet, ihr verflixten Viecher!", fluchte Bror und schlug mit den Füßen um sich, um sie zu verjagen. Es war ganz schwarz um sie geworden, so viele stürzten sich auf die drei. Konnten sie Aegir vielleicht nicht verletzen, so brachten sie ihn beinahe zu Fall. Camilla spürte, wie Schnäbel auf sie einhackten. Schnäbel von süßen, kleinen Wesen, die niemals einen feindseligen Eindruck auf sie gemacht hatten. Bror und sie würden das nicht unbeschadet überstehen, begriff sie entsetzt. Dazwischen regneten immer wieder Pfeile wie Hagelkörner auf sie herab, prallten ab, verfehlten und trafen Vögel.

„Ein Rabe!", brüllte Camilla jäh.

„Ein Rabe? Ich seh nichts!", quiekte Bror.

„Nicht du! Aegir, erinnerst du dich? Du hast dich vor einem Raben gefürchtet, der viel größer war als du. An dem Tag bist du mit deiner Mutter durch die Lüfte gesegelt! Erinnerst du dich an deine Mutter und all die glücklichen, fröhlichen Tage, die ihr verbracht habt?" Die Tatsache, dass dieser Rabe kurz bevor Aegir im Labyrinth gelandet war, aufgetaucht war, erwähnte sie nicht. Die Geschichte hierzu hatte er ihr vor langer Zeit erzählt, als sie die Erkenntnis getroffen hatte, dass weder Bror, noch sie oder Aegir absichtlich im Labyrinth gelandet waren. Ein Rabe war aber bei ihnen allen anwesend gewesen, kurz bevor sie in dem ewigen Gefängnis verschwunden waren.

„Erinner dich! Bitte!", flehte sie, hatte längst begriffen, was Bror aus seinem Schattendasein befreit hatte.

„Was machst du da?", kreischte der Zwerg. „Warum sagst du das?"

„Weil Schatten im gleißenden Licht nicht existieren können!"

„Was?"

„Die Erinnerung an glückliche Zeiten verdrängt die schlechten! Ich versuche, ihn zurückzu…"

Was passiert hier?, dröhnte jäh eine vertraute Stimme. *Warum hängt ihr an meinen Füßen?*

Und Aegir schwang seine kräftigen Schwingen, segelte höher und höher, weiter weg von den Pfeilen und ließ Camilla perplex verstummen. Sie hatte nicht wirklich damit gerechnet, dass so wenige Worte schon die Lösung sein konnten. Die Vögel folgten ihm, versperrten ihm die Sicht, solange bis er laut brüllte und sie mit einem Feuerschwall aus seinem Rachen verjagte. Die Gestalten unter ihnen wurden klein. Das Dorf wurde klein. Der See zu einer Pfütze. Mit einer Schwinge katapultierte er Bror auf seinen Rücken, mit der zweiten Camilla direkt dahinter und ein eisiger Wind pfiff ihnen durch die Haare, als sie über ein herrschaftliches Anwesen am anderen Seeufer, über einen Birkenwald davon in Richtung Süden segelten.

„Mir ist schlecht!", grummelte Bror und klammerte sich zitternd an einer der Rückenzacken fest. „Das machen wir nie wieder! Nur damit das klar ist."

Was genau er damit meinte, erörterte er nicht.

Camilla hockte stocksteif hinter ihm und schloss die Augen, um den Schock zu verdauen und den nahen Tod, dem sie eben entgangen waren. „Wir hätten in Lysmoor bleiben sollen!", murmelte sie an sich selbst gewandt.

„Ja, inzwischen wären mir deine langweiligen Bücher auch lieber als das hier!", brummte Bror in seine Bartzöpfe.

Was aus meiner Mama geworden ist? Die Stimme des grübelnden Drachen unterbrach sie. Das schien ihn mehr zu beschäftigen als das Chaos, das sie hinterlassen hatten, oder sein Fehlverhalten.

„Ich hoffe, die Dorfbewohner überstehen das heil", murmelte Camilla und wandte einen letzten besorgten Blick über die Schulter.

„Ich glaube, wir können nicht zurück!", erwiderte Bror, der zu ahnen schien, was sie vorschlagen wollte.

Zur Abwechslung musste Camilla ihm recht geben. Denn da hinter ihnen lauerte der Tod in Form zahlloser gefiederter Feinde.

Nachwort

Liebe Leserin, lieber Leser,

ich hoffe, ihr hattet Freude am Lesen! Ursprünglich war *Das Märchen vom untoten Raben* als einbändiges Werk geplant. Da sich die Geschichte jedoch als verwinkelter und ausführlicher herausstellte, als ich erwartet hatte, habe ich sie in zwei Teile gegliedert. Das Netz aus Ereignissen und Abenteuern schließt sich in Teil 2: *Das Märchen vom untoten Raben – Die Hexe.*

Liebe Grüße,
die Autorin

Aada del Nube Großmutter Maya del Nubes. Wohnte zeitlebens in Lysmoor. Nachfahrin des Verräters Arvand del Nube.

Aegir Beiname Hüter der Lüfte. Verbrachte Jahrhunderte als frisch geschlüpfter Drache im Labyrinth. Treuer Freund von Camilla und Bror Brar.

Afson Hebamme von Canan Gul del Nube.

Ahang del Nube Tochter von Badshah, dem Dunklen. Schwester von Arvand del Nube. Zauberin.

Aldar Amsten Nachfahre eines Ritters der 13 Könige. Mitglied des Rates, der regelmäßig in der Alna-siva tagt.

Arvand del Nube Bruder von Ahang del Nube, Sohn von Badshah.

Badshah Beiname: der Dunkle, der Schlächter. Befreite einst den Krieg aus dem Labyrinth, da er das Gleichgewicht der Welt so sichern wollte. Machthungriger Tyrann, der nur durch jemanden seines Blutes besiegt werden kann. Letzter lebender Ritter der alten Könige, abgesehen von Facundo Caysio.

Bijelle Gul	auch Lapis genannt. Tochter von Canan Gul del Nube. Vaterschaft von Kasra oder Omid Parvis Caysio ungeklärt. Nachfahrin von Badshah.
Bror Brar	eigensinniger Zwerg. Enger Freund von Aegir und Camilla.
Camilla	neugierige Tochter der Zofe Astrid und eines Soldaten. Stammt ursprünglich aus Ruusukivi.
Canan Gul del Nube	Nachfahrin Badshahs. Ehefrau von Kasra Caysio. Geliebte von Omid Parvis Caysio. Mutter von Bijelle Gul/Lapis. Frühere Prinzessin von Alna, danach Königin in Silvat-ut.
Dyrion	zungenloser Architekt des Labyrinths, zugleich der alte Weise aus dem Mythos zu Beginn.
Edvard	Beiname: der Hüne, der Schmied. Ziehvater von Camilla. Schmied aus dem Mythos zu Beginn.
Enna	Spitzname: Eeny. Schwester von Renalda. Händlerin und ehemalige Ritterin der alten Könige.
Facundo Caysio	Vorfahre von Kasra, Omid Parvis und Bijelle Gul Caysio. Mächtiger Zauberer. Besitzt eine Saite der Zauberleier, die Herrin über die Zeit ist und verwendet sie als seinen

Jungbrunnen. Letzter lebender Ritter der alten Könige, abgesehen von Badshah.

Filip del Nube   Vater von Maya del Nube. Ehemann von Johanna del Nube. Sohn von Aada del Nube. Nachfahre Badshahs.

Henrick   entführter Prinz von Ruusukivi, später erhält er den Beinamen der Grauenhafte.

Henrick   „der Sture". Dienstbote im Schloss von Lysmoor.

Johanna del Nube   Mutter von Maya del Nube. Ehefrau von Filip del Nube.

Kasra Caysio   König in Silvat-ut. Herr der Alna-siva. Ehemann von Canan Gul del Nube. Vater/Ziehvater von Bijelle Gul/Lapis. Nachfahre von Facundo Caysio. Cousin von Omid Parvis.

Kuz   die Nordhexe im Mythos zu Beginn. Mutter der neun Schatten. Kannibalin im Labyrinth.

Maya del Nube   störrische Nachfahrin des Verräters Arvand del Nube und somit von Badshah. Tochter von Filip und Johanna del Nube, den Herrschaften von Lysmoor.

Morten   ein Tonttu. Trickreicher Geist des Labyrinths.

Omid Parvis Caysio	Nachfahre von Facundo Caysio. Cousin von Kasra. Heerführer von Silvat-ut.
Rabe	ewig lebender Seelenträger.
Raubtier	der gerechte Dämon aus dem Mythos zu Beginn. Widersacher von Camilla, Bror und Aegir.
Renalda	Spitzname: Reeny. Schwester von Enna. Händlerin und ehemalige Ritterin der alten Könige.
Schahin	Organist. Der Mythos zu Beginn beschreibt sein Werben um die Prinzessin von Alna. Von Kuz mit einem Liebeszauber belegt. Unter anderem Vater der neun Schatten.
Skipp Skaug	gesprächiger Seemann und Schatzsucher.
Taavi Tummvinen	Händler im Norden.
Tammo	der neunte Schatten.
Tröll	der Troll.
Vater	der Schatten. Kein Mensch oder Zauberer.
Veeti Väränen	Wirt in Tummakylä.
Yara dan Cauren	Zauberin. Nachfahrin eines Ritters der 13 Könige. Mitglied des Rates, der regelmäßig in der Alna-siva tagt.

340

Wichtige Orte

Alna	prächtige Wüstenstadt inmitten der Alna-hara.
Alna-hara	Wüste.
Alna-siva	prächtige Palastburg in Silvat-ut.
Jörkapp	nördliche Gebirgskette, die Lysmoor umschließt.
Labyrinth	auch genannt die Arena der alten Könige.
Lysmoor	Stadt im hohen Norden, die von einem Zauber vom Rest der Welt abgeschirmt wird.
Ruusukivi	Hauptstadt im Norden. Heimat von Henrick und Camilla.
Silvat- ut	Küstenstadt am Rand der Alna-hara.
Tummakylä	Ort am See Tummajärvi nahe von Lysmoor.

Der zu Beginn beschriebene Mythos von der Weltentstehung wurde vom finnischen Nationalepos, dem *Kalevala*, inspiriert. Die Figur des Schmieds Edvard wurde an den Schmied Ilmarinen angelehnt, dessen Frau von wilden Tieren getötet wird, die Kullervo auf sie hetzt (vgl. das Raubtier). Ebenso wurde der alte Weise Dyrion durch die Figur des Väinämöinen inspiriert, und der Wettkampf zwischen Edvard und Dyrion basiert auf dem zwischen Väinämöinen und Joukahainen. Die Firmamenttochter ist an Ilmatar, die Wolkentochter, angelehnt.

Das *Kalevala* besteht aus einer Ansammlung mündlich überlieferter mythologischer Texte, die von Elias Lönnrot zusammengetragen wurden. Im Englischen ist es zusammengefasst in:

- Lönnrot, Elias: *The Kalevala*, Oxford University Press, 2008, übersetzt von Keith Bosley, ISBN 978-0-19-953886-7.

Als Nacherzählung findet es sich in:

- Speckelsen, Tilman: *Kalevala: Eine Sage aus dem Norden*, 5. Auflage, Berlin: Galiani Berlin (ein Imprint von Kiepenheuer & Witsch), 2014, ISBN 978-3-86971-099-0, mit Illustrationen von Menschik, Kat.

Auf den „Tonttu" stieß ich zufällig. Es handelt sich hierbei um einen häuslichen Schutzgeist, ähnlich einem Wichtel. In Schweden und Finnland wird er oft auch als Tomte bezeichnet. Ein solcher erscheint beispielsweise in:

- Rydberg, Viktor: *Tomten*, Stockholm: Ny Illustrerad Tidning, 1881.

sowie in der Adaption dazu von:

- Lindgren, Astrid: *Tomte Tummetott*, 1960, Illustrationen von Harald Wiberg, ins Deutsche übersetzt von Silke Hacht, 57. Auflage, Hamburg: Friedrich Oetinger GmbH, ISBN 978-3-7891-6130-8.

Das Labyrinth besitzt vor allem Symbolcharakter. In den unzähligen, ausweglos erscheinenden Windungen kann man schnell den Verstand verlieren. Die Faszination für Labyrinthe findet nicht nur in der Realität, sondern auch in vielen literarischen und filmischen Werken Ausdruck:

- das Minotaurus-Labyrinth in der griechischen Mythologie (Bibliothek des Apollodor 3,1,4; Hyginus, *Fabulae* 40)
- *The Maze Runner* von James Dashner, 1. Auflage, New York: Delacorte Press, 2009, ISBN 978-0385737944,

- und *Harry Potter and the Goblet of Fire* (im Deutschen: *Harry Potter und der Feuerkelch*, London: Bloomsbury-Verlag, 2000, ISBN 0-7475-4624-X).

Das Labyrinth in dieser Geschichte dient als Arena, in der sportliche Kämpfe stattfanden. Diese Idee basiert auf den Olympischen Spielen der Antike.

Der märchenhafte Charakter der Geschichte wurde von den Märchen der Gebrüder Grimm inspiriert (z. B. *Das Märchen von den sieben Raben*).

- Grimm, Jacob und Wilhelm: „Die sieben Raben". In: *Kinder- und Hausmärchen*, Große Ausgabe letzter Hand (1857), Nr. 25.

Der Rabe wurde maßgeblich von Edgar Allan Poes Gedicht *The Raven* inspiriert, das erstmals am 29. Januar 1845 im *New York Evening Mirror* veröffentlicht wurde. Allerdings erscheint der Rabe auch in anderen Werken als mystische Figur.

Die Landschaft und die Gebäude des „hohen Nordens" wurden einerseits von den Fjorden und Gebirgen Norwegens, andererseits von den endlosen Birkenwäldern und zahllosen Seen Finnlands inspiriert.

Die Alna-Siva hingegen wurde von der prächtigen Alhambra im spanischen Granada inspiriert. Hierzu spielten die *Erzählungen der Alhambra* von Washington Irving, die auch wunderbare Illustrationen enthalten, eine maßgebliche Rolle für die Architektur der Alna-Siva und des Palastes in Alna:

- Irving, Washington: *Erzählungen der Alhambra*, Granada: Ediciones Edilux S.L., ins Deutsche übersetzt von Conchita Sánchez, ISBN 978-84-95856-63-0.

Die Lösungen der drei Rätsel, die Morten Camilla, Bror und Aegir stellt, lehnen sich an das berühmte *Liberté, Égalité, Fraternité* (Freiheit, Gleichheit, Brüderlichkeit) an, das seinen Ursprung in der Französischen Revolution von 1789 hat.

Der Adler sowie die weiteren dreizehn Könige symbolisieren die Macht der Natur. Auch in anderen Werken, wie z. B. den *Chroniken von Narnia* (Aslan), werden Tiere als Könige dargestellt:

- Lewis, C. S.: *Die Chroniken von Narnia: Gesamtausgabe*, Ueberreuter Verlag, ISBN 978-3800051861.

Das rasche Verschwinden und Wiederauftauchen durch Magie findet sich beispielsweise in J. K. Rowlings *Harry Potter*-Werken. Das erste Mal wird dies in:

- Rowling, J. K.: *Harry Potter and the Philosopher's Stone* (im Deutschen: *Harry Potter und der Stein der Weisen*), London: Bloomsbury-Verlag, 1997, ISBN 0-7475-3269-9,

  als sogenanntes Disapparieren erwähnt.

Ebenso findet sich in *Harry Potter und der Stein der Weisen* das Erinnermich, das Erinnerungen preisgibt (ähnlich dem Ring in dieser Geschichte). Sowohl in Tolkiens *Der Herr der Ringe* als auch in *Harry Potter* haben die Bösewichte die Fähigkeit, lange Jahre zu verschwinden, ehe sie wieder auftauchen und erneut besiegt werden müssen. Auch Badshah gerät in Bedrängnis, wird jedoch immer nur in die Verbannung geschickt, bevor er endgültig besiegt wird.

Die Schatten stehen metaphorisch für negative menschliche Eigenschaften (vgl. Altes Testament) und konträr für ihre positiven Gegenstücke.

Viele der verwendeten Namen haben in der echten Welt eine zum Charakter der Figuren passende Bedeutung. So erscheint beispielsweise der Name Ägir in der *Prosa-Edda* als Meeresriese:

- Simek, Rudolf: *Lexikon der germanischen Mythologie*, 3., völlig überarbeitete Auflage, Kröner, Stuttgart 2006, ISBN 3-520-36803-X.

Der Name Dyrion hingegen geht auf Daidalos zurück, den Erbauer des Minotaurus-Labyrinths in der griechischen Mythologie.

Sollten sich zusätzliche Parallelen oder ähnliche Handlungsstränge zu anderen Werken finden, ist dies rein zufällig und unbeabsichtigt.